one

Weitere Titel der Autorin:

Zorn und Morgenröte
Das Mädchen aus Feuer und Sturm
Das Herz aus Eis und Liebe

Renée Ahdieh

Rache und Rosenblüte

Übersetzung aus dem amerikanischen Englisch
von Martina M. Oepping

one

Dieser Titel ist auch als E-Book erschienen

FSC
www.fsc.org
MIX
Papier aus verantwortungsvollen Quellen
FSC® C019821

Vollständige Paperbackausgabe
der bei one by lübbe 2017 erschienenen Hardcoverausgabe

Titel der amerikanischen Originalsprache:
»The Rose and the Dagger«

Titelillustration: FinePic / shutterstock
Umschlaggestaltung: Thomas Krämer nach einer Vorlage
von ZERO Werbeagentur, München
Satz: Greiner & Reichel, Köln
Gesetzt aus der Bembo Std
Druck und Verarbeitung: C.H.Beck, Nördlingen
Printed in Germany
ISBN 978-3-8466-0103-7

1 3 5 4 2

Sie finden uns im Internet unter www.one-verlag.de
Bitte beachten Sie auch www.luebbe.de

Prolog

Das Mädchen war elf Jahre und neun Monate.
Neun sehr wichtige Monate. Denn sie hatten den Ausschlag gegeben, dass ihr Vater am Morgen *ihr* eine wichtige Aufgabe aufgetragen hatte. Mit einem tiefen Seufzer, als hätte sie alle Last der Welt zu tragen, krempelte sie also ihre zerschlissenen Ärmel hoch und häufte Schutt auf den Handkarren neben sich.

»Das ist so schwer«, klagte ihr achtjähriger Bruder, während er mit Mühe etliche Steine aus ihrem Heim schaffte. Er hustete, als eine Rußwolke aus den verkohlten Überresten aufstieg.

»Komm, ich helfe dir.« Das Mädchen ließ die Schaufel klappernd fallen.

»Ich habe kein Wort davon gesagt, dass du mir helfen sollst!«

»Wir sollten zusammenarbeiten, sonst werden wir nie fertig, alles wegzuräumen, bevor Baba nach Hause kommt.« Sie stemmte ihre Fäuste in die Hüfte und starrte von oben auf ihn herab.

»Sieh dich doch mal um!« Er hob die Hände. »Das schaffen wir nie!« Ihr Blick folgte seinen Händen.

Die Lehmwände ihres Heims waren aufgesprungen. Gebrochen. Rußgeschwärzt. Das Dach öffnete sich zum Himmel hin. Zu einem bedeckten und tristen Himmel. Es zeigte etwas, das einmal eine prächtige Stadt gewesen war. Die Mittagssonne versteckte sich hinter den zertrümmerten Hausdächern von Ray. Sie warf Schatten von Licht und Dunkel auf düsteren Stein und angesengten Marmor. Hier und da dienten schwelende Schutthaufen als bittere Mahnung an das, was erst vor wenigen Tagen geschehen war.

Das junge Mädchen senkte den Blick und trat näher an den Bruder heran.

»Wenn du nicht arbeiten willst, warte draußen. Aber ich arbeite weiter. Jemand muss es ja tun.« Sie griff wieder nach ihrer Schaufel.

Der Junge kickte gegen einen Stein, der vor ihm lag. Der Stein schlitterte über den vollgestellten Boden, bis er vor den Füßen eines Fremden mit Kapuze liegenblieb, der in den Überresten des Türrahmens stand.

Die Schaufel fester packend, schob das Mädchen den Bruder hinter sich.

»Kann ich helfen …?« Sie hielt inne. Der schwarze *Rida* des Fremden war mit silbernem und goldenem Garn bestickt. Die Scheide seines Schwertes war aufs Feinste ziseliert und elegant mit Juwelen besetzt, und seine Sandalen waren aus feinstem Kalbsleder geschnitten.

Auf keinen Fall war er ein dahergelaufener Räuber.

Das Mädchen richtete sich zu seiner vollen Größe auf. »Kann ich dir helfen, *Sahib*?«

Als er nicht sofort antwortete, hob das Mädchen mit zusammengezogenen Augenbrauen die Schaufel höher, das Herz hämmerte in ihrer Brust.

Der Fremde trat hinter dem durchhängenden Türpfosten hervor. Er schob seine Kapuze zurück und hob beide Handflächen flehend empor. Jede seiner Gesten war bedächtig, seine Bewegungen fließend und anmutig.

Als er in einen schmalen Lichtstreifen trat, sah das Mädchen zum ersten Mal sein Gesicht.

Er war jünger, als sie erwartet hatte. Nicht älter als zwanzig.

Sein Gesicht war wunderschön. Aber seine Gesichtszüge waren zu kantig, sein Ausdruck zu streng. Das Sonnenlicht auf seinen Händen enthüllte einen Widerspruch zu seiner Pracht; die Haut seiner Handflächen war rot und aufgerissen und schälte sich ab – ein Zeichen harter körperlicher Arbeit.

Seine müden Augen hatten die Farbe von lohfarbenem Bernstein. Solche Augen hatte sie schon einmal gesehen. Auf dem Gemälde eines Löwen.

»Entschuldige, ich wollte dich nicht erschrecken«, sagte der Fremde sanft. Sein Blick glitt über die Überreste ihrer Bleibe, die nur aus einem einzigen Raum bestand. »Darf ich euren Vater sprechen?«

Wieder packte Misstrauen das Mädchen. »Er ist … nicht da. Er steht in der Schlange, um Baumaterial zu bekommen.«

Der Fremde nickte. »Und eure Mutter?«

»Sie ist tot«, sagte der Bruder hinter ihrem Rücken. »Das Dach ist während des Unwetters auf sie gefallen. Sie ist am nächsten Morgen gestorben.«

Seine Worte waren von sachlicher Natur, die das Mädchen nicht nachempfinden konnte. Denn für ihren Bruder hatten die Worte noch keine wirkliche Bedeutung. Nachdem sie in der Dürre des vergangenen Jahres beinahe alles verloren hatten, hatte das Unwetter nun ihrer Familie den endgültigen Tribut abverlangt.

Und ihr Bruder musste diesen neuerlichen Verlust erst noch begreifen.

Die Ernsthaftigkeit des Fremden vertiefte sich für einen Moment. Er wendete den Blick ab, und seine Hände fielen an den Seiten hinab. Nach einem Pulsschlag sah er sie wieder an, seine Augen flackerten trotz der zusammengeballten Fäuste, deren Knöchel weiß hervortraten.

»Hast du noch eine Schaufel?«

»Wozu brauchst du eine Schaufel, reicher Mann?« Ihr kleiner Bruder marschierte auf den Fremden zu, jeder seiner barfüßigen Schritte ein einziger Vorwurf.

»Kamyar!« Seine Schwester schnappte nach Luft, und sie packte ihn hinten an seinem zerlumpten *Qamis*.

Der Fremde blinzelte zu ihrem Bruder hinunter, bevor er sich auf den vollgepackten Fußboden hockte. »Kamyar, richtig?«, fragte er, die Spur eines Lächelns schmückte seine Lippen.

Ihr Bruder sagte nichts, obwohl er es kaum fertigbrachte, dem großen Fremden in die Augen zu sehen.

»Ich … ich entschuldige mich, *Sahib*«, stammelte das Mädchen. »Er ist etwas frech.«

»Du brauchst dich nicht zu entschuldigen. Ich habe nichts gegen Frechheit, solange sie von der richtigen Person kommt.« Dieses Mal lächelte der Fremde wirklich, und seine Züge wirkten weicher.

»Ja«, unterbrach ihr Bruder, »ich heiße Kamyar. Und wie heißt du?«

Der Fremde betrachtete ihren Bruder einen Augenblick.

»Chalid.«

»Wozu brauchst du eine Schaufel, Chalid?«, fragte ihr Bruder wieder.

»Ich möchte euch helfen, euer Haus zu reparieren.«

»Warum?«

»Wenn wir uns gegenseitig helfen, schaffen wir alles schneller.«

Kamyar nickte langsam, dann neigte er den Kopf zu einer Seite. »Aber das hier ist nicht dein Zuhause. Warum sollte es dich was angehen?«

»Weil Ray mein Zuhause ist. Und Ray ist euer Zuhause. Wenn du mir helfen könntest, wenn ich Hilfe brauche, würdest du es nicht tun?«

»Doch«, sagte Kamyar ohne zu zögern, »würde ich.«

»Dann ist es also abgemacht.« Der Fremde stand auf. »Teilen wir uns deine Schaufel, Kamyar?«

Den restlichen Nachmittag arbeitete das Trio daran, den Boden von verkohltem Holz und durchnässtem Schutt zu befreien. Das Mädchen verriet dem Fremden immer noch nicht seinen Namen und nannte ihn nie anders als *Sahib*, aber Kamyar behandelte ihn wie einen lang verschollenen Freund, mit dem zusammen er gegen einen gemeinsamen Feind kämpfte. Als der Fremde ihnen Wasser reichte und Lavash-Brot zu essen gab, neigte das Mädchen den Kopf und berührte zum Dank mit den Fingerspitzen ihre Augenbrauen.

Röte überzog ihre Wangen, als der auf seine Art wunderschöne Fremde ohne ein Wort die Geste erwiderte.

Bald ging der Tag in den Abend über, und Kamyar schmiegte sich in eine Ecke, sein Kinn senkte sich auf die Brust, und seine Augen fielen sachte zu.

Der Fremde stapelte die letzten verwertbaren Holzscheite neben der Tür und schüttelte den Dreck aus seinem *Rida*, bevor er die Kapuze seines Umhangs wieder über den Kopf schob.

»Vielen Dank«, murmelte das Mädchen in dem Bewusstsein, das wäre das Mindeste, das sie tun sollte.

Er blickte sie über die Schulter an. Dann griff er in seinen Umhang und holte einen kleinen, mit einer Lederschnur zusammengebundenen Beutel hervor.

»Bitte. Nimm das.«

»Nein, Sahib.« Sie schüttelte den Kopf. »Ich kann dein Geld nicht annehmen. Du hast uns schon genug von deiner Großzügigkeit gewährt.«

»Es ist nicht viel. Ich möchte, dass ihr es nehmt.« Seine Augen, die von Anfang an müde erschienen waren, sahen jetzt mehr als erschöpft aus. »Bitte.«

In diesem Augenblick passierte etwas mit seinem Gesicht, wenn auch verborgen im Spiel der Schatten, den verbliebenen Partikeln von Staub und Asche …

Irgendetwas darin zeigte ein tieferes Leid, als es das Mädchen je zu ergründen hoffte.

Sie nahm das Beutelchen aus seiner Hand entgegen.

»Danke«, flüsterte sie ihm zu. Als ob er derjenige sei, der Hilfe nötig hatte.

»Shiva«, sagte sie. »Ich heiße Shiva.«

Verwirrung flackerte für einen Augenblick auf seinen Gesichtszügen auf.

»Natürlich heißt du so.« Er verneigte sich tief, eine Hand an die Brauen gelegt.

Trotz ihrer Verwirrung schaffte sie es, freundlich zu reagieren, ihre Finger strichen über ihre Stirn. Als sie wieder aufblickte, war er um die Ecke gegangen.

Und verschwand in der Dunkelheit der Nacht.

Die Wasserlügen

Es war nur ein Ring.

Und dennoch bedeutete er ihr so viel.

So viel zu verlieren. So viel, für das es sich zu kämpfen lohnte.

Shahrzad hielt die Hand in einen Lichtstrahl. Der Ring aus mattem Gold blitzte zweimal auf, als ob er sie an seinen Gefährten erinnern wollte, weit über das Meer aus Sand.

Chalid.

Ihre Gedanken schweiften zu dem Marmorpalast in Ray. Zu Chalid. Sie hoffte, dass er bei Jalal war oder bei seinem Onkel, dem *Shahrban.*

Sie hoffte, dass er nicht allein war. Hilflos. Verzweifelt …

Warum bin ich nicht bei ihm?

Sie presste die Lippen fest aufeinander.

Weil, als ich das letzte Mal in Ray war, Tausende von unschuldigen Menschen starben.

Und Shahrzad konnte nicht zurückkehren, bevor sie nicht eine Möglichkeit gefunden hatte, ihre Familie zu retten. Ihre Liebe. Und eine Möglichkeit, Chalids schrecklichen Fluch zu brechen.

Draußen hinter ihrem Zelt begann eine Ziege, fröhlich und unbekümmert zu meckern.

Ihr Zorn wuchs. Shahrzad warf ihre behelfsmäßige Decke zurück und griff nach dem Dolch neben ihrer Schlafstätte. Eine leere Drohung, aber sie wusste, sie sollte wenigstens den Anschein von Kontrolle wahren.

Als ob sie sie verspotten wollten, wurden die schrillen Klänge hinter ihrem Zelt noch beharrlicher.

Ist da eine … Glocke?

Das kleine Biest da draußen hatte ein Glöckchen um den Hals! Und so sorgten das Klingeln und das Gemecker endgültig dafür, dass sie unmöglich wieder einschlafen konnte.

Shahrzad setzte sich auf, packte das juwelenbesetzte Heft ihres Dolches …

Dann, mit einem entnervten Aufschrei, ließ sie sich auf die kratzende Wolle ihres Bettes zurückfallen.

Es ist ja nicht so, als ob ich wirklich schlafen könnte, so wie die Dinge liegen.

Nicht solange sie so weit weg von Zuhause war. So weit von dort, wohin ihr Herz sich sehnte.

Sie schluckte den Kloß hinunter, der sich plötzlich in ihrer Kehle gebildet hatte.

Mit dem Daumen strich sie über den Ring mit den beiden gekreuzten Schwertern – den Ring, den Chalid ihr erst vor vierzehn Tagen an ihre rechte Hand gesteckt hatte.

Genug. Mit diesem Unsinn erreiche ich nichts.

Wieder setzte sie sich auf, ihre Augen suchten die neue Umgebung ab.

Irsas Schlaflager war in einer Ecke des kleinen Zeltes ordentlich verstaut. Ihre kleinere Schwester war wahrscheinlich schon seit Stunden auf und hatte Brot gebacken, Tee gemacht und das Fell der erbärmlichen Ziege gebürstet.

Shahrzad lächelte fast, trotz allem.

Ihre Unsicherheit nahm mit der Dämmerung zu. Sie steckte

ihren Dolch in den Hosenbund, dann stand sie auf. Jeder Muskel ihres Körpers schmerzte von der anstrengenden Reise und den schlaflosen Nächten.

Drei Nächte voller Sorge. Drei Nächte auf der Flucht aus einer Stadt, die in Brand gesteckt worden war. Eine nicht versiegende Quelle voller Fragen ohne Antworten. Diese drei langen Nächte voller Angst um ihren Vater, dessen zerschlagener Körper sich erst noch von den wie auch immer gearteten Verletzungen erholen musste, die er auf den Bergkuppen von Ray erlitten hatte.

Shahrzad atmete tief durch.

Die Luft hier war anders. Trockener. Frisch. Weichgezeichnete Lichtstäbe drangen schräg durch die Zeltsäume. Eine dünne Schicht feinen Treibsands bedeckte alles. Sie ließ ihre winzige Welt erscheinen, als sei sie mit schwarzem Diamantenstaub überzogen.

Auf einer Seite des Zeltes stand ein kleiner Tisch mit einem Porzellankrug und einer Kupferschale. Shahrzads spärliche Habseligkeiten waren daneben aufgestapelt, gewickelt in den fadenscheinigen Teppich, den ihr Musa Zaragoza vor einigen Monaten geschenkt hatte. Sie kniete sich vor den Tisch und füllte die Kupferschale mit Wasser, um sich zu waschen.

Das Wasser war lauwarm, aber sauber. Ihr Spiegelbild, das ihr von der Oberfläche entgegensah, wirkte seltsam beherrscht.

Ruhig, aber verzerrt.

Das Gesicht eines Mädchens, das alles und nichts im Laufe einer einzigen Nacht verloren hatte.

Sie tauchte beide Hände in das Wasser. Unter der Oberfläche sah ihre Haut blass und weich aus. Nicht ihre normale bronzene Farbe. Sie hielt den Blick auf die Stelle gerichtet, wo das Wasser und die Luft sich trafen, auf die Krümmung, die ihre Hände wie in einer anderen Welt unter Wasser erscheinen ließen …

Eine Welt, die sich langsamer bewegte und Geschichten erzählte.

Die Wasserlügen.

Sie spritzte sich etwas Wasser ins Gesicht und fuhr sich mit den feuchten Fingern durch die Haare. Dann hob sie den Deckel des kleinen hölzernen Behälters daneben ab und nahm ein bisschen von der gemahlenen Minze, dem weißen Pfeffer und dem zerstoßenen Steinsalz, um ihren Mund vom Schlaf der letzten Nacht zu reinigen.

»Du bist wach. Nachdem du gestern Abend so spät angekommen bist, hatte ich nicht erwartet, dass du so früh aufstehen würdest.«

Shahrzad drehte sich um und sah Irsa unter der offenen Zeltklappe stehen. Ein Lichtdreieck beleuchtete die schmale Silhouette ihrer Schwester.

Irsa lächelte, ihre frechen Gesichtszüge wurden sichtbar. »Du bist doch sonst nie vor dem Frühstück aufgewacht.« Sie schlüpfte in das Zelt und schloss die Zeltklappen fest hinter sich.

»Wer kann schon schlafen, solange diese scheußliche Ziege draußen schreit?«

Shahrzad bespritzte Irsa mit Wasser, um sie von ihrem unvermeidlichen Ansturm von Fragen abzulenken.

»Du meinst Farbod?«

»Du hast diesem kleinen Ungeheuer einen Namen gegeben?« Shahrzad grinste und begann, ihre verworrenen Locken zu einem Zopf zu flechten.

»Er ist ganz niedlich.« Irsa runzelte die Stirn. »Du solltest ihm eine Chance geben.«

»Bitte sage Farbod, dass – sollte er auf seine Konzerte frühmorgens bestehen – meine Lieblingsspeise geschmorte Ziege ist, in einer Sauce aus Granatäpfeln und zerstoßenen Walnüssen.«

»Ach!« Irsa nahm ein langes Stück Bindfaden aus ihrem zerknitterten *Sirwal.* »Wir sollten wohl nicht vergessen, dass wir uns jetzt in königlicher Gesellschaft befinden.« Sie band das Stück Faden um das Ende von Shahrzads Zopf. »Ich werde Farbod warnen, nie wieder Chorasans erlauchter Kalifin zu nahe zu treten.«

Shahrzad blickte über ihre Schulter in die hellen Augen ihrer Schwester. »Du bist so groß geworden«, sagte sie leise. »Wann bist du nur so groß geworden?«

Irsa schlang Shahrzad beide Arme um die Taille. »Ich habe dich vermisst.« Ihre Fingerspitzen streiften den Dolchgriff, und sie zuckte erschreckt zurück. »Warum trägst du …«

»Ist Baba schon aufgewacht?« Shahrzad lächelte mehr als breit. »Kannst du mich zu ihm bringen?«

In der Nacht des Unwetters war Shahrzad mit Tarik und Rahim auf der Suche nach ihrem Vater auf eine Hügelkuppe außerhalb von Ray geritten.

Sie war nicht im Mindesten auf das vorbereitet gewesen, was sie gefunden hatten.

Jahandar al-Haizuran hatte zusammengekrümmt in einer Pfütze gelegen, seine Arme um ein altes, ledergebundenes Buch geschlungen.

Seine bloßen Füße und seine Hände waren verbrannt. Rot, wund und aufgeschürft. Die Haare fielen ihm büschelweise aus. Der Regen hatte sie im Schlamm zusammengeschwemmt und die Strähnen gegen einen nassen Felsen gedrückt, zusammen mit anderen weggeworfenen Dingen.

Das scheckige Pferd ihrer Schwester war zu diesem Zeitpunkt schon lange tot gewesen. Ihm war die Kehle durchschnitten worden. Das Blut war in Strömen aus einer scheußlichen Halswunde geflossen. Ein Geäder aus Schlamm und herbeigewehter Asche hatte sich mit dem Purpur zu einem düsteren Flechtwerk auf den Hügeln vermischt.

Shahrzad würde niemals den Anblick des zusammengekauerten Körpers ihres Vaters vor dem Hintergrund des rot-grauen Abhangs vergessen.

Als sie versucht hatte, Jahandars Finger von dem Buch zu lösen, hatte er laut aufgeschrien in einer Sprache, die sie ihn nie zuvor hatte sprechen hören. Seine Augen hatten sich verdreht, und seine geschlossenen Wimpern hatten geflackert und sich nicht mehr geöffnet, jedenfalls nicht in den seither vergangenen vier Tagen.

Und bis sie sich öffneten, weigerte Shahrzad sich, ihn alleinzulassen.

Erst musste sie sich überzeugen, dass ihr Vater in Sicherheit war. Sie musste wissen, was er getan hatte.

Egal, was – oder wen – sie in Ray zurückgelassen hatte.

»Baba?«, sagte Shahrzad sanft, als sie sich in seinem kleinen Zelt neben ihn kniete.

Er schauderte im Schlaf, seine Finger klammerten sich fester um den uralten Band, den er noch immer in den Armen hielt. Selbst im Delirium hatte Jahandar sich geweigert, das Buch loszulassen. Keine Menschenseele hatte es berühren dürfen.

Irsa seufzte. Sie beugte sich zu Shahrzad und reichte ihr einen Becher mit Wasser.

Shahrzad hielt den Kelch ihrem Vater an die aufgesprungenen Lippen. Sie wartete, bis sie ihn schlucken fühlte. Er murmelte etwas vor sich hin, dann drehte er sich wieder zur Seite und versteckte das Buch tiefer unter seine Decken.

»Was hast du hier hineingetan?«, fragte Shahrzad ihre Schwester. »Es riecht gut.«

»Nur etwas frische Minze und Honig. Und ein paar Teekräuter und etwas Milch. Du hast gesagt, er hätte seit ein paar Tagen nicht gegessen. Ich dachte, es würde helfen«, sagte Irsa achselzuckend.

»Das ist eine gute Idee. Daran hätte ich auch denken sollen.«

»Mach dir keine Vorwürfe. Das passt nicht zu dir. Und … du hast schon mehr als genug getan.« Irsa sprach mit einer Weisheit, die über ihre vierzehn Jahre weit hinausging. »Baba wird bald wieder aufwachen. Ich … ich weiß es.« Sie biss sich auf die Lippe, ihrem Ton fehlte Überzeugung. »Er braucht Ruhe, damit seine Wunden verheilen können. Und Zeit.«

Shahrzad sagte nichts, während sie die Hände ihres Vaters aufmerksam betrachtete. Seine Verbrennungen hatten Brandblasen gebildet, und purpurfarbene und grellrote Flecken zogen sich über die Haut.

Was hat er am Tag des Unwetters nur getan?

Was haben wir getan?

»Du solltest etwas essen. Du hast gestern Abend, als du angekommen bist, schon kaum etwas herunterbekommen«, unterbrach Irsa Shahrzads Gedanken.

Bevor sie protestieren konnte, nahm Irsa Shahrzad den Kelch aus der Hand, zog sie auf die Füße und zerrte sie in die Dünen hinter dem Zelt ihres Vaters. Der Duft von geröstetem Fleisch hing schwer in der Wüstenluft, der Rauch über ihnen eine ziellose Wolke. Seidige Sandkörner rieben sich zwischen Shahrzads Zehen, fast zu heiß, um es zu ertragen. Grelle Sonnenstrahlen ließen alles verschwimmen, was sie berührten.

Als sie weitergingen, blickte Shahrzad sich mit zusammengekniffenen Augen in dem Badawi-Lager um, beobachtete den Trubel vieler lächelnder Menschen, die Kornbüschel und Warenbündel von einer Ecke in die andere schleppten. Die Kinder schienen immerhin glücklich, obwohl es unmöglich war, die schimmernde Waffenauswahl – Schwerter, Äxte und Pfeile – zu übersehen, die im Schatten aushärtender Tierhäute lagen. Unmöglich, sie zu ignorieren oder ihre unleugbare Bedeutung …

Vorbereitung auf einen anstehenden Krieg.

»Und ich nehme von dir diese Leben, tausendfach.«

Shahrzad erstarrte, dann zog sie die Schultern nach hinten. Sie wollte ihre Schwester mit den Problemen nicht belasten. Diese Probleme verlangten nach Wesen mit einzigartigen Fähigkeiten.

Solchen wie Musa Zaragoza, dem Magus des Feuertempels. Obwohl es ihr schwerfiel, schüttelte Shahrzad den unerträglichen Druck des Fluchs ab. Sie lief mit Irsa durch die Enklave aus Zelten auf das größte in der Mitte zu. Es hatte einen beeindruckenden Aufbau, so zusammengeschustert es auch war: ein Sammelsurium aus sonnengebleichten Farben mit einem verblichenen Banner an der Spitze, das im Luftzug herumtanzte. Ein vermummter Wachposten in einem groben Umhang stand am Zelteingang.

»Keine Waffen.« Mit der Hand hielt der Soldat Shahrzads Schulter fest, mit der Kraft eines lebenslangen Angreifers. Ein Soldat, der seine Rolle weit mehr genoss, als er sollte.

Wider besseres Wissen kam Shahrzads Reaktion mechanisch und unbewusst. Sie wehrte seine Hand ab, ihr Blick starr.

Ich bin nicht in der Stimmung für rüpelhafte Männer. Oder ihre Kriegstreiberei.

»Waffen sind im Zelt des Scheichs nicht erlaubt.« Der Soldat griff nach ihrem Dolch, in seinen Augen glitzerte eine unausgesprochene Drohung.

»Fass mich noch einmal an, dann werde ich …«

»Shazi!« Irsa trat heran, den Soldaten zu besänftigen. »Bitte verzeih meiner …«

Der Soldat stieß Irsa weg. Ohne auch nur eine Sekunde nachzudenken, schlug Shahrzad ihm beide Fäuste gegen die Brust. Er taumelte zur Seite, seine Nasenflügel flatterten. Hinter sich hörte sie, wie Männer zu schreien anfingen.

»Was tust du da, Shahrzad?«, rief Irsa. Der Schock über den Leichtsinn ihrer Schwester stand ihr ins Gesicht geschrieben.

Voller Wut packte der Soldat Shahrzads Unterarm. Sie bereitete sich auf den bevorstehenden Kampf vor, ihre Zehen verkrampft und ihre Fäuste geballt.

»Lass sie sofort los!« Ein großer Schatten lauerte über dem Soldaten.

Perfekt.

Shahrzad schreckte zurück, ein Hauch von Schuldbewusstsein kämpfte gegen ihre Wut.

»Ich brauche deine Hilfe nicht, Tarik«, sagte sie mit zusammengebissenen Zähnen.

»Ich helfe dir nicht.« Er kam näher, warf einen flüchtigen Blick in ihre Richtung. Sein unverhüllter Schmerz lag so bloß, dass er ihr die Standhaftigkeit raubte.

Wird er mir denn nie vergeben?

Der Soldat wandte sich mit einer Ehrerbietung an Tarik, die Shahrzad unter normalen Umständen immens gereizt hätte. »Entschuldige, *Sahib*, aber sie hat sich geweigert …«

»Lass sie sofort los. Ich wollte keine Entschuldigungen hören. Folge deinen Befehlen, oder du musst mit Konsequenzen rechnen, Soldat.«

Der Soldat ließ sie widerwillig los. Shahrzad schüttelte seinen Griff ab. Mit einem tiefen Atemzug straffte sie sich und betrachtete die Menschen in ihrer Nähe. Rahim stand Tarik zur Seite, verschiedene andere junge Männer befanden sich auf seiner anderen Seite. Einer war ein spindeldürrer Junge mit dem Gehabe eines viel älteren Mannes. Sein Bart wuchs in Flechten auf einem langen, schmalen Gesicht, und seine lächerlich ernsten Brauen bedeckten eiskalte Augen.

Augen, die sie mit niederträchtigem Hass beobachteten.

Ihre Finger tasteten nach ihrem Dolch.

»Danke, Tarik«, sagte Irsa, weil Shahrzad immer noch keinen Hauch von Dankbarkeit gezeigt hatte.

»Schon gut«, erwiderte er mit einem linkischen Nicken.

Shahrzad biss sich innen auf die Wangen. »Ich …«

»Gib dir keine Mühe, Shazi. Das haben wir doch schon hinter uns.« Tarik schlug die Kutte seines *Rida* zurück und betrat geduckt den Zelteingang, auf ihre Begleitung verzichtend. Der Junge mit den eiskalten Augen blickte sie finster an und schloss dicht auf. Rahim blieb neben ihr stehen, sein Gesichtsausdruck grimmig, als ob er etwas Besseres erwartet hätte. Dann trat er näher an Irsa heran, sein Kopf fragend gesenkt. Ihre Schwester lächelte ihn schwach an. Leise seufzend und ohne ein Wort stapfte Rahim hinter ihnen in das Zelt.

Irsa stieß Shahrzad einen Ellbogen in die Rippen. »Was ist los mit dir?«, tadelte sie flüsternd. »Wir sind hier Gäste. So kannst du dich hier nicht benehmen.«

Gedemütigt nickte Shahrzad, bevor sie durch das höhlenartige Loch schritt.

Ihre Augen brauchten eine Weile, um sich an die plötzliche Dunkelheit zu gewöhnen. Eine Reihe von Messinglampen hing in ungleichen Abständen von den Holzsparren oben, ihr schwaches Licht blass nach der Helligkeit der Wüstensonne. Am entfernten Ende des Zelts stand ein langer, niedriger Tisch, geschreinert aus grob behauenem Teakholz. Abgegriffene Wollkissen waren zu willkürlichen Stapeln aufgeworfen worden. Schreiende Kinder wieselten hinter Shahrzad her, nichts anderes im Sinn als den bevorzugten Platz am Frühstückstisch.

Inmitten des haarsträubenden Tumults saß ein alter Mann mit wachsamen Augen und einem zerzausten Bart. Als er Shahrzad sah, lächelte er sie mit überraschender Wärme an. Zu seiner Linken saß eine Frau ähnlichen Alters mit einem langen Zopf in gedämpftem Kupfer. Zu seiner Rechten saß Shivas Vater, Reza bin-Latief. Shahrzad zog sich der Magen zusammen, ein plötzliches Schuldgefühl trieb wieder an die Oberfläche. Sie hatte ihn gestern Abend kurz gesehen, aber in der Unruhe bei ihrer

Ankunft hatte es nur einen schnellen Wortwechsel gegeben, und sie war sich noch nicht im Klaren, ob sie bereit war, Shivas Vater entgegenzutreten.

So kurz, nachdem sie bei der Rache für den Mord an seiner Tochter versagt hatte.

So kurz, nachdem sie sich genau in den jungen Mann verliebt hatte, der sie ermordet hatte.

Shahrzad entschied, dass es das Beste war, unerwünschte Aufmerksamkeit zu vermeiden, also hielt sie den Kopf gesenkt und setzte sich auf das Kissen neben Irsa, gegenüber von Tarik und Rahim.

Sie wich den Blicken aller in ihrer Umgebung aus, besonders denen des Jungen mit den eisig brennenden Augen, der jede Gelegenheit nutzte, sie mit einem beunruhigenden Blick zu durchbohren. Der Wunsch, auf sein Verhalten aufmerksam zu machen, bestimmte ihre Gedanken, aber Irsas jüngste Ermahnung setzte sich durch: Sie war hier nur Gast.

Und sie durfte sich nicht auf diese rücksichtslose Weise benehmen.

Nicht, wo das Wohlbefinden ihrer Familie auf dem Spiel stand.

Eine gebratene Lammkeule wurde in die Mitte des abgenutzten Tisches gestellt. Die Servierplatte war ein riesiges Stück aus gehämmertem Silber, an allen Ecken und Enden verbeult von Alter und Gebrauch. Dicke Scheiben von Barbari-Brot, bestrichen mit Butter und in schwarzen Sesamsamen gerollt, standen daneben in Körben bereit, dazu angeschlagene Schüsseln mit ganzen Rettichen und Platten mit gesalzenem Ziegenkäse. Kabbelnde Kinder griffen nach den Rettichen und rissen das Barbari in grobe Stücke, bevor sie mit bloßen Händen das Fleisch packten. Ihre Eltern zerstießen Stängel frischer Minze und gossen in großen Mengen dunklen Tee über die duftenden Blätter.

Als Shahrzad zufällig aufblickte, bemerkte sie, dass der alte Mann mit den aufmerksamen Augen sie beobachtete und dass wieder ein warmes Lächeln seine Lippen umspielte. Die Lücke zwischen seinen beiden Schneidezähnen war überdeutlich und gab ihm ein fast törichtes Aussehen.

Trotzdem ließ Shahrzad sich nicht das kleinste bisschen täuschen.

»Also, mein Freund … das ist also Shahrzad«, sagte der alte Mann.

Mit wem spricht er?

»Ich hatte recht …«, krächzte er weiter. »Sie ist wunderschön.«

Shahrzads Blick huschte über beide Seiten des Tisches und blieb bei Tarik hängen.

Seine breiten Schultern waren unbeweglich; sein gemeißeltes Kinn wirkte angespannt. Er atmete durch die Nase aus und hob seinen Blick, um ihren zu treffen.

»Das ist sie«, stimmte Tarik mit gleichgültiger Stimme zu.

Der alte Mann neigte den Kopf in Shahrzads Richtung. »Du hast eine Menge Staub aufgewirbelt, Schönheit.«

Trotz der beruhigenden Hand, die Irsa auf ihre legte, wuchs Shahrzads Wut wie glühende Kohle, die zur Flamme geschürt wird.

Ihr war bewusst, dass sie in diesem Moment an Gunst einbüßte, aber Shahrzad entschied sich, nichts zu sagen. Sie rollte ihre Zunge im Mund. Biss sich auf die Unterlippe.

Ich bin hier Gast. Ich kann nicht tun, was ich will.

Egal wie wütend und einsam ich mich fühle.

Der alte Mann lächelte wieder. Noch breiter. Noch deutlicher zeigte sich die Lücke zwischen den Zähnen.

Zum Verzweifeln.

»Bist du es wert?«

Shahrzad räusperte sich. »Wie bitte?«, sagte sie und hielt ihre Gefühle im Zaum.

Der Junge mit den eiskalten Augen beobachtete sie mit der gespannten Aufmerksamkeit eines Falken.

»Bist du diesen ganzen Ärger wert, Schönheit?«, wiederholte der alte Mann mit einem unerträglichen Singsang in der Stimme.

Irsa schloss flehend eine Hand um Shahrzads Finger; kalter Schweiß glänzte auf ihrer Handfläche.

Shahrzad durfte die Sicherheit ihrer Schwester nicht aufs Spiel setzen. Nicht in einem Zelt voller Unbekannter. Unbekannte, die ihre Familie genauso gut in der Wüste aussetzen könnten, wegen eines einzigen falschen Wortes. Oder ihnen wegen eines missverstandenen Blicks die Kehle durchschneiden. Nein. Shahrzad durfte den zweifelhaften Gesundheitszustand ihres Vaters nicht gefährden. Nicht für alles auf der Welt.

Sie lächelte langsam und nahm sich Zeit, ihre Wut zu unterdrücken. »Ich finde, Schönheit ist nicht der Aufregung wert.« Shahrzad ergriff Irsas Hand fester, in schwesterlichem Zusammenhalt. »Aber *ich* bin eine Menge mehr wert als das, was ihr von außen seht.« Ihr Ton war unbekümmert trotz des verhüllten Tadels.

Ohne Zögern warf der alte Mann seinen Kopf in den Nacken und lachte. »Ganz sicher!« Seine Augen glitzerten vor Vergnügen. »Willkommen in meinem Heim, Shahrzad al-Haizuran. Ich bin Omar al-Sadiq, und du bist mein Gast. Solange dich diese Grenzen umgeben, wirst du immer als solcher behandelt werden. Bitte merke dir: Eine Kalifin in Seide oder ein Bettler von der Straße – ich mache keinen Unterschied. Willkommen.« Er senkte den Kopf und rieb mit den Fingerspitzen in einem breiten Schnörkel über seine Brauen.

Shahrzad ließ ihrem aufgestauten Atem Raum. Er entwich

ihr in einem einzigen Luftstoß und nahm ihr die Spannung von den Schultern und dem Magen.

Ihr Lächeln wurde breiter, und Shahrzad verbeugte sich ihrerseits, mit der rechten Hand an der Stirn.

Shivas Vater beobachtete ihren Austausch unbeeindruckt, er kreuzte seine Ellbogen und lehnte sie gegen die verwitterte Tischkante. »Shazi-*jan*«, begann er in düsterem Ton.

Er sprach sie an, gerade als sie nach einem Stück Barbari griff.

»Ja, Onkel Reza?« Sie hob fragend die Augenbrauen, ihre Hand blieb über dem Brotkorb in der Schwebe.

Rezas Züge wurden nachdenklich. »Ich bin sehr froh, dass du hier bist, in Sicherheit.«

»Danke. Und ich bin allen dankbar, dass sie meine Familie in Sicherheit gebracht haben. Und dafür, dass sie sich so hervorragend um Baba kümmern.«

Er nickte, dann beugte er sich vor und lehnte das Kinn auf seine übereinander gelegten Hände. »Natürlich. Deine Familie war immer auch meine Familie. Wie meine auch immer deine war.«

»Ja«, sagte Shahrzad leise. »So war es.«

»Also«, sagte Reza, Zeichen von Bestürzung verzerrten seinen Mund, »es schmerzt mich sehr, dich das zu fragen – weil ich dachte, es sei aus Nachlässigkeit geschehen, als du gestern Nacht ankamst – aber ich habe deine Beleidigung heruntergeschluckt, solange ich es eben aushalten konnte.«

Shahrzads ganzer Körper erstarrte, ihre Finger hielten noch immer über dem Brot inne. Die Spannung erdrückte erneut ihren Körper, Schuldgefühle umklammerten ihren Magen wie eine wilde Schlange.

»Shahrzad …« Reza bin-Latiefs Stimme hatte nun jede Spur von Freundlichkeit verloren. Jede Wärme des Mannes, den sie immer für einen zweiten Vater gehalten hatte, war wie weggeblasen. »Warum sitzt du an diesem Tisch – brichst Brot mit uns – und trägst den Ring des Jungen, der meine Tochter ermordet hat?«

Es war eine unverblümte Schuldzuweisung.

Sie durchschnitt die Menge wie eine Sense ein Getreidefeld. Shahrzads Finger pressten sich fest auf die Standarte mit den beiden gekreuzten Schwertern. So fest, dass es wehtat.

Sie blinzelte. Einmal. Zweimal.

Tarik räusperte sich. Der Klang hallte in der plötzlichen Stille wider. »Onkel … Onkel Reza …«

Nein. Sie konnte nicht zulassen, dass Tarik sie rettete. Nicht schon wieder.

Nie wieder.

»Es … tut … tut mir leid«, sagte sie mit trockenem Mund.

Aber das tat es nicht. Das nicht. Ihr taten hundert Dinge leid. Tausend Dinge.

Eine ganze Stadt voller nicht angebotener Entschuldigungen.

Aber dies hier würde ihr nie leidtun.

»Du sollst dich nicht entschuldigen, Shahrzad«, fuhr Reza in derselben kalten Stimme fort. Der Stimme eines Fremden. »Entscheide dich.«

Ihr Bedauern murmelnd stand Shahrzad auf.

Sie dachte nicht nach. Sich an die Überreste ihrer Würde klammernd stolperte sie weg vom Tisch, hinein in die feuerrote Wüstensonne. Ihre Sandalen verfingen sich in dem sengend heißen Sand, der sich an sie heftete und ihre Waden bei jedem Schritt heiß berührte.

Eine große, schwielige Hand hielt sie an der Schulter fest, zwang sie, stehen zu bleiben.

Sie blickte auf, schützte ihre Augen vor dem blendenden Licht.

Der Soldat. Der immerwährende Angreifer.

»Geh mir aus dem Weg«, flüsterte sie in dem Bemühen, ihre Wut zu zügeln. »Sofort.«

Seine Mundwinkel hoben sich gemächlich zu einem hämischen Grinsen. Er machte keine Anstalten zu weichen.

Shahrzad packte sein Handgelenk und wollte ihn beiseiteschieben.

Das grob gewebte Leinen seines *Rida* rollte sich bis zu seinem Ellbogen hinauf und enthüllte ein Brandzeichen, das innen in seinen Unterarm gesengt war.

Das Zeichen des Skarabäus.

Das Zeichen der Fedajin-Mörder, die in ihr Zimmer in Ray gedrungen waren und versucht hatten, sie umzubringen.

Shahrzad schnappte nach Luft und rannte los. Unbeholfen, sinnlos, ihr einziger Gedanke war Flucht.

Irgendwo in der Ferne hörte sie, wie Irsa nach ihr rief.

Trotzdem dachte sie nicht daran anzuhalten.

Sie rannte in ihr winziges Zelt, warf die Zeltklappe mit einem lauten Klappern hinter sich zu.

Ihre flachen Atemstöße hallten von den drei Wänden wider. Shahrzad hob die rechte Hand in einen Lichtstrahl, der durch einen Zeltsaum hereindrang. Sie beobachtete, wie er das matte Gold ihres Rings einfing.

Ich gehöre hier nicht hin. Ein Gast in einem Gefängnis aus Sonne und Sand.

Aber ich muss meine Familie in Sicherheit bewahren. Ich muss eine Möglichkeit finden, den Fluch zu brechen.

Und nach Hause zu Chalid zurückkehren.

Aber leider wusste sie nicht, wem sie trauen konnte. Bis Shahrzad wusste, wer dieser Scheich Omar al-Sadiq war und warum ein Fedajin-Mörder in seinem Camp herumlungerte, musste sie vorsichtig sein. Denn es war klar, dass sie in Reza bin-Latief nicht mehr den einstigen Verbündeten hatte. Und Shahrzad wollte um keinen Preis Tarik ihre Bürde auflasten. Es war nicht seine Aufgabe, ihre Familie in Sicherheit zu bringen. Nein. Diese Pflicht gebührte ihr, und nur ihr.

Ihr Blick irrte umher, bis er an der Wasserlache in der Kupferschale hängen blieb.

Existiere unter Wasser.

Bewege dich langsam. Erzähle Geschichten.

Lüge.

Ohne einen Gedanken an Sentimentalität zog sich Shahrzad den Ring vom Finger.

Atme.

Sie schloss die Augen und lauschte dem leisen Aufschrei ihres Herzens.

»Hier.« Irsa ließ die Zeltklappe hinter sich zufallen und kam an Shahrzads Seite. Sie brauchte keine Anweisung. Ebenso wenig kam irgendeine Art Vorwurf über ihre Lippen. Im Handumdrehen zog sie den Faden, der Shahrzads Zopf zusammengehalten hatte, ab. Die Schwestern sahen sich fest in die Augen, als Irsa den Ring aus Shahrzads Hand nahm und aus dem Faden ein Halsband formte.

Ohne ein Wort knotete Irsa das Halsband hinten an Shahrzads Nacken zusammen und steckte den Ring oben in ihren *Qamis*. »Keine Geheimnisse mehr.«

»Einige Geheimnisse sind hinter Schloss und Riegel sicherer aufgehoben.«

Shahrzad nickte ihrer Schwester zu, Chalids Worte waren ein leises Wispern in ihrem inneren Ohr. Nicht als Warnung. Sondern zur Erinnerung.

Sie würde alles tun, was getan werden musste, um ihre Familie in Sicherheit zu bewahren.

Sogar ihre eigene Schwester anlügen.

»Was willst du wissen?«

Immer

Er war allein.

Und er sollte die Zeit nutzen, bevor die Geschäfte des Tages ihm diese Augenblicke der Einsamkeit stehlen würden.

Chalid ging über den Sand des Übungsplatzes.

Sobald er nach seinem *Shamshir* griff, wusste er, dass seine Hände bluten würden.

Egal. Es war kaum von Bedeutung.

Augenblicke des Nichtstuns waren Augenblicke, die dem Nachdenken ausgeliefert waren.

Augenblicke des Erinnerns.

Das Schwert trennte sich von seiner Scheide mit dem leisen Zischen von Metall auf Metall. Seine Handflächen brannten, seine Finger schmerzten. Trotzdem packte er das Heft fester.

Als er sich der Sonne zuwandte, blendete das grelle Licht seine Augen und versengte seine Sehkraft. Chalid fluchte unterdrückt.

Seine wachsende Lichtempfindlichkeit war neuerdings ein immer wiederkehrendes Problem. Eine tragische Nebenwirkung fortdauernder Schlaflosigkeit. Bald würden sich alle in seiner Umgebung dieses Problems nur allzu bewusst werden. Er fühlte sich in der Dunkelheit zu wohl – eine hohläugige Kreatur, die durch die zusammengebrochenen Flure eines einst majestätischen Palastes glitt und schlich.

Wie der *Fakir* ihn gewarnt hatte, würde dieses Verhalten als Wahnsinn gedeutet werden.

Der verrückte Knabenkönig von Chorasan. Das Monster. Der Mörder.

Chalid kniff seine brennenden Augen fest zu. Wider besseres Ermessen überließ er all seine Sinne der Erinnerung.

Er erinnerte sich, wie er als siebenjähriger Junge im Schatten stand und beobachtete, wie sein Bruder Hassan die Kunst des Schwertkampfs erlernte. Als sein Vater ihm endlich gestattet hatte, mit Hassan zusammen zu lernen, war Chalid erstaunt gewesen; sein Vater hatte in der Vergangenheit solche Bitten selten erhört.

»Du kannst genauso gut etwas Nützliches lernen. Ich nehme an, selbst ein Bastard sollte fechten können.« Der Zorn seines Vaters Chalid gegenüber schien grenzenlos.

Seltsamerweise war das einzige Mal, dass sein Vater sich stolz auf ihn gezeigt hatte, der Tag gewesen, als Chalid Hassan mit dem Schwert besiegt hatte.

Aber am folgenden Tag hatte er Chalid verboten, weiter mit seinem Bruder Unterricht zu nehmen. Er hatte Hassan zusammen mit den Besten lernen lassen. Und hatte es Chalid überlassen, sich selbst zu verteidigen.

In jener Nacht hatte ein wütender elfjähriger Prinz von Chorasan geschworen, der beste Schwertkämpfer des ganzen Königreichs zu werden. Und wenn er das erreicht hätte, würde sein Vater erkennen, dass die Vergangenheit ihm nicht das Recht gab, seinem Sohn eine Zukunft zu verwehren.

Nein. Da musste schon etwas ganz anderes passieren.

Und an dem Tag, an dem er seinem Vater ein Schwert an den Hals halten würde, würde sein Vater es wissen.

Chalid lächelte vor sich hin, als die Erinnerung den bittersüßen Geschmack kindlicher Wut mit sich brachte.

Dennoch war auch das ein weiteres Versprechen gewesen, das er nicht hatte halten können.

Eine gescheiterte Rache mehr.

Er wusste nicht, warum er sich gerade an diesem Tag an all diese Dinge erinnerte. Vielleicht lag es an der Begegnung mit dem Jungen und seiner Schwester gestern.

Kamyar und Shiva.

Was immer es war, das Chalid an ihre Tür gezogen hatte, hatte ihm auch geboten zu bleiben und zu helfen. Es war nicht das erste Mal, dass er so etwas getan hatte. Seit dem Unwetter hatte sich Chalid mehrere Male in verschiedene Teile seiner Stadt gewagt, gehüllt in die Anonymität von Schweigen und Schatten.

Am ersten Tag war er in ein angeschlagenes Viertel von Ray gewandert, nicht weit entfernt vom *Souk*, dem Markt. Dort hatte er den Verwundeten zu essen gegeben. Vor zwei Tagen hatte er geholfen, einen Brunnen zu reparieren. Seine Hände – nicht gewöhnt an harte körperliche Arbeit – hatten geblutet und von der Belastung hatten sich Blasen gebildet.

Den gestrigen Tag hatte er zum ersten Mal in der Gesellschaft von Kindern verbracht.

Zuerst hatte Kamyar Chalid an Shahrzad erinnert. Und zwar so sehr, dass sich selbst jetzt noch ein Lächeln auf Chalids Gesicht schleichen wollte. Dieser Junge war tapfer und frech.

Unerschrocken. Das Beste und das Schlechteste von Shahrzad.

Dann, als die Stunden verstrichen waren, war es das Mädchen, das ihn am meisten an Shazis Temperament erinnerte.

Denn sie hatte ihm nicht getraut. Nicht im Mindesten.

Sie hatte Chalid aus den Augenwinkeln beobachtet. Sie hatte

erwartet, dass er sie verraten würde – seine Schlangenhaut abstreifen und zuschlagen würde. Wie ein verwundetes Tier hatte sie nur vorsichtig Essen und Trinken angenommen, nie ihre Wachsamkeit abgelegt, nicht einmal für einen Augenblick.

Sie war klug, und sie liebte ihren Bruder mit einer Wildheit, auf die Chalid beinahe neidisch war.

Am meisten hatte er ihre ruhige Aufrichtigkeit geschätzt. Und er hatte mehr für ihre Familie tun wollen. So viel mehr, als ihr winziges Zuhause von den Spuren der Zerstörung zu befreien und eine milde Gabe in einem Lederbeutelchen zu hinterlassen. Aber er wusste, nichts wäre je genug.

Denn nichts könnte je ersetzen, was sie verloren hatten.

Chalid öffnete die Augen.

Mit dem Rücken zur Sonne begann er seine Übungen.

Der *Shamshir* schnitt in herabstoßenden Bögen durch den Himmel, in silbernen Blitzen und in Strahlen aus weißem Licht. Es pfiff um ihn, als er versuchte, das Aufschreien seiner Gedanken zum Schweigen zu bringen.

Aber es war noch nicht genug.

Er legte beide Hände an den Griff und drehte ihn auseinander.

Die Klingen waren aus Damaszenerstahl geschmiedet, vollendet in den Blaufeuern von Warharan. Er hatte sie selbst in Auftrag gegeben. Es gab nichts Vergleichbares.

Ein Schwert in jeder Hand, bewegte Chalid sich weiter über den Sand.

Das Geräusch kreischenden Metalls wütete in seinem Kopf wie ein Wüstenadler.

Trotzdem war es noch nicht genug.

Ein Blutrinnsal lief seinen Arm hinab.

Er fühlte nichts. Er sah es nur.

Denn nichts tat so weh wie die Sehnsucht nach ihr.

Er nahm an, nichts würde je so wehtun.

»Ist es schon so weit gekommen?«

Chalid drehte sich nicht um.

»Sind die Truhen von Chorasan so leer?«, scherzte Jalal weiter, obwohl sein Tonfall merkwürdig gezwungen klang.

Mit dem Rücken zu seinem Cousin wischte sich Chalid die blutenden Handflächen an den Enden seiner purpurnen *Tikka*-Schärpe ab.

»Bitte sag mir, dass der Kalif von Chorasan – der König der Könige – sich doch immer noch ein Paar Stulpenhandschuhe leisten kann.« Jalal schlenderte herbei, eine dunkle Augenbraue hochgezogen.

Chalid schob seinen *Shamshir* wieder in die Scheide und sah den Hauptmann seiner Palastgarde an.

»Wenn du einen Handschuh brauchst, kann ich einen für dich beschaffen. Aber nur einen. Ich bin nicht aus Gold, Hauptmann al-Churi.«

Lachend stützte Jalal seine Hände auf das Heft seines *Scimitar*, sein Griff fest. »Beschaffe dir einen für dich selbst, *Sayyidi*. Es scheint, du hast dringend einen nötig. Was ist passiert?« Er deutete auf Chalids blutbefleckte Handflächen.

Chalid zog seinen leinenen *Qamis* wieder über den Kopf.

»Hat es etwas damit zu tun, dass du gestern wieder verschwunden bist?«, drängte Jalal, seine Erregung wurde nur allzu deutlich.

Als Chalid ein zweites Mal nicht sofort antwortete, stellte Jalal sich ihm in den Weg.

»Chalid.« Alle scheinbare Unbeschwertheit war dahin. »Der Palast ist ein einziges Durcheinander. Deine Stadt ist eine Katastrophe. Du kannst nicht stundenlang verschwinden, vor allem nicht ohne Leibwache. Vater kann nicht weiterhin jeden darüber anlügen, wo du bist, und ich … kann ihn nicht weiter anlügen.« Jalal fuhr sich mit den Fingern durch das wellige Haar und brachte es nur noch mehr in Unordnung.

Chalid hielt inne und sah seinen Cousin forschend an.

Und er erschrak über das, was er sah.

Jalals gewohnte Fassade selbstgefälliger Zufriedenheit fehlte. Ein ausgefranster Bart überschattete seine Kinnlinie. Sein normalerweise makelloser Umhang hatte Falten und war beschmutzt, und seine unruhigen Hände schienen unentwegt auf der Suche nach irgendetwas zu sein, das sie packen konnten – ein Schwertheft, eine Schärpenschlinge, einen Kragenknoten … egal, was.

In seinen ganzen achtzehn Jahren hatte Chalid Jalal nie so unruhig erlebt.

»Was ist los mit dir?«

Jalal brach in lautes Gelächter aus. Zu laut. Es klang so offensichtlich falsch, dass es Chalid nur noch mehr beunruhigte.

»Meinst du das ernst oder im Spaß?« Jalal überkreuzte seine Arme.

»Im Ernst.« Chalid holte vorsichtig Luft. »Zumindest im Moment.«

»Du willst, dass ich mich dir anvertraue? Ich muss gestehen, ich bin verärgert über diese Ironie.«

»Ich will nicht, dass du dich mir anvertraust. Ich will, dass du mir sagst, was los ist, und nicht weiter meine Zeit verschwendest. Wenn du jemanden zum Händchenhalten brauchst, such dir eine von den vielen jungen Frauen aus, die sich vor deiner Zimmertür nach dir verzehren.«

»Ah, da haben wir es.« Ein düsterer Ausdruck legte sich auf Jalals Gesicht. »Sogar du.«

Das trieb Chalids Verärgerung auf die Spitze. »Nimm ein Bad, Jalal. Ein langes.« Er wandte sich zum Gehen.

»Ich werde Vater, Chalid-*jan*.«

Chalid hielt plötzlich inne. Er drehte sich auf der Stelle um, sein Absatz hinterließ eine Vertiefung im Sand.

Jalal zuckte mit den Schultern. Ein klägliches Lächeln hing in einem Mundwinkel.

»Du … skrupelloser Schwachkopf«, sagte Chalid und schüttelte den Kopf.

»Sehr freundlich.«

»Suchst du um Erlaubnis, sie zu heiraten?«

»Sie will mich gar nicht.« Er fuhr sich wieder mit den Fingern durch die Haare. »Es scheint, du bist hier nicht der Einzige, der den Harem von Frauen vor meiner Zimmertür bemerkt hat.«

»Ich mag sie jetzt schon. Immerhin ist sie bereit, aus ihren Fehlern zu lernen.« Chalid lehnte sich im Schatten an die Steinwand und warf seinem Cousin einen durchbohrenden Blick zu.

»Das ist auch freundlich.«

»Freundlichkeit gehört nicht zu meinen herausstechenden Tugenden.«

»Das stimmt.« Jalal lachte trocken. »Tut sie nicht. Besonders in letzter Zeit nicht.« Sein Lachen wich einer ernüchternden Pause. »Chalid-*jan*, du glaubst mir doch, wenn ich dir sage, dass ich nichts anderes als Shazis Sicherheit im Sinn hatte, als ich diesem Jungen sagte …«

»Ich glaube dir.« Chalids Stimme war sanft, aber dennoch scharf. »Wie ich schon sagte, das bedarf keiner weiteren Diskussion.«

Die beiden jungen Männer standen eine Weile in peinlichem Schweigen einander gegenüber und starrten in den Sand.

»Sag es deinem Vater.« Chalid drückte sich von der Wand ab, um zu gehen. »Er wird sich darum kümmern, dass sie und das Kind versorgt werden. Solltest du darüber hinaus noch irgendetwas benötigen, brauchst du nur zu fragen.« Er machte sich auf den Weg.

»Ich liebe sie. Ich glaube, ich möchte sie heiraten.«

Wieder blieb Chalid abrupt stehen. Dieses Mal drehte er sich nicht um. Die Worte quälten ihn – die Leichtigkeit, mit der sie seinem Cousin über die Lippen gekommen waren. Die Erkenntnis von Chalids zahlreichen Fehlern bei Shahrzad. Die Erinnerung an all die verpassten Möglichkeiten.

Mit beklommener Brust horchte Chalid Jalals Worten nach.

Er wartete ab, ob sie den Klang von Wahrheit an sich hatten.

»Du glaubst?«, sagte Chalid schließlich. »Oder weißt du es?«

Winziges Zögern. »Ich glaube, ich weiß es.«

»Sprich nicht in Rätseln, Jalal. Das ist beleidigend. Für mich und für sie.«

»Es war nicht als Beleidigung gemeint. Es war mein Versuch, ehrlich zu sein – eine Eigenschaft, vor der du, wie ich weiß, größten Respekt hast«, erwiderte Jalal. »Im Moment – ohne ihre wahren Gefühle in dieser Sache zu kennen – ist es das Äußerste, das ich bewältigen kann. Ich liebe sie. Ich glaube, ich möchte mit ihr zusammen sein.«

»Sei vorsichtig, Hauptmann al-Churi. Diese Worte haben für jeden Menschen eine andere Bedeutung. Sorge dafür, dass sie für dich die richtige Bedeutung haben.«

»Sei kein Dummkopf. Ich meine sie wörtlich.«

»Wann hast du sie wörtlich gemeint?«

»Ich meine sie jetzt. Ist es nicht das, worauf es ankommt?«, fragte Jalal.

Ein Muskel an Chalids Kinn zuckte. »Jetzt ist leicht gesagt. Es ist leicht zu sagen, was du in einem vorübergehenden Augenblick meinst. Deswegen wartet ein ganzer Harem vor deiner Tür, und die Mutter deines Kindes will dich nicht nehmen.« Er schritt auf den Palast zu.

»Was ist dann die richtige Antwort, *Sayyidi*? Was hätte ich sagen sollen?«, rief Jalal in Verzweiflung in den Himmel.

»Immer.«

»Immer?«

»Und sprich mich nicht mehr darauf an, bis das die Antwort ist.«

Geschichten und Geheimnisse

Irsa schlug beide Hände vor den Mund, einen Schrei unterdrückend.

Sie beobachtete verblüfft, wie ihre Schwester den kleinen, schäbigen Teppich in die Mitte ihres Zelts brachte und ihn mit nichts anderem als den Fingerspitzen hielt.

Der Zauberteppich wirbelte durch die Luft mit der trägen Anmut eines fallenden Blattes. Dann, mit einer sanften Drehung des Handgelenks, ließ sie die Matte wieder zu Boden schweben.

»Na?«, sagte Shahrzad und blickte fragend zu ihr auf.

»Grundgütiger Gott.« Irsa sank neben sie. »Und das hat der Magus vom Feuertempel dir beigebracht?«

Shahrzad ließ die Hand sinken und schüttelte den Kopf. »Er hat mir nur den Teppich geschenkt und gesagt, Baba habe mir seine Fähigkeiten vermacht. Aber ich muss noch genauer mit ihm darüber sprechen, und zwar bald. Ich habe … viele wichtige Fragen an Musa-*effendi*.«

»Du hast also vor, ihn aufzusuchen?«

»Ja.« Sie nickte nachdrücklich. »Sobald ich herausbekommen habe, wie man am besten zum Feuertempel gelangt, ohne gesehen zu werden.«

»Vielleicht«, Irsa zögerte, »kannst du, wenn du gehst, mit Musa-*effendi* auch über Baba sprechen? In dem Fall, dass er …«

Sie brach ab, weil sie den Gedanken nicht zu Ende bringen wollte, der ihnen, wie sie wusste, im Augenblick die größten Sorgen bereitete.

Der Gedanke, dass ihr Vater sich nie erholen würde von den Folgen des Verbrechens, das an ihm, wie schändlich auch immer, in der Nacht des Unwetters begangen worden war.

Was würde aus ihnen werden, wenn ihr Vater stürbe? Was würde mit *ihr* geschehen?

Irsa legte die Hände auf die Knie und schalt sich ihrer eigennützigen Gedanken inmitten dieses Leids. Dies war weder die Zeit noch der Ort, um sich über sich selbst Sorgen zu machen. Nicht solange es so viele andere gab, um die man sich sorgen musste. Allen voran Baba.

Als Shahrzad sich vorbeugte, um den Zauberteppich unter ihren Habseligkeiten zu verstauen, wurde das Band um ihren Hals sichtbar.

Der Ring blieb in Sicherheit verborgen, aber seine Geschichte drängte immer noch, erzählt zu werden. Und Irsa konnte nicht anders, als neugierig zu reagieren.

»Wie konntest du ihm verzeihen, Shazi?«, fragte Irsa sanft. »Das, was er Shiva angetan hat? Das alles?«

Shahrzads Atem stoppte. In einer raschen Bewegung drehte sie sich zu Irsa um.

»Vertraust du mir, *Jirjirak?«* Shahrzad nahm Irsas Hand in ihre.

Grashüpfer. Seit sie ein kleines Mädchen gewesen war, hatte Irsa diesen Spitznamen gehasst. Er ging zurück auf die Zeit, als sie mit Beinen wie Schilfstängel und einem dazu passenden Stimmchen gestraft war. Shahrzad war die Einzige, die den ungeliebten Spitznamen benutzen durfte, ohne ein Zucken – oder Schlimmeres – hervorzurufen.

Zum zehnten Mal in ebenso vielen Augenblicken forschte Irsa im Gesicht ihrer Schwester nach einer Antwort, die sie verstehen konnte. Ihre Schwester war so liebevoll wie immer, obwohl ihre Züge sich in den wenigen Monaten, die sie im Palast verbracht hatte, verändert hatten. Nicht viel, und nicht so, dass die meisten Leute es bemerken würden. Ihre Wangen waren weniger rundlich, und die Farbe ihrer Haut hatte etwas von ihrem bronzenen Glanz verloren. Glücklicherweise war ihr Kinn immer noch genauso eigensinnig, ihre Nase noch genauso keck. Aber ein Schatten war auf ihr Gesicht gefallen; eine Art Bürde, die sie nicht mit ihr teilen wollte. Ihre haselnussfarbenen Augen wirkten geradezu durchsichtig im nahen Lampenschein. Ihre Farben waren immer so wechselhaft gewesen. So unberechenbar. Genauso wie die Stimmungen ihrer Schwester. Einen Moment war sie strahlend und voller Lachen, bereit zu jeder Art Unfug. Im nächsten war sie klar und ernst, bereit, auf Leben oder Tod zu kämpfen.

Irsa hatte nie gewusst, woran sie bei Shahrzad war.

Aber Vertrauen war nie die Frage gewesen. Jedenfalls nicht für Irsa.

»Natürlich vertraue ich dir«, sagte sie. »Aber kannst du mir nicht sagen …«

»Es geht nicht um mein Geheimnis, das ich verraten würde, Irsa-*jan*.«

Irsa biss sich auf die Unterlippe und sah weg.

»Es tut mir leid«, sagte Shahrzad. »Ich möchte diese Dinge nicht vor dir verbergen. Aber wenn jemand entdecken sollte, dass du davon weißt, könnten sie dich verletzen, um die Wahrheit herauszubringen, und … das könnte ich nicht ertragen.«

Irsa wich zurück. »Ich bin nicht so schwach, wie du denkst.«

»Ich habe nie gesagt, du wärest schwach.«

Irsas Lächeln war schmal und flüchtig. »Manche Dinge brauchen nicht laut gesagt zu werden. Du brauchst mir nicht zu sagen, dass du Chalid Ibn al-Rashid liebst. Und ich brauche dir nicht zu sagen, dass ich mich wochenlang, nachdem du weggegangen warst, in den Schlaf geweint habe. Liebe spricht für sich selbst.«

Shahrzad zog die Knie an die Brust und blinzelte Irsa schweigend an. Seufzend nahm Irsa ihr Säckchen mit Teekräutern und griff nach einem Zweig frischer Minze. »Kommst du mit zu Baba?«

Shahrzad nickte mit Nachdruck und kam auf die Beine.

Ein trockener Wüstenwind zirkulierte durch das Badawi-Zeltlager. Er blies Sandwirbel um den Irrgarten aus sich aufblähenden Zelten. Irsa stopfte ihren Zopf in ihr *Qamis*, damit das Zopfende ihr nicht ins Gesicht wehte.

Shahrzad stieß einen Strom lebhafter Flüche aus, als das Ende ihres Zopfes ihr an die Wange schlug und ihre Frisur zerzauste. Schwarze Wellen bauschten sich auf ihrem Kopf zu einem wüsten Gewirr auf.

»Meine Güte.« Irsa unterdrückte ein Grinsen über die Ausdrücke ihrer Schwester. »Wer hat dir denn solche Worte beigebracht? Der Kalif?«

»Ich hasse das alles hier!«

Trotz Shahrzads Weigerung, selbst die unverfänglichsten Fragen zu beantworten, was wehtat, ignorierte Irsa die heftige Bemerkung. »Lass etwas Zeit vergehen. Du wirst merken, es ist gar nicht so schrecklich.« Sie hängte sich bei ihrer Schwester ein und zog sie an sich.

»Warum sind wir ausgerechnet in dieser gottverlassenen Wüste gelandet? Warum hat der alte Scheich uns Zuflucht gewährt?« Shahrzad sprach so leise, wie der Wind es erlaubte.

»Ich bin nicht in alle Details eingeweiht. Ich weiß nur, dass er Onkel Reza Pferde und Waffen verkauft hat. Sein Stamm handelt mit beidem. Vielleicht dürfen wir deshalb bleiben.« Sie schwieg nachdenklich. »Oder vielleicht hat es etwas mit seiner Nähe zu Tarik zu tun. Der Scheich behandelt ihn, als wäre er sein eigener Sohn.«

»Also hat er sich noch nicht mit Tarik und den anderen Soldaten zusammengeschlossen? Ist er nicht beteiligt an den Kriegsvorbereitungen?« Shahrzads Augenbrauen zogen sich verwirrt zusammen.

»Ich glaube nicht«, erwiderte Irsa. »Aber wenn ich beim nächsten Kriegsrat dabei bin, werde ich sicher mehr Details für dich zusammentragen.«

Shahrzad schob sich eine Haarsträhne hinter ein Ohr und verdrehte die Augen.

Als sie weiter durch den Sand auf das Zelt ihres Vaters zugingen, sah Irsa, wie ihre Schwester langsam ihre Umgebung musterte. Ihr Blick folgte Shahrzads, bis er auf eine schmale Gestalt in der Ferne fiel, die ihre bedächtige Beobachtung nachahmte.

Ein spitzer Ellbogen stieß Irsa in die Seite. »Wer ist der Junge da?«

»Aua!« Irsa stieß zurück. »Du meinst Spinne?«

»Wie?«

»Oh, ich nenne ihn Spinne, wegen seiner schlaksigen Glieder und seiner Angewohnheit überall herumzulauern. Er ist mit dem Emir von Karaj angekommen und anscheinend ein entfernter Verwandter des Emirs. Ich glaube, sein Name ist Teymur oder Tajvar oder so ähnlich.« Sie wedelte geringschätzig mit einer Hand.

»Er hat so etwas … Beunruhigendes an sich.«

Irsa runzelte die Stirn. »Er ist ein bisschen merkwürdig, aber harmlos, Shazi.«

Shahrzad kniff die Lippen zusammen und sagte nichts.

Irsa öffnete die Klappen, und sie duckten sich in das Zelt ihres Vaters. In der trockenen Hitze des Nachmittags war die Dunkelheit darin sogar noch stickiger geworden. Sie zündeten eine Öllampe an und bereiteten noch einen Kelch mit Wasser, frischer Minze und Teekräutern zu. Ihr Vater würgte die Mischung genau wie am Morgen hinunter, murmelte weiter vor sich hin und klammerte sich an das lächerliche Buch in seinen Armen.

Shahrzad fächelte sich mit beiden Händen Luft zu. »Er ist schweißgebadet. Wir sollten seine Tücher wechseln und ihm das Gesicht und den Hals waschen.«

Irsa goss Wasser in eine irdene Schüssel und holte frische Leinentücher aus ihrem Ranzen. Sie bückte sich und tauchte das Tuch in das kühle Wasser. »Willst du Baba von dem Zauberteppich erzählen? Er wäre so begeistert, wenn er erführe, dass er seine Gabe an dich weitergegeben hat.« Lächelnd wrang Irsa das Tuch aus.

»Ba…ba?«, begann Shahrzad und lehnte sich über ihn. Sie schaute verwirrt. Irgendetwas zeichnete sich auf ihrem Gesicht ab.

Furcht?

Irsa ließ das Tuch fallen und drehte sich um. »Was ist los?«, fragte sie. »Hat er die Augen geöffnet?«

Shahrzad schüttelte den Kopf. »Ich … nein. Ich dachte, ich hätte draußen etwas gehört, aber ich muss mich geirrt haben.« Ihre Lippen verzogen sich zu einem zaghaften Lächeln. »Ich weiß, dass die Wüste einem müden Geist gern Streiche spielt. Wenn du mit Babas Gesicht anfängst, wasche ich ihm die Arme.«

»Bist du auch ganz sicher?«, drängte Irsa.

»Vollkommen.« Es war eine deutliche Erwiderung, eine, die nicht überhört werden konnte.

Und obwohl Irsa sich daranmachte, mit Shahrzad wortlos die Haut ihres Vaters von Schweiß und Schmutz zu reinigen …

Sie wusste, dass ihre Schwester log.

»Was ist passiert?«, flüsterte Irsa, kaum dass sie das Zelt ihres Vaters verlassen hatten. »Sag mir die Wahrheit, Shazi, oder ich …«

Shahrzad legte Irsa eine Hand um das Handgelenk und zog sie an sich. »Ich dachte, ich hätte etwas draußen vor dem Zelt gehört«, erwiderte sie in gedämpftem Ton. »Und ich wollte nicht, dass uns jemand belauscht, während wir über etwas Wichtiges sprechen.«

»Du glaubst, wir werden *überwacht?*« Irsa konnte sich nicht vorstellen, warum irgendjemand ihrem Gespräch lauschen sollte.

»Ich weiß es nicht. Es ist möglich.«

Irsa zog den Gurt ihres Ranzens fester um ihren Körper und beschleunigte ihren Schritt. Ihr Blick glitt von einer Seite zur anderen. Während der wenigen Wochen, die sie jetzt hier war, hatte sie sich nie unsicher oder beobachtet gefühlt. Nicht einen einzigen Augenblick lang. Sie hatte die meisten Vormittage mit Aisha und den Kindern verbracht, und nachmittags unterrichtete Rahim sie im Reiten.

Wer würde zwei Mädchen bürgerlicher Herkunft bedrohen?

Als Irsa einen Seitenblick auf ihre Schwester warf, fiel es ihr wieder ein.

Shahrzad war nicht mehr nur die Tochter eines einfachen Bibliothekars.

Sie war die Kalifin von Chorasan.

Ein fetter Fang für jeden Feind von Chalid Ibn al-Rashid.

Wovon es zahlreiche gab.

Im selben Moment, als Irsa diese Erkenntnis dämmerte, verscheuchte sie den Gedanken wieder.

Shahrzad war erst seit einem Tag hier. Ihre Schwester benahm sich lächerlich. Paranoid. Eindeutig die Folge davon, mit einem Monster zusammengelebt und jeden Tag um ihr Leben gebangt zu haben.

Irsa beugte sich durch die Öffnung ihres Zeltes.

Eine feuchte Hand packte sie am Hals und zog sie hinein.

Sie kreischte auf.

Lange Finger griffen nach ihrem Genick. Heißer Atem strich ihr über die Haut.

»Dich sollte es eigentlich nicht treffen«, kratzte eine tiefe Stimme an ihrem Ohr. »Es tut mir leid.«

Sie blinzelte fest und schnell und zwang so ihre Augen, sich an das schummrige Licht anzupassen.

Spinne?

»Was tust du da?«, schrie Irsa.

»Lass sie los.« Shahrzad stand im Eingang, eine Hand auf dem juwelenbesetzten Dolch an ihrer Hüfte. Ihre äußere Erscheinung war unbewegt. Aber etwas Wildes lauerte tief in ihren Augen. Als ob sie solch eine Bedrohung erwartet hätte.

Der Gedanke erschreckte Irsa bis ins Mark.

»Ist das ein Befehl, Herrin?«, spie Spinne in Shahrzads Richtung.

»Nein. Es ist ein Versprechen.«

»Was für ein Versprechen?«

Shahrzad neigte den Kopf leicht zur Seite. »Dass, wenn du meine Schwester loslässt, ich hier bei dir bleibe. Ich werde deine Beschwerden anhören. Was immer ich tun kann, um dir entgegenzukommen, werde ich tun. Das verspreche ich.«

Er stieß heißen Atem in Irsas Nacken. »Ich glaube dir nicht.« Sie fühlte, wie er hinter ihr zitterte.

»Das solltest du aber.« Shahrzad trat einen Schritt vor. »Ich war nämlich noch nicht fertig. Ich verspreche dir auch, dass, wenn du meine Schwester nicht loslässt, du derjenige sein wirst, der meine Beschwerden anhört. Und meine bestehen nicht aus Worten, sondern aus Fäusten und Stahl.«

Spinne stieß ein raues Lachen aus. »Das passt. Weil du die Hure eines blutrünstigen Monsters bist.«

Shahrzad zuckte zusammen. Und in diesem winzigen Aufflackern von Schmerz sah Irsa eine Quelle.

Wutentbrannt ging Irsa auf ihn los und versuchte, sich zu befreien. Er verstärkte seinen Griff um ihre Hüfte und ihren Hals. Sie begann zu keuchen.

»Irsa!« Shahrzad gab sich geschlagen und hob die Hände. »Lass sie los!«

»Gib mir deinen Dolch.«

»Lass sie los, dann gebe ich dir meinen Dolch.« Shahrzad nahm den Dolch aus ihrem Hosenbund.

»Zuerst den Dolch!«, sagte Spinne, seine Finger in die weiche Haut unter Irsas Ohr gepresst.

»Sha… Shahrzad!«, krächzte Irsa.

Ein Schweißtropfen rann an Shahrzads Augenbraue hinunter.

»Ich gebe ihn dir. Aber lass Irsa los. Dein Gegner bin ich, nicht sie.«

»Lass ihn erst fallen, dann kann sie gehen. Aber wenn sie Hilfe holt – wenn ich auch nur einen Ton von dem Weißen Falken vor dem Zelt höre –, bringe ich dich um.«

»Sie wird Tarik nicht holen.« Der Dolch fiel klirrend zu Boden. »Sie wird nichts tun.«

Irsa fühlte, wie er sich entspannte. Gleichzeitig zog sich ihre Brust von innen eng zusammen.

Shahrzad musste denken, dass sie zu *gar nichts* fähig wäre.

Ganz und gar nutzlos.

Und was hatte sie denn tatsächlich getan, um das Gegenteil zu beweisen?

Spinne lockerte seinen Griff um ihren Hals. »Tritt ihn zu mir, und ich lasse sie los.«

Shahrzad lächelte Irsa kurz beruhigend zu, dann schob sie den Dolch mit dem Zeh in seine Richtung.

Er ließ Irsa los und stieß sie zum Eingang. Als Irsa sich zögernd nach Shahrzad umsah, trieb ihre Schwester sie mit einem warnenden Blick vorwärts.

Irsa wollte lieber bleiben. Sie wollte Spinne bitten, Vernunft anzunehmen.

Aber sie hatte Angst. Für sie hatte Shahrzad schon ihren Dolch geopfert, und sie wusste nicht, welche Hilfe sie außer einer ergreifenden Bitte anbieten konnte.

Also lief sie los in die Wüstensonne, ihr Herz tobte in ihrer Brust, und ihr Stolz lag zertreten am Boden.

Verzweifelt fing sie an, Hilfe zu suchen. Der Blick, den sie am dringendsten brauchte, gehörte einem großen Jungen mit breiten Schultern und dem Lächeln eines Sommernachmittags. Ein Junge, der ihre Schwester liebte, seit sie Kinder gewesen waren.

Ein Junge, der zuschlagen und erst dann Fragen stellen würde.

Tarik würde wissen, was zu tun war. Tarik würde Spinne den dürren Hals herumdrehen.

Irsa stolperte durch den Sand auf Tariks Zelt zu, das Blut rauschte in ihren Ohren.

»Irsa?«

Sie versuchte, die vertraute Stimme ganz in ihrer Nähe zu überhören. Die Stimme des Jungen, den sie am liebsten finden *wollte*. Ein Junge, dessen freundliches Gesicht sie selbst wieder und wieder suchte. Nein. Irsa brauchte jetzt nicht Rahim. Sie brauchte Tarik – einen Jungen von Entschlossenheit und dem Mut zu handeln.

»Irsa?« Rahim nahm ihren Rhythmus auf, sein Gang unbeugsam.

»Warum rennst du durch …«

»Wo ist Tarik?«, keuchte sie.

»Auf Erkundungstour in einem nahegelegenen Emirat.« Er

stellte sich ihr in den Weg, seine Augen verengten sich. »Warum? Ist etwas nicht in Ordnung?«

Irsa schüttelte den Kopf, ihre Angst schoss in einem heißen Blitz nach oben. »Nein, ich brauche nur – ich brauche Tarik.« Verzweifelt sah sie sich um.

»Warum?«

Ein kurzer Luftstoß entwich ihren Lippen. »Weil ich etwas tun muss – *etwas*.« Sie schob sich hinter ihn. »Das verstehst du nicht. Shazi …«

Er packte sie bei den Schultern, seine Berührung irgendwie beruhigend. Bestärkend. »Sag mir, was du brauchst.«

Nein. Keiner von ihnen beiden war ein Führer. Sie hatte Rahim immer als einen Jungen gekannt, der mitlief. Genauso wie sie ein Mädchen war, das fortrannte. Ein Mädchen, das es nie schaffte, etwas zu tun, außer die eigene Haut zu retten.

Sie hätte Shahrzads Dolch packen sollen. Oder irgendetwas tun sollen.

Das Schuldgefühl krallte sich in ihre Eingeweide. Irsa begann zu zittern, sogar unter der glühenden Sonne. Sie fühlte, wie Rahims Griff an ihrer Schulter fester wurde.

Ihr mehr Stärke anbot.

Irsa stand starr, die Fäuste geballt.

Shazi würde nicht aufgeben. Der Angst nicht nachgeben. Genauso wenig würde sie im Sand schwanken wie ein lächerlicher Trottel. Sie würde handeln. Um Leben und Tod kämpfen. Und dabei klug sein, wie es nur Shahrzad sein konnte.

Obwohl Irsa immer noch zitterte, festigte sie ihre Stimme, als sie einen Plan fasste. »Hat Tarik seinen Falken dabei?«

»Nein.« Ein Hauch von Verwirrung überzog Rahims Gesicht. »Zoraya hat heute Morgen das Terrain im Voraus erkundet, also hat er sie zum Ausruhen zurückgelassen.«

»Rahim«, Irsa holte Luft, »würdest du etwas für mich tun?«

Er machte sich nicht einmal die Mühe zu antworten. Er streckte nur seine Hand aus.

Und Irsa ergriff sie.

Eine unauslöschliche Grenze

Shahrzad ließ sich nicht von dem schlaksigen Jungen einschüchtern, der hinter ihr stand.

In einer anderen Welt – in einem anderen Leben – hätte er ihr vielleicht leidgetan. Aber er hatte Irsa bedroht. Eine unauslöschliche Grenze war gezogen worden.

Und trotz all seiner Anstrengung, es zu verbergen, konnte sie sehen, dass seine Finger um ihren Dolch zitterten.

Langsam bewegen.

»Wie heißt du?«, fragte sie ruhig.

Er sog scharf die Luft ein. »*Ich* bin hier derjenige, der Fragen stellt.«

Sie blieb still stehen, und er schritt um sie herum.

Sein innerer Aufruhr verschlimmerte sich.

»Wie?« Bei jedem seiner fahrigen Schritte warf das einfallende Licht einen düsteren Schatten auf seinen scheckigen Bart.

Shahrzad verschränkte ihre Hände vor sich. »Wie bitte?«

»Wie hast du überlebt?«

Sie wählte ihre nächsten Worte sorgfältig aus. »Ich habe Geschichten erzählt.«

Er hielt mitten im Schritt inne. Seine Verachtung war offensichtlich, bevor er auch nur ein Wort sagte. »Du hast *Geschichten* erzählt? Ich soll dir glauben, das Monster hat dich am Leben gelassen, weil du ihn *unterhalten* hast?«

Shahrzad warf einen vernichtenden Blick in seine Richtung. »Glaube, was du glauben willst. Aber der Beweis steht vor dir, trotz allem.«

Er ließ ein ersticktes, ungläubiges Prusten hören. Seine Ablehnung war körperlich spürbar. »Willst du mich provozieren? Bist du tatsächlich solch eine Närrin?«

Zum zweiten Mal hob Shahrzad ihre Handflächen in einer besänftigenden Geste. »Ich will dich nicht provozieren …« Sie wartete geduldig in der Hoffnung, der Junge würde den Köder schnappen.

»Ich heiße Teymur.«

»Teymur.« Shahrzad kräuselte die Lippen zu einem vorsichtigen Lächeln. »Ich will dich nicht provozieren«, wiederholte sie. »Ich versuche, dich zu verstehen.«

Eine schlechte Wortwahl.

Das wurde Shahrzad klar, kaum dass die Worte zu ihm durchgedrungen waren.

»Mich verstehen?«, knurrte Teymur. »Du könntest mich nie verstehen!«

»Bitte, sag mir nur …«

Da ging er auf sie los. Lange Finger klammerten sich um ihren Hals wie eine Schlinge. Shahrzad schlang beide Hände um seine Handgelenke und versuchte, seinen Griff auszuhalten. Sie starrte ihm in die flammenden Augen, entschlossen, nicht zurückzuweichen.

Sie hatte keine Angst. Dieser Junge – dieser dünne Knabe – hatte viel mehr Angst, als sie jemals haben würde. Schweiß floss in gleichmäßigen Rinnsalen an beiden Seiten seines Gesichts hinab.

»Wie könntest du mich jemals verstehen?« Er zitterte so stark, dass seine Stimme bebte. »Du bist *am Leben*. Das Monster hat dich leben lassen!«

Mit seiner anderen Hand hielt er ihr die Spitze ihres Dolches unter das Kinn. Die Klinge war noch von der juwelenbesetzten Scheide verhüllt.

»Woher hast du das?« Teymur musterte die filigranen Ätzungen, die in die Scheide eingeritzt waren. Er fuhr mit seinem Daumen über die Zuchtperlen und die winzigen Granate, die in den Griff eingebettet waren. Die Smaragde an seiner Grundfläche leuchteten mit einem bösen Licht.

»Teymur …«

»Gehört er ihm?« Sein Blick kehrte von dem Dolch zurück zu Shahrzad.

»Hat er ihn dir geschenkt?«

Sie sagte nichts.

»Antworte mir.« Er schüttelte sie am Hals. »Du hast mir Antworten versprochen!«

»Ja. Er hat ihn mir geschenkt.«

»Und wenn ich dich damit umbringen würde?« Seine Stimme geriet zu einem Flüstern. »So wie er meine Roya umgebracht hat.«

Shahrzad schluckte schwer. Sie kannte diesen Namen.

Einer von so vielen: einer in einem Meer von verstreuten Briefen.

In einem Strom der Erinnerung.

»Es tut mir so leid.«

»Wage es nicht, dich zu entschuldigen!« Seine Fingerspitzen drückten sich stärker in ihre Haut.

Sein Schmerz durchfuhr Shahrzad, bildete eine Verbindung von seiner Hand bis zu ihrem Herzen, und berührte eine alte Wunde, die niemals ganz verheilen würde.

Shiva.

»Was willst du von mir?«, fragte sie, ihre Augen waren zusammengepresst und sollten ihn von ihrem Schmerz ausschließen, und sei es nur noch für einen Augenblick.

»Die Wahrheit.«

Sie schluckte wieder. »Was willst du wissen?«

»Wo deine Treue liegt. Bedeutest du Chalid Ibn al-Rashid etwas?« Er spie den Namen aus, als wäre er ein Fluch. »Macht er sich etwas aus dir?«

»Ich kann nicht für seine Gefühle sprechen. Er behält sie ganz für sich.« Nur eine Halbwahrheit. Sie würde damit fertig, wenn er weiter in sie drang. Das Blut schoss rasch wieder in ihre zusammengeballten Finger.

»Dann sprich für dich selbst. Bedeutet das Monster dir etwas?«

Lüge.

»Nein.« Shahrzad biss die Zähne zusammen. »Nein, das tut er nicht.«

»Du gehörst also immer noch zum Weißen Falken?«

»Ich gehöre *mir.*«

»Wem gehört dein Herz, Shahrzad al-Haizuran?« Seine Stimme war heiser vor Beharrlichkeit.

Einer Straße beim Souk. Einer Nacht des Vergessens.

Einem Versprechen der Zukunft.

»Mein Herz gehört … Tarik Imran al-Ziyad.« Die Lüge brannte auf ihrer Zunge. »Es wird immer bei ihm sein.« Sie hielt die Augen fest geschlossen, weil sie wusste, sie würden sie verraten.

Teymur atmete tief aus. Der Atem rasselte in seiner Brust, dann füllte er den Abstand zwischen ihnen, heiß und übelriechend. Ein, dann aus. Noch zweimal.

Sein Schweigen erweckte ein Gefühl von Unbehagen in ihr.

Er zog sie näher. Zu nah. Seinen heißen Atem konnte sie auf ihrer Stirn fühlen.

»Hat das Monster … Roya wehgetan?«

Durch seine plötzliche Nähe verstand sie, was er meinte.

Und war entsetzt.

Ihre Augen blitzten auf. »Er hat sie nicht berührt.«

Er betrachtete sie in fürchterlichem Schweigen. So nah war er ihr. Der Pulsschlag in ihrem Hals hämmerte rasend, ruhelos und unablässig.

»Du hast ihm Geschichten erzählt. So wie du mir jetzt auch Geschichten erzählst.«

Seine Entschlossenheit nahm zu, während er sprach. Und Shahrzad wusste, dass sie nicht weiter untätig herumstehen konnte. Sie stieß seinen Arm beiseite, rammte seine Schulter und flüchtete los.

Mit teuflischer Präzision hielt Teymur sie fest, stellte ihr ein Bein und warf Shahrzad auf den Boden. Ihr drückte es die gesamte Luft aus der Brust. Sie schnappte nach Luft, der Schmerz in ihrer Seite war sengend heiß, als sie versuchte, zu Atem zu kommen.

Zum ersten Mal lief ihr eine kalte Welle der Angst den Rücken hinunter.

Dieses magere Wiesel von einem Jungen war stärker als sie. Er war groß und verschlagen. Und sie konnte ihn nicht ein für alle Mal schlagen. Genauso wenig konnte sie mit ihm diskutieren.

Aber vielleicht gab es eine andere Möglichkeit. Eine Möglichkeit voller Ablenkung und Lügen.

Auf die Angst folgte ein Wutschwall. Shahrzad packte das Handgelenk an ihrer Kehle und grub ihre Nägel in seine Haut.

Welches unterschwellige Mitleid sie auch ihm gegenüber empfunden hatte, es schmolz angesichts ihres Zorns.

Die unauslöschliche Grenze hatte sich zu einem Abgrund vertieft.

Er spielte mit ihren niedrigsten Angstinstinkten. Einer Angst, die Shahrzad lange in der dunkelsten Nische ihrer Seele versteckt hatte.

»Was machst du, Teymur?« Sie versuchte mit allen Mitteln, ihre Stimme fest klingen zu lassen.

Die zwei Seiten des Kind-Mannes kämpften um Kontrolle, als er wütend auf sie herunterstarrte. Er hatte so viel Angst und heulte und zitterte in seinem hart erkämpften Triumph.

Sie wollte hier nicht schweigend liegen, während er mit seinen Überzeugungen haderte.

»Wirst du mich vergewaltigen?«, fragte Shahrzad. »Oder versuchst du nur, mir mit dem Gedanken daran Angst einzujagen? Und was hoffst du zu erreichen mit dieser billigen Gemeinheit?«

Teymur zuckte aufgrund ihrer Verwegenheit zusammen. Ihrer frechen Courage, seine schändlichen Absichten ans Licht zu bringen.

Shahrzad wusste, ihr Spott war unklug. Sie wusste, er könnte ihn weiter provozieren. Aber sie konnte sich nicht – wollte sich nicht fügen angesichts solcher Feigheit.

Nicht solange noch ein Hauch Atem in ihrem Körper war.

Einen Augenblick lang schien Teymur unschlüssig. Dann biss er die Zähne zusammen und raffte sich zusammen. Mit erstaunlichem Geschick riss er den Dolch aus der Scheide und hielt ihr die Klinge wieder an das Gesicht. »Ihm muss etwas an dir liegen, sonst hätte er dich nicht am Leben gelassen.«

Das Gefühl des kalten Stahls an ihrer Haut machte ihr keine Angst. Sie klammerte sich stattdessen an ihre Wut. »Chalid Ibn al-Rashid schätzt herzlich wenig im Leben. Ich habe ihn eine Weile lang amüsiert. Versuche nicht, das zu verstehen. Du hast es selbst gesagt: Er ist ein Monster.« Sie sprach in einem klaren Ton, ihre kaum gezügelte Wut unterstrich jede einzelne Silbe.

»Du belügst mich immer noch. Willst du mich glauben machen, dem Kalifen von Chorasan wäre es egal, wenn dir ein Unheil geschieht?«

»Wie ich schon zuvor gesagt habe, ich kann nicht für seine Gefühle sprechen.«

Teymur grinste sie von oben herab höhnisch an. »Du willst mir vormachen, der mächtige König der Könige wäre nicht wütend über das, was heute passiert ist?«

Nein.

Chalid würde dir jeden einzelnen Knochen deines Körpers brechen für das, was du getan hast.

Shahrzad musterte ihn kühl. »Wenn du denkst, Roya würde dein Handeln in diesem Moment billigen, spielt nichts, was ich sage oder tue, eine Rolle.« Sie würgte die aufsteigende Galle hinunter. »Aber ich kann mir nicht vorstellen, dass irgendein Mädchen mit Liebe im Herzen so etwas gutheißen würde.«

Der Griff an ihrem Hals erlahmte, und sein Gesichtsausdruck spiegelte Verzweiflung. Man sah, wie seine Gefühle gegeneinander kämpften. In diesem Augenblick verstand Shahrzad, wie sehr Teymur Roya geliebt hatte.

Wie viel von sich selbst er verloren hatte, als er sie verlor.

Aber das war keine Entschuldigung. Dafür würde es nie eine Entschuldigung geben.

Genauso erfolgreich, wie Shahrzad eine Ablenkung geschaffen hatte, wollte sie ihn nun entwaffnen.

So vorsichtig sie konnte, nahm sie eine Hand, die auf seiner Hüfte gelegen hatte, weg.

Während Teymur versuchte, mit seinen inneren Dämonen fertigzuwerden, ließ Shahrzad ihre Hand fallen, um den Boden nach einer möglichen Waffe abzutasten. Ein Stein, ein Kelch, ein Stock, egal, was …

Als ihre Finger herumsuchten, stießen sie an …

Ein Stück Trockenfleisch?

Teymur blieb immer noch in Gedanken versunken, seine Finger an ihrem Hals hatte er gelockert. Shahrzad ließ einen schnellen Blick durch das Zelt gleiten.

Selbst in dem schwachen Licht konnte sie sehen, dass einige Streifen des getrockneten Fleisches unter der Plane des Zeltes hindurch in ihre Richtung geschoben worden waren. Normalerweise benutzte Tarik dieses Fleisch, um Zoraya zu füttern.

Tarik kann … nicht wollen, dass ich seinen Falken anlocke …

Das schien nicht im Mindesten etwas zu sein, das Tarik sich ausgedacht hätte. Wenn Tarik wüsste, was hier vor sich ging, hätte er das Zelt von Grund auf auseinandergerissen und Teymur an seinen Schnüren draußen im Wind aufgeknüpft. Tarik – durch und durch frech – wäre nicht der Typ, der einen heimlichen Angriff welcher Art auch immer anzettelte. Und er würde auf keinen Fall Zoraya beteiligen.

Wenn nicht Tarik, wer hat sich dann solch eine närrische Taktik ausgedacht?

Shahrzads Augen tasteten die Wände des Zeltes ab.

Und wo ist dieser verfluchte Falke?

Eins war gewiss: Wenn dieser Plan eine Ablenkung bewirken sollte, würde sie sich als interessant herausstellen.

Shahrzad legte ihre Finger um den Streifen Trockenfleisch.

Wie ein Mungo zu einer Kobra schoss ihre Hand zum Kragen von Teymurs *Qamis*. Sie steckte den Streifen in die Aushöhlung hinten an seinem Hals.

Augenblicklich fassungslos, ließ er den Dolch fallen und schlug sich mit beiden Händen ins Genick, als ob er versuchen würde, ein aufdringliches Insekt zu zerquetschen.

Wie in einem Windstoß aus Federn und aufblitzenden Krallen flog Zoraya kreischend durch den Zelteingang, direkt auf Teymurs Kragen zu. Er schrie und kippte von Shahrzad weg. Der Falke griff ihn weiter an, seine Flügel weit ausgebreitet.

Shahrzad nahm noch ein Stück Trockenfleisch, während Teymur vergebens versuchte, Zorayas Angriff abzuwehren.

Bevor Shahrzad die Gelegenheit zu einem zusammenhängenden Gedanken hatte, brach Rahim al-Din Walad in das Zelt, Irsa auf den Fersen. Mit den Fäusten umklammerte sie Streifen von Trockenfleisch. Rahim packte Shahrzad am Arm und zerrte sie auf die Füße.

»Lauft! Alle beide.« Er zog seinen Krummsäbel aus der Scheide, sein Gesichtsausdruck ernst.

»Ich gehe nicht«, erwiderte Irsa, ihre Stimme überraschend stark und fest. »Nicht bis ich weiß, dass du und Shazi in Sicherheit seid.«

Auch Shahrzad weigerte sich mit einem scharfen Blick. Als Rahim anfing zu protestieren, stellte sie sich ihm gegenüber taub. Er brummelte einen Fluch und stellte sich auf eine Seite, seinen Krummsäbel in Bereitschaft.

»Zoraya. Hör auf damit, sofort!« Der Falke gehorchte dem Kommando nicht, also pfiff Shahrzad leise.

Zoraya quäkte zur Antwort, stellte aber ihren Angriff ein. Shahrzad bückte sich, um ihren weggeworfenen Dolch aufzuheben und trat vor einen am Boden kauernden Teymur. Sein Hals und seine Hände waren blutig gekratzt, und der vordere Teil seiner Hose war durchnässt. Ein beißender, penetranter Geruch erfüllte die Luft. Vollkommen gleichgültig hielt Shahrzad das Stück Trockenfleisch vor sich. Der Falke nahm es in seine Krallen und landete neben Shahrzads Füßen, seine blaugrauen Federn waren zu einem schützenden Schatten vor ihr ausgebreitet.

Shahrzad blickte finster auf Teymur hinab. »Wenn du mich noch ein einziges Mal anfasst, reiße ich dir deine erbärmliche fadenscheinige Männlichkeit vom Leib und verfüttere sie an den Falken.«

Dann trat sie einen Schritt näher an ihn heran und schwenkte den ungeschützten Dolch. »Aber wenn du meine Schwester auch nur noch einmal *ansiehst*, bringe ich dich auf der Stelle um.«

Ein Übergang zwischen zwei Welten

Shahrzad wusste, dass sie träumte.
Sie wusste es, aber es kümmerte sie nicht.

Denn sie war zu Hause.

Ihre nackten Füße betraten kalten Stein auf ihrem Weg durch die höhlenartigen Korridore zu ihrem Zimmer. Das Herz schlug ihr bis zum Hals, als sie einen Griff packte und die Tür aufstieß.

Es war dunkel. Eine tiefblaue Dunkelheit. Die Dunkelheit, die Kälte mit sich brachte, egal wie warm es in Wirklichkeit war.

Der Marmorboden war bedeckt von weißem Nebel. Er waberte hüfthoch, wie dichter weißer Rauch, von Wand zu Wand. Als sie einen kleinen Schritt nach vorn tat, teilte sich der Nebel vor ihr wie ein gespenstischer See, gespalten vom Bug eines Geisterschiffes.

Ein warmes Licht begann in der Mitte des Zimmers zu leuchten. Es schwebte über ihrem Gemach – ein stiller Wegweiser, umgeben von einem Schleier durchsichtiger Seide.

In der Mitte eines Podestes aus Kissen saß eine einsame Gestalt, von Schatten verschleiert.

»Chalid?«

Shahrzad bewegte sich durch den Nebel, jetzt schnelleren

Schrittes, ihre Augen zwinkerten in der blauen Dunkelheit durch den Schleier aus feinster Gaze – und sie versuchte mit aller Macht, einen Blick auf das Gesicht zu erhaschen, das sie so gern sehen würde.

Die Gestalt bewegte sich. Schob den seidenen Schleier zur Seite.

»Nein, Shazi-*jan*. Ich bin nicht er. Aber ich hoffe, du verzeihst mein Eindringen.« Die Gestalt lächelte sie an – mit dem wissenden Lächeln vergangener, gegenwärtiger und zukünftiger Geheimnisse.

Und Shahrzad stolperte, konnte kaum einen Schrei unterdrücken.

Aus den juwelenfarbenen Kissen perlte ein Lachen auf, so vertraut und so voller Licht, dass es Shahrzad zu Tränen rührte.

Wie oft hatte sie sich gewünscht, diesen Klang wenigstens noch einmal zu hören?

Sie war bereit gewesen, dafür zu töten.

»Shiva?«, flüsterte Shahrzad ungläubig, als sie das Bettende umrundete und nach dem Seidenvorhang griff.

»Komm!«, sagte Shiva und klopfte auf den Platz neben sich.

Shahrzads Hände zitterten, als sie die feine Gaze beiseiteschob und sich auf die Kissen kniete. Wie in Trance starrte sie ihre beste Freundin an und rechnete damit, dass sie im nächsten Moment wieder verschwinden würde.

Wartete auf die erdrückende Leere, die mit Sicherheit folgen würde.

Shiva lächelte, verschmitzt und voller Leben. Ein einziges Grübchen verunstaltete ihre Wange, vollkommen unvollkommen wie eh und je.

Das Bild rührte sie allerdings wieder zu Tränen. Denn genauso wie Shahrzad wusste, dass dies nur ein Traum war, wusste sie, dass sie an einem bestimmten Punkt wieder aufwachen musste.

Und all dies erkennen würde als die Lüge, die es war.

Das Grübchen erschien wieder, als Shiva eine Welle ihres dunklen Haares hinter ihr Ohr strich. »Dumme Gans. Nur weil wir uns in einem Traum befinden, heißt das ja noch lange nicht, dass es eine Lüge ist.«

»Du bist also gerade in meinem Kopf?«, gab Shahrzad zurück.

»Natürlich! Hier war ich immer!« Shiva legte das Kinn auf ein Knie. »Ich habe einfach gewartet, bis du mich brauchst.«

»Aber …« Shahrzad ertappte sich dabei, dass sie überraschenderweise einen plötzlichen Hauch Ärger verspürte. »Aber ich habe dich so viele Male gebraucht, Shiva.«

»Hast du nicht. Ich habe dich beobachtet. Du bist glänzend ohne mich zurechtgekommen.« Shivas Augenwinkel runzelten sich vor lauter Stolz.

»Aber das stimmt doch gar nicht«, sprach Shahrzad weiter. »Ich habe so viele Fehler gemacht. Ich habe mich in den jungen Mann verliebt, der für deinen Tod verantwortlich war!«

»Hast du. Und das war nicht immer einfach mit anzusehen, jedenfalls manchmal. Besonders an dem Morgen, als du beinahe gestorben wärst.«

»Ich habe dich verraten.«

»Nein, du Gans. Du hast mich nicht verraten. Ich habe es dir ja gesagt. Ich war die ganze Zeit hier. Und ich muss etwas beichten …« Shivas Blicke glitten seitwärts, ihre Augen funkelten listig. Füllten sich mit lebhaftem Licht. »In dem Augenblick, als ich ihn an diesem Morgen zu dir rennen sah, wusste ich, dass du ihn retten würdest, genauso wie er dich rettete.« Als Shiva eine Hand nach ihr ausstreckte, konnte Shahrzad gar nicht schnell genug nach deren Wärme greifen.

Sie fühlte sich so lebendig an. So schmerzlich lebendig.

Wieder lächelte Shiva, ihre schmalen Schultern beugten sich

mit geschmeidiger Anmut nach vorn. »Es fühlt sich wirklich an, weil du mich so in Erinnerung hast. Und es ist wunderbar, dass sich jemand an mich als so warm und vollkommen unvollkommen erinnert.« Shiva verschränkte ihre Finger mit Shahrzads und hielt sie fest.

Einen Augenblick lang machte Shahrzad die Spannung in ihrem Hals das Sprechen schwer. »Es tut mir so leid, dass ich ihn liebe, Shiva-*jan*. Es tut mir so leid, dass ich nicht stärker bin.«

»Wie lächerlich, sich dafür zu entschuldigen!« Shivas feingliedrige Züge sahen in ihrer Wut wie die einer Puppe aus. »Du solltest es besser wissen. Entschuldige dich nie wieder für solch einen Unsinn. Ausgerechnet du solltest wissen, was passiert, wenn du mir nicht gehorchst.« Sie schüttelte die Faust, neckte Shahrzad lachend, als sie sie an ihre vielen Kindheitszankereien erinnerte. Shahrzad konnte nicht umhin, in ihr Lachen einzufallen, und ihre Stimmen erfüllten den Raum.

»Ich will nicht aufwachen.« Das Gelächter erstarb auf Shahrzads Lippen, das Echo schallte von den Doppeltüren zurück. Vom Übergang zwischen den Welten.

»Und ich will nicht, dass du aufwachst«, sagte Shiva. »Dennoch wirst du es tun, wenn die Zeit gekommen ist.«

»Vielleicht sollten wir einfach hierbleiben.«

»Ich glaube nicht.« Shivas Mund verzog sich zu einem melancholischen Lächeln.

»Außerdem hast du, als du angekommen bist, nicht nach mir gesucht. Du hast *ihn* gesucht.« Es war kein Vorwurf. Nur eine Feststellung. So war Shiva immer schon gewesen – unfähig, die Wahrheit vorzuenthalten, aber nicht zu Grausamkeit fähig. Eine ganz besondere Person eben. Eine beste Freundin, wie sie sein sollte.

Shahrzad wandte den Blick ab. »Ich glaube nicht, dass ich jemals wieder nach ihm suchen kann. Nicht mit diesem Fluch …«

»Dann musst du ihn brechen«, unterbrach Shiva sie. »Das steht außer Zweifel. Was übrig bleibt, ist, wie du das zu tun gedenkst. Hast du einen Plan?«

Obwohl Shahrzad die Absicht gehabt hatte, Musa Zaragoza zu genau diesem Zweck so bald wie möglich aufzusuchen, konnte sie Shiva nicht antworten. Sie war sich noch nicht sicher, wie sie vorgehen wollte. Selbst als Kind war sie in ihrem Leben oft dem Instinkt gefolgt. Ihm und ihren Launen.

Shiva war immer die Planerin gewesen. Shiva, die immer im Voraus daran gedacht hatte, was passieren würde.

»Siehst du?«, sagte Shiva, und ihre Stirn glättete sich wieder.

»Deshalb bin ich heute Nacht zu dir gekommen, meine Allerliebste. Du bist verloren. Und es wird einfach nicht funktionieren.«

Shahrzad beobachtete, wie sich der Nebel bis zur Decke ausbreitete und mit seinen geisterhaften Armen um das Podest griff und über der einzelnen Wachskerze waberte. »Ich weiß nicht, wo ich anfangen soll«, gab sie zu, ihre Stimme schwand im Nebel dahin.

»Warum fängst du nicht einfach damit an, laut auszusprechen, was du dir wirklich wünschst?«

Könnte sie überhaupt wagen, so etwas zu sagen? Nach all dem Sterben und Blutvergießen und der sinnlosen Zerstörung schien es die schlimmste Art von Selbstsucht.

Ihre Welt auf einen Raum voller Gerippe aufzubauen.

»So ermüdend.« Shiva stupste sie zum Scherz. »Dies hier ist dein Traum, du Gans! Wenn du in deinem Traum nicht sagen kannst, was dein Wunsch ist, wann wagst du es dann?«

Shahrzad sah sich mit Shivas Augen.

Es war nur eine Hülle des Mädchens, das sie kannte. Ein Mädchen, vorgebeugt, mundtot. Ein abwesendes Mädchen, lebendig, aber doch vom Leben abwesend.

Sie straffte die Schultern. »Ich will mit Chalid zusammen sein. Ich will, dass es meinem Vater wieder gut geht. Und … ich will, dass der Fluch gebrochen wird.«

»Da ist sie wieder«, sagte Shiva belustigt.

»Aber sind solche Dinge möglich?«, versetzte Shahrzad. »Denn es scheint nicht so.«

»Wie will man sonst das Unmögliche möglich machen?«

Shahrzad zuckte mit den Schultern, ihr Gesichtsausdruck missmutig. »Genauso gut könntest du mich fragen, wie man eine Ziege fliegen lässt.«

»Also gut, dann.« Shiva nickte, ein Hauch von Feierlichkeit umgab sie. »Wie lässt man eine Ziege fliegen?«

»Binde sie an einen sehr großen Drachen.«

»Sie würde nicht sehr weit kommen, denn sie ist ja an einen Faden gebunden.«

»Sei ernst.«

»Ich bin sehr ernst!«, lachte Shiva und ließ den Klang hinter den eindringenden Nebel ziehen und vorbei an dem schweigenden Wachposten über ihnen. »Und wenn du die Ziege auf deinen Zauberteppich stellen würdest? Vielleicht würde sie dann fliegen?« Ihre Augen glänzten in einem verdächtigen Licht.

»Sei nicht lächerlich.«

»Es war nur eine Idee.« Shiva verwirbelte den weißen Nebel mit ihrer Hand. »Aber, wenn du mich fragst, ist die beste Art zu fliegen, die Leinen durchzuschneiden, die dich am Boden festbinden …« Ihre Worte begannen, dumpf zu klingen, als ob sie unter Wasser wäre, aber ihr Lächeln strahlte immer noch hell.

»Schneide die Leinen durch, Shazi. *Flieg.*«

Shahrzad schreckte hoch.

Ihr Zelt war von Dunkelheit überflutet. Die Atemzüge ihrer Schwester waren schon längst in den Rhythmus von Tiefschlaf übergegangen, und das Geräusch eines einlullenden Wüstenwinds traf auf die bestickten Zeltwände.

Ihr Hals war trocken, aber ihr Herz war voll.

Sie wartete, dass die niederschmetternde Leere folgen würde, als ihr klarwurde, dass ihr Traum vorbei war, obwohl so viele Dinge noch ungesagt geblieben waren.

Sie kam nicht.

Zum ersten Mal, seit sie vor fast einer Woche aus Ray geflohen waren, fühlte sie sich nicht verloren und nicht mehr ganz so allein. Sie hatte ein Mittel gefunden, ihre Ziele zu erreichen. Und ihre Ziele hatten ein Gewicht, das sie tragen konnte.

Etwas, für das sie wahrhaft kämpfen konnte.

»Schneide die Leinen durch, Shazi. Flieg.«

Ich danke dir, Shiva.

Bemüht, Irsa nicht zu stören, stieg Shahrzad in ihre Sandalen, um etwas Luft zu schnappen. Sie nahm sich die *Shahmina* ihrer Schwester und zog sich das lange Dreieckstuch über den Kopf, um sich vor der kalten Wüstennacht zu schützen. Dann ging sie zum Zelteingang, befestigte sicher die Zeltklappen hinter sich … als sie über einen Körper stolperte, der draußen wartend lag.

Shahrzad rollte in den Sand.

Starke Hände packten sie und drückten sie fest auf den Boden. Sie hatte die Vision eines Soldaten mit Kapuze. Ein wütender Soldat mit einem eingebrannten Skarabäus und einer kriegstauglichen Waffe.

Sie stieß gegen eine Wand aus Muskeln. Schlug in ein Gesicht wie aus Stein gemeißelt. Blickte in Augen, die so silbern waren wie scharfe Messer.

Tariks Herz schlug über ihrem.

»Geh von mir runter«, zischte sie, schockiert, dass ihre Wangen sich röteten.

Er sprang auf die Füße und zog sie mit einer einzigen geschmeidigen Bewegung mit hoch.

»Was machst du …«

»Was zum Teufel …«

Sie zog sich von ihm zurück und verschränkte die Arme, während er sich den Sand mit einer wütenden Bewegung aus den Haaren strich.

»Du zuerst«, sagte er mit mürrischer Stimme, die an einen viel jüngeren Tarik erinnerte. Einen Tarik mit einer Vorliebe für Jungenstreiche.

Einen, der Shahrzad im Moment viel lieber wäre.

»Sehr zuvorkommend von dir. Nachdem du mich den größten Teil der Woche ignoriert hast, wie ein Junge halb so alt wie du. Aber mit doppelt so viel Charme.«

Seine Lippen hielten sich einige Atemzüge lang in der Schwebe zwischen Schweigen und Sprechen.

»Du bist furchtbar, Shazi.« Er rieb sich mit der Hand über das Gesicht, nachdem Shahrzad den Ausdruck von Kränkung wahrgenommen hatte, den er vergeblich zu tarnen suchte.

Sie drückte ihre Ellbogen an den Körper, unwillig, die Arme nach ihm auszustrecken und ihn zu trösten. Egal, wie gern sie es tun würde. Egal, wie selbstverständlich es sich anfühlte, den Jungen zu trösten, den sie so lange geliebt hatte.

»Ich weiß, dass ich furchtbar bin. So ergibt sich die Frage: Was machst du hier?«

»Ich habe mir dieselbe Frage gestellt, mehrmals … besonders als ich in dem kalten Sand lag und aufgepasst habe auf ein furchtbares Mädchen. Eines mit wenig Sinn für Dankbarkeit und ohne Sinn für Loyalität.«

Es war, als hätte er sie mit Eiswasser übergossen.

Einer neuerlichen Welle von Schuldgefühlen ausweichend, drehte sie sich weg, ihre Wangen flammend rot.

Tarik ging ihr nach und griff nach ihrem Arm.

Shahrzad wehrte ihn ab. »Fass mich nicht an, Tarik Imran al-Ziyad! *Wage* es nicht!« Sie war entsetzt, als sie spürte, wie ihr Tränen in die Augen stiegen. Nicht ein einziges Mal hatte sie in den vergangenen Tagen geweint. Nicht, als sie die zusammengekauerte Gestalt ihres Vaters auf einem wolkenverhangenen Abhang gefunden hatten. Nicht, als sie sich umgedreht hatte, um einen letzten Blick auf die brennende Stadt hinter ihr zu werfen.

Nicht einmal, als sie erfahren hatte, dass Tarik Jalal versprochen hatte, sie niemals zurückzubringen.

Tarik zog sie an sich, ohne auch nur darüber nachzudenken.

»Hör auf!« Sie drückte beide Hände gegen seine Brust, und Tränen der Wut stürzten hervor. »Ich brauche dich nicht!«

Du verdienst eine, die dich an ihrer Seite spürt, ohne dass sie dich sehen muss.

Und so habe ich mich nur bei einem einzigen Mann gefühlt.

»Hör auf, mich zu verletzen, du furchtbares Mädchen«, sagte er grimmig. »Es funktioniert nicht. Jedenfalls nicht so, wie du willst.«

Heiße Tränen liefen ihr das Gesicht hinunter. Trotzdem weigerte sie sich, sich an ihn zu lehnen. Wollte solcher Schwäche nicht erliegen.

Mit einem matten Seufzen legte Tarik seine Arme um sie.

Sie fühlten sich fest an, sicher, zuverlässig.

Sie fühlten sich an wie alles, was sie jemals daran geliebt hatte, jung und frei zu sein. Der Geruch des Sandes auf seiner Haut. Das wilde Gefühl zu fallen und zu wissen, dass immer jemand da war, der sie auffing oder sich wenigstens um ihre Wunden kümmerte. Die Frische aller Dinge … und der Liebe, ganz besonders der Liebe.

»Rahim hat mir erzählt, was passiert ist.« Tariks Finger glitten über ihren Nacken wie schon so viele Male zuvor, vor so vielen

Jahren. Er senkte seine Stimme; sie grollte schwer und klangvoll, fast dekadent. Ein Luxus, den sie weder brauchte noch verdiente. »Ich werde diesen Kerl blutig schlagen dafür, dass er so etwas überhaupt denkt.«

Nein.

Shahrzad stieß ihn von sich weg. »Es ist nicht deine Angelegenheit. Ich habe schon mit Teymur gesprochen. Er wird die Sache nicht weiter verfolgen.«

Tariks Augen blitzten. »Meine *Angelegenheit?*«

»Ich habe mich schon um alles gekümmert, Tarik. Unternimm nichts, denn es hätte keinen Zweck und würde nur noch mehr Blut vergießen. Und davon habe ich genug.« Sie drückte sich an ihm vorbei und wandte sich zum Gehen.

Tarik schnitt ihr den Weg ab, sein Kinn vorgestreckt, die geballten Fäuste an den Seiten. »Würdest du den Knabenkönig auch so in Ketten legen?«

»Vergleiche dich nicht mit Chalid. Es ist kindisch und unter deiner Würde.«

Tarik zuckte zusammen, blieb aber stehen. »Antworte mir, Shazi. Würdest du ihm sagen, es sei nicht seine Sache, gegen diesen Jungen zu wüten, der dir das angetan hat?«

Sie hielt inne. »Ja.«

»Und er würde dir gehorchen?« Seine Augenbrauen zogen sich ungläubig zusammen.

»Er würde … zuhören.«

Und dann genau das tun, was er will.

»Du lügst«, höhnte Tarik. »Ich glaube keinen Augenblick, dass dieser Schlächter, den du Ehemann nennst, diesen Jungen auch nur ein einziges Morgengrauen erleben lassen würde, nach dem, was er dir angetan hat.«

»Was Chalid tun würde, geht dich nichts an.« Sie war gefährlich nahe daran zu schreien. »Und ich habe es satt, mit dir über diesen Vorfall zu diskutieren – oder über meinen *Schlächter* von Ehemann!« Shahrzad durchschnitt die Luft mit einer Hand als Zeichen, dass sie das Gespräch als beendet sah.

»Du denkst also, es ist deine Angelegenheit zu kontrollieren, was in diesem Lager vor sich geht?«, fragte Tarik. »Wurde deshalb dieser plärrende Junge zu seiner Familie zurückgeschickt, wie ein Kind, das gescholten wird? Hast du ernsthaft gedacht …«

»Ich habe ernsthaft gedacht, dass überhaupt nichts damit gewonnen wäre, noch mehr Blut zu vergießen. Teymur wurde in das Zelt des Emirs von Karaj gebracht, damit entsprechend mit ihm verfahren wird. Und ja, es *ist* meine Angelegenheit, wie mit der Sache umzugehen ist. Es ist *nicht*«, sie stach ihm einen Finger in die Brust, »deine Sache, in meinem Namen Recht zu sprechen.«

»Glaubst du allen Ernstes, der Emir wird ihn dafür bestrafen, was er heute getan hat? Wird er nicht. Und ich habe keine Ahnung, wo Teymur jetzt ist. Denn ich bezweifle, dass dieser Teufel weggeschickt wurde, damit er bestraft wird, wie du so gerne glauben möchtest. Er ist weg, und mit ihm jeder Sinn für Gerechtigkeit!«

Tarik riss seine Arme weit auseinander, sein Gesicht vor Verzweiflung verzerrt. »Wusstest du, dass Teymur drauf und dran war, in die Familie des Emirs einzuheiraten? Es ist denkbar, dass der Emir ihn sogar auf die Aufgabe angesetzt hat.«

»Du wirst nicht in meinem Namen Rache suchen, Tarik Imran al-Ziyad. Ich verbiete …«

Er packte sie an der Schulter. »Ich werde tun, was ich verdammt noch mal will, Shahrzad al-Haizuran!« Seine Stimme war schrill in ihrer Qual. »Ich habe mir ein einziges Mal versagt zu tun, was meinen Prinzipien entspricht, und nicht ein Tag vergeht, ohne dass ich diese Entscheidung mit jeder Faser meines Lebens bereue.«

Der Klang seines Schmerzes stieg empor in die Wüstennacht, hinauf in den mit Sternen übersäten Himmel.

Und ging Shahrzad unter die Haut.

Ohne ein einziges Wort nahm sie seine Hand und führte ihn in die Wüste, weit über die Ansammlung von Zelten hinaus. Als sie sich endlich umdrehte und ihn ansah, schien Tarik in wenigen Augenblicken um ein Jahrzehnt gealtert.

Sie blickten sich gegenseitig an, zwischen sich einen See von glitzerndem Sand. Zwischen sich Jahre der Freundschaft und des Vertrauens, scheinbar in einem einzigen Augenblick verloren.

»Denkst du je an diese Nacht zurück?« Tarik konnte ihr nicht in die Augen sehen, als er leise diese Frage stellte.

Einen Moment lang war Shahrzad unsicher, wie sie antworten sollte.

»Du hast das Richtige getan«, sagte sie und betrachtete die Unzahl von Körnern, die um ihre Zehen glitten. »Ich habe dich in eine unmögliche Situation gebracht. Eine unangemessene.«

»Das ist nicht das, was ich gefragt habe.«

Sie hob ihren Blick. »Ja, ich habe darüber nachgedacht.«

Er trat von einem Fuß auf den anderen, dieser junge Mann, der sich nie unbehaglich fühlte und jetzt mit seiner bis dahin nicht gekannten Unbeholfenheit ihr Herz berührte. »Darf ich dich fragen, warum du in dieser Nacht in mein Zimmer gekommen bist?«

Tarik verdiente ihre Aufrichtigkeit. Für all diese verstohlenen Küsse in schattigen Ecken. Für all diese Jahre zuverlässiger Liebe.

Dafür, dass er einen Krieg begann, um sie zu retten.

Sie hielt seinem Blick stand, obwohl der Schmerz in ihrer Brust sie eher wünschen ließ, weit und schnell davonlaufen zu können.

»Weil ich fühlen wollte.«

»Shahrzad …«

»Ich wollte – nein, *musste* – etwas fühlen.« Da war eine sanfte Entschlossenheit in ihren Worten. »Ich dachte, dass ich, wenn ich in deinen Armen läge, vielleicht wieder etwas fühlen könnte. Dann könnte ich um Shiva trauern und weitermachen. Aber du hast richtig gehandelt, indem du mich abgewiesen hast. Ich habe dir das nie übelgenommen. Bitte glaube mir, wenn ich das sage«, endete sie in sanftem Ton.

Tarik war eine lange Zeit still. Sie beobachtete, wie der Schmerz in seinen Augen schwächer wurde, abgelöst durch bittere Resignation. »Ich glaube dir. Es ändert nichts an der Tatsache, dass ich es mir selbst übelnehme, fast jeden Tag.«

Er ging zwei Schritte auf sie zu und blieb zögernd stehen.

Shahrzad spürte seine Unentschlossenheit. Ihre Finger griffen nach den Falten von Irsas Shahmina.

Er wartet darauf, dass ich frage, warum.

Und er hat Angst davor, was passiert, wenn ich es tue.

Ihre Zehen krümmten sich in den Sandalen und rieben den Treibsand gegen die Haut. »Warum hast du es dir übelgenommen?«

Tarik presste die Lippen zu einem dünnen Strich zusammen. Seine Halsmuskeln traten hervor, als er schwer schluckte. Es schien, als suchte er nach den richtigen Worten, bevor er sprach, auch das wieder so untypisch für Tarik, ihre erste Liebe.

Dann trafen seine Augen ihre und hielten sie fest, wild und seiner Sache ganz sicher. »Wenn ich uns in dieser Nacht dem überlassen hätte, was wir beide wollten, wärest du heute meine Frau und nicht seine.«

Entgeistert zuckte ihr Kopf zurück. »Hast du … hast du gedacht, das wäre das, was ich vorhatte?« Shahrzad stotterte sogar. »Dass ich als Tochter eines armen Bibliothekars in dein Zimmer ging und es als die Frau des zukünftigen Emirs wieder verlassen wollte?« Sie starrte zum ihm hinauf, die Arme in die Hüften gestemmt. »Ich hatte nicht die Absicht, dich in eine Ehe zu zwingen, du arroganter Esel! Wenn ich in dieser Nacht dein Bett geteilt hätte, hätte ich nie erwartet, dass du am kommenden Tag um meine Hand angehalten hättest!«

»Mein Gott, ist es das, was du denkst, was ich sagen will?«

»Was sonst soll ich denn denken, wenn …«

Er schoss nach vorne, um ihren Mund mit seiner Hand zu bedecken. Als ob er wortlos um Hinrichtungsaufschub bäte.

Nach einem Augenblick nickte Shahrzad, obwohl ihre Empörung die Luft zum Beben brachte. Tarik nahm die Hand weg, und sie entdeckte einen winzigen Moment der Belustigung in seinem Ausdruck. Eine Spur des Jungen, wie sie ihn von klein auf gekannt hatte. Und in den vergangenen Tagen schmerzlich vermisst hatte.

Mit einem immer tieferen Stirnrunzeln ergriff Shahrzad die Enden von Irsas Shahmina und verknotete sie auf ihrer Brust. »Na gut, was wolltest du dann sagen?«

»Was ich sagen wollte«, begann er erneut, »war, dass, wenn du in dieser Nacht bei mir geblieben wärst, ich am nächsten Morgen zu deinem Vater gegangen wäre …«

Sie öffnete ihren Mund, um zu widersprechen, und er nahm sein schweigendes Flehen wieder auf.

Dann trat er näher. »Aber nicht, weil ich mich dazu verpflichtet gefühlt hätte«, sagte Tarik, seine Hände auf ihren Schultern, zunächst zaghaft, dann mit einem bestimmenden Druck. »Sondern, weil ich keinen einzigen Tag länger warten wollte … und es wäre falsch gewesen. Meine Cousine war vierzehn Tage vorher ermordet worden. Meine Tante hatte sich drei Tage später vom Balkon gestürzt. Wie hätte ich zu deinem Vater gehen – oder zu meinen Eltern – und um dich anhalten können?«

Seine Züge waren weicher geworden, während er sprach,

doch seine Stimme hatte nichts von ihrer Stärke verloren. In diesem Augenblick wurde Shahrzad daran erinnert, wie immer alle Blicke in einem Raum auf ihn gefallen waren, ungebeten. Wie er so viel Raum einnahm und es nie zu bemerken schien.

Seine Hände fielen zu seinen Seiten herab, als er darauf wartete, dass sie ihre Gedanken ordnete und sprach.

Als sie es tat, war sie diejenige, die sich unbehaglich fühlte und nicht recht wusste, was sie sagen sollte. »Ich hätte nie von dir erwartet, dass du so etwas tun würdest.«

Wieder huschte eine Spur Belustigung über sein Gesicht. »Du verwunderst mich immer mehr, du furchtbares Mädchen. Weil ich es weiß. Wenn ich eine einzige Nacht mit dir verbracht hätte, hätte ich nicht gewollt, dass wir auch nur für einen einzigen weiteren Tag getrennt wären.«

Shahrzad wollte ihn davon abhalten weiterzusprechen. Oder davon, etwas zu sagen, das er bereuen könnte.

Was kann ich tun, um ihm noch mehr Schmerz zu ersparen?

Aber Tarik nahm ihr Kinn in die Hand, entschlossen in seinem Vorgehen, und versenkte seinen Blick in ihren.

»Seit dem Nachmittag, als ich gesehen habe, wie du von den Zinnen von Taleqan gefallen bist, wusste ich, du bist mein Schicksal. So sehr liebe ich dich.« Die Worte kamen ihm mühelos über die Lippen. Genau wie immer. »Aber du kannst nicht mehr dasselbe über mich sagen, oder?«

Sie konnte ihm nicht in die Augen sehen.

»Bitte antworte mir, Shazi«, sagte er. »Es ist höchste Zeit, dass ich die Wahrheit erfahre. Ich … verdiene, sie zu kennen.«

Als Shahrzad sein Gesicht betrachtete, wurde ihr klar, dass er sich – in den letzten wenigen Tagen – auf diesen Augenblick vorbereitet hatte.

Ohne dass es dadurch für einen von ihnen auch nur etwas leichter werden würde.

Sie atmete langsam aus.

»Ich liebe dich wirklich, Tarik.« Voller Bedacht legte Shahrzad ihm eine Handfläche an die Wange. »Aber … er ist es, bei dem ich leben will.«

Tarik bedeckte ihre Hand mit seiner. Nickte einmal. Die einzige Bestätigung außer dieser Geste war ein winziges Muskelzucken an seinem Kinn. Ein Abwehren von Gefühl, das ihn mehr verriet, als es ein Ansturm von Tränen je vermocht hätte.

»Es tut mir so leid, dass ich dich verletze«, flüsterte Shahrzad, und der Schmerz in ihrer Brust nahm ihr die Luft. Sie drückte ihre freie Handfläche an seine andere Wange, als ob sie ihr Bedauern durch die Berührung ausdrücken wollte. Dumm, das wusste sie, aber sie konnte nicht ergründen, wie sie einen solchen Verrat sonst wiedergutmachen könnte.

Tarik entspannte sich, sein Ausdruck seltsam distanziert. »Ich wusste, dass du ihn liebst, als ich euch zusammen in Ray gesehen habe. Aber … ich war ein Narr, der sich dummerweise an enttäuschter Hoffnung festklammerte.«

»Bitte, glaube mir …« Shahrzad biss sich so sehr auf die Unterlippe, dass es sicher zu bluten anfangen würde. »Ich habe dir nie Leid zufügen wollen.«

»An meinem Leid bin ich selbst schuld. Rahim hat mir erzählt, was du heute zu Teymur gesagt hast – dass dein Herz mir gehört, und dass es immer so sein wird.«

Der Geschmack von Kupfer und Salz traf auf ihre Zunge. »Ich …«

»Du hast gelogen, um dich selbst zu retten. Ich verstehe«, sagte er mit flacher Stimme. »Aber du musst wissen, dass Teymur das dem Emir von Karaj sagen wird, und das Gerücht wird sich ausbreiten.«

Sie blinzelte ihn an, verwirrt über seinen plötzlichen Richtungswechsel. Fort war jedes Zeichen von Verletzlichkeit. Stattdessen strenge Augenbrauen und starres Verhalten.

Eine plötzliche Rückkehr zu der vorigen Distanz.

»Du wirst in diesem Lager sicherer sein – vor allem unter den Feinden des Schlächterkönigs –, wenn wir den Schein wahren«, endete er.

Obwohl sie kaum beabsichtigte, lange in dem Lager zu bleiben, wusste Shahrzad, dass sie etwas sagen sollte. Wenn nicht um sich selbst zu verteidigen, dann wenigstens als Verteidigung gegenüber Tarik.

Sie schüttelte den Kopf, zog die *Shahmina* noch fester. »Ich kann dich nicht bitten, das zu tun. Ich *werde* dich nicht bitten, das zu tun. Es ist nicht fair.«

»Nein, das ist es nicht«, stimmte Tarik zu. »Aber du musst mich noch bitten, diesen Krieg aufzugeben.«

Ihre Augen weiteten sich vor Überraschung. »Würdest du das tun? Ist so etwas überhaupt möglich?«

»Selbst wenn es möglich wäre, würde ich es nicht tun.« Tarik zögerte nicht mit seiner Antwort. »Wenn ich plane, etwas zu tun, dann tue ich es nicht leichtfertig. Und mich vor meiner Verpflichtung zu drücken, wäre nicht nur ein Scheitern gegenüber allen um mich herum, sondern auch mir selbst gegenüber.«

»Gegenüber denen um dich herum?« Wut loderte in ihr auf, plötzlich und grell. »Weißt du, was für Männer um dich herum sind, Tarik?« Sie dachte an den Wachposten heute Morgen. Einer mit dem Fedajin-Zeichen in seine Haut gebrannt. »Du hast dich umgeben mit Söldnern – gedungenen Geächteten und Mördern aus allen Schichten – bei dem Versuch, einen König zu stürzen, über den du nichts weißt! Chalid ist nicht …«

»Gedungene Geächtete und Mörder?« Tarik lachte in bissigem Ton. »Hör dich nur an, Shazi! Weißt du, wer dein Ehemann ist? Hast du nicht die Geschichten über den Kalifen von Chorasan gehört? Den mordenden Verrückten? Hat er Shiva umgebracht oder nicht – deine *beste Freundin*?« Er zog die letzten beiden Worte in die Länge.

Fasste ihren Betrug in Worte.

Sie verbiss sich ihre scharfe Erwiderung. »Die Wahrheit ist nicht so einfach.«

»Liebe hat dich der Wahrheit gegenüber blind gemacht. Mich aber wird sie nicht blenden!«, sagte Tarik, obwohl seine Gefühle in seinen Augen überflossen. »Es gibt nur noch eine verbliebene Wahrheit, die zählt: Ist er verantwortlich für den Tod meiner Cousine?«

Shahrzad blickte ihn in betroffenem Schweigen an. »Ja.«

Denn egal, wie die Geschichte ging, das war die Wahrheit.

»Dann ist es so einfach.«

»Tarik, bitte.« Sie griff nach ihm. »Du hast gesagt, du liebst mich. Ich bitte dich, noch einmal zu überlegen …«

Er wich zurück. Versuchte so sehr, seinen Schmerz zu verbergen. »Ich liebe dich wirklich. Nichts wird das ändern. Genauso wenig wird etwas ändern, dass er meine Cousine getötet und mir das Mädchen, das ich liebe, genommen hat.«

Shahrzad beobachtete entsetzt, wie seine Hand hinabsank zum Griff seines Krummsäbels und ihn fest packte.

Obwohl er fast stolperte in seiner Hast sich zurückzuziehen, schwankte Tariks Stimme nicht.

»Mache keinen Fehler – das nächste Mal, wenn ich Chalid Ibn al-Rashid sehe, wird einer von uns sterben.«

Bereitschaft zu lernen

Er hatte Fehler gemacht. Das wusste er ohne den geringsten Zweifel.

Falsch geurteilt. Falsch geplant. Falsch verstanden.

Vielleicht konnte man sagen, dass er falschen Stolz an den Tag gelegt hatte.

Törichte Arroganz sogar.

Aber Jahandar hatte nicht damit gerechnet, dass die Dinge so kommen würden, wie es geschehen war.

Als er zum ersten Mal die Dienste des Buches in Anspruch genommen hatte, hatte er gedacht, er könnte es beherrschen. Er hatte gedacht, er wäre sein Herr.

Das war der erste seiner vielen Fehler gewesen.

Denn das Buch hatte nicht die Absicht, beherrscht zu werden. Aber durchaus die Absicht, Jahandar al-Haizuran seinen Willen aufzuzwingen.

Aber leider blieb sein Wille durch die Worte einer alten Sprache verschleiert, versiegelt mit einem rostigen Schloss und einem Schlüssel.

Ein Teil von Jahandar wusste, dass das Buch unbedingt zerstört werden sollte.

Alles, was zu der Zerstörung, die er in dieser schicksalhaften

Nacht des Unwetters erlebt hatte, fähig war, sollte nicht in der Menschenwelt existieren dürfen.

Und dennoch …

Jahandar klammerte seine Finger fest um das Buch. Seine Wärme drang in seine Haut ein, pulsierte durch die Blasen an seiner Hand.

Die lebendige Hitze eines schlagenden Herzens.

Vielleicht konnte er es nun beherrschen. Nun da er wusste, was für eine Art Kreatur es war.

War es der Höhepunkt seiner Dummheit, so etwas zu denken?

Ein weiterer Beweis für seine unangebrachte Arroganz?

Vielleicht.

Er konnte es versuchen. Nur etwas Kleines, zum Anfang. Nicht wie die Fehler, die er draußen vor Ray gemacht hatte. Er wusste es jetzt besser.

Jetzt da er gesehen hatte, wozu es fähig war, würde er vorsichtiger sein. Mit weit mehr Rücksicht, als er oben auf dem Hügel hatte walten lassen.

In der Nacht war er Zeuge geworden, wie das Buch eine ganze Stadt in Flammen gesetzt hatte.

Er erschauerte, als er sich an die Blitze erinnerte, die den Himmel durchschnitten und Chorasans wertvollstes Kleinod zerschmettert hatten.

Die Stadt, in der Jahandar seine Töchter großgezogen und seine geliebte Bibliothek kuratiert hatte.

Die Stadt, in der er seine Frau hatte beerdigen müssen, nachdem er mit angesehen hatte, wie sie einer zehrenden Krankheit zum Opfer gefallen war.

Die Stadt seiner durchschlagenden Misserfolge.

Er erinnerte sich an die vielen Male, die er sich gegenüber seinen Liebsten unfähig erwiesen hatte – ohnmächtig, seine Frau vor ihrem Tod zu bewahren; unfähig, seinen Posten als Wesir nach ihrem Tod zu behalten, und unfähig, seine Tochter davon abzubringen, die Palasttore hinter sich zu lassen, einem sicheren Untergang entgegenzugehen.

Unfähig, überhaupt irgendeine Veränderung auszulösen. Nur ein zufälliger Beobachter des Lebens.

Nutzlos.

Wieder klammerte er sich an das Buch, dankbar, dass seine beiden Kinder dem Unwetter unversehrt entkommen waren …

Denn er vermutete, dass so viele es nicht geschafft hatten.

Jahandar riss in der stickigen Dunkelheit seines Zeltes die Augen auf.

Genau wie in der Nacht zuvor, als sie angekommen waren, erdrückte das Schuldgefühl seine Brust und erschwerte ihm das Atmen. Er grub die Fingernägel in den Buchdeckel, als er versuchte, Luft zu bekommen. Versuchte, die Flut von Gewissensbissen einzudämmen, die seine Augen zum Überquellen brachte.

Versuchte, die Erinnerung an die Schreie, die in seinen Ohren widerhallten, zu verdrängen.

Es war nicht seine Schuld!

Er hatte es nicht beabsichtigt. Er wollte nur eine Ablenkung schaffen. Seine geliebte Tochter retten. Und vielleicht seine wahre Bestimmung finden …

Als ein Mann der Macht. Ein Mann, dem man Respekt zollte. Ein Mann, den man fürchtete.

Aber Jahandar konnte es wiedergutmachen. Er wusste wie.

Er hatte seine Begabung an seine Tochter vererbt.

Irsa hatte heute so etwas gesagt, als sie einen Zauberteppich erwähnte. Es hatte seine ganze Selbstbeherrschung gekostet, still liegenzubleiben, als er ihre Worte hörte. Still zu bleiben angesichts solch einer Möglichkeit.

Shahrzad war etwas Besonderes. Genau wie Jahandar.

Und sie war stark. Sogar stärker als er. Er hatte es gespürt, wann immer Shahrzads Hände das Buch berührt hatten. Es hatte ihre Anwesenheit willkommen geheißen.

Es hatte ihre Fähigkeit zu wahrer Größe erkannt.

Seine Chance zur Wiedergutmachung.

Wenn er erst wieder vollkommen über seinen Körper verfügen könnte, würde Jahandar zu seinen Studien zurückkehren.

Dieses Mal würde er das Buch beherrschen. Wahrhaft seiner Macht würdig werden. Er konnte nicht zulassen, dass es ihn ein weiteres Mal beherrschte.

Nein. Nie wieder würde er solche Fehler begehen.

Er würde seiner Tochter beibringen, ihre Kräfte zu nutzen. Dann würden sie zusammen all das wiedergutmachen, das fehlgeschlagen war.

Denn ein Fehler war nur ein Fehler, wenn er nicht korrigiert wurde.

Und Jahandar war ein Schüler, sein ganzes Leben lang.

Es war diese eine Eigenschaft, auf die er immer stolz gewesen war …

Seine Bereitschaft zu lernen.

Der Schmetterling und der Grobian

Chalid mochte keine Überraschungen.

Selbst als Kind war er vor ihnen auf der Hut gewesen.

Er konnte sich nicht an ein einziges Mal erinnern, da er sich über eine Überraschung gefreut hatte. In seiner Erfahrung waren Überraschungen oft nur der Auftakt zu etwas Heimtückischem. Wie ein schleichendes Gift, überdeckt von einem guten Wein. Serviert in einem juwelenbesetzten Kelch.

Nein.

Er hasste Überraschungen.

Deshalb war Chalid, als er in Vikrams Kammer ging und Despina am Bett seines Leibwächters sitzen sah, sehr verärgert.

Wie hatte sie so schnell von der Genesung des Rajput erfahren? Chalid hatte erst im Morgengrauen davon gehört, vor weniger als einer Stunde.

Tatsächlich waren Seh- und Hörvermögen der Dienerin unermesslich. Deswegen war sie immer eine so exzellente Spionin gewesen. Ohne Zweifel kam das von ihrer Fähigkeit, sich mit der Leichtigkeit eines Schmetterlings Freunde zu machen und Vertrauen zu erwecken. Und sie hatte sich Freunde gemacht unter denen mit Einfluss im Palast.

Und sie hatte sich mit Shahrzad angefreundet.

Die Magd stand auf und verneigte sich, drückte dabei die Fingerspitzen ihrer rechten Hand gegen die Stirn. »Sayyidi.«

»Ich bin beeindruckt.« Chalid blieb am Fuß des Bettes stehen, seine Gesichtszüge starr.

Despina lächelte, ihre Augen funkelten, sogar in dem schwachen Licht, das durch die Fensterläden hineindrang. »Vergib mir, wenn ich es sage, Sayyidi, aber du siehst nicht so aus.«

Vikram stieß ein einzelnes Husten aus, um das zu verbergen, was bei dem hindustanischen Krieger als Auflachen zu werten war.

Chalid drehte sich unvermittelt zu ihm. »Deine Schulter?«

Es hatte zwischen ihnen nie die Notwendigkeit von Formalitäten bestanden. Sie hatten seit Jahren zusammen trainiert. Zusammen geblutet. Zusammen gekämpft. Der Rajput war sein Leibwächter gewesen seit dem Tag, als Chalid zum König gekrönt worden war. Sein Freund schon vorher.

Vikram antwortete nicht. Sein Blick heftete sich an eine unbestimmte Ecke an der Decke, während Chalid die geröteten Bandagen und die faulig riechenden Wickel um die kupferfarbene Haut seiner linken Schulter musterte. Als Vikram sich aufsetzte, um nach dem Wasserkelch auf dem niedrigen Tisch neben sich zu greifen, konnte er einen stechenden Schmerz nicht unterdrücken. Despina beugte sich hinunter, um ihm zu helfen, und ignorierte seinen finsteren Blick.

»Du hast gerade den Fakir verpasst, Sayyidi«, sagte sie und setzte den Kelch wieder auf den niedrigen Tisch. »Er wollte sagen …«

»Der Pfeil von diesem Schnösel hat mein Brustbein zerschmettert. Und den Knochen in meiner Schulter«, sagte Vikram schroff. Sein Ton deutete auf eine erbitterte Vergeltung in naher Zukunft hin.

Despina blinzelte, um Worte verlegen. Dann erholte sie

sich und ließ ihre weißen Zähne blitzen. »Aber der Fakir sagte auch …«

Vikram brachte sie mit einem Blick zum Schweigen. Schmollend kehrte Despina zu ihrem Schemel zurück und verschränkte die Arme vor der Brust.

Chalids mitleidlose Seite fühlte sich seltsam besänftigt durch diesen Austausch – der Anblick des plappernden Schmetterlings, der durch den turmhohen Grobian zum Schweigen gebracht wird.

Wäre Shahrzad hier, so nahm Chalid an, hätte sie mit einer scharfen Bemerkung noch zu seiner Befriedigung beigetragen, die die Situation gleichzeitig verbessert, aber auch verschlechtert hätte.

Er ging vom Fußende des Bettes an Vikrams Seite. »Gibt es irgendetwas, das du von mir brauchst?«

Vikram lehnte sich in den Kissen zurück und betrachtete ihn mit seinem üblichen harten Blick. »Allerdings. Einen neuen Arm.«

Daraufhin lächelte Chalid beinahe. »Aber ich brauche meine beiden selbst.«

»Wofür?«, grummelte Vikram mit einem verächtlichen Blick.

»Um zu kämpfen.«

»Du lügst. Wie der eitle Pfau, der du bist.«

Chalid hob eine Augenbraue. »Ich lüge nie.«

»Eine Lüge.« Der Bart des Rajput zuckte, sein Blick war düster.

»*Nie* … ist vielleicht das falsche Wort.«

»*Selten* ist besser.«

»Dann also selten.« Chalid gewährte ihm den Anflug eines Lächelns.

Vikram atmete aus, glättete seinen kurzen Bart mit der rechten Hand. »Ich kann nicht mehr kämpfen, *mere dost,* mein

Freund.« Es war ein schwieriges Zugeständnis. Seine Augen schlossen sich für einen Augenblick.

»Nun, *das* ist eine Lüge«, sagte Chalid ohne zu zögern. »Der Fakir sagte mir, deine Schulter würde mit der Zeit heilen. Sie kann vielleicht nicht mehr das …«

»Ich habe kein Gefühl in meiner linken Hand.«

Chalid hasste Überraschungen wirklich. Mit der Hitze von eintausend Sonnen verabscheute er sie.

Sein Blick glitt zu Vikrams linker Hand, die bewegungslos oben auf den Leinentüchern lag.

Sie sah aus wie immer. Unerbittlich. Unüberwindbar. Unverwundbar.

Und doch auch nicht.

Er wusste, dass Worte der Beruhigung unnötig waren. Vikram war kein Narr, und er musste nicht verhätschelt werden. Gleichwohl konnte Chalid seinen Hang nicht verleugnen, das Offensichtliche auszusprechen.

»Es ist zu früh, in dieser Angelegenheit ein Urteil zu fällen.« Er ersparte sich, sanft zu sprechen, denn er wusste, Vikram würde es verabscheuen. »Das Gefühl kann nach einer Weile zurückkehren.«

»Selbst wenn es das tut, werde ich nie mehr so kämpfen können wie zuvor.« Es steckte kein Gefühl in dieser Antwort. Es war nur die einfache Feststellung von Tatsachen.

Despina rutschte auf ihrem Sitz herum – das zweite Zeichen von Unbehaglichkeit, das Chalid seit seiner Ankunft bei der Magd bemerkte.

Obwohl es ihn verwirrte, gewährte Chalid Vikrams Worten die erforderliche Aufmerksamkeit. »Noch mal, es ist zu früh, um das alles abschließend zu beurteilen.«

»Dieser Schnösel hat Pfeilspitzen aus Obsidian benutzt.« Vikrams Wut grub tiefe Spalten in seine Stirn und tiefe Täler in sein Gesicht. »Sie haben die Knochen zerschmettert. Nicht zu heilen.«

Trotz seines Wunsches, Öl ins Feuer zu gießen, unterdrückte Chalid seinen aufkeimenden Zorn. Es hätte keinen Zweck, die Wut noch anzustacheln. Stattdessen nahmen seine Züge eine Maske vorgetäuschter Gelassenheit an. Eine Maske, die er gekonnt trug.

»Davon habe ich gehört.«

»Ich kann dir nicht mehr als Leibwächter dienen – mit nur einem guten Arm«, betonte Vikram.

»Ich bin anderer Meinung.«

»Das wusste ich.« Er runzelte die Stirn. »Aber das spielt keine Rolle, *mere dost.*«

»Und warum nicht?«, sagte Chalid.

Wieder rutschte die Magd auf ihrem Sitz hin und her.

Vikram sank tiefer in die Kissen, sein Ausdruck glättete sich. »Weil ich nicht geringer sein will, als ich bin. Und du wirst mich nicht zwingen, geringer zu sein.« Es machte ihm nicht einmal Sorgen, Chalid mit seinem starren Blick herauszufordern.

»Was brauchst du von mir, mein Freund?«, wiederholte Chalid seine frühere Frage, obwohl sie jetzt vollkommen anders klang.

Der Rajput zögerte. »Ich wünsche, die Stadt zu verlassen. Um mein eigenes Leben zu beginnen.«

»Natürlich.« Chalid nickte. »Was immer du brauchst.«

»Und eine Frau zu nehmen.«

Noch mehr Überraschungen. Würde das nie aufhören?

»Denkst du an jemand Bestimmten?« Chalids Gesichtsausdruck blieb vorsichtig. Beherrscht.

Vikram richtete einen fast spöttischen Blick auf seinen König. Dann fielen seine Blicke auf den schmollenden Schmetterling an seiner Seite.

Auf Chalids beste Spionin.

Anscheinend fingen Chalids verhasste Überraschungen gerade erst an.

Sosehr er sich auch Mühe gab, konnte Chalid den ungläubigen Blick nicht verbergen, der sich auf seinem Gesicht abzeichnete. »Und bist du offen für diese Eheschließung?«, fragte er die Magd mit einer Stimme, kaum lauter als ein Flüstern.

Als ihre hübschen Lippen sich langsam zu einem belustigten Schmollmund verzogen und ihre Augen zu schimmern begannen wie Brunnen voller verborgener Geheimnisse, erforderte es Chalids ganze Willenskraft, nicht die Beherrschung zu verlieren und den Raum in blindwütigem Zorn zu verlassen.

»Sehr gut also. Allzu fern liegt es mir, die Intrigen der Liebe zu verstehen.« Chalid schüttelte den Kopf und verbannte alle Anzeichen seiner Ungläubigkeit. »Gibt es sonst noch etwas?«

»Eine Sache noch …«, grummelte der Rajput, fast wie im Nebensatz.

Chalid wartete und hoffte, es handelte sich nicht um eine weitere Überraschung.

»Trotz meiner Wahl einer Ehefrau«, der Krieger sah seine zukünftige Braut an, die seinen Blick mit einem wissenden Lächeln erwiderte, »möchte ich nicht zum Gegenstand von Gerüchten werden.«

»Ich verstehe«, erwiderte Chalid. »Ich werde diese Angelegenheit mit niemandem besprechen. Du hast mein Wort.«

Vikram nickte knapp. »Wir werden in zwei Tagen abreisen. Danach liegt alles Weitere in den Händen der Götter.«

Ein plötzlicher Verlustschmerz schoss durch Chalid. Er war nicht beunruhigt von dessen Auftreten. Nur von seiner Schärfe. »Ich werde deine Gesellschaft vermissen, mein Freund.«

»Eine Lüge.« Vikram hustete, seine gute Schulter bebte vor unterdrücktem Lachen. »Jetzt wirst du der beste Schwertkämpfer in Ray sein. Endlich.«

»Der beste Schwertkämpfer in einer gefallenen Stadt«, entgegnete Chalid und verkniff sich ein aufkeimendes Grinsen. »Das passt.« Er schaute weg und strich sich mit einer Hand über den Kiefer.

»*Mere dost*?« Der erste Hinweis auf Unschlüssigkeit, den Chalid je in Vikrams Stimme gehört hatte.

Er blickte zurück auf seinen Freund.

»Wirst du sie wirklich nicht zurückbringen?«, fragte der Rajput.

»Was soll die Frage?« Chalid grinste endlich, obwohl ihm das Herz schwer war. »Nach all deinen früheren Protesten?«

»Trotz allem finde ich … Ich vermisse die kleine Nervensäge. Und wie sie dich zum Lächeln gebracht hat.«

Genau wie Chalid. Mehr als er bereit war, irgendjemandem gegenüber zuzugeben.

»Sie ist nicht sicher in Ray, Vikram«, sagte Chalid. »Ich bedeute keine Sicherheit für sie.«

»Aber bei dem Schnösel ist sie sicher?« Die Falten auf der Stirn des Rajput kehrten zurück.

Genau wie Chalids brodelnde Wut. »Vielleicht. Wenigstens bringt er sie zum Lächeln.«

»Und du kannst das nicht?« Vikrams Augen waren plötzlich nur noch halb so groß. Flammten auf wie Feuersteine.

Wie der Obsidian in Tarik Imran al-Ziyads knochenzerschmetternden Pfeilköpfen.

Chalids Blut lief vor Wut über. Vor ungerechtfertigtem Zorn.

Schließlich war er es gewesen, der Shazi mit Nasir al-Ziyads Sohn hatte verschwinden lassen. Er war ihr nicht gefolgt, wie er zuerst eigentlich gewollt hatte. Er hatte Jalal nicht befohlen, sie zurückzubringen, obwohl es sich sein Herz gewünscht hatte.

Es war Chalids Entscheidung gewesen, sie gehen zu lassen.

Denn es war das Beste, dass sie nicht mit ihm litt – nicht mit Ray – nicht mehr.

Denn zu welchem Zeitpunkt konnte er seine Fehler mit seinem Schicksal in Einklang bringen?

Es war nicht mehr möglich.

Trotz all seiner Versuche, seinem Schicksal aus dem Weg zu gehen, hatte es ihn gefunden. Hatte seinen Weg quer durch seine Stadt genommen. Alles angezündet, das ihm lieb und teuer war.

Und er konnte nicht mit ansehen, wie Shahrzad mit ihm verbrannte.

Er würde allein brennen – wieder und wieder –, bevor er so etwas geschehen lassen würde.

»Ich kann sie nicht zum Lächeln bringen«, sagte Chalid. »Jetzt nicht mehr.«

Der Rajput fuhr sich mit der Hand durch den Bart, in Gedanken versunken.

»Es ist zu früh, um das abschließend zu beurteilen.«

Chalid verbeugte sich tief, berührte mit den Fingerspitzen seine Brauen. »Ich wünsche dir Glück, Vikram Singh.«

»Und ich dir, *mere dost* – mein engster Freund.«

Nicht ein einziger Tropfen

»Schneide die Leinen durch, Shazi. Flieg.«

Die Worte waren ein Flüstern in ihren Ohren, von der Luft getragen wie eine geheime Beschwörung.

»Flieg.«

Shahrzad saß mitten in ihrem kleinen Zelt, unempfänglich für den Tumult draußen. Der Lärm des neuesten Trupps Soldaten, der im Lager ankam. Der Lärm des bevorstehenden Krieges. Stattdessen saß sie im Schneidersitz auf dem staubigen Boden. Vor ihr lag der hässlichste Teppich, den die Welt je hervorgebracht hatte.

Er war rostfarben, hatte einen Rand von dunklem Blau und in der Mitte ein Medaillon mit schwarzweißer Schneckenverzierung. Auf zwei Seiten war er mit kläglichen, vergilbten Troddeln besetzt. An zwei Ecken angesengt.

Ein Teppich mit einer eigenen Geschichte …

Wenn auch ein kleiner. Er war gerade groß genug für zwei Personen, wenn sie dicht nebeneinandersaßen.

Shahrzad neigte den Kopf, tief in Gedanken versunken. Holte vorsichtig Luft.

Dann drückte sie die Handfläche auf die raue Oberfläche des Teppichs.

Ein kribbelndes Gefühl legte sich ihr ums Herz. Es wärmte ihr Blut und verteilte sich bis in die Fingerspitzen.

Obwohl sie wusste, was kommen würde, war sie immer noch überrascht, als sich eine Teppichecke hob und an ihre Hand schmiegte.

Sie zog die Hand zurück und schluckte. Der Teppich senkte sich wieder flach auf den Boden.

»Schneide die Leinen durch, du Gans. Hast du gerade deine Ohren verschluckt, zusammen mit deinem Mut?«

»Ich habe dich schon die ersten tausend Male gehört, du Ratte!« Mit einem kleinen Lächeln in Shivas Gedenken griff Shahrzad nach einem leeren Kelch und dem Wasserkrug auf dem niedrigen Tisch, der neben ihr stand. Mit angehaltenem Atem goss sie den Kelch halb voll und stellte ihn auf das Medaillon in der Mitte des hässlichen Teppichs.

»Jetzt die echte Bewährungsprobe«, murmelte sie.

Shahrzad legte die Hand wieder auf den Teppich. Genau wie zuvor breitete sich das merkwürdige Gefühl um ihr Herz aus, bevor es in ihrem Arm kribbelte. Die Ränder des Teppichs rollten sich von selbst ein, dann hob der Teppich ab. Bald war unter ihm nur noch Luft. Shahrzad erhob sich auf die Knie, bewegte sich voller Vorsicht. Der Kelch hatte sich nicht von der Stelle gerührt; nicht ein einziger Tropfen war verschüttet. Sie atmete vorsichtig durch die Nase aus und ließ ihre Finger nach rechts gleiten. Der Teppich folgte in Schulterhöhe, die Wasseroberfläche so unbewegt wie ein ruhiger See.

Shahrzad entschied sich, die Probe noch einen Schritt weiter zu führen.

Sie stand unvermittelt auf, ihre Hand schoss nach oben in Richtung des betürmten Zeltdaches. Shahrzad erwartete, dass der Teppich außer Kontrolle schlingern würde, aber – obwohl er sich in einem einzigen Augenblick hob – er ließ sich nicht auf solch einem reizlosen Strom hin und her werfen. Stattdessen kräuselte er sich, als ob er unter dem Einfluss der allerleichtesten Brise stünde. Ihren Fingerspitzen folgend, erhob er sich über ihren Kopf – eine Folge kleiner Wellen an einem unsichtbaren Ufer –, bevor er wieder auf ihr Kommando hin zurück zu Boden trudelte. Sie wiederholte die Bewegungen noch zweimal. Hoch. Nach unten. Und noch einmal. Nicht ein einziges Mal unterbrach der Teppich die Verbindung mit ihrer Haut. Nicht ein einziges Mal geriet er außer Kontrolle. Er trug den Kelch als seinen schwerelosen Passagier von der Decke zum Boden, wie Wolken in der Luft schweben.

Das Einzige, das Shahrzad sah, war, dass das Wasser sich von Rand zu Rand erstreckte, nie überlief, sondern nur herumwirbelte, als ob es zu einer verträumten Musik tanzte, die nur es allein hören konnte.

Die Augen weit aufgerissen, ließ sie den Zauberteppich wieder zurück zur Erde sinken.

In ihren Ohren begann die Stimme ihrer besten Freundin – die Stimme hinter ihrer geheimen Beschwörung – zu lachen, melodisch, wunderschön.

Spöttisch.

Du bist dran, du Gans.

Shahrzad lächelte vor sich hin. Morgen Nacht würde sie den Zauberteppich wieder auf die Probe stellen.

Ohne den Kelch.

Baba sah heute Morgen besser aus. Wenigstens empfand Irsa das so. Er schien nicht mehr ganz so bleich und ganz so welk. Und er hatte seine Mischung aus Wasser und Kräutern mit mehr Genuss geschluckt als gestern.

Vielleicht würde er bald aufwachen.

Irsa verzog das Gesicht, als sie sich die klebrigen Haarsträhnen aus der Stirn blies. Sie war sicher, sie glich langsam einem von Rays zahllosen Straßenkindern. Voller Dreck am Kragen und Sand hinter den Ohren. Schnaubend giff sie nach ihrem kastanienfarbenen Zopf und zwirbelte ihn im Nacken zu einem Knoten.

Barmherziger Gott! Warum war es im Zelt ihres Vaters so viel heißer als in ihrem eigenen? Es fühlte sich an wie eine Bäckerei an einem Sommernachmittag. Wie konnte Baba das nur aushalten?

Irsa betrachtete die bleiche Gesichtshaut noch einmal, dann hörte sie auf, ihm den Schweiß von der Stirn zu wischen. »Bitte wach doch auf, Baba. Heute habe ich Geburtstag. Und es wäre das schönste Geschenk für mich, deine Stimme zu hören. Oder dein Lächeln zu sehen.« Sie drückte ihm einen Kuss auf eine Augenbraue, dann nahm sie ihre Sachen und ging zum Zelteingang.

In Gedanken versunken bemerkte Irsa gar nicht die schlanke Gestalt, die draußen stand.

»Irsa al-Haizuran.«

Sie blieb stehen. Drehte sich um. Fiel beinahe über einen sandalenbedeckten Fuß. Dann hob sie eine Hand, um ihre Augen vor den sengenden Sonnenstrahlen abzuschirmen.

»Ich habe eine lange Zeit in der Sonne auf dich gewartet … damit ich sicher sein konnte, dass nach dem Vorfall gestern alles wieder in Ordnung ist«, sagte Rahim al-Din Walad ruhig. »Aber ich nehme an, es ist leicht, mich zu übersehen?«

Hitze stieg ihr den Nacken hinauf. »Nein. Ich meine, ja. Ich wollte nicht …«

Sein Versuch zu lachen misslang völlig. »Ich mache nur Spaß, Grashüpfer.«

Irsa räusperte sich. »Nicht.« Rahim wusste, dass sie diesen Spitznamen hasste.

Er brachte ein leises Lachen zustande. Es klang etwas trocken, wie Pergament, das in zwei Stücke gerissen wird, aber Irsa fühlte sich davon seltsam beruhigt. Merkwürdige Dinge hatten sie schon immer auf diese Art beruhigt.

Wie Rahims eigenartiger Gesichtsausdruck.

»Wie du siehst, geht es mir ganz gut.« Ihre Wangen wurden schlagartig rot. »Wolltest du – noch irgendetwas?«

»Sprechen die Leute nur mit dir, wenn sie etwas wollen?«

Warum musste er immer so viele Fragen stellen? Und warum verunsicherte er sie so? »Nein. Sie sprechen nur mit mir, wenn sie es müssen. Oder wenn sie glauben, ich brauche etwas, wie du meistens«, erwiderte sie. »Aber ich nehme an, du wartest deiner Gesundheit zuliebe in der heißen Sonne?« Sobald die Frage ihr von der Zunge gerutscht war, hätte Irsa sich am liebsten die Hand vor den Mund geschlagen.

Was stimmte nicht mit ihr? Nach allem, was Rahim für sie getan hatte! Er hatte ihr an drückend heißen Nachmittagen das Reiten beigebracht, als er mit Tarik oder den anderen Soldaten hätte zusammen sein können. Dann hatte er ihr gestern geholfen, Shahrzad zu retten.

Wahrhaftig, es gab keinen vorstellbaren Grund, warum sie so schrecklich zu ihm war.

Außer vollkommener Dummheit.

Noch ein trockenes, heiseres Lachen.

»Wenn ich mich recht erinnere, war auch Shazi ziemlich unausstehlich an ihrem fünfzehnten Geburtstag.«

Rahim wusste, dass sie Geburtstag hatte?

»Ich – hat Shazi es dir erzählt?«, stammelte Irsa, sich seiner Nähe nur zu bewusst, ihr Pulsschlag hämmerte plötzlich in ihren Ohren. Sie fühlte dieselbe Wärme, die erst gestern ihre Hand gestreift hatte, als er ihr die Zügel übergeben hatte.

»Nein.« Rahim presste die Lippen zusammen, als eine Windbö einen Sandschauer durch seine stramm gekämmten Locken strich. »Dachtest du, ich würde es vergessen?«

»Nein, ich dachte, niemand würde sich daran erinnern.«

Er blickte auf sie herab, ohne einmal zu blinzeln. Auch sein Aussehen – seltsam beruhigend.

Blut stieg wieder in Irsas Wangen. Sie wischte sich das schweißnasse Haar aus dem Gesicht …

Und erinnerte sich plötzlich, dass ihr Zopf in einem zerzausten Knoten in ihrem Nacken saß. Dass sie einer Vogelscheuche der schlimmsten Art glich. Ihre Augen weit aufgerissen, wickelte sie den Zopf auseinander und versuchte, das klebrige Chaos auf ihrem Kopf zu ordnen.

»Was tust du da?« Rahim blinzelte endlich, seine Wimpern waren so dicht wie Pinselstriche auf einer Leinwand.

»Ich versuche, nicht wie ein Gassenmädchen auszusehen.«

»Was?« Winzige Querfalten bildeten sich auf seiner Nasenwurzel. »Warum?«

»Weil … ich … Mädchen sollten schön sein!«, gab Irsa zurück und betupfte ihre Stirn mit einem Ärmel. »Keine schwitzenden, stinkenden Katastrophen.«

»Ist das Gesetz?«

»Nein, es ist … Du bringst mich durcheinander.« Irsa konnte nichts dafür. Genau so war es. Er mit seinen unablässigen Fragen. Und seiner unerschütterlichen Wärme.

Ein Funke flackerte in seinen Augen auf. »Das hat mir schon einmal jemand gesagt.«

Rahim hatte sie noch nie so angesehen.

»Ich habe dir etwas mitgebracht«, sagte er nach einigen Augenblicken, in denen er ruhig nachdachte.

»Was?« Sie trat in seinen Schatten und ließ ihre Hand fallen. »Warum?«

Er griff in das braune Leinen seines *Rida* und brachte eine

Schriftrolle, zusammengehalten von einer Hanfschnur, zum Vorschein. »Ich habe das von Omar geliehen. Du musst es zurückgeben. Aber ich dachte, du würdest es vielleicht mögen.« Er zuckte mit den Achseln, dann hielt er ihr das verwitterte Stück Pergament hin.

Immer noch sprachlos, brauchte sie unendlich lange, danach zu greifen.

Rahim wartete, unbeeindruckt, obwohl sie sah, dass sich auf seinen Lippen eine neue Frage bildete. Sie kam ihm zuvor. »Was ist es?«

»Omar hat mir erzählt, dass du daran gedacht hast, Tee und Kräuter dem Wasser für deinen Vater hinzuzufügen. Dies ist eine Schriftrolle über Pflanzen und ihre Heilkräfte. Ich dachte, das wäre etwas für dich. Ich bringe dir morgen etwas Pergament und Tinte. Vielleicht kannst du es abschreiben.« Wieder zuckte er mit den Schultern. »Oder … ich kann es für dich tun. Obwohl meine Handschrift viel zu wünschen übrig lässt.«

Irsa fiel aus allen Wolken. Daran hatte der sensible Rahim gedacht!

Er hatte ihr etwas geschenkt?

»Ich … gut … Ich nehme an, ich sollte das tun. Ja, ich meine, ich werde das abschreiben, nicht du.«

»Bitte.« Er lachte. Wieder klang es spröde, wärmte aber ihre Haut. Als er sich umdrehte und weggehen wollte, fühlte Irsa das dringende Bedürfnis, ihn zum Bleiben aufzufordern.

Aber was sollte sie ihm sagen?

Als ob er ihre Verwirrung spüren könnte, blickte Rahim über seine Schulter. »Kommst du heute Abend zu der Versammlung nach dem Kriegsrat?«

Irsa wollte gerade nicken, riss sich aber zusammen. »Wird Shahrzad auch zugelassen sein?«

»Ich wüsste nicht, warum irgendjemand etwas dagegen haben

sollte. Nicht mit Tarik an ihrer Seite. Nichts Bedeutendes wird besprochen werden, während wir um das Feuer sitzen. Und jeder ist ziemlich neugierig auf sie. Aber wenn sie sich entscheidet zu kommen, wird es nicht einfach sein. Alle Aufmerksamkeit wird ihr gelten«, warnte Rahim, wie immer der wachsame Freund.

»Ich sorge dafür, dass sie Bescheid weiß. Und … ich passe auf, dass ihr nichts zustößt.« Irsa hob das Kinn und traf seinen Blick. Verlässlich. Unerschütterlich.

Wenigstens hoffte sie, dass sie nach außen so wirkte. Sie könnte ebenso gut auch verrückt wirken, stellte sie sich vor – mit schweißnassem Haar und Schriften über Heilpflanzen an die Brust gedrückt.

»Ich habe nichts Geringeres erwartet.« Wieder hielt Rahim inne und betrachtete sie. »*Tavalodet mobarak*, Irsa al-Haizuran. Mögest du noch hundert Geburtstage vor dir haben.«

»Danke dir, Rahim al-Din Walad.«

Er verneigte sich mit einer Hand an der Stirn. Als er sich wieder aufrichtete, lächelte er dasselbe Beinahe-Lächeln, als ob er allein etwas Wichtiges wüsste. »Und worüber du eben gesprochen hast … Du hast keinen Grund zur Sorge.«

»Was meinst du?«

»Du bist mehr als schön.« Rahim holte behutsam Luft. »Du bist interessant. Vergiss das nie.«

Wie eine aufblühende Rose

Er würde es nie zugeben. Nicht einmal, wenn man ihm ein Messer an die Kehle halten würde.

Aber Jalal hatte vielleicht recht gehabt.

Der Kalif von Chorasan sollte nicht stundenlang verschwinden, ohne ein Wort der Begründung.

Aber Chalid weigerte sich, tagein und tagaus im Palast zu bleiben. Hier gab es zu viele Geschichten. Hässliche Geschichten von Blut und Zorn und Verrat. Die einzigen Orte, wo Chalid jemals Trost gefunden hatte, waren von dem Unwetter zerstört worden.

Oder im Herzen verborgene Erinnerungen, die er noch nicht bereit war, wieder aufleben zu lassen.

Wenigstens waren hinter den Palastmauern die Geschichten wahr und lebendig. Selbst wenn sie rau waren – selbst wenn sie Schuldgefühle aufkommen ließen, konnte er sich ihnen stellen.

Er konnte sie in Ordnung bringen.

Und nach einem Morgen, den er mit unzähligen Schriftrollen und ermüdenden Staatsangelegenheiten verbracht hatte, wollte Chalid Ergebnisse sehen. Etwas Handfestes, für das er seine Zeit eingesetzt hatte.

Außer einen bevorstehenden Krieg abzuwenden.

Leider war es möglich, dass er sich heute geirrt hatte.

Die Sonne schien hell auf die Stufen der Palastbibliothek.

Zu hell.

Gleißend hell.

Als der Tag fortschritt, begannen geringe Verzerrungen sein Sehvermögen zu stören. Seine Kopfschmerzen verschlimmerten sich bis zur Lähmung. Sie waren immer dagewesen, aber die Morgenstunden, die er damit verbracht hatte, Unmengen von Pergamentrollen anzustarren, danach ein Nachmittag, an dem er heißen Granit ungleichmäßige Stufen hinuntergeschleppt hatte, hatten die Dinge nicht leichter gemacht.

Chalid hielt einen Augenblick inne, zog seine Kapuze hinunter und wischte sich den Schweiß aus den Augenbrauen.

Es war kein reiner Zufall, dass er sich entschlossen hatte, bei der Reparatur der ältesten Bibliothek der Stadt zu helfen. Obwohl sich schon viele andere diesem Unternehmen angeschlossen hatten, hatte er sich seit Tagen von der zerbröselnden Steinstruktur angezogen gefühlt.

Der Ort, wo Shahrzads Vater gearbeitet hatte, bevor ihre Familie aus Ray geflohen war.

Ein Ort, den Shazi geliebt hatte, wenn ihre Neigung zum Geschichtenerzählen ein Hinweis dafür war.

Offensichtlich war das Gebäude schon lange vor den Zerstörungen durch das Unwetter der letzten Woche verfallen. Die Stufen, die zu dem Gewölbezugang führten, waren gesprungen und gerissen, der einst lebendig strahlende Sandstein war jetzt grau und braun.

Das Unwetter hatte nur das Unvermeidliche an den Tag gebracht.

Durch die Stürme angestoßen, waren verschiedene Säulen in sich zusammengefallen, dem Ruin unter dem Gewicht von Zeit und Vernachlässigung zum Opfer gefallen. Jetzt war der Haupteingang zur Bibliothek vollkommen von Trümmern versperrt.

Chalid hatte seine Ingenieure schon zur Baustelle geschickt, um die durchhängenden Sparren abzustützen. Heute arbeitete er Seite an Seite mit einigen besorgten Arbeitern, mit denen er eine Kette bildete, um den Schutt wegzuschaffen.

Die Kapuze seines *Rida* verschaffte ihm sichere Anonymität. Denn wer käme je auf die Idee, dass der heimtückische Kalif von Chorasan an einem glühend heißen Sommertag vor der Bibliothek der Stadt Steine schleppen würde?

Chalid fluchte leise, als seine Last den schweißnassen Händen beinahe entglitten wäre. Allerdings, wer würde auch von ihm solch milde Taten erwarten, denn es war deutlich, dass er für sinnvolle Arbeiten aller Art recht schlecht ausgerüstet war. Wofür war dieses endlose Exerzieren mit dem Schwert gut gewesen – all diese endlosen Unterrichtsstunden in angeblicher Kriegskunst –, wenn er nicht einmal Steine von einem Gebäude wegschleppen konnte?

Als ein großer Stein aus seinen Händen glitt und zu Boden fiel, verpasste er nur um Haaresbreite seinen Fuß.

Chalid fluchte mit lauter Stimme, unflätig und ohne irgendeine Rücksicht.

»Pass auf, Bürschchen!« Ein fast zahnloser Mann kickte einen Stein auf ihn zu, sein sonnenverbranntes Gesicht missbilligend verzogen. »Auf diese Art wirst du noch den letzten Zeh verlieren.«

Chalid senkte den Kopf als Zeichen wortloser Zustimmung. Dann bückte er sich, um den Stein wieder aufzuheben.

Seine rechte Hand blutete schon wieder, eine klaffende Wunde in leuchtendem Rot quer über der Handfläche. Er wischte sie an seiner schwarzen *Tikka* ab und hoffte, so den Blutfluss zu stillen.

»Du solltest das besser saubermachen. Und es in irgendetwas einwickeln, bevor es schlimmer wird.« Der zahnlose Mann ging hinter ihm weiter, er bewegte sich mit verblüffender Kraft für jemanden, der so schmächtig war. »Normalerweise gibt es neben dem Gebäude Eimer voll Wasser.« Er deutete mit dem Kinn in Richtung Schatten.

Chalid ordnete seinen *Rida* vorne, so dass er den Mann ohne Furcht, erkannt zu werden, ansprechen konnte. »Ich danke dir.«

»Nichts zu danken. Ich verstehe nur nicht, wie ein Knabe mit so feinen Ledersandalen sich die Mühe mit solch einer Arbeit macht.« Er bedachte Chalid mit einem zweifelnden Blick.

»Vielleicht habe ich eine merkwürdige Neigung zu alten Büchern.«

»Vielleicht.« Aber sein Blick verriet noch immer Zweifel. »Auf alle Fälle reinige deine Wunde. Wenn sie anfängt zu eitern und du an einem Fieber zugrunde gehst, wird das deinem reichen Vater nicht gefallen.«

Mit einem halbherzigen Lächeln verneigte sich Chalid, dann ging er auf die Seite des Gebäudes, um dem Rat des Mannes zu folgen.

Ein ganzes Pack von Kindern spielte zwischen Eimern mit Wasser. Einige Jungen kämpften um einen rostigen Kelch, der neben einer zweifelhaften Quelle stand, übersät mit Asche und Schutt. Ein geschäftstüchtiges Mädchen wachte über einen großen Eimer, dessen Inhalt penibel sauber war. Nicht ein einziges Ästchen oder ein Staubkorn waren zu sehen. Sie blickte zu Chalid auf, ein Lächeln erhellte ihre Züge, als sie das kostbare Schwert bemerkte, das von seiner Hüfte hing.

»Etwas Wasser an einem heißen Tag, Sahib?« Ein kleines farbiges Bändchen um ihr Handgelenk glitt ihren dünnen Arm hinab, als sie ihm einen ausgehöhlten Flaschenkürbis entgegenhielt.

Chalid konnte nicht anders als zurücklächeln. »Wie viel kostet der Eimer … und der Kürbis?«

»Für dich, Sahib?« Ihr Lächeln wurde verschmitzt. »Nur zwei Dinare.«

Kaum in der Lage, ihr fröhliches Aufjauchzen zu unterdrücken, nachdem Chalid ihr die Münzen gereicht hatte, sprang das Mädchen die Straße hoch. Ihr Tagwerk schien damit getan. Die anderen Kinder wuselten hinter ihr her, begierig, an ihrem Verdienst teilzuhaben.

Obwohl er eindeutig geschröpft worden war, tat es Chalid um das Geld nicht leid.

Er hockte sich neben den Eimer und ließ das lauwarme Wasser über seine steif werdende Handfläche laufen. Als er sich etwas Wasser ins Gesicht spritzte, gestattete er sich den Luxus, die Kapuze zu senken, bevor er den Kürbis unter die Wasseroberfläche hielt und Wasser über seinen Kopf schöpfte.

Chalid ließ es in seine Augen laufen. Das Wasser brannte, also drückte er Daumen und Zeigefinger fest auf die Nasenwurzel und versuchte, das Brennen zu lindern. Als er aufstand, ließ er die Schultern kreisen und aalte sich in der vorübergehenden Atempause.

»Du undankbarer Hundesohn.«

Nicht eine Sekunde war Zeit, um die Beleidigung zu verdauen, bevor ihn zwei Hände an seiner Kapuze packten und ihn mit dem Gesicht nach vorn gegen die grob behauene Wand von Rays ältester Bibliothek schleuderten. Sein Fuß verfing sich im Eimer, das Wasser ergoss sich auf die Steine.

Obwohl seine Sicht verschwommen blieb – die Stimme seines Cousins würde er immer und überall erkennen.

»Was zum Teufel tust du da?«, fragte Chalid und schnappte nach Luft.

Jalal packte Chalids *Rida* mit einer Faust und wirbelte ihn herum. »Ich wusste, du bist wütend auf mich, aber ich hätte nie gedacht, dass du zu so etwas fähig bist.« Seine Stimme war wuterstickt. »Wirklich, ich hätte nie gedacht, dass du so niederträchtig sein könntest. Ich glaube, ich hätte es besser wissen müssen. Ich habe mich immer zu sehr auf Familienbande verlassen.«

Chalid blinzelte fest. Er suchte einen Ansatz von Verstand in dem Wahnsinn, der um ihn Gestalt annahm.

»Tritt zurück, bevor du einen unabänderlichen Fehler machst, Hauptmann al-Churi.«

»Dir ist nicht zu helfen, Chalid-jan«, sagte Jalal mit einem Blick, bei dem sich ein wolkenloser Himmel verdüstert hätte. »Und es ist allein dein verdammter Fehler. Kein Vikram. Keine Leibwache. Dieses eine Mal werden wir fair kämpfen, und ich gebe dir die Schläge, die du seit über zehn Jahren verdienst, du undankbarer Bastard.«

Obwohl seine Worte abgehackt und präzise waren, waren Jalals Gesichtszüge abgespannt. Er hatte es immer noch nicht zu einer richtigen Rasur gebracht, Ermüdung lauerte in den Schatten unter seinen Augen.

Ermüdung gepaart mit Wut.

»Du kannst es versuchen, mit fairen Mitteln oder schmutzigen«, schoss Chalid in kühlem Ton zurück, trotz seiner Verwirrung. »Aber ich bestehe darauf, dass du die Gründe für dein Verhalten offenlegst, bevor ich dich gründlich verprügele, denn ich wüsste gern, womit ich mich angeblich schuldig gemacht habe – außer das Pech zu haben, jemanden wie dich meinen Cousin nennen zu müssen.«

In diesem Moment richtete Jalal sich auf und schlug Chalid ins Gesicht.

Chalid war als Sohn eines Königs geboren worden. Ein al-Rashid in der achten Generation. Als solcher war es erst das dritte Mal in seinem Leben, dass jemand ihn mit solch einer ungemilderten Kraft schlug. Mit solch tiefsitzendem Hass.

Zuerst sein Vater. Dann Shahrzad.

Und jetzt Jalal.

Chalid torkelte zu Boden, seine Finger klammerten sich in den Dreck. Das Blut pochte in seinen Schläfen, unerträglich seine Kraft. Das angekettete Biest in seinem Kopf brüllte auf, schlug um sich, seine Krallen kratzten über seine Augäpfel.

Dennoch stemmte sich Chalid auf die Knie …

Und stürzte sich auf Jalals Oberkörper.

Sie landeten im Dreck wie zwei wütende Schuljungen, in einem Wirrwarr von Armen und Beinen und sperrigen Degenscheiden. Jalal schlug eine Faust in Chalids Richtung, sogar während er sich abmühte, sich aufzurichten. Sie traf Chalids Kinn.

Als Reaktion drückte Chalid das Gesicht seines Cousins mit der Seite in den Dreck und kniete sich auf Jalals Magen. Er schaffte es, mehrere gnadenlose Schläge an Jalals Kopf und Brust zu landen, bevor Jalal ihn wegtrat, Blut spuckte und Chalid ohne Gnade einen Ellbogen gegen die Schläfe schlug, einmal …

Dann noch zweimal.

Inzwischen begann sich eine Gruppe neugieriger Zuschauer zu versammeln und sich sicher zu fragen, was zwei gut gekleidete junge Männer zu solch einem bösen Faustkampf veranlasst hatte.

Chalid umklammerte seinen Schädel und versuchte, die Qual zu unterdrücken. Lichtdolche engten die Ränder seines Blickfelds ein. Stachen in seine Schläfen. Außer sich vor Wut über den unerklärlichen brutalen Angriff seines Cousins, rollte er sich ab und stand auf. Er griff nach seinem Shamshir.

Jalal riss die Augen auf. Dann, ohne zu zögern, sprang er auf die Füße und zog seinen Krummsäbel aus der Scheide. »Zieh!« Einige purpurrote Tropfen liefen sein Kinn hinab.

Chalids Finger packten den Griff fester. Dennoch zog er das Schwert nicht.

Er weigerte sich, jemand Geliebten in einen tödlichen Kampf zu verwickeln.

»Zieh schon, du Feigling!« Dreck verklebte eine Seite von Jalals Gesicht und bedeckte seine Haut mit einer furchterregenden Spur aus glitzerndem Staub.

Selbst von da aus, wo er stand – selbst in der nervenaufreibenden Stille – konnte Chalid einen verräterischen Nebel um Jalals Augen sehen.

Er ließ das Blut in seinen Adern gefrieren.

»Du glaubst, ich kann dich nicht schlagen?« Jalal trat näher und schwenkte seinen Krummsäbel. »Oder ist es Schuld? Endlich zeigst du Schuldgefühle für jemanden außer dir selbst?«

»Schuld, wofür?« Chalid japste nach Luft, er kämpfte, seine Haltung zu bewahren. »Was habe ich getan?«

Die Stille zog sich unaufhaltsam in die Länge.

Jalal leckte sich die blutende Lippe. »Du hast mir nie verziehen, dass ich sie fortgeschickt habe. Das stimmt doch?« Seine Stimme war rau, kratzig. Geschlagen. »Dass ich diesen Jungen gebeten habe, sie mitzunehmen?«

Daraufhin ließ Chalids Hand den Shamshir los. Obwohl dies weit entfernt von einer Erklärung für das Verhalten seines Cousins war, standen sie wenigstens nicht mehr an der Schwelle einer Katastrophe.

»Ich habe dir doch gesagt, es gibt nichts zu verzeihen. Und das meine ich ernst.«

»Warum hast du es dann getan?« Jalals Schwert fiel an seiner Seite hinab, aber sein Gesicht blieb wutverzerrt.

»Wovon sprichst du, Jalal?« Noch mehr von diesem launischen Auf und Ab, und es würde Chalid schwerfallen, sich zu beherrschen.

Jalal musterte Chalid genau, eindeutig auf der Suche nach einer List.

»Despina.«

Alles um Chalid stand still. Selbst die Luft um ihn schien innezuhalten.

»Du hast sie weggeschickt«, flüsterte Jalal, sein Ton hohl. »Nachdem ich mich dir anvertraut hatte. Du musst gewusst haben, von wem ich sprach. Oder mein Vater muss dich gebeten haben, sie wegzuschicken. Und du hast es getan. Ohne Frage.« Er tat einen Schritt nach vorn. Dann noch einen. »Letzten Endes bedeutet dir Familie nichts. Ich … bedeute dir nichts.«

Bei diesen Worten blitzte etwas in Chalid auf. »Ich habe nie …«

Jalals Augen verdunkelten sich zu einem trüben Dunstschleier. »Fang nicht an, mich anzulügen. Nicht jetzt.«

»Das tue ich nicht. Ich würde dich nie anlügen.«

»Dann ist es also reiner Zufall?« Er warf Chalid einen wütenden Blick zu. »Dass – nur wenige Tage, nachdem ich dir erzählt habe, dass ich das Mädchen heiraten möchte, das mein Kind erwartet – sie vom Palast weggeschickt wird, ohne Erklärung?«

»Ich habe sie nicht weggeschickt. Sie bat darum, gehen zu dürfen.« Die Wahrheit in ihrem ganzen Ausmaß lag Chalid auf der Zungenspitze. Er wollte seinem Cousin erzählen, was passiert war. Aber jetzt schienen die Umstände so … merkwürdig. Jetzt wo Chalid Bescheid wusste – und das wahre Ziel von Jalals Liebe kannte –, erschien Despinas hastige Eheschließung mit Vikram mehr als verdächtig.

Mehr als nur zweckmäßig.

Besonders für ein Mädchen, das die Kunst des Lügens so gut beherrschte.

Chalid musterte noch einmal kurz das Gesicht von Jalal al-Churi.

Den kaum verborgenen Schmerz, der die Züge seines Cousins verunstaltete.

Er wollte nicht riskieren, Jalal noch mehr Schmerz zu bereiten. Nicht bevor er Antworten bekommen hatte.

Nicht bevor er wusste, was Despina verbarg.

Chalid trat an Jalal heran und legte ihm zögernd eine Hand auf die Schulter. »Besonders wenn ich deine wahren Gefühle gekannt hätte, hätte ich Despina doch nie fortgeschickt. Selbst wenn Onkel Aref darum gebeten hätte, hätte ich es nicht getan. Jalal ...«

»Warum nicht?« Jalals Lippen wurden schmal, seine Augen eisig und leer. »Ich habe das Mädchen weggeschickt, das du liebst. Also leuchtet es ein, dass du das Mädchen, das ich liebe, fortschicken würdest, zur Strafe. Du bist immer ein Hitzkopf gewesen. Ich wusste nur nicht, dass du auch solch ein Bedürfnis nach Rache hattest.«

In dem Augenblick fühlte Chalid, dass seine Wut hochstieg wie ein heißer Stachel. »Ich habe kein Bedürfnis nach Rache.«

Vielleicht hatte er es in der Vergangenheit gehabt. Aber jetzt nicht. Nicht mehr.

Nicht seit Shahrzad.

Der Schmerz auf Jalals Gesicht wich höhnischem Unglauben. »Es scheint, du bist deinem Vater ähnlicher, als ich dachte.«

»Ich ähnele meinem Vater nicht im Geringsten.« Obwohl er sich bemühte, seine Wut im Zaum zu halten, ballten sich Chalids Finger zu Fäusten. »Ich dachte, du wüsstest das. Du hast den größten Teil deines Lebens damit verbracht, mich davon zu überzeugen.«

»Und du hast den größten Teil deines Lebens damit verbracht, mich vom Gegenteil zu überzeugen. Glückwunsch, du hast es endlich geschafft.« Jalal applaudierte mit geringschätziger Langsamkeit und packte den Griff seines Krummsäbels mit beiden Händen. »Was war es, das du in Augenblicken dichterischer Stimmung immer gesagt hast? ›Wir sind wie eine Rose, die aufblüht, so werden wir für uns selbst klarer‹«, spottete er. Sein Ärger machte ihn tollkühn. Seine Pein machte ihn unklug. »Du hast etwas verloren, das du liebst. Ich nehme an, du fandest es nur angebracht, dass ich auch jemanden verliere, den ich liebe. Unglücklicherweise habe ich in diesem Fall zwei Dinge verloren – meine Frau und mein Kind.«

Seine Anschuldigung hing in dem knappen Raum zwischen ihnen, bitter und gebrochen im Ton.

Dennoch nicht weniger harsch trotz seiner Gebrochenheit.

Nicht weniger wirksam.

Chalid wusste, dass Jalal in einem Zustand jenseits der Vernunft sprach. Dennoch konnte er den scharfen Stich, den seine Worte ihm zufügten, nicht ignorieren … und den daraus resultierenden Wunsch, die Kraftanstrengung seines Cousins mit seiner eigenen Verachtung zu erwidern.

Immerhin – wenn ihm ohne Beweise so ein monströses Verhalten vorgeworfen wurde, sollte er sich nicht angemessen verteidigen?

Chalid bedeckte seine Augen und schielte an seiner Nase vorbei auf Jalal hinunter. »Wenn sie dich verlassen hat, ist das nicht meine Schuld«, sagte er in diesem leicht herablassenden Ton, den sein Cousin so verachtete. »Wenn du sie geliebt hast, dann war es deine Verantwortung, sie zu heiraten. Deine Verantwortung, für sie zu sorgen. Deine Verantwortung, ihr zu sagen, dass du sie liebst.«

Gelächter erklang von Jalals Lippen, der Klang so ätzend wie Essig.

»Wie du es Shazi gesagt hast?«

Noch sechs Stiche. Jeder einzelne saß.

»Sie weiß, was ich fühle.«

Trotz der Kälte seiner Erwiderung war die Luft um Chalid noch einmal wie ausgelaugt, und seine Fäuste drückten sich noch fester an seine Seiten.

»Und ich weiß es jetzt auch. Pass auf deinen Schatten auf, Chalid-*jan*. Denn zum ersten Mal seit achtzehn Jahren werde ich nicht zur Stelle sein, ihn für dich zu bewachen.«

Das Feuer

Es lag viel zu viel Zorn in der Luft. Viel zu viel Hass. Diese Gefühle machten es schwierig, vernünftig nachzudenken.

Nicht dass tatsächliche Vernunft den anwesenden ungestümen Narren etwas bedeutet hätte.

Omar al-Sadiq runzelte die Stirn angesichts der Versammlung von Männern in seinem Zelt.

Runzelte die Stirn und schwieg.

Ihr Kriegsrat ging nicht gut voran. Es war offensichtlich, dass für alle Beteiligten zu viel auf dem Spiel stand.

Dennoch hörte Omar zu, als Reza bin-Latief über den Knabenkönig von Chorasan Bericht erstattete. Sein merkwürdiges zeitweiliges Verschwinden. Und den erbarmungswürdigen Zustand seines verwüsteten Königreichs.

Viele der königlichen Wachen des Kalifen waren in der Nacht des verheerenden Unwetters umgekommen. Ein großer Anteil seines stehenden Heeres war entweder ums Leben gekommen oder aus Ray geflohen. Jetzt zog Chalid Ibn al-Rashid seine Fahnenträger heran, um beim Wiederaufbau der Stadt zu helfen.

Ray – und sein Herrscher – waren verwundbar.

Bei dieser Enthüllung ertönte ein gemeinsamer Aufschrei aus den Kehlen der anwesenden jungen Männer.

»Jetzt ist die Zeit gekommen. Wir müssen das Herz von Chorasan angreifen!«

»Tötet den Bastard, solange er schwach ist!«

»Warum sitzen wir noch faul hier herum? Wir sollten die Stadt so schnell wie möglich angreifen!«

Omars Stirnrunzeln vertiefte sich. Immer noch schwieg er. Er bewegte sich nicht einmal von seinem gepolsterten Sessel in der Ecke. Auch nicht, als er erlebte, wie der Aufruhr zu fieberhafter Lautstärke anstieg.

Es ziemte sich für Omar oder sein Volk nicht, jetzt Widerspruch zu erheben.

Es war das Beste für ihn, unsichtbar und unbeteiligt zu bleiben. Ein zufälliger Beobachter der Krise, sonst nichts. Omar hatte bis jetzt noch nicht alle Fakten beisammen. Und er musste mehr wissen über diesen Krieg, der sehr wahrscheinlich an seiner Landesgrenze stattfinden würde.

Der Krieg, der sein Volk in Gefahr bringen könnte.

Das Ersuchen, das Omar kürzlich an Reza gestellt hatte, hatte alles andere als Freude ausgelöst. Gerade erst hatte er Reza gebeten, die Soldaten von den Grenzen zu Omars Lager abzuziehen. Das würde der letzte Kriegsrat in seinem Zelt sein. Seine letzte Chance zu sehen, welche Samen dieser Unfriede gesät hatte. Er hatte schon zu viel riskiert, indem er ihnen mit der Bereitstellung von Pferden und Waffen unter die Arme gegriffen hatte.

Das Volk von Badawi sollte nicht mit diesem Aufstand in Zusammenhang gebracht werden.

Noch nicht.

Nicht solange Omar noch wählen konnte, auf welche Seite er sich schlagen würde.

Es stimmte, dass er eine ehrliche Zuneigung zu dem jungen Sahib Tarik und dessen Onkel Reza bin-Latief fühlte. Aber Aisha warnte ihn immer wieder, dass man keinem dieser Männer vertrauen konnte. Einer hatte Liebeskummer und war leichtsinnig. Der andere versteckte sich hinter Geheimnissen und Söldnern.

Und wenn es um diese Dinge ging, hatte seine Frau noch immer recht behalten.

Das Geschrei um ihn wurde immer unkontrollierter und riss Omar aus seinen Grübeleien. Die Soldaten stampften mit den Füßen auf und wedelten mit den Armen in der Luft, um sich Gehör zu verschaffen.

Endlich trat Reza ins Zentrum des Zeltes.

Ihm zur Seite standen zwei Soldaten, muskelbepackt und bedrohlich. Als eine Woge von Männern sich vorwärtsbewegte, stürmte der Lakai zu Rezas Rechten ihnen in den Weg, eine Hand auf dem Griff seines Krummsäbels.

Das Skarabäus-Brandzeichen auf dem Unterarm des Soldaten blitzte einen Augenblick lang auf.

Das Zeichen der Fedajin.

Omar lehnte sich tiefer in seine Kissen zurück und strich sich mit den Fingern über den Bart.

Gedungene Mörder. In seinem Lager. Aisha hatte recht. So etwas durfte ab heute Abend nicht mehr geduldet werden. Seine Familie. Sein Volk.

Es stand einfach zu viel auf dem Spiel.

»Meine Freunde!« Reza hob beide Arme in die Luft, um Ruhe zu erbitten. »Obwohl es scheint, dass jetzt der beste Moment ist, Ray anzugreifen, wird alles nichtig sein, wenn wir es nicht schaffen, zuerst die Grenze zwischen Chorasan und Parthien zu sichern. Wir müssen die Länder zwischen den beiden Königreichen unter Kontrolle bringen, damit wir starken Halt haben, wenn wir Nachschub brauchen. Ich ermahne euch, eure Wut zu zähmen – jedenfalls für den Augenblick.« Sein Lächeln beschränkte sich auf eine Seite seines Gesichts. »Bewahrt sie euch für den Moment, in dem sie am meisten gebraucht wird. Dann, wenn dem Knaben, der es wagt, sich König zu nennen, endlich Gerechtigkeit widerfahren wird.«

Die Hochrufe setzten wieder ein. Rasend und wild.

Omar zwirbelte seinen Schnurrbart und unterdrückte ein Seufzen.

Seine Liste von Fragen an Reza wuchs mit jedem Augenblick.

Denn es war Omar nicht entgangen, dass Reza sich unter Kriegstreibern beunruhigend behaglich fühlte. Genauso wie er immer Gold im Überfluss zu haben schien. Leider kannte Omar die Identität von Rezas namenlosem Wohltäter immer noch nicht.

Und das schürte sein Misstrauen.

Die Anwesenheit von Fedajin in Omars Lager machte alles nur noch schlimmer. Genauso wie die jüngste Attacke auf die Kalifin von Chorasan. Besonders seit man Omar nicht die Höflichkeit gewährt hatte, Gerechtigkeit auszuüben. Nicht einmal auf seinem eigenen Land.

Omar wollte die Kontrolle nicht verlieren. Die Kalifin und ihre Familie waren seine Gäste. Dies waren seine Ländereien. Seine Leute.

Er wollte Rezas Männer nicht mehr in seinem Zeltlager haben. Er wollte die, die unter seiner Obhut standen, in Sicherheit wissen. Es schmerzte ihn tief, dass er bis jetzt noch nicht wusste, vor wem.

Als er sich umsah, entdeckte Omar noch ein Gesicht, das eine gerunzelte Stirn wie seine zeigte. Obwohl er dieses Gesicht mit dem beunruhigten Schweigen schon vorher bemerkt hatte, erstaunte ihn dieser Anblick jetzt. Denn es handelte sich um ein Gesicht, das es nicht schaffte, seine Verwirrung zu verschleiern … und die vielen Fragen, die dahinter lauerten.

Der stirnrunzelnde Junge stand an einem herausragenden Platz ganz außen zu Rezas Rechten. Er nahm nicht an dem Aufruhr teil. Er sagte kein einziges Wort. Ebenso wenig schien er über die Nachricht erfreut, dass die Position seines Feindes Chalid geschwächt war.

Als Omar sich vorbeugte, um zu beobachten, was zwischen dem Jungen und seinem Onkel in der Luft lag, spürte er wachsendes Entsetzen. Eine seltsame Ungewissheit.

Vielleicht ein Machtkampf. Oder ein Mangel an Verständnis.

Omar musste bald mit Tarik Imran al-Ziyad sprechen.

Shahrzad hatte sich falsch entschieden.

Aber jetzt war es zu spät. Wenn sie wegging, würde das Geflüster hinter ihr herziehen. Das Gift würde ihr auf den Fersen folgen.

Ihre Flucht würde ihnen recht geben. Würde beweisen, dass sie Angst vor ihnen hatte.

Dass ihre Blicke und ihr Hass Keime gesät hatten.

Angst war ein Zahlungsmittel, auf das diese Soldaten sich gut verstanden. Ein Zahlungsmittel, das Shahrzad sich gegenwärtig kaum leisten konnte. Besonders wenn sie erfahren wollte, wie sie sich morgen Nacht am besten durch das Lager schleichen konnte. Um sich auf den Weg zu Musa Zaragoza zu machen.

Also saß sie da, die Füße am Feuer. Eine Vielzahl von Augen leuchtete wie Glut in ihre Richtung. Wie kreisende Wölfe, die auf das Kommando ihres Rudelführers warteten.

Shahrzads Blick glitt an den im Kreis um das prasselnde Feuer sitzenden Männern entlang. Ging weiter an ihnen vorbei, um sich die Position der Wachposten, die im Lager verteilt waren, einzuprägen. Ihren Standort und ihre Anzahl und wie oft sie Patrouille gingen.

Die flackernden Flammen warfen alles in chaotische Bilder. Verzerrte Muster aus Licht und Schatten.

Schatten, die ihre Geheimnisse bewahren würden. Hoffte sie.

Irsas linkes Knie hüpfte in fiebriger Geschwindigkeit auf und ab, das Kinn auf die Hand gestützt, klopfte sie mit den Fingern an die Wange. »Wir sollten gehen.«

»Nein.« Weder bewegte Shahrzad ihre Lippen, noch blickte sie ihre Schwester an. »Noch nicht.«

Ein ständiger Strom von Männern zog vom Zelt des Scheichs auf die lodernde Flamme im Mittelpunkt der Zeltstadt zu. Als sie sich neben das Feuer setzten, reichten die Männer Krüge mit gewürztem Wein großzügig und erleichtert herum – eine Erleichterung, die von dem jüngsten Konflikt und der Notwendigkeit, ihn zu vergessen, zeugte.

Anscheinend war ihr Kriegsrat nicht gut abgelaufen. Und obwohl Shahrzad begierig war zu erfahren, wieso, war sie nicht naiv genug zu glauben, irgendjemand würde es ihr mitteilen.

Stattdessen beobachtete sie, wie Kohle auf eiserne Feuerschalen gelegt wurde, während ein alter Mann mit knorrigen Händen mehrere Wasserpfeifen mit süßlich riechendem *Mu'Assel* stopfte. Einige junge Frauen saßen neben den hoch aufragenden *Ghalyans*, kicherten untereinander, als sie darauf warteten, dass die Kohlestücke Feuer fingen. Ihre *Shahminas* in hellen Farben hingen lose über ihre Schultern und schützten ihre Rücken vor der kalten Brise der Wüstennacht, während das Feuer die Luft vor ihnen glühend aufheizte.

Rahim kam mit düsterem Blick aus den Tiefen des Zeltes des Badawi-Scheichs getrampelt, Tarik an seinen Fersen. Ohne den Schritt zu unterbrechen, nahm Tarik einen Krug mit gewürztem Wein und stürzte ihn hinunter. Er wischte sich den Mund mit seiner freien Hand, dann ging er auf das Feuer zu, der Krug baumelte in seiner Hand. Wie immer trug Tarik jede einzelne Empfindung vor sich wie ein schlecht ausgewähltes Ornat. Traurigkeit. Enttäuschung. Wut. Bitterkeit. Sehnsucht. Zum ersten Mal erwog Shahrzad ernsthaft zu fliehen, stattdessen hob sie das Kinn und traf Tariks Blick.

Wieder schwankte er nicht.

Ebenso wenig sah er weg.

Shahrzad bemerkte kaum, dass sich Rahim neben Irsa fallenließ, wobei er eine große Funkenwolke aufwirbelte und die ganze Zeit herumnörgelte. Obwohl es sie viel Mühe kostete, schaffte es Shahrzad, nicht zurückzuzucken, als Tarik den Platz rechts von ihr einnahm – zu nahe, um nur für einen Freund gehalten zu werden – seine Schulter an ihre gedrückt, eine Hand in den Sand neben ihr gestützt …

Sich positioniert auf eine anmaßende, besitzergreifende Art.

Ihr Körper spannte sich an. Ihre Augen verengten sich zu Schlitzen. Sie wollte gegen ihn aufbegehren und ihn beiseitestoßen.

Tarik wusste es besser. Er wusste, wie sehr sie dieses Verhalten hasste.

Aber die Veränderung um sie herum war nicht misszuverstehen.

Die kreisenden Wölfe – die abschätzigen Blicke hatten auf ihr geruht – führten ihre schweigende Beurteilung fort. Ihre Feindseligkeit hatte jedoch abgenommen.

Als ob Tarik es so gewollt hätte.

Obwohl Shahrzad sich nicht damit abfinden mochte, dass Tarik Imran al-Ziyad ihre rettende Kraft war, konnte sie diese Veränderung nicht leugnen.

Sie hören auf ihn.

Steckte Tarik hinter dem Angriff auf sie in Ray? Hatte er die Fedajin-Mörder in jener Nacht in ihr Schlafgemach geschickt?

Er würde … so etwas niemals tun.

Nein. Obwohl Tarik Chalid hasste, würde seine Liebe zu ihr ihn nie zu solcher Gewalt Zuflucht nehmen lassen. Er würde sie nie solcher Gefahr aussetzen.

Und niemals Söldner und Mörder anheuern, um seine Ziele zu erreichen.

Oder?

Zweifel flackerte in Shahrzads Brust auf. Sie verbannte sie mit einem tiefen Durchatmen.

Shahrzad musste einfach an den Jungen glauben, den sie schon so lange kannte und liebte.

Neben ihr zuckte Irsa weiter nervös mit dem Knie. Genau in dem Augenblick, als Shahrzad beschlossen hatte, dass es ihr jetzt reichte und sie dem Zucken ein Ende bereiten wollte, griff Rahim nach Irsas Knie.

»Du schüttelst dein Glück ab, Irsa al-Haizuran.« Er drückte ihr Knie, bis es stillhielt. »Und wir könnten es bald nötig haben.« Sein Blick schwenkte zurück zu dem sich leerenden, ruhiger werdenden Zelt. Zurück zu dem Schauplatz des Kriegsrats und seiner unausgesprochenen Bedeutung.

Rahim ließ nicht von Irsas Knie ab. Trotz des flackernden Feuerscheins bemerkte Shahrzad einen Anflug von Rosa auf der Haut ihrer Schwester.

Und den merkwürdigen Ausdruck auf Rahims Lippen, während er in den Sand sah.

Guter Gott. Irsa und … Rahim?

Shahrzad schnappte sich den Krug aus Tariks Hand.

Die Hitze des Feuers hatte den Wein erwärmt. Hatte die Würze von Nelken und Zimt verstärkt. Die Schärfe des Ingwers. Die volle Süße des Honigs und den säuerlich-scharfen Geschmack von Kardamom.

Der Wein schmeckte stark und köstlich.

Berauschend und wirkungsvoll.

Sie trank mehr davon, als sie sollte.

»Shazi.« Es war keine Ermahnung, es war eine Warnung.

Als sie Tarik ansah, starrte er sie von der Seite an, seine starken Augenbrauen tief gesenkt.

»Warum darfst du nach Herzenslust trinken, ich aber nicht?«, widersprach sie ihm und räusperte sich, um das Brennen des Weins loszuwerden.

Tarik griff nach dem Krug. »Weil ich mir nichts zu beweisen habe.«

»Esel.« Sie hielt den Krug gerade außerhalb seiner Reichweite. »Du bist nicht mein Hüter, egal, wie sehr du dir das wünschst.« Obwohl die Worte als witzige Erwiderung gemeint waren, bereute sie sie in dem Augenblick, als sie ihr über die Lippen gekommen waren. Denn sie sah, wie Tarik sich innerlich zurückzog.

»Dafür danke ich den Sternen«, sagte er flach.

Shahrzad lehnte sich enger an ihn, weil sie sich entschuldigen wollte, aber nicht wusste, wie.

Unvermittelt schlang Tarik seinen Arm um sie. Seine Hand schoss vor, seine langen Finger packten den Krug.

»Lass sofort los, sonst kippe ich den ganzen Inhalt über deinen Kopf und lasse dich in honigsüßem Elend suhlen«, flüsterte er ihr ins Ohr. Seine Erheiterung war so deutlich wie seine Warnung.

Shahrzad erstarrte, sein Atem kitzelte ihre Haut.

»Wenn du das tust, beiße ich dich in die Hand«, sagte sie. »Bis du schreist wie ein kleiner Junge.«

Er lachte, eine Mischung von Luft und Klang. »Ich dachte, du wärst des Blutvergießens müde. Vielleicht werfe ich dich ja über meine Schulter. Hier vor allen.«

Um nicht ohne Kampf nachzugeben, kniff sie ihn in den Unterarm, bis er das Gesicht verzog.

»Es ist noch nicht vorbei.« Dennoch ließ Shahrzad den Krug los.

Tarik grinste. »Ist es nie.« Er nahm einen feierlichen Schluck Wein.

Obwohl sie diesen Kampf beendet hatte, fühlte sie sich durch den Schlagabtausch etwas unbeschwerter. Es war das erste Mal seit fast einer Woche – ja, das erste Mal, seit sie Ray verlassen hatten –, dass sie miteinander gesprochen hatten, ohne dass Kummer die Stimmung zwischen ihnen getrübt hätte.

Ohne ihren Verrat an der Spitze ihrer Gedanken.

Es war auch das erste Mal, dass Shahrzad glaubte, ihre Freundschaft würde alles, was geschehen war, überstehen.

Mit dieser neuen Hoffnung, die den Druck auf ihrem Herzen löste, sah Shahrzad auf zum sternenübersäten Himmel. Er war tiefblau, mit einer Mondsichel eingehüllt in einen Flausch vorbeiziehender Wolken. Der Himmel schien sich unendlich weit zu erstrecken, der Horizont wölbte sich und traf an allen Enden auf den Sand. Seine funkelnden Sterne waren eine Studie in Kontrasten, einige leuchteten vor Freude, andere zwinkerten, als hätten sie böse Absichten.

Die Sterne in Ray waren nie so hell.

Einen Augenblick lang erinnerte sich Shahrzad an etwas, das ihr Vater immer sagte: »Je dunkler der Himmel, desto heller die Sterne.«

Gerade als sie in eine nachdenkliche Einsamkeit abzudriften drohte, holte der Ausbruch von Gelächter in der Nähe sie wieder zu sich.

Die jungen Frauen, die bei den Ghalyans saßen, wurden von einem Heer junger Männer mit krügeweise gewürztem Wein unterhalten.

»Trotz der Aufforderung des alten Scheichs heute macht es keinen Unterschied, wo wir das Lager aufschlagen. Das Entscheidende ist, dass wir kurz vor der Belagerung von Ray stehen«, verkündete ein berauschter junger Mann. »Und sobald wir das tun, bin ich der Erste, der auf das Grab von Chalid Ibn al-Rashid pisst!« Er hob seinen Krug Richtung Himmel.

Die Mädchen kicherten. Eine unterdrückte ein Gackern. Die anderen jungen Männer stießen mit an, ihre Krüge hoch erhoben und ihre Stimmen noch schriller.

Ihr gemeinsamer Jubel war wie die Spitze einer kalten Klinge in Shahrzads Rücken.

»Dieses Monster verdient nicht einmal ein Grab«, fiel ein anderer junger Mann ein. »Sein Kopf gehört auf einen Spieß. Er kann von Glück sagen, wenn wir ihm ein Schlückchen Wasser anbieten, bevor wir ihn von seinem Körper abtrennen.« Ein aufjaulender Chor der Zustimmung. »Nachdem er diese unschuldigen jungen Mädchen ermordet hat, ist ein leichter Tod viel zu harmlos für ihn. Ich schlage vor, wir reißen ihn in Stücke und überlassen ihn den Aaskrähen. Oder besser, er atmet noch, wenn die Krähen schon an ihm picken.«

Bei diesem neuerlichen Jubeln kamen noch mehr junge Männer heran, der Lärm zog sie an wie Nektar die Bienen.

Das Blut schoss heiß durch Shahrzads Körper. Die winzigen Härchen auf ihrer Haut ragten steil in die Luft.

Chalid.

Mit nichts weiter als ihren trunkenen Drohungen hatten diese närrischen Jungen es erreicht, brutale Bilder in ihre Vorstellung einzubrennen. Brutale Bilder, die sich nicht so einfach vergessen ließen.

Ihr starker, stolzer König.

Den Mann, den sie über alle Worte hinaus liebte …

In Stücke zerrissen.

Sie würde sie *nie* in die Nähe von Chalid lassen.

Sie würde sagen, was immer gesagt oder gelogen werden müsste, für immer unter hasserfülltem Wasser leben …

Bis sie in ihrer Feindschaft ertränke, wenn es denn sein musste.

Es war keine Angst, die sie zu solch gewagten Gedanken trieb.

Es war Wut.

Ich werde den Nächsten, der wagt zu sprechen, zerstören. Den Nächsten, der seinen Namen ausspricht.

Sie spürte Tariks Blick auf sich wie die Augen der Wölfe rund um das Feuer.

Er zog sie an sich. Versuchte, sie abzuschirmen. Nicht nur aus Sorge.

Sondern aus Mitleid.

Sie wusste es in dem Augenblick, als sie seine Hand in ihrem Haar spürte, die es aus ihrem Gesicht strich, ihr ohne Worte zusicherte, dass …

»Lasst uns den Weißen Falken fragen!« Der erste junge Mann wandte sich an Tarik. »Den *vermeintlichen* Führer unseres Gastgebers.«

Die Männer um ihn herum machten sich nicht einmal die Mühe, ihre Erheiterung über die Beleidigung zu verbergen. »Wie würdest du das Monster gerne den Tod finden sehen?«

Tarik erstarrte bei dem Spott, dann entspannte er sich. Er legte den Kopf in den Nacken, trug nach außen hin Ungezwungenheit zur Schau. Seine Finger strichen durch Shahrzads dunkles Haar, sichtbar für alle um sie herum.

Bitte zeige mir, dass du nicht nur von Hass getrieben wirst, Tarik.

Zeige mir, dass Ehre hinter deinem Handeln steckt.

Dass ich dich immer noch erreichen kann.

»Ich stimme nicht unbedingt zu«, begann Tarik in einem sorgsamen Ton, der es schaffte, das dröhnende Getöse um sie herum zu beruhigen.

»Denn ich denke, Chalid Ibn al-Rashid verdient ein Schlückchen Wasser.«

Shahrzads Puls verlangsamte sich zusammen mit ihrem Atem, als Tarik eine Hand gegen den aufkommenden Protest erhob.

»Und sein Körper verdient ein angemessenes Begräbnis …« Wieder brachte er die Menge allein durch eine Geste seiner Hand zur Ruhe.

»… *nachdem* ich seinen Kopf auf einen Spieß gesteckt habe, damit alle Welt ihn sehen kann.«

Der Klang der Jubelschreie verhallte in der bitteren Wut, die in Shahrzads Ohren rauschte. Die unterdrückten Schreie eines zerschmetterten Herzens.

Als die Männer um sie weitertranken und Wasserpfeife rauchten, reichte Tarik Shahrzad den gewürzten Wein, sein Ausdruck düster. Mit einer wortlosen Entschuldigung.

Aber dennoch entschlossen.

Shahrzad trank und starrte dabei in das Feuer …

Und sah zu, wie ihre neu gefundene Hoffnung zu Asche verbrannte.

»Ich brauche deine Hilfe nicht.« Shahrzad stieß Tarik weg und ging weiter, um sich nach draußen zu schleichen.

»Zu schön, um wahr zu sein, du furchtbares Mädchen.« Er verschränkte die Arme vor der Brust und beobachtete, wie Shahrzad auf unsicheren Beinen durch das Badawi-Zeltlager stolperte, in die entgegengesetzte Richtung ihres Zelts.

Tarik war ehrlich überrascht, dass sie es überhaupt schaffte, sich aufrechtzuhalten. Selbst Stunden später fühlte er immer noch die Wirkung des Weins, und er hatte nicht gewusst, dass Shahrzad überhaupt alkoholische Getränke welcher Art auch immer trank.

Eigentlich sollte Tarik über seine gegenwärtige Zwickmühle vor Lachen umfallen. Diese Ironie. Gefesselt an die eine Person, die er zu meiden gehofft hatte. Dies war alles andere als das Ende der Nacht, wie er es sich vorgestellt hatte. Er hatte gehofft, der Wein würde seine Frustration dämpfen. Über Shahrzad und die dauernden Ausflüchte seines Onkels. Über die verhüllten Spötteleien über seine eigene Bedeutungslosigkeit. Es wurde jeden Tag deutlicher, dass sich hinter dem klangvollen Namen, den er trug, nichts verbarg. Wann hatte sein Onkel ihm schließlich je mehr als nur symbolische Macht verliehen?

Tarik fühlte sich unwohl unter diesen Männern, die fraglos bereit waren, alles zu zerstören, was von Ray übriggeblieben war. Die bereit waren, für ihre Sache Blut zu vergießen.

Aber Tarik war noch nicht dazu bereit.

Als Shahrzad wieder einmal zur Seite taumelte und drohte zu stürzen, schoss Tarik vorwärts und fing sie auf, obwohl dieser plötzliche Sprung ihn beinahe selbst in den Sand geworfen hätte. Um das Gleichgewicht wiederzufinden, griff er nach einer in der Nähe stehenden Stange mit einer Fackel, deren schwacher Feuerschein nur noch ein spärliches Licht verbreitete.

»Ich habe dir doch gesagt, ich brauche deine Hilfe nicht!«, lallte sie, obwohl sie sich bei dem Versuch, gerade zu stehen, an seinen *Qamis* klammerte.

Ihre zarten Hände lagen auf seiner Brust. Sie duftete nach gewürztem Wein und Frühling. Ihr Haar war eine angedeutete Einladung. Alles an ihr war absolut verführerisch.

Bezaubernd auf diese Art, die nur sie hatte – ein Mädchen, das zu seinen Listen griff, ohne sich dessen bewusst zu sein.

Ein Mädchen, dem er, auch wenn er es besser wusste, immer noch verfallen war.

Als sie zu Tarik hochlinste, eine Frage auf ihren perfekten Lippen, musste er sich beherrschen, nicht mit einem Kuss zu antworten.

»Warst du es?«, flüsterte sie.

»Was?«, sagte Tarik, aus seiner Trance gerissen.

Shahrzad packte die Schnüre an seinem Hals. »Hast du die Fedajin geschickt?«

»Wovon sprichst du?«

»Das würdest du doch nie tun, oder? Egal, wie sehr du ihn hasst? Du würdest *mir* das nicht antun.« Sie packte den Stoff fester, ein klagender Ton in ihrer Stimme.

Er blinzelte, um seinen Verstand vom bleibenden Schleier des Weins zu befreien.

»Shazi …«

»Du hast zu viel Ehre dafür.« Sie schüttelte den Kopf, während sie wegsah, als ob sie mit sich selber spräche. »Ich könnte nie einen Jungen ohne Ehre lieben.«

»Trotzdem liebst du ihn.« Tariks Verbitterung war nicht zu überhören. Genauso wenig wie er die Gelegenheit ausnutzen könnte, auf sie loszugehen.

Shahrzads Blick konzentrierte sich auf seinen. Einen Augenblick lang sah er die heiße Wut in ihren vielfarbigen Augen. »Chalid hat Ehre, Tarik. Wenn du nur …«

»Ich will nicht hören, wie du dich für ihn entschuldigst.« Tarik schob den Pfahl mit der Fackel beiseite, entschlossen, Shahrzad in ihr Zelt zurückzubringen und ein für alle Mal mit dieser Nacht abzuschließen.

Sie stolperte hinter ihm her. »Wenn du nur mal zuhören würdest …«

Eine Gruppe Soldaten kam um die Ecke und stolzierte ins Licht. Ihrem Verhalten nach waren sie betrunken, aber offensichtlich nicht zufrieden.

Sie schienen nach etwas zu suchen, ihre Schultern hingen, ihre Fäuste waren an den Seiten geballt.

Typisch Betrunkene, die auf einen Kampf aus waren.

Tarik zog Shahrzad wieder zu der Stange und verbarg sie in einer scheinbaren Umarmung von zwei Liebenden. Er sorgte dafür, dass er genau hinter dem schwachen Lichtschein stand, den die Fackel ausstrahlte. Als Shahrzad einen halbherzigen Protest ausstoßen wollte, unterdrückte er ihre Worte, indem er sie an seine Brust drückte.

Es war besser, wenn die Soldaten sie nicht sahen. Es war besser, dass diese Männer, die einen Kampf suchten, nicht in der Kalifin von Chorasan eine Gleichgesinnte fanden.

Denn es war unwahrscheinlich, dass Shahrzad gnädig mit ihnen umgehen würde.

Ihr Körper sackte an seinem zusammen, als sie warteten, dass die Soldaten vorbeigehen würden. Ihre Kampfeslust verließ sie, je länger der Wein seine Wirkung zeigte. Als sie sich gegen ihn lehnte und er ihre Augenlider flackern und sich schließen sah, holte Tarik tief Luft.

Der Schmerz des Verlustes von etwas, das trotzdem noch da war, saß tief. Tiefer als irgendetwas, das er je zuvor gespürt hatte.

»Du musst schlafen«, murmelte er.

»Hmmm.«

Tarik atmete aus und verfluchte sich in Gedanken. »Ich bringe dich zu deinem Zelt.«

Ihr Kopf sank mit einem Nicken nach unten. »Pass auf ihre Arme auf.«

»Was?«

»Suche nach dem Skarabäus«, sagte sie. »Traue dem Skarabäus nicht.«

»Mache ich nicht.« Er verdrehte die Augen und blickte über seine Schulter, um sicherzugehen, dass die Soldaten außer Sicht waren. Dann hob er Shahrzad vom Sand hoch, fast von ihrem Gewicht aus dem Gleichgewicht gebracht, so leicht sie auch war. Der Wein zeigte auch bei ihm Wirkung. Dagegen ankämpfend, schwankte Tarik auf ihr Zelt zu.

Sie legte ihre Arme um seinen Hals. »Es tut mir sehr leid, weißt du.«

Tarik konnte sie kaum verstehen. »Was?« Und wieder musste er über die Absurdität ihrer Entschuldigung fast lachen. Ausgerechnet jetzt.

»Dass du mich sehen musst. Und das tun musst. Es ist nicht deine …« Sie riss ihre Augen auf, mit dem Kopf schlug sie ihm fast gegen das Kinn. »Wo ist Irsa?«

»Bei Rahim.«

Irritiert verzog sie die Augenbrauen. »Wenn ich ihn das nächste Mal sehe, werde ich ihn verprügeln, dass ihm Hören und Sehen vergeht. Begeh keinen Fehler.«

»Was meinst du?«

»Dieser schlaksige Schwachkopf«, murmelte sie, während ihr Kinn gegen seine Brust sank. »Das lasse ich nicht zu. Ich schicke ihm den Rajput auf den Hals. Der wird ihn niederschmettern mit seinem wüsten *Talwar* …«

Kopfschüttelnd drückte sich Tarik durch die Öffnung von Shahrzads Zelt, wobei er sie beinahe fallen ließ. Er ließ die Zeltklappen weit offen, sodass das Mondlicht die unerbittliche Dunkelheit erhellen konnte.

Erwartungsgemäß war Irsas Bettrolle penibel zusammengerollt und an einer Seite hochgestellt. Shazi hatte sich nicht die Mühe gemacht, ihre aufzuräumen; sie lag immer noch mitten in dem kleinen Zelt, ihre Decke verrutscht, ihre Kissen zusammengeknüllt zu einem willkürlichen Haufen.

Mit kaum verborgener Belustigung setzte Tarik Shahrzad auf ihr Bett, ohne ihr die Decke über den Körper zu ziehen. Sie rührte sich, als er versuchte, ihr Kissen anzuheben.

»Nicht.« Sie legte ihm eine Hand auf den Arm, ihre Augen öffneten sich.

»Sonst?«, flüsterte er, seine Lippen zuckten. »Leere Drohungen rühren mich nicht, Shazi-*jan*.«

Sie runzelte die Nase, dann rollte sie sich zu einem Ball zusammen und presste sich eine Hand auf die Stirn.

Wieder versuchte er, ihr Kissen anzuheben und ihr unter den Kopf zu legen. Nach einer Weile begriff er die Sinnlosigkeit dieses Unterfangens und entschied, dass es am besten wäre, sie ihren Rausch ausschlafen zu lassen.

Als Tarik aufstand, entdeckte er ein kleines Stück Pergament, das aus den Falten von Shahrzads Kleidung gefallen war.

Er hob es im Mondlicht auf.

Es war zerknittert wie etwas, das unzählige Male gefaltet und entfaltet worden ist.

Etwas mit einem Inhalt, der jemandem sehr viel wert war.

Er blickte auf Shahrzads schlafende Gestalt hinab. Zögerte einen Atemzug lang. Dann entfaltete er das Pergament.

Liebste Shazi,

Die Farbe Blau ziehe ich allen anderen vor. Der Lilienduft in Deinem Haar ist mir ein Quell ständiger Qual. Ich verabscheue Feigen. Und schließlich will ich von allen Tagen meines Lebens die vergangene Nacht niemals vergessen …

Denn nichts, nicht die Sonne, nicht der Regen, nicht einmal der hellste Stern am dunkelsten Himmel ist auch nur entfernt mit dem Wunder vergleichbar, das Du bist.

Chalid

Mit größter Sorgfalt faltete Tarik das Pergament wieder an seinen Kanten zusammen, auch wenn er es am liebsten in seinen Fäusten zusammengeknüllt hätte.

Es am liebsten auseinandergerissen hätte. Oder es für immer verbrannt hätte.

Er wusste, dass Shahrzad den Knabenkönig liebte. Er hatte es seit Ray gewusst.

Und er hatte gewusst, dass dem Knabenkönig viel an Shahrzad lag.

Aber er hatte nicht gewusst, dass der Knabenkönig sie wirklich liebte. Trotz dessen, was der Hauptmann der Wache am Abend des Unwetters gesagt hatte, hatte Tarik nicht glauben wollen, dass der mordende Verrückte überhaupt in der Lage war, etwas oder jemanden zu lieben. Jedenfalls nicht auf eine Art und Weise, die Tarik jemals verstehen könnte.

So?

Tarik verstand.

Völlig.

In einem kurzen Brief hatte es der Kalif von Chorasan geschafft, die Worte genauso zu setzen, wie Tarik immer dem einzigen Mädchen gegenüber empfunden hatte, das er je geliebt hatte. Er hatte immer so gefühlt, war aber nie in der Lage gewesen, es mit solch schlichter Beredsamkeit auszudrücken.

Dies waren nicht die Worte eines Verrückten.

Zum ersten Mal sah Tarik, was Shahrzad sah, wenn sie Chalid Ibn al-Rashid sah.

Er sah einen Jungen, der ein Mädchen liebte. Mehr als alles auf der Welt.

Und er hasste ihn dafür umso mehr.

Grenzenlos

Shahrzad musste teuer für ihre dumme Prahlerei mit dem gewürzten Wein bezahlen.

Sie verbrachte den größten Teil des kommenden Morgens mit dem Gesicht über einer Schüssel, in die sie den Inhalt ihres Magens ausleerte. Ihr Inneres war ein einziges Durcheinander von Knoten, schon der trübste Lichteinfall ließ sie aufheulen. Es gab Augenblicke, da sie dermaßen fluchte, dass der Schmerz sogar bis in ihre Haarwurzeln drang.

Wenn Irsa nicht gewesen wäre, hätten diese Symptome den ganzen Tag angehalten, dessen war sich Shahrzad sicher. Als Shahrzad aber klagte, sich wie auf einem rollenden Schiff inmitten eines Sturms zu fühlen, durchwühlte Irsa den kleinen Stapel mit ihren eigenen Sachen und brachte eine alte Schriftrolle zu Tage. Nachdem sie den Inhalt überflogen hatte, verließ Irsa das Zelt und kam mit einem Tonikum, gebraut aus Ingwerwurzel und der Schale einer getrockneten Zitrone, zurück. Obwohl Shahrzad zunächst protestierte – das Gebräu roch fürchterlich und schmeckte bitter – konnte sie nicht leugnen, dass es tatsächlich half, ihren Magen zu beruhigen.

Auf Irsas Geheiß blieb Shahrzad im Zelt, leckte ihre Wunden und schluckte noch mehr von diesem bitteren Trank. Normalerweise hätte es ihr nicht gefallen, einen ganzen Tag im Bett zu verschwenden, während Irsa an dem niedrigen Tisch saß und beim Licht einer Öllampe Schriftrollen abschrieb. Aber an diesem besonderen Tag protestierte Shahrzad nicht.

Denn an diesem Tag kamen ihr die Umstände gerade recht. Wenn jedermann sie für krank hielt, würde man sie umso mehr sich selbst überlassen.

Ebenso wie man nicht bemerken würde, wenn sie in der Dunkelheit davonschlich …

Mit ihrem Zauberteppich im Schlepptau.

Es war Zeit, Musa Zaragoza aufzusuchen.

Zeit, herauszufinden, was sie – und der Zauberteppich – tun konnten.

Klammheimlich steckte Shahrzad ihren Dolch in den Hosenbund und schlich um ihre schlafende Schwester herum. Sie befestigte eine *Shahmina* an ihren Schultern, dann griff sie nach dem Zauberteppich. Als sie im Freien war, hielt sie sich im Schatten des Zeltes, ihr Herz flatterte wie ein gefangener Vogel.

Wenn jemand sie entdeckte, wie sie nur wenige Tage nach ihrer Ankunft draußen herumschlich, würde er sie verdächtigen, fliehen zu wollen oder etwas noch Heimtückischeres zu begehen. Es würde keineswegs helfen, das Misstrauen, das alle im Zeltlager gegen sie hegten, zu mildern. Und es wäre umso schlimmer, wenn sie noch einem Jungen wie Teymur begegnen würde.

Ihre Haut zog sich bei dem Gedanken zusammen.

Mit vorsichtigen Schritten bewegte sich Shahrzad von einer dunklen Stelle zur anderen. Sie vermied alle helleren Plätze. Ihr Blick ging zu den Wachposten, die sie die Nacht zuvor bemerkt hatte. Sie gestattete sich erst befreit aufzuatmen, als sie die Grenze des Badawi-Zeltlagers hinter sich gelassen hatte und in die endlose Sandwüste dahinter getreten war.

Wie der Zufall es wollte, hatte sie eine Nacht ohne Wind gewählt – eine Nacht, in der jedes Geräusch, das sie machte, deutlich zu hören sein würde. Wenn sie fallen oder aufschreien würde, wäre ihr Geheimnis nicht länger geheim. Ihre Gegner hätten den Beweis, dass ihre Zweifel auf Fakten beruhten.

Und sie würden sie vielleicht wegschicken, und mit ihr ihren kranken Vater und ihre unschuldige Schwester.

Auf alle Fälle fänden sie Shahrzad allein in der Wüste, mit einem Dolch und einem Teppich. Jeder würde sie des Verrats verdächtigen. Sie würden sie wohl kaum noch einmal sich selbst überlassen.

Es half alles nichts. Sie hatte lange genug gewartet.

Obwohl ihr erster Instinkt war, sich zu Chalid zu begeben, wusste Shahrzad, dass es noch schwieriger wäre, Ray wieder zu verlassen, wenn sie erst zurückgekehrt wäre. Und jetzt war es nicht an der Zeit, ihre Wünsche über die Bedürfnisse ihrer Familie zu stellen.

Besonders die Bedürfnisse ihres Vaters.

Shahrzad musste Musa aufsuchen. Nach Baba war er der Einzige mit einer Begabung für Zauberei. Es mochte außerhalb des Möglichen sein, aber vielleicht hatte er eine Idee, wie man ihrem Vater helfen konnte.

Oder einen schrecklichen Fluch brechen konnte.

Sie ging weiter in die Wüste hinein und versuchte, eine Stelle zu finden, wo eine Senke im Sand sie vor neugierigen Augen verbergen würde.

Bald entdeckte Shahrzad eine große Düne, die ihren Zwecken dienen dürfte. Trotzdem fühlte sie sich töricht, als sie den fadenscheinigen Teppich auf dem seidigen Sand ausbreitete.

Sie ging einen Schritt zurück. Betrachtete noch einmal das kleine Rechteck aus zerfledderter Wolle.

Was tue ich hier nur? Das ist so furchtbar lächerlich.

Ihr Blick wurde starr.

Ich bin eine dumme Gans. Shiva würde über diese Unentschlossenheit lachen.

Chalid auch.

Ihre Augen fielen zu.

»Du bist grenzenlos. Es gibt nichts, das du nicht tun kannst.«

Seine Worte in den Ohren, legte Shahrzad ihre Sandalen ab und steckte sie in ihre *Tikka*-Tasche. Dann sicherte sie zum letzten Mal ihren Zopf und setzte sich auf den Teppich.

Jetzt war keine Zeit, sich Sorgen um die Lächerlichkeit ihres Unterfangens zu machen.

Keine Zeit mehr für irgendetwas, wirklich nicht.

Shahrzad hatte gedacht, sie müsste ihre Hände auf die Oberfläche des Teppichs drücken. Aber sobald ihre nackten Füße die abgenutzte Wolle berührten, loderte ein Gefühl um ihr Herz auf, warm und hell.

»Oh«, rief sie leise, als sie auf den Teppich fiel, ihre Knie bis an die Brust angezogen. Das Gefühl flammte durch ihre Glieder mit einem plötzlichen, brennenden Leuchten. Der Teppich hob sich in die Luft, seine Ränder kringelten sich aufwärts. Er schwebte über dem Sand und stieg wie ein Drachen in einer willkürlichen Brise.

In Shahrzad kämpften zwei Gefühle.

Das erste war Furcht.

Das zweite traute sie sich noch nicht zu benennen.

Als der Teppich weiter behutsam anstieg, flutete die Wärme durch Shahrzads Körper, in Arme und Beine hinein, selbst bis in die Fingerspitzen. Sie kitzelte sie in der Nase und pochte an ihren Ohrmuscheln.

Kraft.

Einer Art, die sie nie zuvor kennengelernt hatte.

Als sie das nächste Mal hinunterschaute, war sie hoch über

dem silbrigen Sand. So hoch wie der höchste gemauerte Turm von Taleqan.

Die Furcht blieb, wurde aber bald übertroffen von diesem anderen Gefühl, das noch ohne Namen war.

Bevor sie auch nur die Gelegenheit hatte, sich darüber Gedanken zu machen, wusste sie mit angeborener Sicherheit, wie sie den Zauberteppich lenken musste, genauso wie ein Fisch, der im Wasser geboren ist, schwimmen kann.

»Lass ihn dich dahin bringen, wo dein Herz sein will.«

Nach Hause. Zu Chalid.

Shahrzad hielt den Teppich mit Entschiedenheit auf. »Nein. Bring mich zu Musa Zaragoza«, flüsterte sie. Die kribbelnde Wärme um ihr Herz strahlte hell, dann versengte sie den Rest ihrer Glieder und ließ sie laut aufschreien.

Zusammen mit einem unerwarteten Lächeln.

Der Teppich flog in einem gemächlichen Bogen dahin und stieg dabei immer höher. Sobald er wendete, hob er ab in einen sternenübersäten Himmel. Die Welt unter ihr verschwand in einem Rausch von flackerndem Feuer.

Die Furcht verlor den Kampf.

Das Hochgefühl gewann.

Shahrzad lachte in die Nacht hinaus, ein Luftstrom um ihre Füße. Sie erhob sich auf die Knie. Breitete ihre Arme im Wind weit aus. Ließ die pfeifende Kälte über sich und an ihr vorbeiziehen, nicht aber durch sie. Auf keinen Fall durch sie.

Nicht einen Augenblick lang dachte sie, der Teppich könnte sie fallen lassen.

Sie war das Wasser im Kelch, wie es herumwirbelte und zu einer Tanzmusik waberte, die nur sie allein hören konnte.

Und hier oben – höher, als sie je zu hoffen gewagt hatte – blies der Wind an ihr vorbei, während alles andere in Unschärfe verschwand.

Immer noch keine Furcht.
Der Erdboden existierte nicht. Auch nicht der Himmel.
Hier war sie wahrhaft grenzenlos.
Nie wieder würde Furcht ihr etwas anhaben.

Der Junge am Meer

Shahrzad flog über die Wüste auf eine Bergkette zu. Als sie das Meer am Horizont glitzern sah, weiteten sich ihre Augen vor Schrecken.

Sie hatte in kürzester Zeit eine bemerkenswerte Strecke zurückgelegt.

Der Zauberteppich wurde langsamer, als er sich einer Landzunge oberhalb eines schmalen Sandstreifens näherte. Der Mond hing hoch am Himmel, sein wechselndes Licht glänzte auf den zurückweichenden Wellen. Ein Schaumrand bildete sich am Ufer. Shahrzad holte tief Luft. Die Luft war dick und schwer, erfüllt vom Geschmack nach Meersalz. Als der Teppich oberhalb des Kliffs seine Kreise zog, erschien ein säulenförmiges Gebilde mit einer Kuppel aus geflecktem Stein hinter einer Wand aus grauem Fels. Marmorsäulen, von Feuerzungen überkront, standen in den Ecken Wache. Eine breite Treppe führte hinab zu einem rechteckigen Wasserbassin am Rand des Vorgebirges.

Der Zauberteppich schwebte längsseits des Bassins und hielt sich genau oberhalb einer sanften Erhebung im Stein. Shahrzad ließ einen nackten Fuß von der wollenen Oberfläche sinken.

Und der Teppich landete mit einem sanften Summen.

Sie legte ihre Sandalen an und sah sich langsam in ihrer Umgebung um.

Das Bassin war an zwei Seiten von Spitzbögen umschlossen. Zwischen den Bögen standen Marmorstatuen von Männern und Frauen, die vergoldete Wasserströme ausgossen oder merkwürdige Gebilde handhabten, die Shahrzad nie zuvor gesehen hatte. Eines war eine Kugel, gefüllt mit Feuerwirbeln – oder war es vielleicht Wind? Eine andere schien einen Wirbel aus … Sand … zu drehen?

Brennender Weihrauch glomm in gedrungenen Kupferschalen an den Seiten des Beckens. Blaugrauer Rauch durchströmte die Luft über ihnen, der Duft von pfeffrig-süßer Myrrhe war stark. In den bräunlichen Stein war ein Mosaikrahmen aus strahlend blauem Lapislazuli eingelassen.

Shahrzad rollte den Teppich sorgfältig zusammen. Sie zurrte ihn mit ihrer *Shahmina* auf dem Rücken fest, dann tat sie einen vorsichtigen Schritt vorwärts.

Das säulenförmige Gebilde schien ein Tempel zu sein. Angesichts der nachtschlafenden Zeit war es nicht verwunderlich, kaum Zeichen von Leben um sie herum zu sehen. Trotzdem hielt Shahrzad eine Hand über ihrem Dolch, als sie an dem Tümpel und seinen Kupfertöpfen mit rauchendem Weihrauch vorbeischlich und vorsichtig auf die breite Treppe zuging.

Ihr Gang geriet nicht ins Straucheln, als eine vertraute Gestalt oben auf der Treppe erschien.

Er wirkte sehr groß und war gekleidet in ein Gewand, das in einem Wirrwarr von Farben bis zu seinen Füßen fiel. Leder-*Mankalahs* waren um jedes Handgelenk gewickelt. Sein Kopf war vollkommen kahlgeschoren, und seine tiefbraunen Augen glühten wie Signalfeuer aus warmem Licht.

»Ich habe mich schon gefragt, wann du mich besuchen würdest.« Musa Zaragoza lächelte auf sie herunter, sein Gesicht strahlend. Er streckte ihr eine Hand entgegen und machte ihr ein Zeichen, die Treppe hinaufzukommen. Ein Junge und ein Mädchen ungefähr ihres Alters kamen hinter einer von Feuer überkronten Säule zu Musas Rechten zum Vorschein. Das Mädchen hielt drei Wachskerzen in einem Rosenholzständer, das Wachs tropfte in sämigen Rinnsalen neben ihren Handgelenken hinunter.

Sowohl der Junge als auch das Mädchen waren mit kurzen, hakenförmigen Dolchen bewaffnet, die an ihrer linken Hüfte hingen.

Shahrzad blieb an der untersten Treppenstufe stehen. Ohne nachzudenken griff sie nach ihrem Dolch.

Musa lächelte breit, seine Züge beruhigend und verständnisvoll. »Du bist hier unter Freunden, mein Stern. Ich kann dir auf dieser Welt herzlich wenig versichern, aber einer Sache vertraue ich mein Leben an: Hier bist du sicher.«

»Vergib mir, Musa-*effendi*«, sagte sie, obwohl sich ihre Finger nicht von ihrem Dolch lösten. »Aber es gibt Zeiten, da vergesse ich, wie sich Sicherheit anfühlt.«

Er hob die Hand. »Es gibt nichts zu vergeben.«

Shahrzads Blick huschte zurück zu seinen stummen Wächtern. »Ich hoffe, ich bin niemandem zu nahegetreten. Oder habe ungebührliche Schwierigkeiten verursacht, indem ich heute Nacht hierhergekommen bin?«

Der Kopf des Mädchens, voller Korkenzieherlocken, drehte sich in Shahrzads Richtung, die Augen weit aufgerissen. Der Junge gähnte, sein Stoppelhaar war auf einer Seite zerwühlt, als ob er gerade von einem Nickerchen aufgestanden wäre.

»Du hast keine Schwierigkeiten verursacht. Parissa und Masrur haben heute Nachtwache. Wie üblich würde Mas lieber schlafen, aber Parissas Neugierde hat letztlich über alles andere gesiegt. Sie ist sehr fasziniert, denn sie hat eine Menge über dich gehört.« Musa lachte, und die dunkle Haut um seine Augen zog sich zusammen. Über die Schulter blickte er zu dem besagten Jungen und dem Mädchen.

»Ich entschuldige mich, dass ich mitten in der Nacht zu Besuch komme.« Shahrzad grinste sie unsicher an, als sie die Treppen hochging, ihre Hand ließ endlich vom Dolch ab. Parissa hielt die Kerzen hoch und beleuchtete den Weg für Shahrzad, während Mas genauso schläfrig blieb wie vorher.

»Wir haben dich schon auf dem Weg gewähnt.« Musas Lächeln geriet wissend. »Die Sterne haben Parissa gesagt, dass wir spät heute Abend einen Besucher erwarten sollen, und sie hat mir vorhin diese Nachricht anvertraut.«

Verwundert über diese Neuigkeit, hätte Shahrzad um ein Haar eine Stufe verpasst.

»Die Sterne?« Ihr Blick schoss zu dem rehäugigen Mädchen, das neben ihr schwebte.

Sie kann in den Sternen lesen.

Shahrzad hatte von Menschen mit solchen Fähigkeiten gehört. Aber sie hatte nie jemanden mit dieser seltenen Gabe kennengelernt.

Parissa schaute nicht mehr sie an. Sie betrachtete den Teppich, den Shahrzad sich auf den Rücken gebunden hatte. Ihr Blick war erschreckend begehrlich.

Ein Blick, der Shahrzad für den Augenblick schweigen ließ.

»Warum kommst du nicht hinein und trinkst etwas Tee, und ich werde all deine Fragen beantworten«, sagte Musa, seine Stimme sanft und beruhigend, wie ein plätschernder Gebirgsbach an unebenen Felsen vorbei.

Shahrzad zögerte einen Herzschlag lang, ihre Füße erreichten die letzte Treppenstufe. »Ich fürchte, ich habe keine Zeit für Tee. Ich muss zurück, bevor der Morgen anbricht.«

Bevor meine Abwesenheit bemerkt wird.

Sie schluckte und hoffte, ihre Bedürfnisse mit nichts weiter als einem Blick mitgeteilt zu haben.

»Ich verstehe.« Der aufmerksame Magus nickte, obwohl sich seine Augen fragend verengten. »Gibt es etwas …«

»Ich brauche deine Hilfe, Musa-*effendi*.« Auf der obersten Treppenstufe trat sie ihm entgegen, straffte ihre Schultern ungeachtet ihres Stolzes oder ihrer Stellung. »Für meinen Vater … und für Chalid.«

Obwohl es sich nicht ziemte, mit Forderungen zu beginnen, konnte Shahrzad sich nicht anders helfen. Sie hatte keine Zeit mehr für etwas anderes als völlige Aufrichtigkeit.

Die, die sie liebte, auch nicht.

Zum Glück drang Musa nicht weiter in sie. Er nahm ihre Hand ohne das winzigste Zögern. »Was genau brauchst du denn, mein Stern?«

Auf Shahrzads wortlose Bitte hin entließ Musa Parissa und Masrur von ihren Posten und schickte sie schlafen.

Mas sah sie dankbar an, obwohl Parissa eher verschnupft erschien. Sie schielte noch ein letztes Mal auf den Zauberteppich, bevor sie ging, eine Wachsspur hinter sich zurücklassend.

Musa hörte sich Shahrzads Geschichte an, während er auf den Steinstufen des Feuertempels saß, sein Gesicht unbewegt. Nur zweimal wurde sein Gesichtsausdruck weich. Einmal, als Shahrzad das Buch ihres Vaters erwähnte. Dann wieder, als er sie von Chalid sprechen hörte.

In dem Augenblick, als Shahrzad gestand, wie sehr sie Leilas Sohn lieben gelernt hatte – den Sohn, der hatte mit ansehen müssen, wie seine geliebte Mutter von der Hand eines grausamen Vaters zu Tode gekommen war – mutmaßte Shahrzad, dass sie in dem Magus viel mehr hatte als nur einen Verbündeten aus einer anderen Welt.

Nachdem Shahrzad ihre Geschichte beendet hatte, hielt Musa

inne, um mit Blick auf die tanzenden Flammen oben auf den Marmorsäulen vor sich hin zu grübeln.

»Wusstest du, dass diese Dinge passieren würden?«, fragte Shahrzad, als sie die Stille nicht mehr ertragen konnte. »Hat Parissa in den Sternen gelesen und meine Zukunft vorhergesagt?«

Er schüttelte den Kopf, ein Lächeln umspielte seine Lippen. »Das ist nicht die Art, wie so etwas vor sich geht. Deine Zukunft ist nicht in Stein gemeißelt, mein liebster Stern. Eine Münze wechselt oft die Seiten, bevor sie landet.«

Shahrzad atmete tief durch. »Wie sehr ich wünschte, das wäre wahr, Musa-*effendi*. Aber die jüngsten Ereignisse haben bewiesen, dass es das nicht ist. Chalids Zukunft scheint in Stein gemeißelt. Und damit auch meine.«

Musa lehnte sich vor und stützte die Ellbogen auf die Knie. »Also bist du mit der Hoffnung hergekommen, ich könnte den schrecklichen Fluch brechen?«

»Ist es denn möglich?«, flüsterte sie und griff in den Stoff ihrer Hose.

»Leider«, er blickte sie traurig an, »kann Magie in unserer Welt ein solch mysteriöses Geschenk sein. Eines, das nicht so leicht kontrolliert werden kann, und nicht ohne einen hohen Preis. Ich habe keine Kenntnis von der Magie, die dieses Übel ausgelöst hat, und selbst wenn, gibt es nicht viele, die mächtig genug sind, einen Fluch abzuwenden. Das Äußerste, das ich tun kann, ist, einen Talisman anzubieten, der Chalid für kurze Zeit von seiner Schlaflosigkeit befreien kann. Aber ich bin nicht mächtig genug, einem Fluch entgegenzuwirken, meine Liebste. Die einzige Möglichkeit, von der ich weiß, dass sie einen Fluch bricht, ist, ihn zu erfüllen.«

Shahrzads Gesicht verdunkelte sich, Trostlosigkeit machte sich breit.

»Aber ich könnte in der Lage sein, mehr für deinen Vater zu

tun«, fuhr Musa fort. »Besonders in Hinsicht auf das Buch, das er bei sich führt. Du sagst, er hat viele Verbrennungen an den Händen? Dass dieses Buch eine ungewöhnliche Hitze ausstrahlt?«

»Ja, es hat mich beinahe verbrannt, als ich ihm vor wenigen Tage zu nahe kam.« Shahrzads Lippen wurden schmal, als sie sich an die sonderbare Hitzewelle erinnerte, die sie gefühlt hatte, wann immer sie auch nur in die Nähe des Buches kam.

»Und er sprach in einer fremdartigen Sprache, als ihr ihn auf den Hügeln außerhalb von Ray gefunden habt?«

Shahrzad nickte.

Musa drückte einen Zeigefinger auf seine Lippen und dachte kurz nach. »Ich weiß, dass du abgeneigt bist, jemanden in diese Angelegenheiten einzuweihen, aber ich fühle doch, dass wir noch eine andere Person hinzuziehen müssen.«

»Kennst du jemanden, der vielleicht helfen könnte?« Ein Hoffnungsschimmer flackerte in Shahrzads Herzen auf.

»Vielleicht. Hier gibt es jemanden, der vielleicht mehr weiß als ich. Wenn mein Verdacht stimmt, würde er zumindest deine Fragen zu diesem Buch beantworten können, obwohl es sein könnte, dass es eine … interessante Aufgabe sein wird, Antworten von ihm zu bekommen.«

Shahrzad rutschte unbehaglich hin und her. »Kann ich … Können wir … ihm vertrauen? Außer dir habe ich niemandem von dem Fluch erzählt, und ich möchte auch niemanden sonst einweihen. Solch eine Information könnte in den falschen Händen gefährlich werden.«

»Vertrauen ist eine interessante Sache, wenn es um Artan geht. Er wird es niemandem schenken, der es ihm nicht zuerst geschenkt hat. Auf jeden Fall überlasse ich die Entscheidung voll und ganz dir.« Sein Gesicht wirkte kurz verwirrt, dann legte sich ein Ausdruck von Sicherheit über seine Züge. »Aber egal, wie deine Entscheidung ausfällt, er wird dich auf keinen Fall verraten, davon bin ich überzeugt.« Er erhob sich von den Stufen und streckte ihr eine Hand entgegen. »Komm mit mir, meine Herrin.«

Shahrzad folgte Musa den Weg die Stufen hinunter, am rechteckigen Tümpel vorbei. Obwohl sie unsicher blieb, lief sie weiter dem Magus hinterher, als er auf den Rand der Landzunge zulief.

Als er eine scharfe Biegung an der Kliffkante machte, tauchte noch eine Treppe vor ihnen auf, die in äußerste Dunkelheit hinabführte. Direkt aus dem Felsen gehauen, war sie zerklüftet und gefährlich. Ohne Geländer. Ohne jegliche nennenswerte Haltegriffe. Sie nahm an, sie führte zu dem Streifen Sand unten, aber sie konnte nicht genau sehen, wo, denn der Weg verschwand in einer neuerlichen scharfen Biegung nur einen Steinwurf entfernt.

Eine Treppe, die dem Begriff Vertrauen eine ganz neue Bedeutung verlieh.

Man sollte meinen, sie hätten eine Fackel griffbereit.

Besonders in einem Feuertempel.

Unbeirrt lächelte Musa sie an. »Willst du lieber den Zauberteppich benutzen?«

»Oder gleich eine Treppe aus Mondstrahlen?«, murrte sie.

Er lachte herzlich und hielt ihr eine Hand hin. Ohne ein Wort ließ sie sich von ihm die gefährlichen Stufen in den höhlenartigen Raum dort unten führen.

Der Klang krachender Wellen wurde lauter, als sie sich der Küstenlinie näherten.

Zuerst konnte Shahrzad nicht begreifen, warum sie in tiefster Nacht einen dunklen Strand überquerten. Die Mondstrahlen, die auf dem Wasser tanzten, enthüllten nicht, ob sich außer ihr und dem farbenfroh gewandeten Magus noch irgendjemand in der Nähe befand.

Aber als sie die kleinen Wellen am Sand überschritten, bemerkte Shahrzad eine kleine Felszunge, die in die See ragte.

Auf einem flachen Stein ausgestreckt lag in dessen Mitte die lange Gestalt eines jungen Mannes.

Eine kleine Welle berührte den Fuß des Steines, weiße Gischt spritzte in die Luft und benetzte seine Hose mit Salzwasser. Doch der Mann rührte sich nicht von der Stelle.

Musa blieb am Saum des plätschernden Wassers stehen, ein paar Schritte von dem Jungen entfernt. Der Magus machte Anstalten zu warten und nahm eine Haltung gleichmütiger Ruhe an.

Nach einer Weile wurde Shahrzad ungeduldig. Der Junge auf dem Felsen benahm sich ziemlich unhöflich gegenüber Musa-*effendi*. Er musste doch wissen, dass sie da waren. Der Halbmond in ihrem Rücken warf ihre Schatten auf sein Gesicht, lang und schlank und zweifellos anwesend.

Sie hustete zweimal.

Immer noch rührte der Junge keinen Muskel, er blinzelte bloß. Und seufzte.

Was hieß, dass er – natürlich – nicht tot war.

Taugenichts.

Musa atmete tief die salzige Luft ein. »Artan?«

Der Junge legte einen Fuß auf ein Knie und eine Hand unter den Kopf. Dann gähnte er lauthals. Ausgiebig.

»Artan Temujin«, versuchte es Musa wieder. Es war kein Drängen. Offensichtlich hatte der Magus die Geduld von zwanzig Männern. Und die Heiterkeit vieler erleuchteter Seelen.

Im Gegensatz zu ihm war Shahrzad geneigt, den Jungen vom Felsen zu schubsen. Zuzusehen, wie sich die Wellen über ihm zusammenschlössen.

Aber wenn auch nur die kleinste Möglichkeit bestand, dass er ihr helfen könnte, musste Shahrzad sich zusammenreißen.

Was als Nächstes passierte, hätte Shahrzad beinahe selbst mit dem Gesicht voran in die Wellen fallen lassen.

Der Junge hob eine Hand hoch über seine Brust. Er spreizte die Finger, und ein herumwirbelnder Feuerball in der Größe einer Faust erschien über seiner geöffneten Handfläche. Er ließ die wilde Flamme höher schnellen, als ob er Shahrzad in besserem Licht sehen wollte. Dann warf er den Feuerball mit einem Ruck aus dem Handgelenk in die Wellen. Er zischte im Wasser, bevor er sich in einer weißen Rauchwolke auflöste.

Die ganze Zeit konnte Shahrzad nichts tun, als ein Keuchen zu unterdrücken.

Ich werde mich von diesem Taugenichts nicht beeindrucken lassen. Egal, wie imponierend er sein mag.

Als sich der Junge aufsetzte, bemerkte sie, dass er zu einer Seite schwankte. Er glitt mit einem Platschen von dem Felsen in das knietiefe Wasser …

Bevor er mit einem ironischen Glucksen ganz vornüberkippte.

Er ist betrunken!

Shahrzad verschränkte ihre Arme und unterdrückte ihre Empörung. Sie warf Musa einen Blick zu, den der Zustand des Jungen nicht im Mindesten zu stören schien. Er schien gleichgültig.

Als ob er so etwas erwartet hätte.

Als der Junge sich wieder aufsetzte und sein Gesicht in das Sternenlicht hielt, entdeckte Shahrzad viele bemerkenswerte Einzelheiten.

Wie bei Musa war der Kopf des Jungen vollkommen kahl. Die Ohrläppchen beider Ohren waren von kleinen goldenen Reifen durchstochen. Seine Haut war von heller zobelbrauner Farbe, seine Augen hatten die Form von Schlehen und waren elegant verschleiert, eindeutig ein Merkmal des Fernen Ostens. Er war nicht hübsch nach klassischer Manier, aber auf eigene Art hervorstechend. Denn seine Schönheit lag in der Summe seiner Fehler – ein viel zu hervorstehendes Kinn, seine Nase an mehreren Stellen gebrochen und wieder verheilt, eine diagonale Narbe auf seiner Unterlippe. Von da, wo sie stand, sah seine ganze Haut so glatt aus wie ein Spiegel. Er trug kein Hemd, aber eine enge Hose, die vor vielen Monden einmal gut gewesen war. Jetzt erschien sie zerfleddert und ungepflegt.

Genau wie der Junge, der sie trug.

Als er endlich Halt gefunden hatte, entdeckte Shahrzad, dass er nicht viel größer war als sie, obwohl sein Oberkörper breit war – er war breitschultrig und stark.

»Sie ist hübsch«, lallte der Junge mit einem leichten Akzent. Sein Mund verzog sich auf einer Seite zu einem mörderischen Grinsen.

Spontan antwortete Shahrzad mit genau solch einem Grinsen.

Er stieß ein wildes Lachen aus. »Aber nicht hübsch genug.«

»Welch ein Glück, dass deine Talente irgendwo anders liegen. Und dass du nicht der Richter über Schönheit bist«, sagte sie mit einem weiteren bissigen Lächeln.

»Ah« – er streckte einen langen Zeigefinger hoch – »aber das bin ich. Ich bin zufällig der herausragende Sachverständige für Schönheit auf dieser Seite des Flusses Shan K'ou. Es gab eine Zeit, da musste ich wählen, welche von vier verführerischen Jungfrauen die …«

»Artan.« Missbilligende Falten formten sich um Musas Mund.

Der Junge lachte wieder und plumpste ins Wasser zurück. Er schien auf einem trägen Strom zu treiben, die Arme ausgestreckt, die Beine weit gespreizt.

»Er ist betrunken«, murmelte Shahrzad durch vorgestülpte Lippen. »Und ein Lügner.«

»Das ist wahr.« Der Junge zuckte nicht mit der Wimper. »Es waren keine Jungfrauen.« Er blinzelte ihr zu. »Obwohl *Lügner* ein dehnbarer Begriff ist. Ich genieße es nur, die Wahrheit etwas auszuschmücken.«

Musa fuhr sich mit einer Hand über das Gesicht. »Bitte setze dich für einen Augenblick auf. Mir zuliebe benimm dich deinem Erbe entsprechend.«

Daraufhin ließ der Junge ein weiteres übermäßig glucksendes Gelächter hören.

»Es tut mir leid, Musa-*effendi* …, aber er ist nicht in einem Zustand, uns irgendwelche Hilfe bereitzustellen. Und ich habe keine Zeit zu warten.« Shahrzad machte auf dem Absatz kehrt, enttäuscht, dass sie überhaupt gehofft hatte, von solch einem faulen, unhöflichen Jungen Hilfe zu erlangen.

»Shahrzad-*jan* …«

Der Junge torkelte in einem Schwall Meerwasser auf seine Füße. »Diese dreiste Schnepfe ist die Kalifin von Chorasan?« Es war das erste Zeichen einer freimütigen Reaktion auf alles, was sie bisher gesagt hatten.

Er weiß, wer ich bin?

Shahrzad drehte sich wieder dem Jungen zu. »Und wer bist du?«, fragte sie, ihre Fäuste an die Hüften gestemmt.

»Artan Temujin.« Obwohl er dabei beinahe umkippte, produzierte der Junge eine höhnische Verbeugung.

Mit einer einzelnen hochgezogenen Augenbraue drückte sie ihre Zurückhaltung aus. »Und wer wäre das genau?«

»Gib mir deine Hand, dann sage ich es dir.« Listige Heimtücke betonte jedes einzelne seiner Worte.

»Eher würde ich eine Schlange küssen.«

»Kluges Mädchen!« Er lachte. »Aber du hast einen mordenden Verrückten geküsst …« Wassertropfen rollten seine fassförmige Brust hinunter. »Ist das nicht das gleiche?«

»Du …«, fuhr Shahrzad ihn an, nicht mehr in der Lage, sich zusammenzureißen.

Mit einem befriedigten Grinsen riss Artan sie mit sich ins Wasser. Von den Füßen gezerrt, klammerte sie sich an seinen linken Arm.

Verschiedene Dinge verblüfften sie gleichzeitig.

Er war übermäßig warm, als ob er starkes Fieber hätte, trotz seiner jüngsten Beschränkung auf das Wasser. Aus nächster Nähe war die Haut seiner Handflächen rau und schwielig, und einer seiner Unterarme war fürchterlich vernarbt …

Genau wie Babas Hände.

Aber das Erschreckendste von allem war der Schock, der ihr bei seiner Berührung durch das Blut jagte. Es war beinahe das gleiche Gefühl, das sie auf dem Zauberteppich gehabt hatte. Ein Knistern um ihr Herz, das sich durch alle Glieder fortsetzte.

»Ja, ja, ja …« Artan hielt inne, seine dunklen Augen bohrten Löcher in ihre. »Es scheint, du hattest nicht unrecht, Musa-*abagha*.«

Shahrzad dachte, sie würde den Magus hinter ihnen seufzen hören.

»Nimm deine Hände weg«, fuhr sie Artan an, entschlossen, sich nicht anmerken zu lassen, wie entnervt sie war. Als er seinen Griff nicht lockerte, schubste sie ihn vor die Brust. Er kippte kurz zur Seite, schnappte sie aber noch mit einer Hand bei den Handgelenken.

»Was für ein Temperament!« Er lachte anerkennend. »Ich sollte dich warnen, kleine Schnepfe: Das letzte Mädchen, das versucht hat, mich zu unterwerfen, fand ihr Sehvermögen am kommenden Tag ziemlich verwirrt.« Artan winkte sie näher heran, als ob sie eine Wahl hätte. »Ich habe ihre Augen in zwei verschiedene Richtungen blicken lassen.«

»Ha!«, schnaubte Shahrzad. »Um eine solche Heldentat zu vollbringen, müsstest du da nicht erst einmal geradestehen?«

»Du solltest wahrhaft Angst haben an den Tagen, wenn ich

gerade stehen kann. Also, es gab mal eine Zeit, da habe ich eine ganze Flotte im Boden eingewurzelt, …«

»Genug!« Shahrzad schob ihn weg. »Ich habe versucht, mit dir Geduld zu haben, denn Musa-*effendi* sagte, du könntest mir helfen, aber ich glaube nicht mehr, dass das möglich ist. Beantworte einfach nur diese eine Frage, und ich lass dich in Ruhe. Weißt du oder weißt du nicht irgendetwas über ein Buch, das einen bei Berührung verbrennt?«

Artan blinzelte, vollkommen überrascht. »Wie … sieht es aus?«

»Alt. Ramponiert. Gebunden in dunkles Leder mit einem Eisenscharnier.«

»Mit einem Schloss um die Mitte?« Er räusperte sich, rang immer noch um Konzentration.

»Ja.«

Er zögerte.

Als tiefe Furchen auf seiner ebenmäßigen Stirn erschienen, schien Artan geradezu … wütend. Gefährlich. »Hat jemand es geöffnet?«

Unter seinem plötzlich strengen Blick unterdrückte Shahrzad ihr Bedürfnis, sich zu schütteln. »Mein Vater vielleicht, glaube ich.«

»Spricht dein Vater *chagatai*?«

»Ich … weiß nicht.«

»Es muss deinen Stolz verletzen, das zuzugeben«, sagte Artan, sein Ton spöttisch.

Shahrzad blickte weg, Röte überzog ihren Nacken.

Ich sollte seine Kritik akzeptieren. Für den Moment.

»Ist dein Vater ein Idiot?«, fuhr er fort.

»Nein!« Entrüstet bis zur vorübergehenden Sprachlosigkeit starrte Shahrzad ihn nur an.

»Nur ein Idiot würde solch ein Buch öffnen«, sagte Artan kalt und erbarmungslos. »Es ist alte, schwarze Magie. Blutmagie. Die Art, für die man zahlen muss, viele Male … wenn dieser Idiot von deinem Vater nicht schon dafür bezahlt hat.«

Shahrzad wandte sich an Musa. »Warum sollte dieser schreckliche Junge …?«

»Meine Vorfahren haben dieses Buch geschrieben«, unterbrach Artan ohne das geringste Zeichen von Selbstgefälligkeit, wie Shahrzad sie bei solch einem Eingeständnis erwartet hätte. »Wenn dein Vater in Schwierigkeiten steckt, zählt meine Familie zu den wenigen, die wissen, wie man ihm helfen kann.«

Ihr Herz erbebte bis zum Stillstand.

Heilige Hera. Er kann vielleicht wirklich helfen.

Shahrzad war bis ins Innerste getroffen.

Sie hatte vielleicht ihr Glück mit Artan schon zu sehr herausgefordert.

Chalid hatte recht. Mein Mund hört nie auf, mir Ärger zu bereiten.

Shahrzad wusste, sie musste diesen Taugenichts für sich gewinnen, trotz ihrer bisherigen Ablehnung. Als sie den Jungen ansah, der ihr gegenüberstand, beobachtete er sie mit einer nervtötend scharfsinnigen Miene, besonders für jemanden, der vom Trinken so benebelt war.

Es war ein Gesicht, von Trägheit gezeichnet. Gespickt mit Trägheit.

Aber ein interessantes Gesicht. Das konnte sie nicht leugnen.

»Würdest du … Könntest du mich zu deiner Familie mitnehmen?«, fragte sie und versuchte ihr Bestes, eine bescheidenere Miene aufzusetzen. In solch einer Situation war vielleicht selbst Betteln nicht unter ihrer Würde.

»Nein, Königin eines Landes, das mir egal ist.« Artan lachte über seinen eigenen Witz. »Werde ich nicht.«

»Artan, Sohn von Tulu …« Musa Zaragozas Stimme klang von der Küste her.

Sie war nicht laut, und sie war nicht fordernd.

Dennoch rieb Artan sich die Nase mit einem Handrücken und runzelte verdrossen die Stirn. Er stöhnte, der Klang viel lauter, als die Situation es erforderte.

Es war nur eine Reihe von Namen. Dennoch schien es so viel zu bedeuten.

»Bitte«, sagte Shahrzad und schüttelte ihre Verwirrung ab. Sie tat einen Schritt auf den Jungen zu. »Bitte. Ich brauche deine Hilfe.«

Artan presste eine Hand auf die Stirn, verärgert. »Ich sollte dir nicht helfen. Und ich habe keine Lust, eine Schnepfe wie dich irgendwohin zu begleiten.«

Sie nagte an ihrer Lippe. »Bitte …«

»Jedenfalls nicht bis du lernst, dich selbst zu verteidigen. Du bist wie ein neugeborenes Fohlen. Ich kann alles sehen, was du zu tun in der Lage bist, was wenig genug ist, außer dass du deine Klappe aufreißt.« Er schnaubte. »Komm morgen Abend wieder. Wenn du gelernt hast, einfache Magie zu beherrschen, dann bringe ich dich zu meiner Tante. Sie wird niemandem helfen, den sie nicht respektiert. Und sie wird dich auslachen. Bevor sie dich verbrennt.« Artan blickte noch einmal düster auf die Küstenlinie, trat dann ins Wasser, dass eine salzige Gischt hoch in die Luft spritzte.

Immer noch ratlos beobachtete Shahrzad, wie der Junge weiter seine Verärgerung an der unglücklichen See ausließ.

»Danke«, sagte sie sanft. »Nach meinem alles andere als dankbaren Verhalten von vorhin weiß ich, dass ich nicht verdiene …«

»Oh, ich habe vor, Rache an dir dafür zu üben, nur dass du es weißt.« Artan beäugte sie misstrauisch. »Und ich bekomme immer, was ich will.«

Etwas an der Art, wie er sie ansah, ließ Shahrzad ihre Entscheidung bereuen, ihn um Hilfe gebeten zu haben. Das Gefühl einer drohenden Gefahr wurde in seiner Nähe stärker. Genau wie das Gefühl, direkt bevor man stürzte.

»Warum … Was hat dich dazu gebracht, deine Meinung zu ändern?«

»Weil Musa-*abagha* mich gebeten hat. Und Musa-*abagha* bittet um herzlich wenig im Vergleich dazu, dass er mir einen sicheren Zufluchtsort bietet.« Er grinste, scharf und bissig. »Keine Angst, ich habe kein Interesse an dir. Ich mag *nette* Mädchen, und du bist alles andere als nett. Du bist selbstsüchtig und gehässig.«

Bestürzt über diese Anschuldigungen, begann Shahrzad zu protestieren. »Ich bin nicht …«

»Verstehe mich nicht falsch. Mir gefällt das. Es bedeutet, dass wir eines Tages Freunde sein können.«

»Warum in Gottes Namen sollte ich mit dir *befreundet* sein wollen?«

Artan ließ sich mit einem seltsam zufriedenen Lächeln ins Wasser zurückfallen.

»Weil ich genauso selbstsüchtig und gehässig bin wie du.«

Wo Ruin ist

Der Feuerball raste durch die Dunkelheit, streifte den Sand. Schoss genau auf ihr Gesicht zu.

Shahrzad versuchte es.

Wahrhaftig. Sie versuchte es.

Aber im allerletzten Moment war alles, was sie fertigbrachte, sich auf einen Flecken auffunkelnden Staubs zu ihren Füßen zu werfen.

»Nutzlos!« Eine tiefe Stimme traf sie wie ein Peitschenhieb. »Nichts als reine Zeitverschwendung.«

Ich … ich hasse ihn.

Zähneknirschend drückte Shahrzad ihre Fäuste in den Sand und hätte nichts lieber getan, als sie in Artan Temujins selbstgefälliges Gesicht zu schleudern.

»Bist du wütend, kleine Schnepfe?«, fuhr Artan fort. »Gut. Ich auch. Das ist jetzt der zweite – nein, warte – *dritte* Abend in Folge, dass du im Tempel angekommen bist und meine Abende, die ich mit dem Mond verbringen könnte, vergeudest.«

Sie rappelte sich wieder auf die Füße und wischte sich den Staub von den Handflächen. »Entschuldige, dass ich dir verdorben habe, was sonst ein produktiver Abend für dich gewesen wäre.«

»Wie schön, dass du mir zustimmst. Denn der Mond hätte mir mehr Unterhaltung geboten als deine kläglichen Versuche mit der Magie.« Er schnaubte. »Solche Gaben … verschwendet an solch einen Schund.«

Bastard!

Blut schoss ihr in den Kopf und erhitzte ihre Wangen. »Wenn ich einen Feuerball hätte, würde ich ihn dir direkt zwischen die Beine schicken. Aber ich fürchte, da fände er wenig zu brennen.«

Artan lachte, laut und sorglos. »Wenigstens gibt dein Sinn für Humor etwas her, das für dich spricht. Obwohl dünne, zornige Mädchen nie mein Fall waren.« Er warf ihr einen fragenden Blick zu. »Mag der Kalif von Chorasan dein Aussehen?«

»Natürlich!«

»Elender Depp.« Er lehnte sich auf den Fersen zurück. »Schönheit vergeht. Aber eine Nervensäge besteht.«

»Ha! Ich nehme an, darin weißt du Bescheid.«

Wieder loderte ein Feuerball auf seiner Handfläche auf. »Darauf kannst du Gift nehmen.« Artan grinste und hob die Augenbrauen. »Und ich würde das beherzigen, wenn ich du wäre.«

Als sie wieder anfing, durch den Sand zu laufen, seufzte Artan hinter ihr her. »Das alte Sprichwort ist wahr, Shahrzad al-Haizuran: Wir laufen nur vor Dingen weg, vor denen wir wirklich Angst haben!«

»Dann habe ich wahrscheinlich wirklich Angst vor Feuer, Artan Temujin!«

Wieder ein lauter Seufzer. »Hör auf, Angst zu haben. Und fang an, etwas dagegen zu tun!«

Trotz ihrer Bedrängnis versuchte Shahrzad das Gefühl der Wärme heraufzubeschwören, das jedes Mal aufloderte, wenn ihre Haut mit dem Teppich in Berührung kam.

Aber sie konnte es nicht. Es war unmöglich.

Wie nach den Sternen zu greifen.

Sie hatte es jetzt zwei aufeinanderfolgende Nächte versucht. Die einzige Schlussfolgerung, zu der sie bisher gekommen war, war diese: Ihre Macht kam nicht aus ihrem Inneren selbst. Stattdessen nahm sie sie von Dingen in ihrer Umgebung auf.

Als sie diese Vermutung Artan zum ersten Mal mitgeteilt hatte, hatte er gelacht, den Kopf in den Nacken geworfen und den Mund zu einem unergründlichen Schlund verzogen. Dann war er dazu übergegangen, sie mit einer kontrollierten Feuersalve zu attackieren. Er wollte, dass sie sich wenigstens verteidigte.

Artan wollte, dass sie wirbelnde Feuerbälle wegschleuderte. Oder ihnen andere Gegenstände in den Weg zauberte, um sie damit zurückzuschlagen.

Mit nichts als dem Willen, es zu tun.

Sie war es gewesen, die nun lachte, den Kopf in den Nacken geworfen, ähnlich grotesk übertrieben.

Artan glaubte, dass, wenn sie Angst vor unmittelbarer Gefahr hatte, ihr Körper instinktiv reagieren würde. Also waren sie in den vergangenen zwei Nächten auf den Strand beschränkt geblieben. Er hatte damit begonnen, sie mit kleinen, sich langsam drehenden Flammenwirbeln zu bedrohen. Shahrzad war geradezu in Panik vor ihnen fortgelaufen. Unbeeindruckt hatte Artan tatsächlich lodernde Todeskugeln hervorgebracht – denen entschieden schwieriger zu entkommen war.

Alles, was Shahrzad bisher davon gehabt hatte, waren etliche Prellungen von den vielen Malen, die sie sich in den Sand geworfen hatte.

Artans einzige Reaktion war Verdrossenheit gewesen.

»Du bist ein schrecklicher Lehrer«, rief Shahrzad. »Diese Methode war von Anfang an aussichtslos!« Sie näherte sich den plätschernden Wellen, ihre Schritte zögernd.

»Wenn du damit sagen willst, dass ich Fehler habe, dann liegst du richtig.«

Mitten im Schritt innehaltend, lehnte Shahrzad sich vor und schnappte nach Luft. »Unterrichtsstunde für den Abend beendet.«

»Nicht ganz.«

Sie drehte sich um, einigermaßen von seinem Ton verunsichert.

Tatsächlich fing Artan an, noch eine Serie von Schüssen direkt auf sie zu feuern. Kugel für Kugel aus wirbelnden Flammen direkt von seinen ausgestreckten Handflächen.

Shahrzad geriet in Panik. Es gab keine Möglichkeit, allen auszuweichen. »Nicht laufen«, rief Artan. »Lass sie vor *dir* weglaufen. Ich will nicht glauben, dass ich ein Schaf Wölfen zum Scheren ausliefere, wenn ich dich zu meiner Tante bringe!«

»Ich kann nicht«, kreischte sie, entsetzt von der Anzahl der Feuerkugeln, die um sie herumwirbelten. Ohne zu wissen, was sie sonst tun sollte, versuchte Shahrzad, ins Wasser zu entkommen und tauchte in den Wellen unter. Sie hielt, so lange sie konnte, den Atem an und trat unterhalb der aufgewühlten Gischt auf der Stelle. Dann kämpfte sie sich an die Oberfläche, tauchte in hüfthohem Wasser auf und schnappte nach Luft.

»Shahrzad!«

Sie schob einen Vorhang aus Haaren beiseite, gerade rechtzeitig, um zu sehen, wie ein letzter Feuerball auf sie zu wirbelte.

Es blieb keine Zeit zu reagieren.

Er krachte gegen sie, brannte sich durch ihren *Qamis* und in ihren Bauch.

Einen Augenblick lang war da nur der Schock.

Vom Küstenstreifen aus hörte sie Artan in einer fremden Sprache schreien. Der Feuerball drehte von selbst wieder ab und verschwand in einer Rauchwolke.

Sie konnte nicht einmal schreien. Um sie herum vermischte sich der Geruch von brennendem Fleisch mit der Meeresbrise. Ihre Knie fingen an zu zittern, als eine Welle auf sie einstürzte.

Das Salzwasser auf ihrer nackten Haut ließ sie durch den Schock wieder etwas fühlen. Versetzte sie in Höllenqualen.

Shahrzad fiel in die See, ein kurzer Schrei entrang sich ihren Lippen.

»Idiot.« Artan hob sie in seinen Armen auf und zog sie von dem aufgewühlten Meeresboden zurück an Land. »Absoluter Narr«, murmelte er.

Das Zittern breitete sich von ihren Beinen bis in ihre Arme aus. Ihre Zähne fingen an zu klappern.

»Es … Es b-b-brennt.« Shahrzad grub ihre Finger in sein Handgelenk. »Meine … Meine Haut, sie ist …«

An der Küste kniend, drückte Artan sie zurück in den harten Sand. »Kompletter Idiot.«

»H-h-hör auf. Ich k-k-onnte nicht …«

»Ich spreche nicht von dir!« Ohne ein weiteres Wort zog Artan die verbrannten Stücke Leinen von ihrem Bauch.

Dieses Mal schaffte es Shahrzad, einen lauten Schrei auszustoßen.

»Sei still, sei still!« Artan zog an einem Ohrring, sein Ausdruck schmerzerfüllt. »Bleib still liegen, und ich mache es wieder gut. Ich schwöre, ich mache es wieder gut.«

Obwohl seine Worte nicht stimmten, sah sein Gesicht merkwürdig kontrolliert aus. Sein Kiefer war zusammengepresst, die diagonale Narbe durch seine Lippe weiß. Er drückte beide Hände auf ihre Schultern, um ihr Beben zu beruhigen. Ein Stoß fuhr durch sie hindurch.

Die dunklen Zentren von Artans Augen weiteten sich, wie ein Tropfen Tinte in Wasser zerfließt. Seine Hände bewegten sich von ihren Schultern und schwebten über ihrem Bauch.

Von seinen Fingerspitzen strömte ein unstetes Licht aus.

Aber kein warmes Licht.

Etwas teuflisch Kaltes zerrte an ihrer Mitte. Zerrte an ihrer

Haut. Ein Zittern lief ihr das Rückgrat hinunter, als ob die Luft selbst um sie herum stachelig und lebendig wäre.

Die Tinte in Artans Augen begann, ihre Farbe zu wechseln. Begann, sich zu einem stürmischen Grau aufzuhellen.

Er schluckte einen Schmerzensschrei hinunter. Dann fiel er zurück auf die Fersen.

Als Shahrzad sich aufsetzte, blickte sie auf ihren Bauch hinab. Ein hässlicher roter Striemen war zurückgeblieben. Aber das war nichts gegen die Verbrennung, die sie erwartet hatte, der Schmerz war nicht schlimmer als ein Sonnenbrand.

Sie brauchte einen kurzen Augenblick, um zu verstehen, was passiert war.

Denn auf Artan Temujins nacktem Leib war an exakt derselben Stelle eine Verbrennung wie ihre.

Nur dass seine erheblich schlimmer war.

Er war mit Brandblasen bedeckt. Über die ganze Länge bildeten sich wunde Stellen.

Die Wunden, die sie hätte haben sollen.

Irgendwie hatte Artan ihre Verletzung auf seine Haut übertragen.

»Du … du musstest das nicht tun«, stotterte sie, eine salzige Haarlocke verfing sich auf ihren Lippen.

Es war lächerlich, das zu sagen. Naheliegend, das zu sagen. Trotzdem fand sie, dass es gesagt werden musste, trotz allem.

Sein Mund verzog sich zu einem Lächeln, das einer Sense glich. »Gern geschehen.«

»Danke«, erwiderte Shahrzad, nach wie vor ratlos.

Nach einem kurzen Augenblick verstörender Ruhe durchfuhr ihn ein Schauder, und Artan brach auf dem Strand zusammen. »Wir scheinen alles immer von hinten anzufangen, findest du nicht?«

»Sieht so aus.«

Seine Brust hob sich vor Anstrengung. »Das hier«, er zeigte auf ihre beiden Verbrennungen, »funktioniert nicht.«

»Nein.« Sie stützte sich auf einen Ellbogen auf, ihr Gesichtsausdruck verdrossen. »Kein bisschen.«

»So schade.« Artan blieb auf dem Sand ausgestreckt liegen, in Gedanken versunken, seine Blicke auf den Nachthimmel über ihnen gerichtet. »Meine Tante wird dich bei lebendigem Leib auffressen.«

»Warum – warum denkst du, würde sie das tun?«, fragte Shahrzad stockend. »Und wenn du es weißt, warum hast du eingewilligt, mich zu ihr zu bringen?«

Was ist der wahre Grund für deine Hilfe, Artan Temujin? Verrate es mir endlich.

Als Artan sich endlich herabließ zu sprechen, blieb sein Blick fest auf die Sterne gerichtet.

»Hast du je die Geschichte gehört ›Das Mädchen, das nach dem Mond griff‹?«

»Natürlich. Jedes Kind kennt sie.«

»Erzähle sie mir, wie du sie gehört hast.«

»Wozu soll das gut …«

»Um mich bei Laune zu halten.« Artan zeigte auf seinen mit Brandblasen übersäten Bauch. »Den da.«

Shahrzads Augenbrauen zogen sich zusammen. »Nur dies eine Mal.«

Sie richtete den Blick zum Himmel. »Es war einmal ein Mädchen, das in einem steinernen Turm lebte, umgeben von weißen Drachen, die ihr jeden Wunsch erfüllten. Wenn sie eine knusprige Pastete wollte, brauchte sie bloß zu fragen. Wenn sie schlafen wollte, vertauschten sie den Tageshimmel gegen die Nacht, nur mit einem Flügelschlag. Die Sonne gegen den Mond mit einem einzigen Fauchen. Obwohl die Wünsche des Mädchens keinen Sinn hatten, wünschte sie immer mehr – mehr und mehr von allem und noch viel mehr. Aber mehr als alles wünschte sich das Mädchen, mächtig zu sein. Ihr musste es so vorkommen, als hätten die Drachen mehr Macht als jedes Wesen auf der Welt, weil sie ihr jeden Wunsch erfüllen konnten.«

Artan atmete tief ein und hielt den Atem für ein Weilchen an. Bei diesem merkwürdigen Verhalten wuchs Shahrzads Verwirrung noch weiter an, und sie hörte auf zu sprechen.

Als er sie von der Seite ansah, fuhr Shahrzad fort. »Eines Nachts, als einer der Drachen ihr eine schwere Goldkette aus einem fernen Land brachte, die sie sich gewünscht hatte, roch das Mädchen das fremde Parfüm in der Seidenverpackung und entschied, dass sie keinen Tag mehr ohne diese Macht leben konnte. Sie musste sie haben. Das Mädchen befahl dem Drachen, sie zur Quelle seiner Magie zu bringen. Der Drache wandte sich an den Vollmond, seine Bedrängnis offensichtlich auf seinem gehörnten Gesicht. Dem Mädchen war es egal. Sie bestand darauf, dass er sie zum Mond bringen sollte, damit sie sich dessen Macht zunutze machen konnte. Sie flogen auf den Mond zu, ein Hagel von Sternen versammelte sich zwischen ihnen. Das Mädchen sammelte die Sterne und knüpfte daraus ein Seil. Dann – obwohl der Drache eine letzte Warnung brüllte – warf das Mädchen einen Ring aus Sternen um den Mond, wobei sie lachte wie eine Glocke, die in der Nacht läutet.«

Shahrzad hielt inne, um Artan einen Blick zuzuwerfen. »Aber, wie so viele Dinge der Macht, wollte der Mond niemandem untertan sein.«

An dieser Stelle lächelte Artan. Aber es war kein amüsiertes Lächeln. Es war ein viel dunkleres und tieferes Lächeln.

»Der Mond begann, über den Himmel zu gleiten. Vom Rücken ihres Drachen gerissen, klammerte sich das Mädchen an das Sternenseil. Sie schrie auf und bat den Mond, ihr ihren Wunsch zu erfüllen oder sie loszulassen. Wie eine klirrend kalte Brise schoss die Antwort des Mondes über den Himmel: ›Du willst mächtig sein? Dann will ich dich zu meinem Schatten machen. Ein Mond, der die verlorenen Sterne kommandiert. Aber wisse, dass dich so etwas teuer zu stehen kommt.‹ Ohne zu zögern, jubelte das Mädchen vor Lachen. ›Der Preis spielt für mich keine Rolle. Nimm all meine weltlichen Besitztümer, denn ich habe keine Verwendung für sie, wenn ich erst solche Macht besitze.‹ Die Worte des Mondes wurden durch die Nachtluft getragen, kälter als der erste Schnee. ›Na gut, Mädchen. Ich habe lange nach einem wahren Gefährten gesucht.‹ Dann, in einem Wirbel aus Sternenstaub, verwandelte der Mond das Mädchen in seinen Schatten, jedes Lichts beraubt. Für immer und ewig an ihn gebunden. Dieser Schattenmond – der Neumond – bekam Macht nur für wenige Nächte im Jahr. Aber nie ausreichend Macht, um sich von seinen Fesseln zu befreien.«

»Deswegen scheint der Mond, den wir kennen, zu verschwinden«, fügte Artan leise hinzu. »Überschattet. Verfinstert.«

Shahrzad nickte einmal. »Immer auf der Jagd nach dem wahren Mond.«

Ihre Stimmen verebbten, während in der Ferne die Wellen zusammenstießen.

»Warum bist du hier, kleine Schnepfe?«, begann Artan. »Geht es wirklich um deinen Vater?«

»Ja.« Ihre Antwort kam prompt.

»Sonst nichts?«

Hier zögerte Shahrzad. Natürlich war sie wegen ihres Vaters hier. Aber sie war auch noch aus einem anderen Grund hier. Ein Grund, der ein Geheimnis bleiben musste. »Warum fragst du?«

Artan wandte ihr den Kopf zu. »Weil ich weiß, dass es da mehr gibt. Ich weiß, dass du Königin einer Stadt in Trümmern bist und dein Königreich am Rand eines Krieges steht. Dass dein König ein Monster ist.«

Shahrzad schwieg. Ihre Finger bewegten sich auf die nackte Haut ihres Bauches zu und berührten zaghaft die Wunde. Sie fühlte sich heiß an. Im Geiste kehrte sie wenige Augenblicke zurück, als Artans Gesicht alle Anzeichen von Heuchelei fallen gelassen hatte.

Als Anzeichen wahrer Reue – Zeichen tieferer Gefühle – allzu sichtbar gewesen waren.

»Vertrauen ist eine interessante Sache, wenn es um Artan geht. Er wird es niemandem schenken, der es ihm nicht zuerst geschenkt hat.«

Vielleicht war es an der Zeit, diesem Jungen ein kleines Maß an Vertrauen zu schenken.

»Chalid ist … kein Monster. Überhaupt nicht.« Ihr Herz genoss für einen Augenblick die Wärme der Erinnerung.

»Wirklich?« Artan sah sie weiterhin forschend an. »Was ist er dann?«

»Warum bist du so neugierig?« Ihre Augen verengten sich. »Warum hast du überhaupt zugestimmt, mir zu helfen, Artan Temujin?«

Artan antwortete nicht sofort. »Diese Geschichte von dem Mädchen? Sie ist über meine Familie.«

»Was?« Mit Mühe ihren Schock unterdrückend, wandte Shahrzad ihm das Gesicht zu.

»Versteh mich nicht falsch. Aspekte dieser Geschichte sind lächerlich. Im Laufe der Zeit verschönert. Aber der Kern gründet in der Wahrheit. Eine meiner Vorfahrinnen hat einen mächtigen Lichtbringer gestohlen, um ein ebenso mächtiger Wunscherfüller zu werden. Im Gegenzug hat ihr Schöpfer sie in die Falle gelockt. Sie für immer an ihn gebunden. Ein machtvolles Genie, für immer in einem hohlen Schwert gefangen.« Sein Ausdruck war zugleich bitter und heiter.

Einen Augenblick überwog in Shahrzad der Unglaube. »Ich …«

»Du wolltest wissen, warum ich zugesagt habe, dir zu helfen. Ich verrate es dir. Es liegt hauptsächlich daran, dass Musa-*abagha* mich darum gebeten hat. Und weil ich durch die Dummheit meiner Vorfahrin gebunden bin. Gebunden, ein gefangener Wunscherfüller zu sein. Musa-*abagha* hat mich all die Jahre in Sicherheit bewahrt. Sicher vor denen, die mich versklaven wollten. Aus mir einen Drachen machen wollten, der nichts tut als undankbaren kleinen Mädchen Goldketten und andere Schätze zu bringen.« Er lachte bitter. »Musa Zaragoza beschützt mich vor dem Fluch meiner Familie. Er hält uns – mich, Parissa, Mas und die anderen – versteckt und lehrt uns, unsere Kräfte zu beherrschen. Beschützt uns alle hier im Feuertempel. Hier bleibt die letzte Entscheidung immer uns überlassen, wenn wir gebeten werden, unsere Fähigkeiten zu nutzen. Hier sind wir nie Sklaven unserer Magie.«

»Aber warum muss Musa-*effendi* euch vor eurer Familie beschützen?«

»Meine Familie ist genauso machthungrig wie das Mädchen, das nach dem Mond griff. Sie sind Monster, erfüllt von merkwürdiger Magie. Meine Tante bewahrt sie in einer Bergfestung. Aber …«, Artan hielt inne, sein Gesicht grimmig, »sie hat schon einmal Fehler gemacht. Meine Eltern waren Opfer ihrer Arroganz. Sie verließen die Festung auf der Suche nach einem Weg, ihre Fesseln zu zerstören. Die Magie, die sie in die Welt durchsickern ließen, brachte schreckliche Konsequenzen mit sich. Daraufhin erwartete meine Tante, dass ich in der Nähe bleibe und tue, was mir gesagt wird. Diene, wem ich dienen soll. Also rannte ich weg.«

Artan sah sie dringlich an. »Ich finde, die Kontrolle meiner Tante ist eine andere Art von Sklaverei.«

Shahrzad erwiderte den Blick und bereitete vorsichtig ihre nächste Frage vor.

»Ist deine Tante sehr mächtig?«

Er schnaubte. »Sie könnte diesen Tempel mit einem einzigen Rülpser in Flammen aufgehen lassen. Und jede Kerze in Chorasan anzünden nur mit dem kleinsten Hauch ihrer Flatulenz.«

»Bleib ernst.«

»Sie ist mächtig.« Artan lachte arglos. »Und, wie du, vollkommen humorlos.«

Shahrzad ließ einen weiteren kleinen Augenblick verstreichen, der Klang der Wellen, wie sie aufeinanderkrachten, wurde lauter, ebenso wie ihre Gedanken. »Ist sie mächtig genug, um Kranke zu heilen?« Sie biss sich auf die Lippe. »Mächtig genug, um … einen Fluch zu brechen?«

»Ah.« Er warf ihr einen Blick zu, alle Zeichen von Belustigung waren verschwunden. »Da haben wir es. Bist du diejenige, die vom Fluch befallen ist?«

Shahrzad schloss die Augen, dann schüttelte sie den Kopf.

»Nun, sie müsste mit demjenigen sprechen, der verflucht worden ist«, erwiderte Artan. »Und sie müsste wissen, was für ein Fluch benutzt worden ist.«

»Was, wenn wir es nicht wissen?«, flüsterte sie.

Er hob beide Hände in den Nacken und verschränkte die Finger. Nach einer Weile antwortete Artan sanft: »Du musst ihn hinbringen, Shahrzad. Deinen König. Er wird mit meiner Tante sprechen müssen, wenn sie ihm helfen soll.«

Angst schnürte ihr die Brust ein. Obwohl sie gedacht hatte, dass er ihr helfen würde – was zur Folge hatte, dass er die Wahrheit erfahren musste –, fiel es ihr nicht leicht, alles von ihm laut ausgesprochen zu hören.

»Manchmal machst du es einem schwer, dich zu verachten«, murmelte Shahrzad.

»Weiß ich.« Artan grinste, dabei blickte er immer noch in die Sterne.

Sie beobachteten weiter den Nachthimmel in gemeinsamem Schweigen, bis Schritte auf dem Sand neben ihnen raschelten.

»Shahrzad-*jan*?«, erklang Musas tiefe Stimme aus der Dunkelheit.

Sie stand auf, ein scharfer Schmerz schoss durch ihren Bauch. »Ja?«

»Wenn ich dich bitte einen Moment sprechen könnte …« Er griff in die Falten seines Umhangs. »Ich habe hier etwas für dich.«

In seiner Hand befand sich ein Viereck aus Jade, halb so groß wie seine Handfläche, an ein dunkles Lederband gebunden, um es am Hals zu tragen. Die Oberfläche des polierten grünen Steins war mit komplizierten Zeichen bedeckt.

»Der Talisman, von dem wir sprachen«, sagte Musa leise.

Derjenige, der Chalid von seiner Schlaflosigkeit befreien soll.

»Ich bin nicht sicher, ob er viel auslösen wird«, murmelte Musa. »Noch einmal, er kann wahrscheinlich nur für eine kurze Weile die Auswirkungen abwenden. Aber ich wollte Hilfe anbieten, so gering sie auch sei.«

Woraufhin Artan lauthals gähnte. Shahrzad sah ihn an, bevor sie zu der hochwüchsigen Gestalt vor sich aufblickte. Seine schwarzen Brauen waren weiß gesprenkelt, gerunzelt vor Sorge. »Danke dir, Musa-*effendi*. Das ist weit mehr, als ich zu hoffen gewagt hatte.«

Musa nickte. »Bitte sage Chalid, dass es mir leidtut, dass ich vor vielen Jahren nicht stärker war. Es tut mir leid, dass ich ihn alleingelassen habe. Aber ich bin jetzt hier, wenn er mich je brauchen sollte.« Mit diesen Worten legte er ihr den Talisman in die Hand und verbeugte sich tief. Mit den Fingerspitzen berührte er seine Stirn.

Als sie mit dem Daumen über die Zeichen glitt, die in die Jade geätzt waren, versuchte Shahrzad ihr Bestes, sich über die unleugbare Last, die sich um ihr Herz legte, hinwegzusetzen.

Das Gewicht der Erkenntnis.
Und der Schauer der Gewissheit.
Ich gehe nach Hause.

Eine Maus, die zu den Waffen ruft

Der Mond war eine halbe Alabasterscheibe. In der Ferne wiesen aufgewühlte Wolken auf eine düstere Zukunft.

Genau wie die verknoteten Nerven in Irsas Leib.

Tatsächlich, sie war eine lausige Schleicherin. Denn es schien, dass ihre Zehen sich an jeder denkbaren Kleinigkeit verhakten.

Zwanzig Schritte vor ihr bewegte sich Shahrzad von Schatten zu Schatten mit einer Trittsicherheit, um die Irsa sie beneidet hätte, würde das nicht alles noch schlimmer machen.

Wenn sie nicht so verärgert wäre.

Irsa zog ihren Umhang enger um sich …

Und wieder verfing sie sich mit dem Knöchel in einer Zeltschnur.

Auf den Lippen eines von Shahrzads erlesensten Schimpfworten riss Irsa ihre Sandale los, dann blinzelte sie durch die tiefe Dunkelheit.

Ihre Schwester war verschwunden.

Ohne zu zögern rannte Irsa los.

Als sie um das nächste Zelt lief, schoss eine Hand aus dem Schatten und umfing ihr Handgelenk. Beinahe hätte Irsa vor Schreck aufgeschrien.

»Warum folgst du mir?« Es war Frage und Vorwurf zugleich.

Irsa schnappte nach Luft. Shahrzads Augen blitzten durch die Dämmerung.

Schockiert von der jüngsten Benommenheit begann Irsas Puls, in ihrem Körper zu wüten. Direkt gefolgt von ihrer Empörung.

Irsa riss ihren Arm aus Shahrzads Griff. »Wo willst du hin?« Zorn betonte jedes Wort.

Shahrzads Kinnlade fiel herab.

Eindeutig hatte Shahrzad nicht erwartet, dass ihre Schwester wütend auf sie sein könnte.

»Ich …« Shahrzads Blick verhärtete sich. »Ich habe zuerst gefragt.«

»Ist mir egal! Sag mir, wohin du gehst. Hast du denn nichts gelernt? Nach dem, was mit Teymur passiert ist, weißt du nicht, dass es gefährlich ist, wenn du einfach so allein verschwindest? Ich kann nicht verstehen, warum du …«

Ihre Schwester griff nach Irsa, flehend und versöhnlich. »Irsa …«

»Nein!«, sagte Irsa. »Ich will keine langatmige Entschuldigung. Ich will, dass du mir sagst, wo du hingehst und warum. Jetzt.«

Shahrzad seufzte. »Ausgerechnet heute Nacht wünschte ich, du wärst mir nicht gefolgt, Irsa-*jan*.« Sie blickte wehmütig in die Wüste. »Würdest du mich bitte dieses eine Mal einfach gehen lassen? Ich verspreche, morgen nehme ich dich mit. Ich schwöre es.«

»Ich glaube dir nicht.« Irsas Augen begannen überzulaufen. Sie drängte die Tränen zurück und verfluchte ihre verdammte Empfindlichkeit. »Warum sollte ich dir glauben? Du hast heute nicht einmal nach Baba gesehen. Nicht ein einziges Mal. Wusstest du, dass er die Augen geöffnet hat, als ich ihn heute Nachmittag mit Brühe gefüttert habe? Es war nur einen kurzen Moment lang, aber er hat nach dir Ausschau gehalten … und du warst nicht da! Ich musste für dich lügen, während du schliefst, Shazi. Genau wie gestern. Und vorgestern.«

»Es tut mir so leid.« Shahrzad nahm ihre Hand und drückte sie.

»Du kannst nicht weiterhin machen, was du willst, und erwarten, dass alle auf dich Rücksicht nehmen. Als ob wir sonst nichts zu tun hätten.«

»Ich weiß. Das war nie meine Absicht.« Shahrzad kaute auf der Unterlippe. »Aber – können wir morgen darüber sprechen?« Ihr Blick schoss erneut in die Wüste, und Irsa fühlte, wie ihr Ärger wieder wuchs und es in ihren Augenwinkeln kitzelte.

»Geh.« Sie schüttelte den Griff ihrer Schwester ab. »Geh, wohin du immer verschwindest. Wo auch immer es wichtiger ist als hier und jetzt.«

Ihre Schwester griff wieder nach ihrer Hand. »Ich verspreche, ich werde …«

»Von jetzt an versprich nur das, was du auch halten willst. Und pass auf dich auf, Shazi. Pass immer auf dich auf.«

Shahrzad hielt inne, ihr Gesichtsausdruck hart, bevor sie in den Schatten huschte, ohne sich auch nur ein einziges Mal umzusehen.

Irsas Füße fühlten sich bleischwer, als sie sich auf den Rückweg in das Zeltlager machte. Jeder Schritt schien unfreiwillig. Sie schleppte ihre Füße nach, hinterließ Muster im Sand. Als sie wieder aufsah, wurde Irsa klar, dass sie vor einem Zelt stehengeblieben war, das nicht das ihre war.

Was machte sie da?

Irsa stand vor Rahim al-Din Walads Zelt wie ein gedankenverlorener Trottel.

Ohne Sinn.

Dann traf sie eine Entscheidung. Und räusperte sich.

»Rahim?«

Es klang wie eine Maus, die zu den Waffen ruft.

Irsa stellte sich aufrechter hin und versuchte es erneut.

»Rahim.«

Besser. Aber noch nicht gerade das Brüllen eines Löwen.

Sie sprang auf und drehte sich schnell um, als das Zelt sich plötzlich öffnete.

»Was ist los?« Rahim wischte sich die vom Schlaf verkrusteten Augen.

Was *war* denn los?

Warum war Irsa hierhergekommen?

»Aisha hat mir eine Geschichte erzählt«, platzte sie unvermittelt heraus. »Möchtest du sie hören?«

»Was?« Er kratzte sich den zerzausten Kopf, sein Blick ungläubig. »Irsa, das meinst du nicht ernst«, sagte er. »Es ist mitten in der Nacht.«

»Ist schon gut.« Da war sie wieder, die Maus, nur um jetzt fortzugehen.

»Warte, warte.« Rahim nahm sie beim Ellbogen. »Erzähl sie mir.«

Irsa starrte zu ihm auf, blickte gedankenverloren die schweren Augenlider und die tintenschwarzen Wimpern an. War er immer so groß gewesen? »Sie hat mir erzählt, dass diese Wüste früher einmal ein Meer war.« Irsa hielt inne, um ihre Stimme in den Griff zu bekommen. »Dass es mit Fischen aller Art gefüllt war, die im glänzenden Wasser tanzten und unter einer perfekten Sonne schwammen. Bis eines Tages ein missmutiger kleiner Fisch entschied, dass er das Schwimmen leid war und lieber fliegen wollte. Also ging er zu der Meereshexe, die ihn bat, alle weißen Blumen, selbst von den am weitesten entfernten Enden des Meeres, zusammenzutragen und ihr zu bringen. Aus den Blütenblättern würde sie ihm Flügel anfertigen. Als der kleine Fisch der

Meereshexe ein gewebtes Netz voller weißer Blumen brachte, sprach sie einen Fluch aus, und ein schwarzer Schatten breitete sich über der Sonne aus. Es war, als ob für alle Zeit die Nacht herangebrochen wäre. Die See trocknete aus, und all die wunderschönen Fische verschwanden, bis auf den einsamen kleinen Fisch mit seinen weißen Blüten-Flügeln. Als die Sonne endlich wieder erschien, fühlte der kleine Fisch sich wegen dem, was er getan hatte, so schuldbeladen, dass er geradewegs in ihr sengendes Licht flog und seine Flügel in tausend Teile zersprangen. Wenn du jetzt über die Wüste und die Küste schaust, kannst du immer noch sehen, wie er für seine Flügel bezahlte – die hübschen weißen Muscheln mit den auf ihrer Oberfläche eingravierten Blumen.« Das Ende der Geschichte erzählte sie in einem wahren Rausch von Worten, alle in einem einzigen Atemzug ausgestoßen.

Rahim lächelte sie geduldig an.

»Ich kann nicht besonders gut erzählen«, flüsterte Irsa. Das Überbleibsel einer Träne lief ihr das Gesicht hinab.

Er streckte seine Hand aus und fing es mit dem Daumen auf.

Verlegen zog sich Irsa zurück.

Es war ein Fehler gewesen, hierherzukommen.

Oder?

Ein Hauch von Wind kam auf und umhüllte sie mit dem Duft von Leinsamenöl und … Orangen?

Rahim musste Orangen gegessen haben, bevor er eingeschlafen war. Wie wunderbar.

»Stimmt etwas nicht, Irsa-*jan*?«

»Sie lässt mich immer wieder alleine«, brachte Irsa leise hervor. »Alle verlassen mich. Und ich mache mir Sorgen um sie. Aber vor allem … bin ich allein.«

Ohne ein Wort setzte sich Rahim vor das Zelt und deutete auf den Platz neben sich.

Sie setzte sich hin, zog die Knie an die Brust.

Rahim sah sie an, sein Blick unbeirrt.
»Jetzt bist du nicht allein.«
Lächelnd lehnte Irsa ihre Wange an seine Schulter.
Und das reichte.

Ein perfektes Gleichgewicht

Der Regen setzte ein, als die Tore von Ray am Horizont erschienen. Dicke, schwerfällige Tropfen landeten auf Shahrzads Schultern und den Rändern des Zauberteppichs.

Sie hatte den drohenden Sturm bemerkt, als unter ihr Wolken aufgestiegen waren. Der metallische Geruch war mit dem Wind herbeigeweht, der mit den Troddeln am Teppich gespielt hatte.

Und sie vorwärtsgetrieben hatte.

Und die ganze Zeit ihr Blut durch den Körper gejagt hatte.

Chalid.

Als Shahrzad sich den Stadttoren näherte, gab ein plötzlicher Wind dem Teppich Auftrieb, trieb sie vorbei an den fackelbeleuchteten Festungen, unbemerkt von patrouillierenden Wachen.

Die schlummernde Stadt war genauso, wie sie sie in Erinnerung hatte …

Und doch nicht.

Teile von Chorasans Kronjuwel sahen aus, als ob eine Riesenfaust sie auf den Grund geschmettert hätte. Andere waren bis zur Unkenntlichkeit verbrannt. Ein paar Atemzüge lang umklammerte Mutlosigkeit Shahrzads Herz.

Dann, als sie den Teppich niedriger fliegen ließ, sah sie Zeichen der Hoffnung. Die helle Farbe neu behauenen Granits neben altem. Der Geruch von Harz aus frisch gefrästem Holz. Die Haufen von zusammengetragenem Schutt. Der Gestank von verbranntem Abfall.

Um sie herum war eine Stadt, die sich ihrem Schicksal nicht gefügt hatte.

Halb in Schutt und Asche.

Halb neugeboren.

Ihr Herz ging auf, und sie schüttelte den Zugriff der Mutlosigkeit ab. Die Einwohner von Ray hatten nicht aufgegeben und waren davongerannt.

Auch Chalid nicht.

Shahrzad ließ den Teppich höher fliegen. Auf einen zerstörten Palast aus Granit und Marmor zu, der in dem ersten Guss eines Sommerregens glitzerte.

Auf den zerstörten Palast zu, den sie ihr Zuhause nannte.

Der Ansatz einer Erkenntnis beunruhigte sie und warf einen Haufen von Fragen auf.

Chalid ist genauso störrisch wie ich. Was, wenn er sich weigert, Artan zu trauen, oder Artans Familie?

Was, wenn er ihr Angebot zu helfen ablehnt? Was, wenn er schicksalsergeben beschlossen hat, den Rest seiner Tage mit dem Fluch zu fristen?

Dann die selbstsüchtigste Frage von allen – die, die sie sich bisher nicht zu stellen gestattet hatte – sie hallte in ihrem Geist wider:

Was, wenn er wütend auf mich ist, dass ich Ray verlassen habe?

Ihn ohne ein Wort verlassen habe?

Die dicken Tropfen wurden länger und schmaler und vermehrten sich. Plötzlich platzten die Wolken auf und ergossen einen süßen, silbernen Regen auf die Stadt. Ein dunstiger Nebel bildete sich auf der Erde, als das Wasser auf Stein zischte und den ausgedörrten Erdboden durchweichte.

Shahrzad landete auf einem Balkon außerhalb von Chalids Vorzimmer.

Sie wartete einen Moment unhörbar, aber der Puls dröhnte ihr in den Ohren. Ihre Gefühle liefen eine wilde Tonleiter hinauf und hinunter, und trotz der warmen Sommerbrise zitterte sie.

Er war so nahe. Beinahe in Reichweite.

Aber Shahrzad brachte es nicht fertig, die geschnitzten Sonnenblenden vor sich aufzuschieben.

Sie hatte ihn verlassen. Selbst wenn sie es getan hatte, um ihn zu beschützen – die Liebe zu beschützen, die sie teilten –, hatte sie ihn alleingelassen. Und sie hatte die Entscheidung dazu ohne ihn getroffen.

Chalid war nicht vor seinen Verpflichtungen geflohen. So viel war ihr ganz offensichtlich erschienen, als sie über Ray geflogen war. Sie hatte seinen Sinn für Organisation – seinen gesunden Menschenverstand – in jedem Aspekt des Wiederaufbaus empfunden. In der logischen Technik. Mit seinem Blick für Details.

Er war überall. Selbst wenn niemand diese einfache Wahrheit erkannte, Shahrzad tat es.

Sie war diejenige, die ein brennendes Inferno zurückgelassen hatte, ohne auch nur einmal zurückzublicken. Sie hatte dem Jungen, den sie liebte, überlassen, eine unüberwindliche Aufgabe ohne sie zu meistern.

Würde er sie mit den Augen des Verratenen ansehen? Oder der Verurteilung?

Oder wären es dieselben Augen wie immer?

Augen, die nur für sie da waren und niemand anderen.

Sie war jetzt bis auf die Knochen durchnässt. Der süß duftende Regen hatte ihre Haare durchtränkt und tropfte von ihren Spitzen. Ihr *Qamis* klebte an ihrem Körper, und ihre dunkelblaue *Tikka* legte sich schwer auf den Onyxboden unter ihren Sandalen.

Wie viel Zeit hatte sie jetzt mit Angst auf dem Balkon schon vergeudet?

Genug.

Shahrzad straffte die Schultern, dann ging sie auf die Fensterblenden zu …

Und sie glitten auf.

Sie stockte und konnte nicht aufsehen.

Shahrzad wusste, dass es Chalid war. Sie spürte ihn mehr, als dass sie ihn sah.

Wie immer. Wie vorher. Wie eine Rose die Sonne spürt.

Ihre Knie gaben nach. Ein Schauder lief ihr vom Nacken bis zu den Fußsohlen.

»Shahrzad?«

Tief und unaufdringlich. Unverwechselbar. Als Shahrzad in seine Augen blickte, schmolz alles um sie herum dahin. Selbst der gleichmäßige Regen schien zu einem plötzlichen Stillstand zu kommen.

Einen Moment dehnte sich die Zeit aus.

Ein Paar bernsteinfarbene Augen blickten über den Balkon hinweg.

Und es gab keine Angst mehr. Keine Sorge. Kein Urteil.

Ihre Knie zitterten nicht mehr. Ihr Herz beruhigte sich.

In diesem Moment des perfekten Gleichgewichts begriff sie. Dieser Frieden? Diese Sorgen ohne Mühe zum Schweigen gebracht?

Es lag daran, dass sie zwei Teile eines Ganzen waren. Er gehörte ihr nicht. Und sie gehörte ihm nicht. Es war nie um Besitz gegangen.

Es ging darum, zueinander zu gehören.

Shahrzad ging auf ihn zu, hocherhobenen Hauptes.

Chalid zuckte nicht mit den Wimpern.

»Shazi.«

»Ja«, erwiderte sie, ihre Stimme klar und stark. Genau, wie sie sich fühlte.

Seine Augen verengten sich unmerklich. Als ob sie in ihrer Fassungslosigkeit beobachtet würden. Als ob sie ihre Wahrheit nicht verdienten. Die Geste war so schmerzlich vertraut, dass Shahrzad sich nur noch in seine Arme werfen wollte.

Aber sie war tropfnass, und Chalid sah so makellos aus wie immer. Sein schwarzes Haar lag tadellos. Die harten Züge seines Gesichts erinnerten an einen Falken im Flug. Durchdringend, aber kühl und unnahbar. Als ob er einen Mann mit einem einzigen Blick abschätzen könnte, wenn er wollte. Das feine Leinen seines Gewands hing an der schlanken Gestalt eines reifen Kriegers.

Seine Augen leuchteten wie geschmolzenes Gold. Und sie sagten alles ohne ein einziges Wort.

Shahrzad schob ihre durchnässten Locken auf eine Seite und spritzte dabei Wasser auf seine Füße.

»Es tut mir leid!« Sie verzog das Gesicht. »Das war …«

Er zog sie an seine Brust, eine Hand wühlte sich in ihre Haare. Sein Herzklopfen klang laut und verlässlich gegen ihre Wange.

Das einzige Maß der Zeit, das von Bedeutung war.

Sie atmete schnell aus, nur um wieder tief einzuatmen. Seinen Duft einzuatmen. Den Duft von Sandelholz und Sonnenwärme. Ihre Finger bewegten sich über seine Haut und schufen ihre eigenen Erinnerungen. Die Hände eines Schwertkampfmeisters. Die Lippen ihrer großen Liebe. Das Herz eines Königs.

»Chalid.«

Nach ihrer Umarmung sah Shahrzad, dass Chalid sorgfältig Abstand wahrte.

Obwohl es sie enttäuschte, wusste sie, weshalb.

Es geschah nicht, um sie zu strafen. Es ging darum, sie zu beschützen. Sie kannte ihn gut genug, um das zu erkennen. Und Shahrzad musste immer noch enthüllen, warum sie zurückgekehrt war.

Vielleicht war Reden ja tatsächlich wichtiger.

Fürs Erste.

Chalid hörte zu – seine strengen Augenbrauen hochgezogen –, als Shahrzad ihm von dem Zauberteppich erzählte. Als sie ihm von ihren merkwürdigen Fähigkeiten erzählte, die sie erst noch vollends kontrollieren musste. Aber außer der anfänglichen Gefühlsaufwallung kam nichts von Chalids Seite.

Stattdessen ließ er für sie Kleider zum Wechseln bringen, drehte sich aber – was sie wütend machte – weg, als sie ihre durchnässte Kleidung ablegte.

Wozu Shahrzad einen ziemlich dreisten Kommentar herunterschlucken musste.

Schließlich waren sie verheiratet.

Doch sie verstand dieses Verhalten sehr gut.

Dieses Mal schützte er sich selbst.

Also, anstatt Chalids Entschluss mit einem verbalen Angriff herauszufordern, entschied Shahrzad sich für eine weniger direkte Methode, indem sie den leinenen *Qamis* anzog, den er für sie ausgesucht hatte – und sonst nichts. Außerdem war der *Sirwal* viel zu groß. Beide Kleidungsstücke waren für einen Mann zugeschnitten. Der *Qamis* bedeckte mehr als genug, denn sein Saum fiel bis zu ihren Knien.

Mehr als angemessen.

Fürs Erste.

Shahrzad ertappte sich bei einem ziemlich unangemessenen Grinsen.

Als Chalid sich wieder zu ihr umdrehte, schossen seine Augenbrauen wieder nach oben.

Dann seufzte er, lang und tief.

»Ist irgendetwas nicht in Ordnung?« Ihre Stimme klang unschuldig, obwohl ihr Gesicht alles andere ausdrückte. Shahrzad saß auf dem Rand des Bettpodests und legte beide Beine auf eine Seite.

»Nicht in Ordnung ist nicht genau der richtige Ausdruck.« Seine Erwiderung war brüsk, aber darunter schien eine Spur Erheiterung auf.

Chalid schritt langsam durch sein spärlich beleuchtetes Gemach, seine Bewegungen fließend wie die eines rauchumwaberten Schattens. Shahrzad folgte ihm mit den Augen und war sich gewiss, dass sie einem Jäger glich, der seiner Beute auflauerte. Doch sie konnte den Blick nicht abwenden.

Er nahm eine kissenbedeckte Sitzbank von seinem Ebenholzschreibtisch weg und stellte sie vor das Bett. Als Chalid sich setzte, sorgte er für einigen Abstand zwischen ihnen.

Eine Tatsache, die Shahrzad nicht missverstehen sollte.

Bei diesem Anblick runzelte sie die Stirn. »Führt das nicht etwas zu weit, was meinst du?«

»Wenn ich die Absicht habe zu denken, dann nein. Man könnte behaupten, es ist nicht weit genug.« Chalid lehnte sich auf der Bank zurück, seine Augen funkelten. Konzentriert. Unerschrocken.

Nein. Shahrzad war nicht der Jäger. Nicht mehr.

Nun, denn.

Nervös machte sie Anstalten aufzustehen. »Wirklich, ich …«

»Shazi.« Chalid hob eine Hand, um sie aufzuhalten. »Du kannst nicht … Du solltest nicht bleiben.«

»Ich … bleibe nicht.«

Chalid sank tiefer in die elfenbeinfarbene Seide. Dann nickte er.

»Aber ich habe jede Absicht zu bleiben – letztendlich.« Shahrzad hob herrisch das Kinn. »In Wahrheit will ich sogar weit mehr tun als zu bleiben. Ich habe vor aufzublühen. Wenn wir erst den Fluch gebrochen haben.« Sie ließ ihre Behauptung durch das geräumige Gemach tragen, forderte sogar die Wände heraus, sich aufzulehnen und sie anzuzweifeln.

Selbst in dem schwachen Licht der vergitterten Lampe über ihnen sah Shahrzad, dass Chalids Gesicht sich besänftigte. »Wenn ich glaubte, es gäbe eine Möglichkeit, diesen Fluch zu brechen …«

»Es gibt vielleicht eine«, warf sie ein. »Aber du musst mir vertrauen. Und du darfst nicht böse werden, wenn ich es dir jetzt erzähle.«

»Ich vertraue dir wirklich.«

»Aber wirst du böse sein?«

Er sagte nichts. Seine Augen zogen sich lediglich etwas zusammen.

Zweifelsohne wägte er ihre Möglichkeiten ab. Oder formte ihre Herangehensweise.

Einige Dinge ändern sich nie.

»Du weißt doch, dass du einen entsetzlichen Charakter hast«, sagte Shahrzad vorwurfsvoll.

Ein Lächeln glitt über seine Lippen. »Genau wie du, meine Königin.«

»Wir reden nicht über meine Schwächen.« Sie schniefte. »Versprichst du mir, dass du nicht die Beherrschung verlierst, bis ich ausgeredet habe?«

Wieder sagte er nichts.

»Chalid?«

Er senkte kurz zustimmend den Kopf.

»Ich bin zum Feuertempel gegangen, um Musa Zaragoza zu treffen.«

Chalid erstarrte. Schon konnte Shahrzad sehen, wie er seine Einwürfe sammelte, also sprach sie weiter, bevor er einsetzen konnte.

»Ich weiß, du bist voller Bitterkeit gegen ihn wegen allem, was deiner Mutter zugestoßen ist. Wegen seines Scheiterns, als er ihr hätte helfen sollen. Aber jetzt möchte er dir helfen. Und er war derjenige, der mir sowohl das Wissen als auch das Mittel gegeben hat, unbemerkt hierherzukommen.«

»Ich weiß es sehr zu schätzen, dass er dir geholfen hat, Shahrzad. Sehr.«

Aber er klang nicht so, als ob er es auch nur im Mindesten ernst meinte. Bis auf den Unterton, mit dem Chalid Shahrzads Namen aussprach, klangen die restlichen Worte auswendig gelernt. Kalt und routiniert.

Enttäuscht über seine Unfähigkeit, Musa zu vergeben, warf Shahrzad einen vernichtenden Blick in seine Richtung und verschaffte sich so Gelegenheit fortzufahren.

»Einer seiner Schüler im Feuertempel hat eine Verwandte, die behauptet, eine mächtige Zauberin zu sein. Es ist möglich, dass sie uns helfen kann, den Fluch zu brechen.«

Chalids Antwort kam unverzüglich, seine Körperhaltung unnachgiebig. »Diese Art Zauberei hat ihren Preis. Einen, den ich nicht zu zahlen bereit bin.«

»Bitte.« Shahrzad setzte sich auf, ihr feuchtes Haar fiel ihr über eine Schulter. »Komm wenigstens mit mir, damit du erfährst, wie hoch dieser Preis ist.«

»Nein.« Seine Entscheidung war endgültig.

Aber Shahrzad gab nicht so schnell auf. »Chalid …«

»Ich kenne diese Menschen nicht. Ihnen ist nicht im Geringsten zu trauen.«

»Du hast doch gesagt, du würdest mir vertrauen.«

»Dir vertraue ich bedingungslos. Aber es wäre unverantwortlich von mir, Musa Zaragoza oder seinen sogenannten Schülern mein Leben anzuvertrauen«, sagte Chalid und schnitt das Gespräch ab. »Und erst recht vertraue ich ihnen nicht *dein* Leben an.«

»Sei nicht so eigensinnig!« Ihre nackten Füße rutschten auf den Onyxboden. »Lass mich nicht flehen müssen. Das werde ich nämlich nicht. Ich würde nur die Beherrschung verlieren oder anfangen zu weinen. Und ich habe immer im Stillen diejenigen verachtet, die weinen, um ihre Ziele zu erreichen. Aber wenn du mich zwingst, Chalid Ibn al-Rashid, werde ich es tun. Und ich weine wunderschön.« Sie verschränkte die Arme und schmollte.

Einer seiner Mundwinkel zuckte. »Du weinst nicht wunderschön.«

»Lügner!«

»Ich lüge nicht.« Sein Blick hielt ihrem stand. »Ich lüge selten.«

Sie hatte schon lange vermutet, dass dem so war. Trotzdem konnte Shahrzad nicht widerstehen, Chalid weiter zu bedrängen. »Du hast mich also nie belogen?«

Er wartete. »Einmal.«

»Oh?« Sie hob eine ihrer schlanken Augenbrauen. »Und wann war das?«

»Im Souk. Als du gefragt hast, ob ich mich an meinen letzten Traum erinnern könnte. Ich sagte nein.«

»Aber du konntest es?«

Chalid nickte.

Shahrzad holte vorsichtig Luft und überlegte, ob es nicht klüger wäre, die Sache auf sich beruhen zu lassen. »Wirst du mir erzählen, was du geträumt hast?«

»Zu der Zeit war es weniger ein Traum als ein immer wiederkehrender Albtraum.«

Chalid blickte sie einen Wimpernschlag lang an. »Ich träumte, ich schliefe in meiner Kammer neben einem Mädchen. Ich erinnere mich nicht an ihr Gesicht. Ich erinnere mich an gar nichts über sie. Ich erinnere mich nur, wie ich mich fühlte.«

»Und wie fühltest du dich?«

»Als ob ich Frieden gefunden hätte.« Sein Blick wurde immer intensiver.

Immer vielsagender.

»Oh.« Shahrzad blickte weg, sie spielte mit dem Ärmel ihres geborgten *Qamis*, um die Röte auf ihren Wangen zu verbergen.

In jener Nacht im Souk log Chalid, weil er dachte, sein Traum gelte mir.

»Das letzte Mal, als ich diesen Traum hatte, war in der Nacht, bevor du in den Palast kamst«, fuhr er fort. »Ich weiß es genau, weil ich plötzlich aufwachte und etwas suchte, das … nicht da war.« Sein Blick schwenkte zu einer Alabasterwand, vollkommen in seine Gedanken verloren. Verloren in einer vertrauten Einöde. Einer Einöde, die Shahrzad hoffte, nie wiederzusehen.

Sie trat zu ihm, ihre Schritte entschlossen.

»Dieser Frieden, den du suchst, ist hier«, flüsterte Shahrzad. »Kämpfe für ihn. Ich kämpfe mit dir. Ich werde alles tun, was nötig ist.« Ihre Hände umklammerten seine Ärmel. »Als ich in der Wüste war, wachte ich jeden Tag auf und lebte mein Leben weiter, aber das war kein Leben. Es war reines Existieren. Ich will leben. Wo *du* bist, lebe ich.«

Chalid starrte zu ihr hinauf, seine Züge wie so oft unergründlich.

Seine Augen brachten ihr Herz in Aufruhr.

»Ich habe deine Stille vermisst, wenn du mir zuhörst.« Shahrzad versuchte ein schwaches Lächeln. »Niemand hört mir so zu wie du.«

Sein Ausdruck war plötzlich fragend.

»Du wartest nicht nur darauf, selbst zu sprechen«, erklärte sie. »Du hörst wirklich zu.«

»Nur dir«, antwortete Chalid sanft.

In dem Moment streckte Shahrzad eine Hand nach ihm aus. Hielt inne, als bitte sie um Erlaubnis.

Er beugte sich vor, und ihre Finger strichen durch die schwarze Seide seiner Haare. Chalid griff hinter ihre Knie und zog sie näher zu sich heran.

»Kämpfe mit mir«, sagte sie.

Als er schwieg, zog Shahrzad ihn am Haar zurück und zwang ihn so, ihr in die Augen zu sehen. »Ich möchte ein Leben mit denen, die ich liebe, um mich herum, sicher und glücklich. Was willst du?«

»Ich will leben …«

»Was noch?«

»Jeden Atemzug schmecken.« Chalid berührte leicht ihr Bein. Ein Hitzeschauer schoss ihr Rückgrat hinauf.

»Was sonst noch?« Ihre Stimme zitterte.

»Jede Nacht mit dir an meiner Seite einschlafen.«

Shahrzad nahm sein Gesicht in beide Hände. »Dann kämpfe dafür.«

Seine sorgfältige Kontrolle zerbrach. Chalid stand plötzlich auf, zog sie an sich.

»Wirst du mit mir gehen?«, keuchte sie, als seine Hände höher glitten.

Er nickte.

Dann zog Chalid sie an sich und presste seinen Mund auf ihren. Seine Zunge drängte sich durch ihre Lippen, und sie atmete seinen Namen, während er sie hochhob, mit großen Schritten zum Bett ging und ihre beiden Körper auf die matte Seide fallen ließ.

Sie würde nie aufhören, davon überrascht zu sein.

Seine makellose Achtsamkeit hinter jedem Blick, jedem Flüstern, jedem Seufzer.

Seine Worte waren Funken, die ins Feuer geworfen wurden. Seine Berührung war wie Feuer auf ihrer Haut.

Shahrzad zog das Leinentuch über ihren Kopf, und Chalid ließ sich auf die Knie hinab und zog seinen *Qamis* weg. Er sah auf sie hinab …

Dann blieb die Zeit stehen. Sein Kiefer spannte sich. Seine Knöchel wurden weiß.

Er war rasend.

Mehr als das.

Sein Gesicht war ein einziges Abbild von Zorn. Von der leisen, alles verzehrenden Art. Sein Zorn war am schlimmsten, wenn er so still war.

Als Chalid hinunter auf ihren Körper starrte, verstand sie, warum.

Die Verletzungen. Die Verbrennung. Die noch frischen Narben auf ihrer Haut.

»Chalid …«

»Wer hat dir das angetan?« Seine Stimme war sanft. Tödlich zart.

Seine schonungslose Gewissheit ließ sie erschaudern.

Vergiss nie: Chalid ist kein Mann, der verzeiht.

Für ihn erzeugt Gewalt Gegengewalt.

Und wird es wohl immer tun.

»Nicht«, sagte Shahrzad sanft. »Verdirb unsere gemeinsame Zeit nicht durch Wut. Ich bin nicht verletzt. Und diese Wunden sind meine eigene Schuld. Wunden, die ich gerne wieder und wieder erleiden würde, denn sie haben mich stärker gemacht. Und sie haben mich zu dir geführt.«

»Shahrzad …«

Sie richtete sich auf und strich mit den Fingern über das Mal an seinem Schlüsselbein. Über die schwache Narbe an seinem Kinn. Dann glitten ihre Finger weiter zu den neuesten Schnitten auf seinen Händen. Zu der Scharte in seiner Handfläche, die noch nicht verheilt war.

»Ich hasse deine Narben auch«, flüsterte Shahrzad. »Aber Haut ist Haut, egal ob von einem Mann oder einer Frau. Und Schmerz ist Schmerz. Beklage meinen nicht mehr als ich deinen. Und sei sicher, dass – falls mir je eine Ungerechtigkeit angetan wird – du der Erste sein wirst, der es erfährt.« Sie drückte einen Kuss auf seine Handfläche. »Und ich werde an deiner Seite stehen, wenn *wir* es wiedergutmachen.«

Shahrzad nahm seine Hand und legte sie auf die Wunde an ihrem Bauch. »Ich verspreche, es tut nicht weh.« Sie grinste fast neckend.

Er runzelte die Stirn. »Lügnerin.«

Da stieß Shahrzad ihn auf den Rücken.

Die Haare fielen ihr über den Hals, als sie sich auf Chalid legte. »Ich mag zwar eine Schwäche für Rosen haben, aber ich bin keine zerbrechliche Blume.«

»Nein.« Chalids Mund wölbte sich ganz sanft aufwärts. »Das bist du nicht.«

»Weißt du, warum ich Rosen so liebe?« Shahrzad öffnete den Knoten in ihrer *Tikka*-Schärpe bewusst langsam. »Ich habe sie immer wegen ihrer Schönheit und ihrem Duft geliebt, aber …«

»Es ist wegen ihrer Dornen.« Seine Muskeln spannten sich bei ihrer Berührung an. »Weil mehr in ihnen steckt, als man auf den ersten Blick sieht.«

Sie lächelte auf Chalid hinab und fuhr dabei mit den Fingern über die geschwungenen Vertiefungen seiner Hüften. »Weißt du, wie sehr ich dich vermisst habe?«

Chalid holte scharf Luft. »Ich weiß es.« Er strich mit einem Daumen über ihre Unterlippe. »Und weißt du, dass du mein Leben eintausendmal lebenswerter machst?«

»Ja.« Ihr wurde der Hals trocken. »Ich weiß es.«

Chalids Blick fiel auf das Stück Schnur, das an ihrem Hals hing. Seine Finger glitten hinauf und umschlangen den Ring, der daran befestiger war.

»Ich konnte ihn nicht mehr an der Hand tragen«, erklärte Shahrzad. »Aber ich wollte nicht, dass …«

Er zog sie an dem Halsband zu sich heran und brachte sie mit einem Kuss zum Schweigen.

Ihre Lippen fanden sofort einen Rhythmus. Und ihre Körper trafen sich, begehrten dasselbe.

Suchten den Moment des perfekten Gleichgewichts.

Einen Moment, der alles umfasste.

Und in diesem Augenblick verloren sie jegliche Rücksicht auf irgendetwas außerhalb ihrer selbst. Denn in diesem Augenblick gab es keinen Schmerz. Es gab keine Narben. Und ein Fluch war eine Sorge aus einer längst vergangenen Epoche.

Hier lag das Einzige, das zählte, vor ihnen beiden. Das Hier und Jetzt.

»Ich liebe dich«, hauchte Shahrzad. »Du bist alles, was ich bin.«

»Und du bist alles, was ich je sein werde.«

Denn hier existierten sie jenseits der Zeit.

Hier konnten sie nicht länger fühlen, wo sie aufhörte und er anfing.

»Es ist spät«, sagte Chalid. »Du solltest schlafen.«

»Was redest du da? Ich tue doch gar nichts.«

»Hör auf zu lächeln und schlaf ein.«

»Woher willst du wissen, dass ich lächle? Du siehst mich nicht einmal an.«

»Ich kann spüren, dass du lächelst, Shazi.«

Der warme Klang ihres Lachens drang Chalid unter die Haut und erwärmte selbst die kältesten Bereiche seiner Seele.

Er lag auf dem Bauch, die Augen geschlossen, und versuchte, den quälenden Schmerz aus seinem Kopf zu verbannen. Dass der Schmerz gerade diesen Augenblick wählte, um ihn zu malträtieren, war ein sicheres Zeichen seines nicht enden wollenden Unglücks.

Oder ein weiteres Zeichen für den vertrackten Humor des Schicksals.

Die Kissen um ihn raschelten. Shahrzad machte es sich auf seinem Rücken behaglich und schmiegte ihre schmale Gestalt an ihn. Er fühlte den Druck ihrer Wange zwischen seinen Schulterblättern. Dann fuhr sie mit einer federleichten Berührung ihrer beiden Hände seine Arme hinauf bis in seinen Nacken.

»Willst du, dass ich aufhöre?«, fragte sie, als sie bemerkte, dass ihr Versuch, ihn zu beruhigen, erfolglos war.

»Nein.«

»Was *willst* du dann?« Ihr Ton war fast spielerisch.

Chalid dachte kurz nach, versuchte, die Bilder zu verbannen, die ihre Worte in seiner Vorstellung aufbrachten. »Vielleicht eine Geschichte.« Er lächelte vor sich hin, trotz des Dröhnens hinter seinen Augenbrauen.

»Irgendeine Geschichte?«

Chalid nickte, seine Augen immer noch geschlossen.

Sie lehnte sich näher heran und flüsterte ihm ins Ohr. »Ein junger Mann schlenderte allein durch den Wald, als plötzlich eine Taube mit einer honigsüßen Stimme erschien. Er blieb stehen, um der süßen Melodie ihres Liedes zu lauschen, und war überrascht, als die Taube aufhörte zu singen und plötzlich zu ihm sprach.«

Es war, als käme sie aus einem Traum. Einem Traum, aus dem Chalid nie erwachen wollte.

Er spürte wieder, dass sie lächelte. »Die Taube sagte: ›Junger Mann, du scheinst einen guten Geschmack zu haben! Ich werde dir ein Geheimnis mitteilen. Wenn du diesen Weg hier nimmst, kommst du an eine rot lackierte Tür mit einem hölzernen Türgriff. Davor findest du einen Stamm Weinender Männer. Frage sie nicht, warum sie weinen; gehe einfach durch die Tür, und du wirst Reichtümer finden, wie du sie dir in deinen wildesten Träumen nicht vorstellen kannst!‹ Der junge Mann war so überrascht, einer sprechenden Taube zu begegnen, dazu noch dem Versprechen von Reichtümern, die er sich in seinen wildesten Träumen nicht vorstellen konnte, dass er bereitwillig der Anweisung der honigzüngigen Taube folgte und in den Wald ging.«

»Die Torheit der Jugend«, murmelte Chalid.

Shahrzad lachte leise, und der Widerhall lief seinen Rücken hinab.

»Genau wie die Taube gesagt hatte, kam der junge Mann auf eine Lichtung und fand die einzelne rot lackierte Tür, mit einer hölzernen Klinke verschlossen. Vor ihr saß der Stamm der Weinenden Männer. Der junge Mann ließ die Weinenden Männer hinter sich und ging direkt auf die Tür zu. Er drückte gegen den Holzgriff, dann schritt er über die Schwelle. Vor ihm lag ein hängender Garten. Aber es war nicht ein Garten mit Blumen oder Früchten; es war ein Garten mit funkelnden Juwelen. Wo normalerweise ein Apfelbaumgarten gewesen wäre, war stattdessen ein Wäldchen aus Smaragden. Wo Beeren gewesen wären, fand er Rubine, so groß wie sein Daumen. Hellgelber Jaspis funkelte anstelle von Orangen. Glitzernde Amethyste hingen wie Hyazinthenglöckchen herab. Diamanten und Perlen lagen schimmernd auf Jasminzweigen. Der junge Mann stopfte sich seine Taschen mit Juwelenfrüchten und Blumenedelsteinen voll und lachte, bis ihm die Seiten wehtaten.«

Sie verschränkte ihre Finger mit seinen. »Als er durch den hängenden Garten gegangen war, kam er in einem wunderschönen Dorf an, das oberhalb eines kristallenen Sees lag. Er kaufte sofort das prachtvollste Haus, das er finden konnte. Nachdem er sein ganzes Dorf durchquert hatte, traf er wieder auf eine lackierte Tür mit einem Holzgriff. Er drückte sie auf und landete auf dem Markt einer großen Stadt mit lebhaftem Handel und duftenden Delikatessen. Im Nu hatte er eine erhebliche Menge Goldes angehäuft. Der Wert der Edelsteine, die er besaß, war ohnegleichen, und sein Geschick für den Tausch kannte keine Grenzen. Es schien, egal, wo er auftauchte: Das Glück war auf seiner Seite! Als er zufällig auf noch eine Tür mit Holzgriff traf, trat er hindurch, nur um die lieblichste junge Frau kennenzulernen, die seine Augen je erblickt hatten. Hand in Hand gingen sie durch eine weitere atemberaubende Gegend mit grünenden Tälern und glitzernden Quellen. Nicht ein einziges Mal blickte der junge Mann zurück. Immer nur nach vorn. Immer nur zur nächsten Tür.«

»Dann, viele Jahre später, als der junge Mann sich schon nicht mehr als jung bezeichnen konnte, kam er wieder an eine Tür mit einem Holzgriff, und ohne das geringste Zögern trat er ein, unbedacht, wohin die Tür führen möge.«

Das einzige Geräusch in dem Gemach war ihr gemeinsames Atmen.

Shahrzads Stimme nahm einen melancholischen Klang an. »Er lief wieder durch einen Wald. Trat auf eine vertraute Lichtung. Umgeben von einem Stamm Weinender Männer. Die lackierte Tür vor ihm hatte keinen Griff. In dem Moment begriff der nicht mehr junge Mann. Also setzte er sich neben seinen Stamm … und begann zu weinen.«

Die Stille dehnte sich einen Augenblick aus. »Warum hast du ausgerechnet diese Geschichte ausgewählt?«, fragte Chalid schließlich.

Wieder eine Weile Stille. »Manchmal fürchte ich, dass ich zu viel will«, sagte Shahrzad.

»Das ist nicht möglich. Denn du verdienst alles, was du willst und noch viel mehr.«

Sie rutschte ein Stück, um das Kinn auf seine Schulter aufstützen zu können. Chalid zuckte zusammen.

»Tut es so weh?« Ihre Sorge war tief empfunden.

Ein Teil von Chalid wusste, dass er lügen sollte, um Shahrzad Sorgen zu ersparen. Aber er sah einfach keinen Zweck darin. Seiner Meinung nach erreichten Lügen nur selten ihren beabsichtigten Zweck. Außer noch weitere Lügen nach sich zu ziehen.

»Ja«, gab Chalid zu. »Aber ich werde es überleben.«

»Ich habe etwas, das helfen könnte.« Shahrzad drückte ihm einen anzüglichen Kuss mitten auf den Rücken.

Trotz der Schmerzen hinter seiner Stirn dachte Chalid über ihr Angebot nach. Ihr dunkles Haar war ein glänzender Schleier auf seiner Schulter. Der Duft nach Regen hing an jeder einzelnen Locke. Selbst jetzt konnte er sich vorstellen, wie ihre Lippen sich öffneten, wenn er die Aushöhlung an ihrem Hals küsste. Wie ihr süßer Atem über seine Haut strich. Wie ihre schlanken Hände …

Chalid stöhnte auf. »Ich bin mehr als bereit, aber ich glaube, wir haben dein Heilmittel heute Nacht schon ausprobiert. Mehr als einmal.«

Ein weiteres trällerndes Lachen erfüllte den Raum. Sie glitt von seinem Rücken herab und ließ ihn ohne ihre Wärme zurück. Chalid öffnete die Augen und sah, dass Shahrzad zu ihrem Stapel aus achtlos weggeworfenen Kleidern ging.

Als sie wiederkehrte, hielt sie einen viereckigen grünen Stein in ihrer Hand, der an einem Lederband befestigt war. »Dies ist ein Talisman. Musa-*effendi* sagte, er könnte helfen, deine Schlaflosigkeit abzuwehren.«

»Musa-*effendi*?« Protestierend rollte Chalid sich auf die Seite. Das letzte Geschenk, das er sich wünschte, war eines von einem feigen Magus, den er als Kind gekannt hatte. Der Feigling, der danebengestanden und zugesehen hatte, wie seine Mutter in ihrem eigenen Blut ertrank.

»Genug.« Shahrzad legte eine Hand auf seine Brust, um seine Einwände aufzuhalten. »Nimm Hilfe an, wenn sie angeboten wird, Chalid-*jan*. Wahre Stärke misst sich nicht in Herrschaft. Es geht darum zu wissen, wann man Hilfe benötigt, und den Mut zu haben, sie anzunehmen.«

Obwohl seine Augen brannten, betrachtete Chalid sie, während sie sprach. Als ob er einen Abdruck formen wollte, für immer unauslöschlich in seinem Geist. Ihr freches Kinn. Ihre juwelenartigen Augen und das ungezügelte Haar. Niemand konnte leugnen, dass Shahrzad wunderschön war. Aber es war nicht einfach ihre Schönheit, die Chalid unvergleichlich gefangen genommen hatte.

Es war die Art, wie sie sich hielt. Solch eine Kraft.

»Du bist sehr weise, Shahrzad al-Haizuran. Vielleicht solltest du Chorasan regieren. Und mich in deinem Gemach schmachten lassen, bis du meiner bedarfst.«

»Vielleicht sollte ich das wirklich.« Sie legte sich neben ihn. »Aber ich bin nicht als Junge geboren worden.«

»Ich hatte längst gedacht, dass so etwas keine Rolle spielen sollte.« Chalid drapierte eines ihrer Beine um seines.

»Willst du wenigstens sehen, ob der Talisman hilft?«

Anstatt einer Antwort begrub Chalid sein Gesicht in ihren dunklen Locken und atmete den Duft von Flieder und Regen ein. Gereizt atmete sie über seinem Kopf aus.

»Du …«

»Ich werde es versuchen«, hauchte er in ihren Nacken. »Schlaf jetzt.«

Shahrzad drehte sich von ihm weg, wühlte sich aber in seine Armbeuge.

»Chalid?«

Er unterdrückte den Ansatz eines Lächelns. »Ja?«

»Du brauchst nicht zu sagen, dass du mich liebst. Ich weiß, dass du es tust. Aber … darf ich dich fragen, warum du es nicht sagst?«

Obwohl sie die Frage beiläufig gestellt hatte, fühlte Chalid Shahrzads Herzschlag zwischen seinen Schulterblättern. Fühlte, wie er schneller wurde. Und es schmerzte ihn zu wissen, dass er ihr einen Grund gegeben hatte, an seiner Zuneigung zu zweifeln. Aber er wusste schon seit einiger Zeit, dass er ihr eine Erklärung schuldete.

In Wahrheit schuldete er ihr weit mehr als das.

Natürlich wollte sie wissen, warum. Sie war ein Mädchen, das frei seine Meinung sagte und großzügig denen seine Gefühle schenkte, die es für geeignet hielt. Nach allem, was Chalid getan hatte – und allem, was er nicht getan hatte –, würde es ihn immer verblüffen, dass sie ihn für denjenigen hielt, der ihre Gefühle verdiente.

Chalid zog sie näher an sich. »An Avas Grab habe ich geschworen, dass ich mein ganzes Leben lang denen, die ich liebe, es auch zeigen würde, und nicht nur Zuflucht zu Worten nehmen würde. Ich versprach, dass ich anderen geben würde, was ich ihr versagt hatte. Nicht nur Liebe bekennen. Sondern sich stattdessen entsprechend verhalten.«

Sie lagen eine Weile schweigend da. Obwohl er ihre Reaktion nicht sehen konnte, wusste Chalid, dass sie nachdachte. Wusste, dass sie sein Versprechen in Erwägung zog.

Vielleicht war es töricht von ihm, immer noch daran festzuhalten. Ein Versprechen einem Mädchen gegenüber, das längst nicht mehr lebte. Ein Mädchen, das in seinem Leben so schwer gelitten hatte. Und gestorben war mit seiner Lüge, die in ihren Ohren geschmerzt hatte.

Eine Liebeslüge. Das Einzige, das sie von ihm verlangt hatte.

Das eine, das er nie zu geben versucht hatte.

In jeder Beziehung hatte Chalid bei Ava versagt. Diese eine wollte er erfolgreich beenden.

Und Versprechen gab er nicht leichtfertig.

»Ich verstehe«, sagte Shahrzad.

»Shazi …«

»Wenn du es nicht sagen kannst, willst du mir wenigstens beschreiben, wie sehr du mich liebst?«

Chalid fuhr ihr mit der Nasenspitze neben das Ohr, ein dankbares Lächeln auf den Lippen.

»Von den Sternen bis zu den Sternen.«

Ein für alle Mal

Shahrzad schlich sich wieder in ihr Zelt, als der Morgen gerade am Horizont dämmerte.

Sie fühlte sich beglückt, dass sie die Rückkehr unbemerkt geschafft hatte. In Wahrheit hatte sie Ray keinen Augenblick zu früh verlassen.

Obwohl sie unbedingt bei Chalid hatte bleiben wollen, um die Morgenröte am Himmel mit ihm zu beobachten, konnte sie es nicht riskieren, gesehen zu werden.

Und sie wusste, sie würde Irsa Rechenschaft abgeben müssen, wie sie ihr die Nacht zuvor versprochen hatte.

Sobald die Zeltklappen hinter ihr wieder zufielen, beobachtete Shahrzad ihre Schwester, die sich auf ihrer Bettstatt aufsetzte, ihre Augen rot geädert und blutunterlaufen. Es war eindeutig, Irsa hatte nicht gut geschlafen. Und hatte vielleicht sogar die eine oder andere Träne vergossen.

Shahrzad unterdrückte ein Seufzen. »Irsa, ich …«

»Ich habe Rahim erzählt, dass du weg warst.« Ein Unterton von Aufsässigkeit klang in ihrem rauen Flüstern mit.

»Was?« Shahrzad hätte beinahe das Bündel mit dem Zauberteppich fallen lassen.

Irsa biss sich auf die Lippe. »Nachdem du fast jeden Morgen

beim Frühstück gefehlt hast, hatte er schon vermutet, dass du etwas im Schilde führst, also habe ich …«

»Also hast du ihm einfach erzählt, ich sei weg?«

»Nachdem du gegangen warst, wollte ich mit ihm sprechen, und …« Irsa räusperte sich, während sie mit der Ecke ihrer Decke herumspielte. »Und er weiß, dass du nicht krank bist. Er wusste schon, dass dich in den vergangenen Nächten etwas in Anspruch genommen hatte. Also, als er mich zu unserem Zelt zurückbrachte und sah, dass du nicht hier warst …«

Shahrzad konnte ihrer Schwester nicht böse sein. Sie wollte ihr nicht böse sein. Irsa hatte so viel für Shahrzad getan und war ihr eine Bastion der Stärke gewesen. Sie hatte ihr Verständnis und Unterstützung angeboten, als das sonst niemand gewagt hätte.

Und Shahrzad hatte wenig getan, um das zu verdienen. All die Male, als Irsa ihr Vertrauen erbeten hatte, hatte Shahrzad es ihr versagt, weil sie wusste, dass ihre Geheimnisse zu gefährlich für solch ein ernstes und zartbesaitetes Mädchen waren.

Hier war der Beweis, dass Shahrzad recht gehabt hatte, sie für sich zu behalten. Unter Druck war Irsa nicht in der Lage gewesen, Rahim wegen Shahrzads Verbleib anzulügen. Hätte Irsa tatsächlich gewusst, wo Shahrzad war, hätte sie es ihm zweifellos gesagt.

Was wäre dann passiert? Allein der Gedanke ließ Shahrzad erschauern.

Nein. Shahrzad würde ihrer Schwester wegen ihres mangelnden Urteilsvermögens nicht böse sein. Es würde nichts ändern.

So war Irsa nun einmal – übertrieben ehrlich.

Trotzdem – als Shahrzad ihre Schwester von oben ansah – wuchs ihre Wut.

»Ich weiß, dass du böse auf mich bist«, fuhr Irsa fort, und ein Zittern schlich sich in ihre Stimme. »Aber ich habe dein Geheimnis Rahim nicht mit Absicht verraten. In Wahrheit ist es … dein eigener Fehler. Was hattest du erwartet? Du bist fast eine Woche nicht zum Frühstück erschienen. Ich weiß nicht, was in letzter Zeit über dich gekommen ist. Du bist leichtsinnig geworden. Zerstreut.«

Der Ärger loderte noch höher auf. Noch weiter.

»Hast du vor, heute Abend wieder auszugehen?«, fragte Irsa spitz.

Was mit einem Piepsen begonnen hatte, endete wie mit Stahl umkleidet.

»Ja.« Shahrzads eigene Antwort war gefährlich trotzig.

»Obwohl es jeden Tag schwieriger wird, dein Geheimnis zu verbergen?«

»Du musst nicht für mich lügen.«

»Muss ich doch.« Irsa warf ihre zerfledderte Decke weg und stellte sich aufrecht hin. »Du bist meine Schwester. Aber deine Freunde machen sich Sorgen um dich, und bald wird sich ihre Sorge in Misstrauen verwandeln.« Auf ihrer Stirn runzelten sich Sorgenfalten. »Bitte geh heute Nacht nicht wieder weg. Ich flehe dich an.«

Shahrzad dachte schnell nach. Sie hatte schon Pläne geschmiedet, Chalid zum Feuertempel zu bringen, damit er sich mit Artan und Musa Zaragoza treffen konnte. Wenn sie nicht wie versprochen nach Ray zurückkehrte, würde Chalid sich zweifellos Sorgen machen. Und jene im Feuertempel würden weiter auf sie warten müssen. Sie hatte keine Möglichkeit, der einen wie der anderen Seite eine Nachricht zukommen zu lassen.

Sie schluckte und wusste, dass diese Dinge im Vergleich zu dem größeren Ganzen verblassten.

Sei ehrlich.

In Wahrheit hatte Shahrzad nicht die Absicht, sich selbst einen einzigen Augenblick mit Chalid zu versagen, nur um ihre

Schwester zu beschwichtigen. Sie wusste, das war selbstsüchtig. Aber seine Abwesenheit war zur Gegenwart geworden. Und Shahrzad war es leid, nichts zu tun, um die Umstände zu verändern. Nur in der Wüste zu warten, dass das Leben sich ohne ihr Zutun ereignete.

All das würde heute Nacht ein Ende finden. Schicksal war etwas für Narren. Shahrzad würde nicht darauf warten, dass ihr Leben bloß stattfand.

Sie würde es in die Hand nehmen.

»Ich gehe jetzt mit dir zum Frühstück, und dann verbringen wir den Nachmittag mit Baba«, sagte Shahrzad. »Ich sorge dafür, dass jeder mich sieht. Wird das helfen, deine Sorgen zu mindern?«

Die Runzeln auf Irsas Stirn vertieften sich noch mehr. Shahrzad konnte sehen, wie sie mit sich rang. »Ist das, was du machst, wirklich von solcher Wichtigkeit?«

»Ja«, antwortete Shahrzad ohne das geringste Zögern.

Ihre Schwester blickte zu Boden und wickelte das Ende ihres kastanienfarbenen Zopfes um ihre Finger. »Heute Nacht ist … ist eine gefährliche Nacht, um etwas zu riskieren.«

»Und warum?«

Irsa hielt noch einmal inne, wollte Ausflüchte machen. Dann richtete sie ihren Blick auf Shahrzad. »Komm mit mir.« Sie nahm ihre Hand und führte sie nach draußen.

Sie umrundeten den Dschungel von Zelten, bis sie am Rand des Zeltlagers standen. Dort – in der Ferne, wohin die Soldaten ihre Lager verlegt hatten – sah Shahrzad eine große Gruppe Männer, die ihre Pferde sattelten.

Ihre Waffen zusammentrugen.

Am Kopf dieses Kaders saß Tarik rittlings auf seinem dunkelbraunen Hengst, sein Umhang bauschte sich im Wind. Das Banner des Weißen Falken flatterte neben ihm.

»Sie reiten zu ihrem ersten Angriff«, sagte Irsa. »Sie planen, gegen Mittag aufzubrechen.«

»Was?« Angst ergriff Shahrzads Inneres, und ihr Magen schien sich zu einem einzigen Wirrwarr zu verknoten.

Ein Angriff?

»Tarik führt heute Abend ein Aufgebot von Truppen bis zu einer nahegelegenen Festung, mit der Absicht, ihren Emir zu stürzen und die Kontrolle zu ergreifen«, sagte Irsa leise.

»Woher weißt du das?«, rief Shahrzad.

»Rahim hat es mir erzählt.«

»Welche Festung?«

»Das hat er mir nicht gesagt«, bekannte Irsa. »Ich teile schließlich das Zelt mit der Kalifin von Chorasan.«

Wieder einmal huschten Shahrzads Gedanken durch ihren Geist wie Steine über einen Teich. Wenn Tarik eine Horde Soldaten zu einem Angriff entlang der nahegelegenen Grenze zu Chorasan und Parthien führte, würden sie wohl versuchen, diese Grenze unter ihre Kontrolle zu bringen.

Das würde eine Gefahr für die Grenze bedeuten. Sie wäre verletzlich gegenüber Angriffen von außen.

Verletzlich gegenüber Salim Ali-el Sharif, dem machthungrigen Sultan von Parthien.

Vielleicht ist das ja die Absicht.

Eine plötzliche Kälte ließ ihr Blut gefrieren.

Shahrzad musste sofort mit Chalid sprechen. Sie musste heute Nacht nach Ray fliegen und die Möglichkeit eines Krieges mit Parthien unterbinden, bevor noch weitere unschuldige Menschen starben.

Als die Gedanken durch ihren Kopf rasten, brachen erneut Schuldgefühle über sie herein. Shahrzad war mitverantwortlich für die bevorstehende Katastrophe. Nur ihretwegen würde Tarik sich an diesem törichten Gerechtigkeitswahn beteiligen.

Diese törichte Suche nach Rache für seine Liebe.

»Shahrzad?« Irsa griff nach ihrer Schulter und schüttelte sie aus ihren Gedanken. »Hast du auch nur ein Wort von dem gehört, was ich gesagt habe?«

»Was?«

»Es ist doch nicht gefährlich, oder?«, fragte Irsa. »Was du tust, das ist doch nicht gefährlich?«

Shahrzad lachte, aber es klang nicht echt. Sie drehte sich weg von den Soldaten mit ihren blinkenden Schwertern. Die beiden Schwestern kehrten zu ihrem Zelt zurück.

Wortlos goss Shahrzad Wasser aus dem Krug in das Kupferbecken. Ihre Hand zitterte so sehr, dass ihr Spiegelbild flackerte. Shahrzad biss die Zähne zusammen und streifte den zerknitterten *Qamis* ab, um sich zu waschen und dann ihr Tagwerk zu beginnen.

Die Sache durchzustehen, egal, was passieren würde.

»Shahrzad!« schrie Irsa auf. Aus ihrem Gesicht war alle Farbe gewichen.

Verflucht seien diese verdammten Narben. Und mit ihnen Artan Temujin.

Sie wischte die Sorgen ihrer Schwester mit einem Fingerschnipsen beiseite. »Mach dir keine Sorgen. Das sind keine ernsthaften Verletzungen.« Aber Shahrzad konnte sehen, dass ihre Worte auf taube Ohren stießen. Und zweifelnde Augen.

Sollte sie Irsa einfach erzählen, wie sie sie erlitten hatte? Alles beichten und hoffen, ihre Schwester würde noch eine kurze Weile stillhalten?

Da müsste schon ein Wunder geschehen.

Es war zu riskant. Vor allem jetzt, da Irsa sich Rahim anvertraute. Wenn Irsa sich versprechen sollte, könnte Rahim Tarik etwas weitererzählen. Und Tarik, ausgerechnet Tarik, durfte nichts über ihre Besuche bei Chalid wissen.

Das Risiko war einfach zu groß. Der Hass saß zu tief.

Nein. Es war am besten, wenn Shahrzad kein Wort zu Irsa sagte. Shahrzad drehte ihrer Schwester den Rücken zu und begann, ihren Körper mit Wasser und einem sandhaltigen Riegel *Nabulsi*-Seife abzureiben.

Als sie einen Arm hob, stieg der anhaltende Duft von Sandelholz von ihrer Haut auf.

Chalid.

Angst umklammerte ihr Herz. Ihr schnürte sich die Kehle zu.

Shahrzad biss die Zähne zusammen, wehrte den Anfall ab und wusch sich weiter.

Jetzt ist nicht die Zeit für Feigheit.

Immerhin würden sie, wenn alles nach Plan verlief, bald die Antworten haben. Wenn Shahrzad und Chalid erst wüssten, was sie gegen den Fluch tun konnten, könnten sie alles offenlegen.

Dann würde jedermann die Wahrheit kennen.

Sie würden alle erfahren, dass der Junge, den Shahrzad liebte, nicht das Monster war, für das sie ihn hielten. Dass er der große König war – und sein würde –, den sein Königreich so dringend brauchte. Der große König, den Shahrzad sah, als sie über ihre Stadt flog.

Bis dahin musste sie schweigen. Denn es wäre der Angelegenheit nicht förderlich, wenn der Knabenkönig, den jedermann so verachtete, verflucht war, ein verlorenes Königreich zu regieren. Die Armee, die sich gegen Chalid zusammenzog, würde nur zum Handeln bewegt, wenn sie wüsste, dass sich die Macht des Schicksals auch gegen ihn gewandt hatte.

Aber sobald Shahrzad eine Lösung gefunden hätte, konnte sie Tarik die Wahrheit sagen.

Vielleicht würde sich dann sein Hass gegen Chalid verflüchtigen.

Und die Versöhnung könnte beginnen. Denn den Fluch zu brechen, bedeutete nicht nur das Ende ihres Leidens.

Shahrzad musste den Krieg beenden, den sie angezettelt hatte. Es war nicht nur eine Frage der Liebe. Es war eine Frage des Lebens. Und sie wollte diese Frage richtigstellen, ein für alle Mal.

Jahandar öffnete vorsichtig ein Auge. Dann schloss er es wieder. Dann machte er es wieder auf.

Er verfluchte sich im Stillen, als er seinen Fehler bemerkte.

»Bist du wach, alter Freund?« Eine warme Stimme erklang aus der Dunkelheit.

Jahandar versuchte, still liegenzubleiben, und hoffte, der Mann neben seinem Bett würde verschwinden.

Dumpfes Gelächter gluckste direkt neben ihm.

»Ich habe genau gesehen, wie du gerade ein Auge geöffnet hast«, fuhr die Stimme fort. »Und ich weiß, dass du auch gestern und heute früh aufgewacht bist. Komm schon, Jahandar. Ich bin nicht hier, um jemanden zu verurteilen. Ich möchte bloß mit einem guten Freund sprechen.«

Jahandar holte vorsichtig Luft, verärgert, dass er sich überhaupt gerührt hatte. Er hatte vor einem Augenblick gespürt, dass jemand das Zelt betreten hatte, und er hatte gedacht, es müsse Irsa oder Shahrzad gewesen sein, also war er aus seinem vorgeblichen Schlummer erwacht, begierig, wieder mit seinen Kindern zu sprechen. Aber er war noch nicht bereit, mit jemand anderem zu reden.

Ganz zu schweigen von Reza bin-Latief.

Egal, er hatte es schon verpatzt. Jahandar nahm an, er musste es eingestehen, damit nicht irgendjemand die Wahrheit hinter seiner mysteriösen Krankheit vermutete.

Oder eher die Lüge dahinter.

Jahandar schlug gemächlich beide Augen auf. Sein langjähriger Freund saß vor ihm, eine Lampe aus poliertem Messing neben sich.

Reza bedachte ihn mit einem geduldigen Lächeln. »Du siehst furchtbar aus.«

Jahandars Schultern wurden von Gelächter geschüttelt, das aber in einem Hustenanfall endete. »Die Jahre sind mit dir milder umgegangen, daran besteht kein Zweifel. Aber nicht viel.«

Es stimmte. Das letzte Mal, dass Jahandar Reza bin-Latief gesehen hatte, war nicht lange gewesen, nachdem seine Frau und seine Tochter innerhalb von wenigen Tagen nacheinander umgekommen waren. Eine Tragödie, die kein Mann sollte ertragen müssen. Und sie hatte deutliche Spuren hinterlassen.

Reza hatte an Gewicht verloren. Sein Haar war auf dem Haupt dünner geworden, während es an den Schläfen ergraute. Sein Schnäuzer war voller geworden, und er hatte begonnen, sich einen Bart stehen zu lassen. Er machte nicht mehr den Eindruck eines Mannes, der viel Freude am Leben hatte. Die Falten in seinem Gesicht zeugten nicht mehr von Lachen oder von Befriedigung.

Sie kamen vom Nachdenken. Oder vielleicht Berechnung?

»Welche Tageszeit haben wir?«, fragte Jahandar, seine Stimme rau und trocken.

Reza reichte ihm etwas Wasser. »Fast Abendessenszeit.«

Jahandar nahm gedankenverloren einen Schluck. »Meine Töchter werden bald kommen.« Sobald die Worte ihm unbedacht über die Lippen gekommen waren, hätte Jahandar sie am liebsten zurückgenommen.

Wie gedankenlos grausam!

Aber Reza schien es nicht bemerkt zu haben. »Du bist ein glücklicher Mann. Solche ergebenen Kinder. Ich höre, Irsa kommt dich sehr oft besuchen.«

»Shahrzad war heute schon zweimal da.« Jahandar nahm noch einen Schluck.

Reza legte bedächtig eine Hand an seinen Bart. »Das ist gut zu hören. Man hat mir gesagt, sie sei die letzten Tage krank gewesen.«

»Krank?« Jahandars Brauen zogen sich zusammen.

»Alter Freund …« Reza hielt inne und lächelte, dann beugte er sich näher heran. »Ich bin nicht gekommen, um deine Zeit zu verschwenden oder dich unnötig zu beunruhigen. Ich weiß, dass du dich noch erholen musst. Und es gibt eine dringende Angelegenheit, zu der ich mich heute Abend einfinden muss. Aber darf ich dir eine Frage stellen?«

»Natürlich.«

»Ich habe gehört … Ich habe viele widersprüchliche Gerüchte darüber gehört, was sich an dem Abend des Unwetters in Ray ereignete.«

Jahandar versteifte sich schlagartig. Seine freie Hand ballte sich über dem Buch zur Faust. Es fühlte sich immer noch warm an, es zu berühren, obwohl es schon lange nicht mehr mit derselben Glut brannte. Das kalte Metall des Schlüssels um seinen Hals drückte ihn nieder wie ein Anker, der sich über den Meeresboden schleppt.

Reza beobachtete seine Reaktion schweigend. Dann drängte er weiter, ohne einen Pulsschlag zu verpassen.

»Kannst du mir nicht sagen, was passiert ist?«

»Ich … Ich erinnere mich nicht.« Jahandars zersplitterte Nägel gruben sich in das abgewetzte Leder des Buches.

»Ehrlich nicht?«

Jahandar nickte.

Reza seufzte mit offensichtlichem Widerwillen. »Ich gehöre nicht zu der trägen Masse, Jahandar-*jan*. Uns verbindet eine jahrelange Freundschaft. Ich war dabei, als Irsa geboren wurde. Und ich war dabei, als … Mina starb.« Seine Stimme wurde sanft. »Ich habe alles getan, was ich tun konnte, und ich habe immer gewünscht, ich hätte mehr tun können.«

Jahandars Herz schlug ihm bis zum Hals. Es stimmte. Reza hatte seinen eigenen Mediziner mit an das Krankenbett von Jahandars Ehefrau gebracht, obwohl dessen Bemühungen vergebens gewesen waren. Und Reza hatte sich in der folgenden Zeit um Shahrzad und Irsa gekümmert, als Jahandar es nicht hatte tun können.

»Ich weiß, mein alter Freund«, flüsterte Jahandar. »Ich werde dir nie vergessen, was du getan hast.«

Rezas Lächeln war traurig und dünn. »Wahrhaftig, solche harten Zeiten kann man nie vergessen. Aber ich führe mir lieber vor Augen, was Freunde in der Not tun können.« Er hielt inne, um seinen Worten mehr Ausdruck zu verleihen. »Genau wie ich weiß, wozu *du* in der Lage bist, selbst wenn es nur eine Handvoll Leute gibt, die dessen gewärtig sind.«

Auch das war die Wahrheit. Reza hatte immer gewusst, dass Jahandar einzigartige Fähigkeiten besaß.

Reza legte beide Hände unter das Kinn und ließ den Blick auf Jahandars glatte Kopfhaut fallen. »Alter Freund, hast du in der Nacht des Sturms irgendetwas getan?«

Konnte er Reza bin-Latief trauen? Konnte er ihm ein Geheimnis anvertrauen?

»Wenn dem so wäre«, drängte Reza mit leiser Stimme weiter, »sei gewiss, ich werde dich nicht verurteilen. Tatsächlich werde ich dich *feiern*. Denn ich weiß, du wolltest nichts Falsches tun. Und wenn du tatsächlich irgendetwas getan hast, muss es eine bemerkenswerte Meisterleistung gewesen sein.«

Jahandar schluckte.

»Eine, von der wir einen gewaltigen Nutzen hätten«, führte Reza seine Gedanken zu Ende.

Nutzen? Reza hätte einen Nutzen von Jahandar?

»Wenn du solch eine erstaunliche Meisterleistung allein vollbracht hast«, sagte Reza leise, und seine braunen Augen strahlten voller Glut, »kannst du dir dann vorstellen, was du mit einer Streitmacht von Soldaten in deinem Rücken erreichen könntest? Mit der Stärke einer beliebigen Armee auf Abruf?«

Jahandars Blick huschte über Reza bin-Latiefs Gesicht. Über die Falten, die tiefes Nachdenken hineingegraben hatten. Und offensichtlich Berechnung.

Er erkannte es. Er wusste, was Reza tat.

Wusste es, aber es machte ihm nichts aus.

Jahandar wurde klar, dass zum ersten Mal seit vielen Jahren – zum ersten Mal, seit Mina gestorben war und er seinen Posten im Palast verloren hatte – Reza wahrhaftig *ihn* sah. Den Mann sah, den er vor so vielen Jahren kennengelernt hatte. Ein Wesir des Kalifen von Chorasan.

Ein Mann von Macht und Einfluss.

Ein Mann, der Rezas Beachtung wert war.

Leise begann Jahandar zu sprechen. Und hörte nicht auf.

Nicht bis Reza bin-Latief vor Zufriedenheit lächelte.

Genau wie in alten Zeiten.

Die geflügelte Schlange

Shahrzad hatte nicht die Absicht gehabt, Chalid mit dem Zauberteppich zu quälen.

Jedenfalls anfangs nicht. Aber er war es selbst schuld.

Der Augenblick, in dem der Kalif von Chorasan – mit kühler majestätischer Arroganz – sagte, nur ein Kind hätte Angst vorm Fliegen, wusste Shahrzad, dass es eine Herausforderung war, die sie annehmen sollte.

Bereit, sie in prächtige Stücke zerfallen zu sehen.

Immerhin hatte ja sogar sie am Anfang Angst gehabt. Aber das brauchte Chalid nicht zu wissen.

Sobald er sich auf den Teppich setzte, brachte Shahrzad den Teppich ohne ein Wort der Warnung in die Luft.

Eine Salve von Flüchen brach aus Chalids Mund. Sie wurden sogar noch unflätiger, als Shahrzad den Teppich hoch über die Stadt lenkte, in einen Wirbel aus pfeifendem Wind. In die Dunkelheit hinauslachend, trieb sie den Teppich noch schneller an, dann kniete sie sich hin. Als Chalid versuchte, sie wieder zu sich herunterzuziehen – mit blitzenden Augen – warf sie ihm einen spöttischen, zornigen Blick über die Schulter zu.

»Setz dich hin«, rief Chalid über den Wind und hielt sie an der Taille fest.

»Sei kein Langweiler!«

»Du fällst noch.«

»Nein, tue ich nicht.« Sie breitete die Arme aus.

»Woher willst du das wissen?«

»Ich weiß es eben.«

»Setz dich hin«, wiederholte er, den Kiefer angespannt. »Bitte!«

»Warum?«

»Weil du mich allmählich umbringst!«

Murrend lehnte sich Shahrzad auf dem Teppich zurück. Chalid zog sie an seine Brust, sein Atem schnell an ihrem Nacken.

Ein winziger Teil von ihr fühlte sich schuldig.

Der Rest behaglich.

Geschieht ihm recht. Vielleicht ist der König der Könige beim nächsten Mal nicht so arrogant.

Sie grinste vor sich hin. Dass Chalid aufhörte, arrogant zu sein, war ebenso unwahrscheinlich wie dass sie aufhörte, ihn zu provozieren. Es war einfach zu verlockend. Und machte viel zu viel Spaß.

»Fängst du jetzt endlich an, wieder normal zu atmen?«, neckte sie ihn. »Ich muss zugeben, ich finde dein Verhalten eher sonderbar, wenn man bedenkt, dass du gesagt hast, nur ein Kind hätte Angst vorm Fliegen.«

»Ich hatte keine Angst.« Chalid legte einen seiner muskulösen Arme um sie.

Sie warf ihm einen ungläubigen Blick zu. »Gerade hast du mich angelogen.«

»Ich hatte keine Angst«, wiederholte er. »Ich hatte Todesangst.«

Als sie lachte, wurde Shahrzad mit einem seiner ungewöhnlichen spielerischen Lächeln belohnt. Eines, das ein überschattetes Gesicht in eines voller Licht verwandelte.

Eines, das sie vergessen lassen wollte, wie klein der Zauberteppich nun einmal war.

»Du bist wunderschön«, bemerkte Shahrzad sanft.

Chalids Hand legte sich enger um ihre Taille. »Stiehlst du da nicht Worte, die normalerweise einem Mann vorbehalten sind?«

»Du kannst gerne andere, weniger abgenutzte Dinge sagen.« Obwohl ihr Ton leicht war, kam ihr Puls ins Flattern.

»Zum Beispiel?«

»Du bist doch ein kluger Mann. Ich bin sicher, dir fällt schon etwas ein.«

»Ich weiß schon etwas.« Die Berührung von Chalids Lippen unter ihrem Ohr ließ sie in einem Wirbel von Verlangen erzittern.

Schade, dass wir gerade anderweitig beschäftigt sind.

Sonst hätte sie ohne Zweifel darauf reagiert.

Sie reisten über einen Wüstenstrich nahe einem Gebirge. Über ihnen glitzerten ein paar einsame Sterne, wie an den dunklen Stoff der Nacht gestickt. Chalid gewöhnte sich rasch an den Windrausch gegen sein Gesicht, die Anspannung seiner Schultern ließ nach. Nach einer Weile füllte sich die Luft mit dem Duft nach Salz, und die See schimmerte am Horizont.

Der Teppich verlor an Geschwindigkeit, als sie sich der Landzunge an dem Wassertümpel vor dem Kliff näherten. Shahrzad befestigte den Zauberteppich auf ihrem Rücken, während Chalid seinen *Shamshir* aus der Scheide zog, seine Bewegungen wie die einer herumschleichenden Dschungelkatze.

Obwohl sie sich erst vor wenigen Nächten genauso verhalten hatte, rollte Shahrzad mit den Augen. »Das ist nicht nötig. Wenn nicht sogar beleidigend.«

»Vergib mir, dass ich mich nicht willkommen geheißen fühle, wo immer ich hingehe«, murmelte er. »Und dass ich kein Risiko eingehe.«

Kopfschüttelnd griff Shahrzad nach seiner freien Hand und verschränkte ihre Finger mit seinen.

»Shahrzad-*jan*?« Musa tauchte zwischen den merkwürdigen Statuen an der gegenüberliegenden Seite des Tümpels auf.

Wieder entging Chalid kein Pulsschlag. Obwohl er den Magus wiedererkannte, zog er Shahrzad näher an sich heran und hob seinen *Shamshir*.

Musa lächelte Chalid an, die Zähne wie elfenbeinfarbene Perlen vor Ebenholz. »Ich hatte nicht erwartet, dass du kommen würdest.«

Chalid brauchte einen Augenblick, bevor er antwortete. »Meine Frau kann sehr überzeugend sein.« Sein Schwert blieb in der Schwebe.

Die Augen des Magus zogen sich in den Winkeln zusammen. »Es ist schön, dich zu sehen. Es ist so lange her.«

Chalid sagte nichts.

Musa kam näher. Er schien Chalid zu mustern. Vielleicht suchte er nach Spuren des Jungen, den er in dem Mann vor sich wiedererkannte. »Du siehst …«

»Wie mein Vater aus«, beendete Chalid den Satz kurz angebunden. »Das haben mir schon viele gesagt.«

»Das stimmt. Aber ich sehe deine Mutter in dir. Ganz besonders in deinen Augen.«

»Du hast keinen Grund, mir zu schmeicheln. Lügen stehen dir nicht.«

»Ich lüge nicht.« Musa kam um den Tümpel herum. »Deine Augen haben vielleicht dieselbe Farbe wie die deines Vaters, aber ich kann erkennen, dass sie die Welt so sehen, wie Leila es getan hat. Sie sehen alles. Dein Vater …«, er schaffte es nicht, eine Grimasse zu unterdrücken, »sah sehr wenig.«

Chalids Augen verengten sich zu Schlitzen. »Mein Vater hat genug gesehen.«

Die Bedeutung dieser Erwiderung lag auf der Hand.

Ein Vater, der genug gesehen hat, um die Welt eines kleinen Jungen zu zerstören.

»Nein.« Musa blieb vor ihnen stehen, sein farbenfroher Umhang schwang über dem dunklen Stein hin und her. »Er sah das, was er sehen wollte. Und er gab niemandem die Gelegenheit, ihm etwas anderes zu zeigen.«

Es gab auch in den Worten des Magus einen offensichtlichen Hintersinn.

»Ich bin nicht hierhergekommen, um mir Vorlesungen vom Hauslehrer meiner Mutter anzuhören«, gab Chalid zurück. »Genauso wenig bin ich hierhergekommen, um dir die Gelegenheit zu geben, mich auf deine Seite zu bringen, Musa Zaragoza.«

Musa nickte. »Ich habe auch nicht erwartet, dich innerhalb einer Nacht auf meine Seite zu bringen. Aber …«

»Erwarte nicht, mich jemals auf deine Seite zu bringen«, sagte Chalid kalt. »Nie.«

»Chalid-*jan*«, flüsterte Shahrzad. Sie zog in stummer Zurechtweisung an seiner Hand.

Obwohl er nicht im Mindesten reumütig schien, drückte Chalid ihr bestätigend die Hand.

Musas Lächeln wurde wehmütig. »Es tut mir so unendlich leid, kleiner *Pahlang*. Alles.«

Shahrzad fühlte, wie sich Chalids Körper neben ihr versteifte.

Kleiner *Pahlang*. Kleiner Tiger.

»Du hast keine Erlaubnis, mich so zu nennen.« Chalids Gesichtszüge waren starr und fest. »Für dich bin ich der Kalif von Chorasan. Und sonst nichts.«

In diesem Augenblick klang alles an Chalid für Shahrzad wie in der Zeit, als sie noch Angst vor dem Morgengrauen gehabt hatte. Als alles, was sie von ihm kannte, ein junger Mann aus Eis und Stein war, der seine Bräute ohne Anlass oder Rechtfertigung ermordete.

Eine Zeit, in der sie nichts weiter hatte als von ihrem Hass befeuerte Geschichten.

Es tat ihr weh zu sehen, wie Chalid in diesen Zustand zurückkehrte. Nur noch eine Hülle seiner selbst.

Ein Schatten dessen, der er sein konnte.

Musa verneigte sich mit den Fingern an der Stirn. »Ich bitte tausendmal um Verzeihung, Sayyidi.«

Mit dem Blick fest auf Chalid gerichtet, schüttelte Shahrzad seine Hand ab.

»Musa-*effendi*, sei nicht …«

»Ich bin nicht beleidigt, mein liebster Stern« erwiderte Musa. »Ich weiß, warum der junge Kalif mich so sehr verachtet. Ich habe nichts getan, als er mich um Hilfe bat. Es hat mich jahrelang verfolgt.«

»Es gab nichts, was du hättest tun können«, rief Shahrzad. »Wenn du versucht hättest zu helfen, wärest du wahrscheinlich ebenso getötet worden!«

»Nein.« Musa verzog den Mund zu einer Seite. »Wenn wir unseren schwärzesten Ängsten gegenüberstehen, ist Nichtstun etwas für die Schwachen oder Hoffnungslosen. Es gibt *immer* etwas, das gesagt oder getan werden kann. Obwohl Worte allein …«

»Sind bloße Kratzer auf einer Seite Papier«, führte Chalid zu Ende, seine Stimme noch kälter. »Die Macht dahinter liegt bei dem Menschen.«

Musa stand vollkommen still. »Du erinnerst dich.«

Ein vorsichtiges Lächeln erschien auf seinem Gesicht. »Das erweist mir großen Trost. Obwohl ich ihn nicht verdiene, danke ich dir.«

Chalids Brust hob sich, und er verfiel in ruhige Überlegung.

»Und ich … danke dir. Für alles, was du für Shahrzad getan hast.«

Musa verneigte sich abermals. »*Sayyidi*.« Er wandte Shahrzad seine Aufmerksamkeit zu, sein Ausdruck zeigte unverstellt seine Wärme. »Dein ungeduldiger Lehrer erwartet dich an gewohnter Stelle, meine Herrin.«

Die Gestalt, die am Strand wartete, war ganz eindeutig nicht Artan Temujin.

Sie war gut fünfmal so groß wie ein Mann. Und zweimal so umfangreich. Aber diese Einzelheiten waren es nicht, was Shahrzad beunruhigte.

Was sie am meisten erschreckte, war, dass sie einer Schlange ähnelte. Bedeckt mit dunkel schimmernden Schuppen. Ausgestattet mit einer Riesenkapuze.

Und … Flügeln?

Shahrzad unterdrückte einen erstickten Schrei. Chalid zog sein Schwert mit einem raschen Zucken.

»Wo warst du?«, fragte Artan, der plötzlich hinter dem sich schlängelnden Ungetüm hervortrat.

»Was zur Hölle ist dieses … dieses Ding?« Shahrzad versuchte, nicht zu schreien. Die furchterregende Kreatur schlang sich um sich selbst, während sie sprach, ein Regenbogen aus Farben zog sich über ihre Schuppen, ihre ledrigen Flügel schimmerten im Mondlicht.

»Wer? Shesha?« Artan grinste spöttisch. »Er ist harmlos.«

Die Schlange entblößte ihre schwarzen Reißzähne, als ob sie verstehe. Und ganz und gar anderer Meinung sei.

»Er ist bloß eine dumme geflügelte Schlange.« Artan wedelte leichtfertig mit der Hand. »Die es liebt, Leute zu erschrecken.

Und – wie bei jedem richtigen Tyrannen – ist das Äußere nur Schau. Er ist eigentlich sehr süß, die meiste Zeit jedenfalls.«

Während dieses ganzen Wortwechsels hatte Chalid sich nicht gerührt. Sein *Shamshir* war die ganze Zeit griffbereit an seiner Seite gezückt, sein Körper zwischen Shahrzads und dem der Schlange …

Sein Blick ruhte auf Artan.

Jetzt richteten sich das Schwert und sein Meister entschlossen und unbeirrbar auf den kahlköpfigen Jungen.

Artan schnaubte. »Ich nehme an, dies ist der *verfluchte* Ehemann?« Er lachte in sich hinein.

Hat dieser Narr nicht ein Wort von dem verstanden, was ich über Chalids Temperament gesagt habe?

Bevor Shahrzad etwas einwenden konnte, sprang Artan über den Schwanz der Schlange auf den Sand.

»Du bist tatsächlich so humorlos, wie sie hat durchblicken lassen«, fuhr er fort und sah Chalid von der Seite an. »Aber es gibt wenig, was ich *dagegen* tun kann.«

Die zweite Beleidigung.

»Soll ich dich Chalid nennen?«, drang er weiter. »Denn du bist ja nicht wirklich *mein* König. Auf keinen Fall. Ich bin Artan Temujin, und – nach viel Überzeugungsarbeit – ich bin gekommen, um dich von deinem Schicksal zu heilen. Aber nur, nachdem deine Frau mich darum gebeten hat. Auf den Knien, natürlich.« Er kicherte. »Ich mag sie so viel lieber, wenn sie um Gnade winselt.«

Es war nicht der Schwall von Spötteleien, der eine Reaktion entfachte. Es war der Anblick von Artans verbrannten Unterarmen, der sich auf Chalids Gesicht abzeichnete. Shahrzad zuckte zusammen, als sie es sah. Nur jemand, der Chalid sehr gut kannte, hätte es bemerkt.

Dieses winzige Zucken unter einem Auge. Es erschien und verschwand in einem Augenblick des Wiedererkennens.

Einem Augenblick des Begreifens.

Oh Gott.

Dann machte Artan den bedauerlichen Fehler, Chalid zuzuzwinkern.

Und ihm auf die Schulter zu klopfen.

Die endgültige Beleidigung.

Der *Shamshir* zischte durch die Dunkelheit auf Artans Kehle zu …

Und stoppte um Haaresbreite vor seinem Ziel.

Artan, der die ganze Zeit gelächelt hatte, hielt beide Hände neben sein Gesicht, als ob er aufgeben wollte. Dann entzündeten sich beide Handflächen plötzlich zu Flammen.

»Ich gebe zu, dass ich versucht habe, dich zu provozieren«, sagte Artan ohne ein Anzeichen von Angst. »Das ist eine Lieblingsbeschäftigung von mir. Shahrzad hat mir gesagt, dass du leicht zu reizen bist. Aber die Dinge haben sich etwas schneller entwickelt, als ich beabsichtigt hatte. Warum sind wir nicht …?«

»Warst du derjenige, der sie verbrannt hat?« Obwohl ein Schweißtropfen seinen Nacken hinunterlief, zuckte Chalid nicht vor den wirbelnden Feuerkugeln zurück.

Artans Augen weiteten sich. Anders als Chalid war er nicht in der Lage, seine Reaktion zu verbergen. Schuldgefühle überzogen sein Gesicht, und sein kahler Kopf errötete. »Nun, äh …«

»Schluss jetzt, ihr beiden!« Shahrzad packte Artan hinten am Hemd und zog ihn von Chalid weg. »Was macht ihr?« Einen Augenblick lang war sie nahe daran, Artan direkt auf die Nase zu schlagen. »Bist du total verrückt?« Dann wirbelte sie zu Chalid herum. »Und *du* bist den ganzen Abend nichts als abscheulich gewesen. Erst zu Musa-*effendi*, und jetzt zu Artan. Sie versuchen uns zu *helfen*, Chalid!«

Trotz ihrer Zurechtweisung blieb der *Shamshir* gezückt. Und die Feuerkugeln drehten sich weiter.

»Legt eure Waffen ab, ihr elenden Barbaren!«, beharrte Shahrzad. »Genau deshalb wäre die Welt viel besser in den Händen von Frauen.«

»Mit viel besser meinst du viel langweiliger.« Artan grinste wieder, löschte aber seine Feuerbälle. »Würdest du nicht zustimmen, oh König der Könige?«

Chalid senkte sein Schwert, hielt aber den eisigen Blick starr auf Artan gerichtet.

»Hmm.« Artan hielt nachdenklich inne. »Wäre da nicht unser kurzer, aber bezaubernder Austausch, würde ich fast befürchten, du hättest einen Stummen geheiratet, meine liebe kleine Schnepfe. Ich würde es ja verstehen angesichts der Tatsache, wie viel *du* sprichst, aber ich muss sagen, ich bin ein wenig erstaunt.«

»Er ist nicht stumm«, sagte Shahrzad. »Er erträgt nur einfach keine Narren.«

»Deshalb hat er ja in deiner Gegenwart nur sehr wenig zu sagen.« Artan zwinkerte, legte ihr einen Arm um die Schultern und zog sie an sich.

Shahrzad legte ihm eine Hand quer über das Gesicht und schob ihn zurück. »Er spricht, wenn seine Gesellschaft es verdient, du Dummkopf.«

»Wie überlebt er dann bloß, wo er doch die ganze Zeit von solchen Narren umgeben ist?«

»Immer nur ein Stich auf einmal«, sagte Chalid ruhig und schob sein Schwert zurück in die Scheide.

Daraufhin warf Artan den Kopf in den Nacken und lachte. »Oh, ich mag ihn, kleine Schnepfe. Er sagt nicht viel, aber er spricht die Wahrheit. Er kann bleiben.«

»Bleiben?«, sagte Shahrzad. »Ich dachte, wir sollten deine Tante treffen?«

»Tun wir ja, tun wir ja!« Artan zupfte an einem seiner Ohrringe. »Es ist nur so, dass Shesha im Augenblick … nur wenig hilfreich ist.« Er drehte sich auf den Sand und erreichte eine höhere Ebene. Dann warf er ihnen zwei pelzbesetzte Roben zu. »Ihr müsst sie irgendwie an diesem winzigen Teppich befestigen, ihr werdet sie brauchen.«

Shahrzad beäugte die dicken Fellbündel zu ihren Füßen. »Artan, wohin gehen wir?« Aus ihrer Stimme sickerte Misstrauen.

»Zu einer verborgenen Festung.« Er zuckte mit den Augenbrauen. »In einen Berg gehauen.«

Die dunkle Seite eines Spiegels

Dies war die weiteste Strecke, die Shahrzad je auf dem Zauberteppich zurückgelegt hatte.

Bis dahin hatten ihre Reisen nie länger als eine Stunde gedauert. In Wahrheit war sie weitaus schneller geflogen, als sie je für möglich gehalten hätte – der Boden unter ihr war verschwommen, und die Sterne hatten sich auf jeder Seite schwach über ihr erstreckt – aber sie hatte immer eine vage Vorstellung davon gehabt, wohin sie flog.

Dieses Mal hatte sie nicht die geringste Ahnung.

Der Teppich schwebte mehr als zwei Stunden nach Osten. Dann, als eine Bergkette – weit höher und imposanter als alle in Chorasan – am Horizont erschien, begann der Teppich zu steigen.

Die Luft wurde frisch und kalt.

Wortlos wickelte Chalid einen der pelzbesetzten Umhänge um sie und hielt sie fest umklammert. Die Kälte war noch nicht durch Shahrzads Haut gedrungen – das tat sie nie, dank der Magie in ihren Blutgefäßen –, aber warum sollte sie die Gelegenheit, Chalids Körper an ihrem zu spüren, nicht wahrnehmen. Ein Lächeln zog über ihr Gesicht, und sie lehnte sich fest an seine Brust und zeichnete mit den Fingerspitzen müßig seine Handfläche nach, während sie die Berge betrachtete, die sich am Horizont als Silhouette zeigten.

Shahrzad hatte dem Zauberteppich bedeutet, der geflügelten Schlange zu folgen, aber sie fühlte sich unbehaglich, als sie das sich schlängelnde Biest durch die Wolken toben sah. Sie hatte nie zuvor solch eine merkwürdige Kreatur gesehen. Obwohl sie davon gehört hatte, hatte sie Shahrzad in Gedanken nicht mehr bedeutet als ein weit entfernter Stern. Oder eine Geschichte, wie sie die Alten erzählten.

Im Sternenlicht hingen Sheshas lange silberne Schnurrbarthaare an beiden Seiten der spitzen Schnauze herab wie schmale Bänder, die in einer leichten Brise wehen. Seine Schnurrhaare krümmten sich mal in die eine, mal in die andere Richtung, und seine Augen brachten sie aus der Fassung, denn sie funkelten bedrohlich im Blutrot des außergewöhnlichsten Hindustani-Rubins.

Bald schwenkte Shesha nach links auf einen schneebedeckten Gipfel in der Ferne zu. Dieser Berg war etwas ganz Besonderes. Seine Ausdehnung Richtung Westen war komplett flach, als ob ein Riesenschwert eine Seite davon abgespalten hätte. Der Fels selbst war ein dunkles Blau-Grau. Unter dem Schatten eines wolkenbedeckten Himmels wirkte er schwarz. So schwarz, dass er alles Licht in seiner Nähe zu absorbieren schien. Nicht eine einzige Schneeflocke blieb an der glatten Oberfläche hängen.

Als sie den Gipfel des merkwürdigen Berges umrundeten, sah Shahrzad, dass seine zum Osten gewandte Seite in zerklüfteten Gipfeln nach oben anstieg, fast wie eine Hand mit in den Himmel ausgestreckten Fingern.

Shesha drehte zu der niedrigsten Felszunge ab, dann machte er plötzlich einen Sturzflug, die ledrigen Flügel eng an die Schuppen gezogen. Der Zauberteppich folgte, und ein eisiger Wind peitschte gegen Shahrzads Gesicht und nahm ihr den Atem.

Zwischen dem Daumen und dem Zeigefinger des Berges erwuchs ein Gebäude in ansteigenden Kurven, direkt aus dem Felsen gehauen. Hätte sie nicht gewusst, wonach sie Ausschau halten sollte, hätte Shahrzad es womöglich vollkommen übersehen. Seine viergiebligen Dächer stapelten sich in leichten Abstufungen übereinander. Ein hölzernes Schild in einer Schrift aus goldenen Schrägstrichen hing über dem Eingang.

Als sie in dem kleinen Hof landeten, bewegte ein Windstoß ein Glockenspiel aus Messingröhren. Die Melodie war unheimlich, todtraurig, sodass sie einem noch in den Knochen steckte, wenn die Töne längst verklungen waren.

Die Töne waren im Einklang mit der leeren, vereisten Fläche um sie herum. Und mit der einsamen Feuerstelle, flach in der Mitte des Hofes. Einzelne Sprengsel aus Blau und Orange in einer Umgebung vollkommen in Schwarz und Weiß.

»Entzückend, nicht wahr?«, bemerkte Artan, als er die pelzverbrämte Kapuze von seinem kahlen Kopf zog.

»Es ist … besonders.« Shahrzad zog ihren eigenen Umhang enger um sich.

»Du solltest es im Winter sehen.«

Shahrzad sah Chalid ein Lächeln unterdrücken.

Die drei traten auf den Eingang zu. Shesha schlängelte sich zum Feuer hin. Niedrige Türen mit einer hohen Schwelle aus Stein lagen vor ihnen. Artan zog seine Sandalen ab, Shahrzad und Chalid taten es ihm gleich.

Keine lebende Seele war gekommen, sie zu begrüßen.

Was Shahrzad nichts Gutes ahnen ließ.

Die Böden waren mit lackiertem Papier bedeckt und glattpoliert. Ihre Oberfläche war seltsam warm. Als ob ein Feuer unter ihr schwelte. Ein schwacher Duft nach Minze lag in der Luft. Jedenfalls nahm Shahrzad an, es sei Minze. Minze mit Zitronen. Oder war es vielleicht Aloeholz?

Artan bewegte sich durch die engen Gänge mit der Vertrautheit vieler vergangener Jahre. Sie gingen bis zu einem Treppenhaus und weitere Treppen hinauf. Bis sie einen düsteren Korridor betraten …

Eine Kreatur kam aus der Dunkelheit gesprungen und zischte Artan an.

Die Gestalt war weiß und eidechsengleich, ungefähr in der Größe einer kleinen Raubkatze. Mit scharfen Krallen und vereinzelten schwarzen Flecken auf der schuppigen Haut. Der stachelige Fächer auf dem Rücken war aufgestellt, und der Schwanz zuckte bedrohlich. Als sie zischte, trafen dicke Speicheltropfen auf den Boden aus lackiertem Papier und brannten Löcher durch die Oberfläche. Aufsteigender silberner Rauch folgte an diesen Stellen.

»Zurück, du kleine Landplage!« Artan drohte dem Wesen mit nach vorne gedrehten, ausgestreckten Handflächen.

Obwohl nichts passierte, bildete Shahrzad sich ein, sie würde das Brutzeln eines Zweiges hören, der Feuer fängt. Die Eidechse spuckte weiter in Artans Richtung und machte einen Katzenbuckel, ihre Augen glühten.

Vom anderen Ende des Korridors drang leises weibliches Gelächter.

»Ist Tolus Sohn endlich zurückgekehrt?«

Die Stimme der Frau war nicht angenehm. Aber sie war auch nicht unangenehm.

Shahrzad trat näher zu Chalid. Seine Finger schlossen sich um das Heft seines Schwertes.

Artan schnaubte. »Befreie deinen erbarmungswürdigen Möchtegern-Wachposten von seiner Aufgabe, dann sage ich es dir.«

Ein barsches Wort, das Shahrzad nicht verstand, fiel in der Dunkelheit. Die Eidechse zog sich zurück. Aber nicht, ohne noch einmal Artan angefaucht und auf seine nackten Füße gespuckt zu haben.

»Ist es sicher für mich, vorzukommen, Tante Isuke?«, fragte Artan, der offensichtlich immer noch amüsiert war.

Ihr tiefes Lachen erklang noch einmal. »So sicher, wie du jemals sein wirst, Sohn des Tolu.«

Nachdem sie unsichere Blicke ausgetauscht hatten, folgten Shahrzad und Chalid Artan in einen großen Raum, unter dessen Decke Teakholz-Balken verliefen. Ein Boden aus gewebten Binsen erstreckte sich vor ihnen. An einem niedrigen Tisch in der Mitte saß eine schlanke Frau, die Shahrzad an einen Vogel erinnerte. Nicht an einen Singvogel oder einen fliegenden Vogel.

Sondern einen Raubvogel.

Ihr Rücken war so gerade wie ein Pfeil, und ihre Augen leuchteten wie zwei Feuersteine. Ihr Haar war lang und lag wie ein Umhang aus poliertem Zinn über ihren Schultern. Ein dünner Zopf fiel hinter ein Ohr. Hineingewoben war ein Faden mit buntschimmernden Glasperlen. Ihre Tunika war pelzbesetzt und quer über der Brust mit einem Lederband zusammengehalten.

Sie lächelte nicht, als sie sie sah. Sie neigte bloß ihren Kopf mit Interesse. Ihre feurigen Augen blickten wachsam und unverwandt.

»Du hast Freunde mitgebracht.« Ihr Blick heftete sich zuerst auf Chalid. Als er weiterhin unbewegt blieb, wandte sich Isuke an Shahrzad, ihre Augen verweilten auf ihrer Gestalt.

»Ich betrachte sie als Freunde.« Artan grinste. »Sie vielleicht nicht.«

»Das Mädchen stimmt dir zu«, bestätigte Isuke. »Der Junge nicht.« Sie schnüffelte in der Luft, als ob sie ihre Gedanken durch Geruch unterscheiden könnte. *»Noch* nicht.«

»So viel habe ich auch verstanden.« Artan lachte.

»Dann aber …«, Isuke neigte das Kinn in die andere Richtung, »der Junge kann keine Freunde haben. Er gestattet sich selbst diesen Luxus nicht.« Sie zwinkerte langsam. »Denn er ist von Dunkelheit umgeben.«

Chalids Griff um Shahrzads Hand wurde fester. Sie schluckte, ihr Blick kreuzte sich mit Artans.

»Sei nicht so beeindruckt, kleine Schnepfe«, neckte Artan sie. »Ich hätte dir diese Dinge innerhalb eines Augenblicks, nachdem ich deinen König kennengelernt habe, erzählen können. Er hasst es zu lächeln und lacht nie. Es ist beim besten Willen keine Kunst, davon auszugehen, dass er keine Freunde hat.«

»Warum hast du sie zu mir gebracht?«, fragte Isuke. »Sind sie ein Angebot?«

Bei diesen Worten legte Shahrzad eine Hand auf ihren Dolch, bereit zu ziehen, während Chalid ohne zu zögern seinen *Shamshir* zückte.

Artan seufzte hörbar.

»Mach dir keine Sorgen, Junge«, sagte Isuke zu Chalid, ihr Ton kraftvoll, aber geschmeidig. »Wenn ich dich hätte töten wollen, wärest du längst tot. Du bist in Begleitung meines Neffen gekommen. Das allein macht dich interessant. Aber das Mädchen hat das Blut einer Mystikerin in den Adern, und du hast eine schwarze Wolke um deine Seele. Ich würde dich gern anhören, bevor ich eine Entscheidung treffe, was ich mit dir tun soll.«

Als Chalid sein Schwert immer noch nicht senkte, drehte sich Artan um und blickte ihn an. »Ich verspreche, Shahrzad wird nichts geschehen, solange wir hier sind.« Sein Gesichtsausdruck wurde feierlich, ernst. »Ich schwöre es beim Grabe meines Vaters.«

Isukes Schultern strafften sich.

Artans Versprechen hatte sie beleidigt. Oder fasziniert. Shahrzad konnte sich nicht entscheiden. Aber keine von beiden Möglichkeiten konnte sie beruhigen.

Doch es schien, Chalid war nicht derselben Auffassung. Er erwiderte Artans unerschrockenen Blick eine Weile, und – gerade als Shahrzad entschieden hatte, die Situation habe sich zum Schlechteren gewendet – entspannte sich Chalid. Seine Kinnmuskeln wurden lockerer.

Sein Schwert fiel zur Seite.

»Warum hast du sie mir gebracht, Sohn des Tolu? Isukes Stimme war noch sanfter geworden. Gefährlich sanft. Der Feuerstein in ihren Augen verdunkelte sich zu Obsidian. »Und warum machst du solche Versprechungen in ihrem Interesse?«

»Der Junge ist verflucht, Tante Isuke. Sie wollen deine Hilfe, um ihn davon zu befreien, außerdem suchen sie eine Möglichkeit, ihren Vater zu heilen.«

Artan hielt inne. »Ich würde es als einen Gefallen mir gegenüber empfinden, wenn du sie anhören würdest.«

»Ein Gefallen?«

»Ja.«

»Sie sind dir also so wichtig?« Isuke blickte mit wiederauflebendem Interesse auf Shahrzad.

»Ich habe es dir ja gesagt: Sie sind meine Freunde.« Artan zögerte einen winzigen Moment lang. »Und sie besitzen vielleicht … Kenntnis von den Missetaten meiner Eltern.«

Obwohl sie von Artan sehr sorgfältig formuliert war, stutzte Shahrzad bei dieser Enthüllung. Chalid sah Artan an, sein Gesichtsausdruck verfinsterte sich.

Ein merkwürdiges Gefühl blitzte auf Isukes Gesicht auf. Es war schon vorbei, bevor Shahrzad es deuten konnte. »Sehr gut. Dir zum Gefallen werde ich sie anhören.« Ihre Züge wurden härter. »Aber ich erwarte das gleiche Entgegenkommen, wenn ich in Zukunft etwas von dir erbitte.«

Artan antwortete mit einer knappen Verbeugung. Dann ließ sich Shahrzad auf dem Binsenboden gegenüber von Isuke nieder, Artan kniete sich zu ihrer Linken. Sie blickte erwartungsvoll zu Chalid auf, und schließlich setzte er sich neben sie, seinen *Shamshir* griffbereit.

Die Zauberin hörte zu, als Shahrzad die traurige Geschichte von Ava und Chalid erzählte. Ihre vereinbarte Eheschließung und der herzzerreißende Verlust ihres Kindes. Avas Trostlosigkeit und ihr nachfolgender Tod. Wie Avas Vater Chalid zu sich nach Hause lockte, wo er sich sein eigenes Leben im Austausch für die schwarze Magie nahm, um den Fluch auf Chalid auszuüben.

Als Shahrzad geendet hatte, wandte sie sich an Chalid. In knappen Tönen wiederholte er die Bedingungen des Fluches und teilte mit, wie er begonnen hatte, ihn zu erfüllen, aber dass er sich nicht mehr den Launen eines rachedurstigen Verrückten unterjochen wollte.

Die ganze Zeit über war die einzige Reaktion der Zauberin ihr immerwährendes vogelähnliches Kopfneigen. Als sie fertig waren, entfernte sie ein Bündel Papiere mit betonter Langsamkeit von ihrem Schreibtisch.

»Ein Fluch ist eine Bezahlung für einen Dank, den man jemandem schuldet – ein abgeschlossener Handel, wie unfair auch immer«, begann Isuke. »In diesem Fall wurde das Leben eines Mannes für seine Magie gegeben. Wenn die Magie machtlos gemacht werden soll, muss ein Angebot von gleichem Wert abgegeben werden.«

»Dann … muss ich sterben.« Chalid sprach, als ob er sich damit abgefunden hätte.

Als ob er es erwartet hätte.

Jeder Muskel in Shahrzads Körper spannte sich an. Unzählige Worte des Protestes brodelten in ihr auf.

Isukes Mund bog sich nach oben zu etwas, das sie als Lächeln zu betrachten schien. »Nein. Das habe ich nicht gesagt. Wenn es so einfach wäre – ein Leben für ein Leben –, hätte der Fluch schon vor vielen Morgengrauen geendet. Flüche sind selten so simpel.« Sie platzierte einen ovalen Spiegel von der Größe von zwei Händen auf dem Tisch. Dann legte sie beide Handflächen daneben.

Der Spiegel schien sich aus eigenem Willen zu erheben. Er drehte sich, um das Spiegelbild von Shahrzad und Chalid wiederzugeben, dann begann er, sich sehr langsam zu drehen, als ob er an einem unsichtbaren Faden von der Decke hinge.

»Was ich sagen will«, fuhr Isuke fort, »ist, dass die Magie sich selbst spiegelt, sowohl in Macht als auch in Absicht. Wie jeder Spiegel hat auch alle Magie eine dunkle Seite. Eine Seite, die durch einen Trick dazu gebracht werden kann, das zu sehen, was sie sehen will.«

Einen Augenblick lang schien sie sich an ihren eigenen Worten zu erfreuen. »In der Magie wie im Leben ist Täuschung oft die beste Art, seine Feinde zu bezwingen.«

Der Spiegel drehte sich. Langsam. Er leuchtete silbern, als er auf Shahrzads Gesicht traf, bevor er Chalids Spiegelbild aufnahm. Dann drehte sich die dunkle Seite des Spiegels vorbei, und er wirbelte herum in einem weiteren Spiel von Licht und Schatten.

Shahrzad blinzelte. Als sie zur Rechten blickte, bemerkte sie, dass Chalids Augenbrauen sich vor Konzentration runzelten. Als ob der Spiegel zu einem komplizierten Rätsel geworden sei, das er lösen wollte.

Isukes Stimme wurde schwächer, leierte kraftlos. »Daher, wenn du ein angemessenes Gegenangebot zu diesem Fluch bestimmen willst, musst du unter seiner Oberfläche graben.«

Ich … verstehe nicht.

Der sich drehende Spiegel zog wieder Shahrzads Aufmerksamkeit auf sich.

Er blitzte auf, bevor er sich noch einmal langsam umdrehte. Hell und dunkel. Shahrzad, dann Chalid. Wieder. Und wieder.

Shahrzad wurde schwindelig. Der Duft nach Minze und Zitronen erfüllte ihre Nase und breitete sich in ihrer Brust aus. Ihre Augenlider wurden schwer. Eine Schwere umhüllte sie wie eine zweite Haut, als ob sie kurz vor dem Einschlafen wäre. Oder in diesen Raum zwischen den Träumen sacken würde, in dem sie sich bewusst war, was um sie herum passierte, aber keine Kontrolle darüber hatte.

In diesem Augenblick der Schwerelosigkeit betrat ein unerwünschtes Wesen ihren Geist.

Es war, als ob eine vermummte Gestalt sich in ihr Bettgemach geschlichen hätte und wie ein Dieb in der Nacht in ihren Sachen wühlen würde. Als die Gestalt nicht fand, wonach sie suchte, wandte sie sich ihr zu.

Shahrzad schnappte nach Luft.

Sie hatte kein Gesicht. Da, wo Gesichtszüge hätten sein sollen, war stattdessen ein elfenbeinfarbenes Oval, wie eine polierte Eierschale. Der gesichtslose Eindringling glitt auf sie zu, dann führte er sie in einen dunstigen Korridor, wobei er durch offene Türen in Räume zur Linken und zur Rechten spähte.

Die Räume waren mit Shahrzads Erinnerungen gefüllt. All die vielen Male, als sie mit Shiva oder Irsa gestritten hatte. Aus Gewohnheit Rahims gutmütiges Grummeln erwidert hatte. Ihrer Mutter zugehört hatte, wie sie Märchen erzählte. Sich für eine heimliche Umarmung mit Tarik davongestohlen hatte. Neben ihrem Vater Bücher gelesen hatte. Allein in ihrem Zimmer geweint hatte.

Der Eindringling verweilte bei einigen Augenblicken, die sie mit Chalid verbracht hatte. Bei Nächten, in denen sie ihm bei Lampenschein Geschichten erzählt hatte. Sich mit ihm über ihre Herzensangelegenheiten gestritten hatte, während sie Brot in kleine Stückchen zerrissen hatte. All die Male, da sie ihn geküsst hatte – in dunklen Straßen und hinter Schleiern aus schimmernder Gaze. Der Eindringling verweilte gebannt bei ihrem ersten Kuss im Souk.

Als ob er in diesem Moment zu derselben Erkenntnis gelangt sei wie sie.

Ihr Eindringling entwickelte bald ein besonderes Interesse an Erinnerungen, die mit ihrem Vater zu tun hatten. Er beobachtete mit seinem augenlosen Gesicht, wie Jahandar Shahrzad die einzelne blühende Rose aus seinem Garten vorführte, an dem Nachmittag, als sie im Palast von Ray angekommen war. Er lehnte sich näher heran – begierig –, als Jahandar die Rose zum Leben erweckt hatte, nur um sie unwissentlich mit einem Handumdrehen zum Tode zu verurteilen.

Anschließend suchte der Eindringling ganz offensichtlich in den dunstigen Gängen nach Jahandar al-Haizuran. Bald war die Erinnerung an den vergangenen Tag erreicht, als Shahrzad ihren Vater gedrängt hatte, ihr zu erzählen, was in der Nacht des Sturms in Ray passiert war.

Was Jahandar mit seinen Händen angestellt hatte. Mit seinen Haaren. Mit Irsas Pferd.

Oder dem Sturm selbst.

Mit leuchtenden Augen hatte Jahandar ihr das Buch gezeigt, das er die ganze Zeit an seine Brust gepresst hatte. Er hatte einen schwarzen Schlüssel von seinem Hals gelöst.

Und den Band aufgeschlossen …

Ein sich langsam ausbreitendes silbernes Licht war auf seinem Gesicht erschienen.

Durch den weißen Dunst streckte der gesichtslose Eindringling eine kalte Hand aus und umfasste Shahrzads Handgelenk fest.

So fest, dass es wehtat.

Shahrzad unterdrückte einen Schrei.

»Tante Isuke!«, donnerte Artan. »Jetzt ist es genug!«

Der Klang von zerbrochenem Glas beendete abrupt das schwerelose Schweben von Shahrzads Geist und stellte ihren Blick wieder scharf.

Ihre Augen öffneten sich plötzlich wieder. Sie wurde aus einer seltsamen Welt von dunstigem weißen Rauch wieder zurückgeholt.

Das Erste, was sie bemerkte, war der Abdruck einer Hand an ihrem Handgelenk. Rot und pochend und echt. Shahrzad blinzelte fest. Als sie aufsah, rutschte ihr das Herz in den Magen.

Beide, Chalid und Artan, waren aufgesprungen.

Chalids Schwert war durch den Raum geschleudert worden. Es steckte in der gegenüberliegenden Wand in einem merkwürdigen Winkel, sein juwelenbesetzter Griff zitterte noch von dem Einschlag.

Isukes ahnungsvoller Spiegel lag in Scherben um sie herum.

Shahrzad wusste, dass Chalid ihn zerschmettert hatte. Irgendwie hatte er es geschafft, die wie auch immer geartete Kontrolle, die die Zauberin über ihn ausgeübt hatte, zu brechen, und hatte den Spiegel bei dem Versuch, sie abzuwehren, zerstört. Im Gegenzug hatte die Zauberin Chalids Schwert weit außer Reichweite geschleudert.

Jetzt stand Artan zwischen Chalid und seiner Tante.

Er hat nichts unternommen, als seine Tante sich in meinen Geist gestohlen hat. Wo liegt Artan Temujins Loyalität?

Sie hatte anfangs angenommen, dass Artan zwischen Chalid und seine Tante getreten war, um Chalid davon abzuhalten, sie anzugreifen.

Aber Shahrzad stellte fest, dass sie sich wohl geirrt hatte. Artan schien geneigt, sich mit ihnen zu verbünden, nicht mit seiner Tante. Er stand mit dem Rücken zu Chalid, und nur ein Narr würde seinem Feind den Rücken zudrehen. Artan war kein Narr. Gerade eben spiegelte sein Gesichtsausdruck eine komplizierte Mischung aus Entschlossenheit und schlechtem Gewissen. Als ob Artan gewusst hätte, dass er sich getäuscht hatte.

Also war Artan nicht vor Chalid getreten, um ihn aufzuhalten. Er war vor ihn getreten, um ihn zu *retten*.

Er hatte beschlossen, Partei für einen Jungen zu ergreifen, den er kaum kannte, zuungunsten seiner eigenen Familie.

Aber warum?

Shahrzads Blick glitt zu der Zauberin, die ihr ruhig gegenübersaß.

Es ist klar, dass Isuke mir meine Gedanken stehlen wollte. Zu welchem Zweck?

Die Zauberin blieb sitzen, ihr Rücken immer noch pfeilgerade und die Hände auf dem Tisch. Kompromisslos.

»Du hast versprochen«, sagte Artan, seine Stimme voller Anklage. »Du hast versprochen, es würde um nicht mehr gehen als die Suche nach dem Buch. Du hast …«

»Nichts habe ich versprochen.« Isukes Antwort klang fast heiter, trotz des beißenden Untertons. »Du warst es. Auf alle Fälle – das Mädchen ist ja nicht verletzt.«

»Du lügst«, erwiderte Chalid mit einem wilden Flüstern. »Sie hat aufgeschrien.«

»Ich bin nicht verletzt. Ich war nur … erschrocken«, sagte Shahrzad. »Aber ich verlange zu wissen …«

»Was du verlangst, bedeutet mir nichts«, unterbrach Isuke. »Aber das Buch, das dein Vater hat – er darf es nicht behalten.«

Verwirrung spiegelte sich auf Shahrzads Stirn. »Ich verstehe nicht. Ist es der Grund, dass mein Vater …«

»Die Wunden deines Vaters werden beizeiten heilen. Aber er hat in eurer Welt etwas entfesselt, das viel zerstörerischer ist.« Die einzige Veränderung im Erscheinen der Zauberin war ein Wechsel in der Augenfarbe, von Feuerstein zu Obsidian, dann wieder zurück. »Wenn du das Buch für mich zerstörst, dann erlöse ich den Jungen, den du so von Herzen liebst, von dem Fluch. Ich werde seine Schuld für zurückgezahlt erklären.«

Obwohl Shahrzad gern alle Fragen gestellt hätte, die sich ihrem Geist aufdrängten, wählte sie die dringendste. »Warum muss das Buch zerstört werden?«

Shahrzad musste die Begründung der Zauberin kennen, denn sie traute ihren Motiven nicht. Außerdem hatte sie nicht die Absicht, jemandem zu trauen, der alles über sie wusste und erst noch etwas als Gegenleistung schuldig war.

Isuke hielt nachdenklich inne. »Das Buch bringt seinem Besitzer nichts als Unheil. Du solltest stolz darauf sein, seinen Untergang zustande zu bringen.«

»Vergib mir, aber das ist keine Antwort«, fragte Shahrzad in ebenso schneidender Art. »Was hat dieses Buch mit dir zu tun?«

»Meine Gründe sollten für dich keine Rolle spielen, solange du deine Ziele erreichst, aber lass dir eines sagen: Dieses Buch hat mit Artans Eltern zu tun. Wenn du es zerstörst, wirst du ihn von seinen Schulden befreien.«

»Diese Schulden, welcher Art sind sie?«, fragte Chalid und blickte in Artans Richtung.

»Dieses Buch hat unsägliches Leid und Zerstörung mit sich gebracht. Tod in seiner schmerzlichsten Form«, antwortete Isuke, ihre Augen in Flammen. »Als es vor vielen Jahren einem närrischen König geschenkt wurde, dachten wir, es wäre verloren, und waren froh darüber. Jetzt wünschte ich, es wäre weg, ein für alle Mal.«

Voller Misstrauen beäugte Shahrzad die vogelartige Frau ihr gegenüber. »Wenn du weißt, wo das Buch ist, warum zerstörst du es nicht selbst?«

Isuke lächelte fast. »So viel ich vom Betreten deiner Gedanken erfahren habe, bist du nicht eine so große Närrin, wie ich ursprünglich vermutet hatte.«

»Nein.« Artan lachte, obwohl er nicht ein bisschen vergnügt klang. »Ist sie wirklich nicht.«

»Ich kann dieses Buch nicht zerstören«, gab Isuke zu. »Genauso wenig wie ein Mitglied meiner Familie. Es ist ein Buch, das aus der Magie hergestellt wurde, die durch unsere Adern fließt. Blut, das *freiwillig geopfert* wird, muss es sein, das es zerstört. Aber es darf sich nicht um unser Blut handeln.«

»Also muss es meins sein.« Shahrzad nickte grimmig und entschlossen. »Und ich muss es freiwillig tun.«

»Nein«, warf Chalid ein, seine Gesichtszüge kantiger denn je. »Ich werde nicht …«

Shahrzad drehte sich zu Chalid um, bereit, ihm ihrerseits mit Widerstand zu begegnen. »Wenn es irgendeine Möglichkeit gibt, den Fluch zu brechen, dann werde ich es tun. Und du wirst mich nicht daran hindern.«

»Shazi …«

»Dies ist nicht deine Entscheidung, Chalid. Es ist meine, und nur meine.«

»Es ist deine Entscheidung, das zu tun, was du willst.« Seine Hände ballten sich zu Fäusten. »Genau wie es meine ist. Es gibt keinen Grund, dass du es allein tust und …«

»Die Wahl liegt tatsächlich bei dir, Junge.« Isukes Mund verzog sich wieder nach oben, als sie ihr merkwürdiges Lächeln aufsetzte. »Letztendlich bist *du* derjenige, der das Buch zerstören muss, denn der Fluch liegt auf dir. Das Mädchen muss es von seinem Vater stehlen, zusammen mit dem Schlüssel, um es zu öffnen. Dann muss sie alles dir übergeben, sodass du das Buch zerstören und deinem Fluch ein Ende bereiten kannst.«

Shahrzad biss sich auf die Unterlippe. »Und wie muss er vorgehen, um das zu tun?«

»Der Fluch war einer, für den mit Blut bezahlt wurde«, erwiderte Isuke. »Also muss wieder mit Blut bezahlt werden. Sowohl jetzt als auch bei der Zerstörung des Buches. Aber du brauchst dich nicht fürchten, denn das Blut selbst spielt eine Rolle, nicht die Menge. Und zuerst brauche ich eine Möglichkeit, es auszuführen …« Sie erblickte die Klinge an Shahrzads Taille. »Gib mir deinen Dolch, Mädchen.«

Widerstrebend reichte Shahrzad der Zauberin ihren Dolch. Isuke zog ihn aus der Scheide und begann, vor sich hinzumurmeln. Das Metall nahm ein weißes, heißes Glühen an. Als die Zauberin weiter in einer Sprache murmelte, die Shahrzad irgendwie bekannt vorkam, tauchten winzige Symbole auf der Klinge auf.

Als auch die Symbole weiß glühten, warf Isuke Chalid einen Blick zu. »Gib mir deine Hand.«

Shahrzad zitterte, als Chalid entschlossen seine Hand ausstreckte. Er wich nicht zurück, als Isuke die glühende Klinge benutzte, um eine dünne Schnittwunde oberhalb der bestehenden Verletzung zu schneiden. Als die Purpurtropfen auf die Oberfläche des Dolches trafen, wechselte das Metall von weißem, kaltem Blau zu einem feurigen Rot. Es klopfte in einem eigenen Herzschlag, seine Symbole leuchteten mit dem Licht eines verblassenden Sterns.

Alles um sie herum wurde schlagartig stockdunkel.

Ihr Gesicht vollkommen ausdruckslos, wischte Isuke das Blut ab und brachte die Klinge wieder in ihrer juwelenbesetzten Scheide unter. Sie reichte Shahrzad den Dolch zurück, ließ ihren Griff aber nicht locker.

Als Shahrzads Hand über die Metallscheide strich, fühlte sie sich so kalt an wie der Tod.

»Benutze den Schlüssel, um das Buch zu öffnen, aber nur, wenn du bereit bist, es zu zerstören«, sagte die Zauberin zu Chalid. »Wiederhole dasselbe Ritual, das du gerade gesehen hast: Benutze diesen Dolch, um deine Haut aufzuschlitzen, und lass dein

Blut auf die Klinge tropfen. Dann stich den Dolch durch die Buchseiten, bevor du es verbrennst.« Sie hielt inne, als müsse sie nachdenken. »Das Buch wird sich wehren. Es wird schreien. Tu, was immer getan werden muss, um das Buch in Brand zu setzen. Denn das Feuer wird deinen Fluch mit sich nehmen, wenn die Asche des Buches vom Wind zerstreut wird. Dies schwöre ich dir, in meinem Namen und dem Namen meiner Ahnen vor mir.«

Isukes Finger krümmten sich wie Klauen um Shahrzads Handgelenk, wo die Abdrücke von zuvor noch sichtbar waren. Dann, und erst dann, zeigte sie ein Zeichen des Gefühls. Ihre Lippen zogen sich über ihren Zähnen zu einem höhnischen Lächeln zusammen. Zwei vertikale Falten erschienen auf ihrer Nasenwurzel.

»Tu, was getan werden muss, Mädchen. Zerstöre das Buch und befreie uns von einer schrecklichen Last. Aber wenn du versagst, trägt nicht mehr nur meine Familie die Last …« Die Augen der Zauberin waren wie überlaufende Quellen aus Obsidian. »Sondern auch deine.«

Tricks und Täuschung

Shahrzad war ratlos.

Seit Tagen versuchte sie es ununterbrochen.

Seit drei Tagen täuschte sie Interesse am Buch ihres Vaters vor. Sie saß neben ihm am Bett und hörte zu, während er den Ursprung von Magie erklärte. Sie lächelte, als er versuchte, ihr zu erzählen, wie er es fertiggebracht hatte, seine Seiten peinlich genau zu übersetzen. Peinlich genau seinen Inhalt auswendig zu lernen.

Alles unter dem Vorwand, sie zu retten.

Sie zu retten?

Wer es glaubt …

Besonders jetzt, da Shahrzad seine Gründe kannte, warum er das Buch so sehr schätzte. Warum er es beschützte, selbst im Nebel seines Deliriums. Jetzt, da sie verstanden hatte, dass das Böse seines Geistes im Vergleich zu seinen Möglichkeiten verblasste.

Die Macht, ein Königreich zu zerschlagen.

Sich zum Herrn über andere zu machen, und das straffrei.

Früher hätte Shahrzad es nie für möglich gehalten, dass ihr Vater so machtgierig sein könnte. Aber der Beweis saß vor ihr, tagein, tagaus. Die Augen ihres Vaters waren trunken von einem fiebrigen Licht, mit den verbrannten Handflächen strich er sich über den kahlen Schädel, als suche er nach einer Erinnerung an alles, was sich zugetragen hatte.

Alles, was seine Taten mit sich gebracht hatten.

Obwohl Jahandar gesagt hatte, dass er Tod und Verwüstung nicht beabsichtigt hatte, als er das Herz von Ray angegriffen hatte – dass er nichts anderes beabsichtigt hatte, als sie zu retten –, konnte Shahrzad die Zweifel nicht abschütteln, die sie beschlichen hatten.

Denn ihr Vater konnte ihr nicht in die Augen sehen, wenn er diese Dinge sagte.

Daher hatte sie nur mit aller Kraft ihren Schrecken verborgen, als ihr Vater ihr enthüllte, dass Reza bin-Latief ihn um Hilfe bei zukünftigen Unternehmungen gebeten hatte.

Zukünftige Unternehmungen? Welcher Art?

Bei diesem Gedanken zuckte ihre Haut.

Tariks Truppen hatten es schon geschafft, zwei nahegelegene Festungen an der Grenze zwischen Chorasan und Parthien zu sichern. Shahrzad hatte Chalid vergangene Nacht gewarnt, und obwohl er schon vor Wochen begonnen hatte, seine Fahnenträger um sich zu versammeln, gestaltete der angeschlagene Zustand des Staates die Möglichkeit, eine Kraft zu organisieren, um die Grenzen zurückzuerobern, schwierig. Es würde Chalid Zeit kosten, eine Gegenoffensive in Bewegung zu setzen.

Und Zeit hatten sie nicht.

Also versuchte Shahrzad weiter, ihren Vater zu verleiten, ihr sein Buch auszuhändigen.

Um die Bedrohung durch den Fluch rechtzeitig vor dem Krieg zu beheben.

Dennoch ließ Jahandar das Buch nie unbeobachtet. Er schlief, das Buch fest an seine Brust gedrückt, den Schlüssel mit einer dünnen Kette um seinen Hals gebunden.

Wie sollte sie je ihrem Vater das Buch abnehmen und es Chalid aushändigen, wenn er sich nicht davon trennen mochte, nicht einmal für einen Augenblick?

Ich sollte Baba einfach die Wahrheit sagen. Und ihn bitten, mir das Buch zu geben.

Shahrzad hatte schon mehrfach darüber nachgedacht. Besonders an jenem ersten Tag. Ein Teil von ihr wollte glauben, dass ihr Vater willens wäre, alles zu tun, um seiner Tochter das Glück und die Zufriedenheit zu verschaffen, die das Leben ihm so oft versagt hatte.

Aber wenn sie ihm in die Augen sah, wenn er in solch ehrfürchtigen Tönen von dem Buch sprach – wenn er die Zielstrebigkeit schilderte, die seine Magie ihm verliehen hatte –, dann wusste sie, dass er sich nicht einfach davon trennen würde. Selbst wenn es Shahrzads Glück kostete.

Diese Erkenntnis schmerzte sie weitaus mehr, als sie zugeben wollte.

Denn ihr Vater war immer ein guter Mensch gewesen. Ein freundlicher Mann. Ein kluger Mann.

Ein Mann, der so vieles hatte, auf das er stolz sein konnte. Töchter, die ihn liebten. Und immer noch ein gutes Leben, das zu leben sich lohnte. Aber Shahrzad wusste, dass der Geist ihres Vaters sich selbst zum Opfer gefallen war und begonnen hatte, seine eigenen Lügen zu glauben.

An diesem besonderen Nachmittag bereitete Shahrzad also von Sorgen betäubt das Brot für die Abendmahlzeit vor.

»Shazi?«, sagte Irsa neben ihr.

»Hmmm?«

Ihre Schwester seufzte mit einstudierter Geduld. »Was machst du?«

»Ich bereite den Teig für *Barbari*.«

»Ja, das sehe ich. Aber du nimmst das Mehl für *Sangak*.«

Als Shahrzad hinuntersah und den Fehler bemerkte, hätte sie

am liebsten die klebrige Masse in die Flickwerkplane des Zeltes geschleudert. Aber sie wusste, das hätte wenig geholfen, sie zu besänftigen, und am Ende nur noch mehr Arbeit bedeutet. Also warf Shahrzad den Klumpen Teig mit einem einzigen Schwung auf den Boden. Dieses einzelne Missgeschick konnte wenigstens schnell beseitigt werden. Es war kindisch, aber der Teig machte ein köstliches *Platsch,* als er auf dem Boden landete.

Irsa schüttelte den Kopf. »Ich glaube, wir könnten beide einen Moment Ruhe gebrauchen.«

Sie griff nach zwei Bechern und ein paar Minzzweigen, die sie Shahrzad weiterreichte. Dann ging sie zu einem Tisch mit Wurzelgemüse. Sie tauchte unter ein Spalier, von dem Kräuter zum Trocknen hingen, und kam mit einem kleinen Teller mit kleinen Kuchen aus gemahlenen Mandeln und kandierten Aprikosen, bedeckt mit Puderzucker, zurück.

Die zwei Mädchen saßen auf dem Boden neben dem Klumpen des misslungenen Teigs. Shahrzad zerquetschte die Minzzweige in den Bechern und goss heißen Tee darauf. Dann schnappte sie sich einen der winzigen Mandelkuchen.

»Was beunruhigt dich eigentlich?«, fragte Irsa, bevor sie einen der krümeligen Kuchen in Stücke brach.

»Nichts.« Shahrzads Antwort war ungewöhnlich mürrisch.

»Schön. Dich beunruhigt also nichts.« Irsa leckte den Puderzucker von ihren Fingern ab. »Eines Tages frage ich nicht mehr, daran bist du dann aber selbst schuld.«

»Du wirst ganz schön kratzbürstig. Vielleicht solltest du nicht mehr so viel Zeit mit Rahim al-Din Walad verbringen.« Shahrzad grinste beinahe.

»Und du entwickelst dich zur Lügnerin.« Irsa warf Shahrzad einen bedeutungsschweren Blick zu. »Du hast mir so viel versprochen. Versprechen, die du alle erst noch halten musst.«

Shahrzad holte tief Luft. Alles, was Irsa sagte, war die Wahrheit. Sie hatte Irsa schon lange nicht mehr ins Vertrauen gezogen. Aber sie hatte immer aus guten Absichten gehandelt. Deshalb erschien es falsch, Irsa einzuweihen, jetzt da Shahrzad in einer Zwickmühle steckte, die sie selbst zu verantworten hatte.

Aber in letzter Zeit hatte sich dieser Stolz beinahe zu Shahrzads Verhängnis entwickelt. Ihre Weigerung, die Wahrheit hinter den Geschichten zu sehen, hatte sie beinahe Chalids Liebe gekostet. Wenn sie sich jetzt ihrer Schwester anvertraute, konnte Irsa ihr vielleicht die Hilfe bieten, die sie so verzweifelt brauchte. Vielleicht konnten zwei Köpfe sich durchsetzen, wo einer allein scheiterte, wie ihre Mutter so oft gesagt hatte.

Oder vielleicht würde Shahrzad den Tag bitterlich bereuen, an dem sie das Leben ihrer Schwester für ihre eigenen selbstsüchtigen Ziele aufs Spiel gesetzt hatte.

Shahrzad nahm vorsichtig einen Schluck Tee und versuchte, ihre Zweifel mit einem Gemisch von Minze und Zucker hinunterzuspülen.

Ich kann so nicht weitermachen. Etwas muss sich ändern.

Vielleicht bin ich selbst dieses Etwas.

»Ich muss Baba sein Buch und seinen Schlüssel abnehmen …« Shahrzad ließ ihre Schwester nicht aus den Augen, als sie begann.

Irsas Augenbrauen zogen sich fragend zusammen.

»Ohne dass er weiß, dass ich sie genommen habe«, fuhr sie fort. »Jedenfalls nicht sofort. Siehst du eine Möglichkeit?«

Irsa kaute auf ihrem Mandelkuchen, während sie nachdachte. »Es gibt ein Schlafmittel auf der Pergamentrolle, die Rahim mir geschenkt hat. Glaubst du, das könnte funktionieren?«

Shahrzad spitzte nachdenklich ihre Lippen.

Es ist riskant.

Aber ich habe die vergangenen drei Tage keine bessere Lösung finden können.

»Könnte sein.«

»Trotzdem sollte ich dich warnen«, fuhr Irsa fort. »Ich glaube, dass es dauert, bis Baba einschläft. Und ich weiß nicht, wie wirkungsvoll das Mittel ist, ich habe es noch nie ausprobiert.« Sie nippte an ihrem Tee. »Warum brauchst du dieses Buch, Shazi? Und warum kannst du ihn nicht einfach darum bitten?«

Shahrzad bedeckte ihr Gesicht mit einer Maske falscher Gelassenheit. Es wäre unklug von ihr, Irsa alles, was sie erfahren hatte, weiterzuerzählen. Unklug, ihre Schwester mit solchen schmerzhaften Einzelheiten über die traurigen Heldentaten ihres Vaters zu beunruhigen. »Warum ich es brauche, ist nicht von Bedeutung.«

»Nein.« Irsas Mund wurde zu einem Strich. »Wenn du meine Hilfe willst, möchte ich, dass du mir deine Gründe nennst. Sag mir die Wahrheit.«

»Die Wahrheit ist nicht …«

»Schön? Leicht? Nicht, wie sie sein sollte?«, spöttelte Irsa, fast steif. »Wie alt, meinst du, bin ich? Ein kleines Wickelkind? Oder eine junge Frau, die in der Lage ist, einen Schlaftrunk zusammenzubrauen? Denn du kannst nicht beides haben.«

Shahrzad blinzelte, verblüfft von der einfachen Wahrheit der Worte ihrer Schwester. Irsa hatte recht. Shahrzad konnte nicht mehr aussuchen, was sie in ihr sehen wollte. Sie konnte sie auch nicht mehr beschützen. Egal, wie sehr sie es sich auch wünschte.

Wenn Irsa alt genug war, ihr zu helfen – alt genug, ihre Zeit mit Rahim al-Din Walad zu verbringen –, dann war sie alt genug zu erfahren, warum Shahrzad das Buch ihres Vaters brauchte.

»Du hast recht. Egal, wie sehr ich es gerne leugnen würde, du bist kein Kind mehr. Es ist an der Zeit, dass ich dir die Wahrheit erzähle.« Shahrzad holte tief Luft und begann.

Dieses Mal ließ sie nichts aus. In leiser, kaum hörbarer Stimme erzählte Shahrzad ihrer Schwester die Geschichte von dem Fluch. Davon, was der Mann, den sie liebte, alles unter Zwang hatte tun müssen, um sein Volk zu retten. Davon, was sie nun tun mussten, um die Schreckensherrschaft eines gramerfüllten Verrückten zu beenden.

Irsa hörte mit vor Schock weit aufgerissenen Augen zu.

Als sie davon hörte, welch beängstigende Aufgabe vor ihnen lag, schloss sie konzentriert die Augen.

»Also muss ich Baba das Buch wegnehmen, während er schläft, dann Chalid in Ray abholen, sodass er das Buch zerstören und den Fluch beenden kann, und damit diesen überflüssigen Krieg«, sagte Shahrzad schließlich, und ihre Schultern fielen nach vorn, beladen mit all der Last, die sie preisgegeben hatte.

Irsa schwieg eine Zeit lang. »Das ist ein gewaltiges Risiko. Vor allem unter so vielen feindlich gesinnten Blicken«, sagte sie schließlich. »Und alles könnte sich einfacher gestalten, wenn du Hilfe hättest. Warum lässt du mich nicht Baba das Buch abnehmen, während du nach Ray reist?«

»Nein.« Shahrzad schüttelte den Kopf. »Das ist zu gefährlich.«

»Nein«, beharrte Irsa. »Ist es nicht. Es ergibt Sinn, dass ich es tue. Er wird mich nicht verdächtigen, an dem Buch interessiert zu sein. Lass mich ihm das Schlafmittel in seinen Abendtee geben. Ich warte, bis er schläft, dann treffe ich dich in der Wüste.«

»Ich könnte es nicht ertragen, wenn dir etwas zustieße.«

»Was könnte mir schon passieren?« Irsa runzelte die Stirn. »Es ist ja nicht, als ob ich an der Spitze der Truppe kämpfen würde. Ich besorge nur ein Buch«, sagte sie kurz und knapp. »Warum treffen wir uns nicht am Brunnen, östlich des Zeltlagers? Von hier aus ist es nur ein kurzes Stück zu reiten. Ich leihe mir Aishas Pferd, dann bringe ich das Buch und den Schlüssel dorthin und erspare dir damit die Mühe und die Zeit. Du kannst nach Ray losfliegen, wenn ich Baba seinen Tee gebe.« Ihre Stimme war immer leidenschaftlicher geworden, während sie sprach, in ihren Worten lag eine neu gefundene Selbstsicherheit.

Shahrzad biss sich innen auf die Wangen, immer noch unwillig nachzugeben, aber langsam erwärmte sie sich für die Idee.

Es ergibt tatsächlich einen Sinn. Und es wäre schön, zur Abwechslung einmal zusammenzuarbeiten.

»Mach dir keine Gedanken, Shazi«, grinste Irsa gutmütig. »Ich warte nur darauf, dass Baba einschläft, dann übergebe ich dir ein Buch. Daran ist nichts Gefährliches.«

Den inneren Bedenken zum Trotz erwiderte Shahrzad ihr Lächeln.

Vielleicht hatte ihre Schwester ja recht.

Sie nahmen ihr Schicksal in die Hand. Weigerten sich, das Schicksal ihre Zukunft bestimmen zu lassen. Vielleicht war der Grund, dass Shahrzad in letzter Zeit so verzweifelt gekämpft hatte, gewesen, dass sie gegen einen reißenden Strom zu schwimmen versucht hatte. Vielleicht sollte sie stattdessen einmal mit dem Strom schwimmen.

»Also gut«, stimmte Shahrzad zu. »Machen wir es so.«

»Zusammen.« Irsa lächelte breiter.

Shahrzad nickte. »Zusammen.«

Tarik war sich nicht sicher, was ihn dazu gebracht hatte, Irsa al-Haizuran heute Abend zu folgen.

Von allen Dingen, die er hätte tun sollen, er hätte nicht Irsa heimlich folgen sollen. Er hätte ihren nächsten Überfall planen sollen. Oder wenigstens den Anfang einer Strategie mit seinem Onkel besprechen sollen, trotz seines wachsenden Unbehagens über Reza bin-Latiefs Ziel. Stattdessen war er bei Rahim und trottete auf dem Pferderücken durch die Wüste …

Und versuchte, sich still zu verhalten.

Tatsächlich war es ihr Glück, dass Irsa so schlecht schleichen konnte. Und ebenso schlecht beobachten konnte. Denn jeder Soldat, der sein Geld wert war, hätte sie in der Ferne folgen sehen.

Hätte diese Lächerlichkeit längst aufgegeben.

Aber Tarik hatte sich schon seit geraumer Zeit um Shahrzad Sorgen gemacht. In den vergangenen Tagen hatte er ständig nach ihr Ausschau gehalten. Früher an diesem Abend hatte Tarik beobachtet, wie sie sich in die Wüste stahl, unter dem Arm ein aufgerolltes Bündel. Bevor er in der Lage gewesen war, von seinen Soldaten loszukommen, war Shahrzad spurlos verschwunden gewesen.

Jetzt war Tarik gezwungen, das Nächstliegende zu tun und Irsa zu folgen. Denn wenn irgendjemand wusste, was Shahrzad mit diesem merkwürdigen Verhalten beabsichtigte, war es ihre jüngere Schwester.

Tarik war ohne Weiteres bereit, sich mit einer List zu helfen, wenn es dazu diente, eine Erklärung für Shahrzads Benehmen in letzter Zeit zu bekommen. Ohne Weiteres bereit, sich in die Wüste zu stehlen und eine Gestalt in Kapuze unter einem mondbeschienenen Himmel zu verfolgen.

Und Rahim?

Rahim würde Irsa al-Haizuran überallhin folgen.

Alles, was Irsa bei sich hatte, war ein kleines Paket, das in eine Bahn dunklen Leinens eingewickelt war und das sie an ihre Brust drückte. Sie war nicht zum Reisen gekleidet. Die leichte *Shahmina* um ihre Schultern würde sie kaum schützen.

Tarik fand es merkwürdig, denn Irsa al-Haizuran war für gewöhnlich ziemlich vernünftig. Lieferte normalerweise keinen Grund zur Besorgnis. Hatte es nie getan. Dazu war sie überhaupt nicht der Typ.

Sie war vorhersehbar. Angenehm. Umgänglich.

Alles das, was Shahrzad nicht war.

Trotzdem hielt Tarik seinen Reflexbogen griffbereit.

Bereit für alles, was auf ihn zukommen könnte.

Nach einem Ritt von einer halben Stunde näherten sie sich dem Brunnen und der verlassenen Siedlung, wo Tarik vor mehreren Monaten Omar al-Sadiq zum ersten Mal getroffen hatte. Er rief sich kurz in Erinnerung, wie der bejahrte Scheich vor Zorayas scharfen Klauen zurückgeschreckt war. Ausnahmsweise war Tarik froh, den Falken zurückgelassen zu haben, denn er hätte jetzt ohne Zweifel ihre Gegenwart verraten.

Rahim und Tarik stiegen von ihren Pferden ab und verbargen sich hinter den eingefallenen Steingebäuden. Sie blieben im Schatten verborgen, während Irsa ihr Ross an einen Pfosten am Brunnen band.

Trotz allem musste Tarik zugeben, dass er irgendwie neugierig war.

Wen wollte der kleine Grashüpfer treffen?

Denn Tarik konnte nirgendwo in der Nähe eine Spur von Shahrzad entdecken.

Rahim atmete durch die Nase ein. Selbst auf eine Armeslänge entfernt konnte Tarik die aufkeimende Besorgnis seines Freundes spüren, als wäre es seine eigene.

»Warum bist du so besorgt?«, flüsterte Tarik.

Rahim beäugte die schmale Gestalt von Irsa al-Haizuran aus der Ferne.

Tarik unterdrückte ein Grinsen. »Sie ist nicht in Gefahr. Offenbar trifft sie jemanden, den sie kennt. Hast du Angst, es könnte ein anderer Junge sein?«

»Warum sollte es mir etwas ausmachen, wenn sie einen anderen Jungen trifft?«, schoss Rahim zurück. »Ich will nur sichergehen, dass sie nicht in Gefahr ist.«

»Natürlich würde es dir nichts ausmachen, wenn sie einen anderen Jungen treffen würde.« Tarik verdrehte die Augen. »Deswegen folgst du ihr ja auch mitten in der Nacht wie ein gehörnter Ehemann.«

Rahim stieß ein verzweifeltes Seufzen aus. »Wir wissen beide, warum wir hier sind, und es hat nichts zu tun mit …«

Tarik schnitt ihm mit einer Hand auf seiner Schulter das Wort ab.

Zwei Gestalten näherten sich Irsa. Die eine war leicht erkennbar. Tarik würde diesen Umriss überall erkennen. Er hatte den größeren Teil seines Lebens damit verbracht, ihn zu speichern. Klein und schlank. Mit einem unordentlichen Zopf, der scheinbar gerade erst durch einen starken Wind zerzaust worden war.

Die andere Gestalt war groß. Trug eine Kapuze. Männlich.

Weniger leicht erkennbar.

Trotzdem wusste Tarik – noch bevor die Gestalt die Kapuze ihres *Rida* abzog, selbst bevor ihre Hand sich auf Shahrzads schmalen Rücken legte –, um wen es sich handelte.

Hass drang Tarik bis in die Fingerspitzen. Wand sich in seinem Magen. Seine eigenen Worte klangen ihm in den Ohren.

»Mache keinen Fehler – das nächste Mal, wenn ich Chalid Ibn al-Rashid sehe, wird einer von uns sterben.«

Tarik hielt nicht inne, um nachzudenken. Er überlegte kein zweites Mal.

Die Liebe würde ihn der Wahrheit gegenüber nicht blind machen.

Seine Wut wuchs an, und Tarik schob Rahims Versuch, ihn aufzuhalten, einfach beiseite …

Und griff nach einem Pfeil.

Shahrzad mochte diesen Ort nicht.

Als sie und Chalid ein erstes Mal über die Siedlung um den Brunnen herumgeflogen waren, hatte eine ungute Vorahnung sie ergriffen.

Als sie die Siedlung jetzt durchschritten, wurde das Gefühl nur noch schlimmer.

Alle Gebäude um sie herum waren verlassen. Viele der schlammbedeckten Dächer waren in sich zusammengefallen und hatten Krater gebildet, die den bedrohlichen Charakter noch verstärkten – eine Warnung an alle, die es wagen sollten, näherzutreten, dass die Zeit nicht gnädig mit denen umgehen würde, die sich hier aufhielten.

Schlimmer noch, entgegen der früheren Versicherung ihrer Schwester bemerkte Shahrzad, dass Irsa nervös war. Ihre Schwester schritt in einem kleinen Kreis um den Brunnen herum und hielt ein leinenverpacktes Bündel an ihre Brust gepresst. Shahrzad beobachtete, wie Irsa immer kleinere Kreise um den Brunnen drehte …

Sie wusste, dass sie dieselbe Bedrohung in der Luft wahrnahm.

Das Einzige, was Shahrzad den Eindruck vermittelte, dass alles bald gut werden würde, war die beruhigende Hand an ihrem Rücken.

Die warme, feste Anwesenheit des Jungen an ihrer Seite.

Chalid sieht alles. Er übersieht nie auch nur die geringste Einzelheit.

Er wird nicht zulassen, dass Irsa irgendetwas passiert.

Shahrzad straffte die Schultern. Bald würde Chalid das Buch ihres Vaters zerstören. Dann könnten sie beginnen, all das Unrecht um sie herum wiedergutzumachen. Und sie würde nie wieder solche Sorgen haben.

Als sie auf den Brunnen zugingen, strich eine plötzliche Brise durch die hufeisenförmig angeordneten verlassenen Häuser, wirbelte die Luft und alle Laute durch die Steinhöhle.

Ein vertrautes Geräusch klang nach.

Shahrzad blieb stehen.

War das ein Pferd?

Einen Augenblick lang glaubte sie, in der Ferne das Geklapper von Hufen gehört zu haben.

Neben ihr hielt auch Chalid abwartend inne. Dann stellte er sich hinter sie, als versuche er, es herauszufinden. Irsas Pferd stand ganz in der Nähe, an einen Pfosten gebunden.

Und niemand sonst wusste, wo sie waren.

Die Brise ebbte ab. Die aufgewirbelten Sandkörner fielen ihr zu Füßen.

Aber nichts war in Ordnung. So viel lag auf der Hand.

Shahrzad fühlte es: Etwas lag in der Luft.

Gerade als sie die deutliche Bewegung von Schatten in der Nähe eines Gebäudes weit zu ihrer Rechten sah.

Und sie wusste es. Sie wusste es mit derselben lähmenden Gewissheit wie jemand, der über einem gähnenden Abgrund hängt.

Denn sie hatte diese Kunst seit Jahren geübt. Jetzt war der perfekte Augenblick.

Der Wind hatte sich gerade gelegt. Hinunter und nach links. Sie konnte geradezu die Fiederung zwischen ihren Fingerspitzen fühlen. Das Sirren der Bogensehne, wenn der Pfeil losgelassen wird.

Ohne eine Sekunde zu zögern stieß Shahrzad Chalid beiseite.

Ein Pfeil im Herzen

Der Pfeil zischte durch die Dunkelheit, pfiff an Irsa vorbei auf seiner tödlichen Flugbahn.

Die Welt um sie herum schien sich auf einmal zu verlangsamen.

Sie sah, wie ihre Schwester auf den Kalifen von Chorasan zusprang und versuchte, ihn zur Seite zu stoßen.

Im selben Augenblick packte der Kalif sie, weil er sie mit seinem Körper schützen wollte. Zwei starrköpfige Liebende, die sich gegenseitig vor derselben Bedrohung beschützten.

Die denselben verlorenen Kampf ausfochten.

Er packte sie, und sie stieß ihn. Und alles war verloren.

Der Pfeil bohrte sich in Shahrzads Rücken.

Dann, genauso schnell wie die Welt angehalten hatte, hastete sie in einem plötzlichen Rausch weiter.

Irsa sah, wie der Kalif Shahrzad direkt an seiner Brust auffing. Obwohl sein Gesichtsausdruck leer war, waren seine Augen ein einziges Sommergewitter. Eine feurige Sonne bestürmt von aufgewühlten Donnerwolken.

Ein verspäteter Aufschrei entrang sich Shahrzads Lippen.

Beim Anblick des Pfeils, der in Shahrzads Rücken zitterte, schrie Irsa gellend auf.

Der Lärm schnitt den Nachthimmel entzwei.

»Shazi!« Irsa eilte an Shahrzads Seite.

Die Finger ihrer Schwester klammerten sich in die Falten von Chalids schwarzem *Rida*. Keiner von beiden hatte bisher ein Wort gesprochen, ihre Blicke waren aufeinander gerichtet. Welche schweigende Unterhaltung sie auch führen mochten, es war eine Sprache, die Irsa nicht verstand. Sie sanken zu Boden, der Kalif hielt Shahrzad immer noch fest an sich gepresst. Irsa kniete sich in den Dreck neben ihnen, ihr Herz schrie in ihrer Brust.

»Wir … wir müssen etwas tun!«, rief sie. »Wir müssen …«

Hektische Bewegungen hinter ihnen trieben den Kalifen zum Handeln. Er reichte Shahrzad an Irsa weiter und stand sofort senkrecht. Irsa hielt sie, verzweifelt beobachtete sie die sich ausbreitende Wunde auf der Schulter ihrer Schwester, fragte sich, was sie tun sollte, fragte sich, was sie tun *konnte* …

Das Zischen eines Schwertes, das aus seiner Scheide gezogen wird, riss Irsa aus dem Wirbelsturm ihrer Gedanken. Zum ersten Mal, seit der Pfeil an ihr vorbeigezischt war, hielt sie inne, um den Kalifen von Chorasan richtig anzusehen.

Der Verrückte von Ray. Der mörderische Knabenkönig.

Der Ehemann ihrer Schwester.

Er war groß. Nicht so groß wie Rahim, aber größer, als sie erwartet hatte. Es gab vielleicht die eine oder andere, die ihn attraktiv fand. Aber jetzt war er es nicht. Jetzt waren seine Züge streng und eiskalt. Skrupellos in ihrer Entschlossenheit. Das einzige Gefühl, das Irsa erkennen konnte, war Zorn.

Und das Versprechen von Rache schwängerte die Luft um ihn.

Er war wahrhaft schreckenerregend.

Wahrhaft ein Monster.

Sein Anblick, wie er da vor ihr aufragte – sein Schwert zum Töten erhoben – ließ Irsa wünschen, sie könnte in einer Ecke den Kopf vor ihm einziehen, wie die nutzlose Maus, zu der sie in ihren schlimmsten Albträumen geworden war.

Wie konnte Shahrzad *ihn* lieben?

Bevor Irsa Luft holen konnte, um nachzudenken, packte der Kalif den Griff seines Schwertes mit beiden Händen und riss es in zwei Teile. Jetzt hielt er die Spiegelbilder eines Schwertes in jeder Hand. Zwillingswaffen, um gleich doppelt verheerende Schäden anzurichten.

Ohne dass sein Blick auch nur einmal von der tödlichen Aufgabe abwich, stellte er sich vor Shahrzad und Irsa und brachte sie so aus dem Blickfeld.

Hinter ihm rasten Schritte durch den Sand.

»Shazi!«

»Barmherziger Gott!«

Irsa wandte sich beim Klang der beiden Stimmen schockerstarrt um.

Rahim und Tarik? Was taten *sie* hier, ausgerechnet hier?

Wie waren sie …

Shahrzad tastete mit zitternden Händen nach Irsas *Shahmina*.

»Shazi?« Ihre Verwirrung bekämpfend, beugte sich Irsa tiefer, um zu hören, was ihre Schwester zu sagen versuchte.

»Irsa«, keuchte Shahrzad, ihre Finger um den dünnen Schal ihrer Schwester geklammert. Ihre Lippen hatten alle Farbe verloren, und ihre Stimme war mehr Hauch als Klang. »Du musst ihn aufhalten.«

»Was meinst du?«, rief Irsa.

»Er wird sie töten.« Das Zittern war von Shahrzads Gliedern bis zu ihrer Körpermitte vorgedrungen. Sie fing an zu beben, und Irsas Hände fühlten sich von Shahrzads Blut klebrig an.

»Ich … Was soll ich …«

»Bring sie dazu aufzuhören«, keuchte Shahrzad. »Du musst sie dazu bringen aufzuhören.«

Rahim hatte seinen Krummsäbel gezogen und sich vor Tarik gestellt. Ein Köcher voller Pfeile baumelte von Tariks Schulter.

Tarik hatte einen Pfeil auf sie abgeschossen? *Tarik* war hierfür verantwortlich? Aber er musste doch auf den Kalifen gezielt haben? Um dann *Shahrzad* zu treffen. Barmherziger Gott! Wie konnte das geschehen?

Wie sollte sie sie aufhalten? Sie hatte Wochen gebraucht, um ihre Schwester auf sich aufmerksam zu machen! Wie sollte sie einen ungestümen Jungen wie Tarik aufhalten, der nur aus Träumen von Blut und Ruhm bestand?

Und noch weniger könnte sie die Hand eines kalten Monsters wie die des Kalifen von Chorasan aufhalten.

»B-bitte«, rief Irsa. Eine Maus ruft zu den Waffen. »Nicht!«

Tariks Gesicht hatte einen gräulichen Farbton angenommen. »Ist sie tot?«, fragte er den Kalifen und strich sich in seiner Qual durch das Haar.

In dem Augenblick bemerkte Irsa, dass Tarik unbewaffnet war, außer dem Köcher mit Pfeilen, der an seinen Rücken gebunden war. Kein Bogen weit und breit. Kein Krummschwert an seiner Seite. Nicht einmal ein Dolch steckte in seiner Schärpe.

Absolut nutzlos, um ein Monster zu bekämpfen, das mit zwei Schwertern herumwirbelte.

Und dennoch, Irsa wusste, dass es Tarik nichts ausmachte. Nicht im Mindesten.

Denn es war absolut offensichtlich, dass er jenseits allen vernünftigen Denkens war.

Der Kalif von Chorasan antwortete nicht. Er schwenkte nur beide Schwerter in harten Bögen voller Präzision. Bögen, die nur zu genau seine Absicht zeigten.

Er tat einen Schritt vorwärts.

Ohne ein Wort bewegte sich Rahim vorwärts, um Tarik zu verteidigen.

Irsa schrie auf, als der Kalif beide Waffen gegen Rahim hob. Sie fühlte, wie ihre Schwester um Luft kämpfte, versuchte, sich aufzusetzen, versuchte zu protestieren …

»Ist sie tot?« Tariks Trauer ließ seine Stimme in der Dunkelheit nurmehr krächzen. »Beantworte diese Frage, du Bastard, und dann kannst du mit mir tun, was du willst.«

»Warum sollte ich irgendetwas für dich tun?«, antwortete der Kalif, leise und böse.

»Wenn sie tot ist, spielt es keine Rolle mehr, was mit mir geschieht!«

»Dann können wir uns wenigstens auf zwei Dinge einigen.« Dabei richtete der Kalif seine Aufmerksamkeit auf Rahim, seine Schwerter glänzten im Mondlicht.

»Bitte!«, schrie Irsa. »Bitte nicht …«

»Irsa.« Shahrzad riss sie näher an sich heran, immer noch mit Mühe, ihr Gesicht verzerrt, ihre Worte ein verzerrtes Flüstern. »Du musst … Schreie Chalid an. Steh auf. Lass ihn aufhören. Tu *irgendetwas.«*

Irsa schüttelte den Kopf. Er war der Kalif von Chorasan! Könnte eine Maus es überhaupt wagen?

»Irsa!«

Das Geklirre von Schwertern erklang scheppernd aus der Wüste, das Klingen von Metall auf Metall wurde durch die Luft weitergetragen.

Dennoch blieb Irsa stocksteif vor Angst stehen. Als ob sie jeden stichhaltigen Gedanken in einem Augenblick verschluckt hätte.

Es war in vier Schwerthieben vorbei. Es ging nicht um einen Wettbewerb. Der Kalif von Chorasan war ein Dämon, darauf trainiert, Klingen zu schwingen, die in den Feuern der Hölle selbst geschmiedet worden waren.

Rahim stolperte in den Sand und kroch auf der Suche nach seinem Schwert umher.

Irsas Herz flog in ihre Kehle.

Jeder einzelne Körperteil von ihr prickelte. Sie verstand. Ihre Einsicht war unausweichlich.

Der Kalif würde sich nicht damit begnügen, Rahim zu entwaffnen. Nicht in seinem gegenwärtigen Zustand. Das Monster von Ray würde Rahim töten, um an Tarik zu kommen.

Um Tarik für das zu zerstören, was er Shahrzad angetan hatte.

Und Irsa konnte nicht in einer Welt leben – wollte nicht in irgendeiner Welt leben – in der sie zulassen musste, dass solche Dinge geschahen.

Letztendlich war es nicht das flehende Flüstern ihrer Schwester. Es war nicht die Angst, die durch Irsas Blut raste. Nein. Es war nie die Angst. Es war viel mehr als das.

Es war älter als die Wüste, dieses Gefühl. Und ein für alle Mal sollte damit Schluss sein, dass sie nur die kleine Maus war. Ein für alle Mal.

»Chalid Ibn al-Rashid!«, schrie Irsa. Aller Augen richteten sich auf sie. »Hör sofort damit auf. Denn wenn nicht, verspreche ich, dass Shahrzad dir nie verzeihen wird!«

Ihre Brust hob und senkte sich, als ihr Blick auf den Jungen im Sand fiel.

Der Junge, der immer die richtigen Fragen stellte. Der Junge, bei dem sie sich schöner als schön fühlte. Der Junge, der ihr die Kraft eines Löwen gab.

»Und wenn du Rahim etwas antust, werde *ich* dir nie, nie im ganzen Leben, vergeben«, schloss Irsa, ihre Worte von einer Wahrheit durchdrungen, die von stählerner Härte war, dass kein Schwert sie je trennen konnte.

Die Sandkörner selbst schienen ihr nachzugeben. Schienen erleichtert zurückzuseufzen.

Der Kalif von Chorasan starrte sie einen Augenblick unverwandt an. Seine Züge verloren einen Hauch ihrer Strenge. Er stand gerade und aufrecht.

Er senkte seine Schwerter.

Dann, als ob nichts Bedeutsames geschehen wäre, ging der Kalif von Chorasan zurück zu Irsa und fügte seine beiden Klingen beim Gehen wieder zu einer einzigen zusammen. Rahim stellte sich wieder auf die Füße und hob seinen Krummsäbel aus dem Sand, bevor er besonnen dem Kalifen auf Schritt und Tritt folgte, mit Tarik im Schlepptau.

Der Kalif kniete sich neben Shahrzad und versuchte, sie hochzuheben. Sie zog eine Grimasse, Schmerz verzerrte ihr Gesicht. Ihre Hautfarbe hatte sich deutlich verschlimmert, ihre Stirn glänzte vor Schweiß.

»Wir müssen sie ins Zeltlager zurückbringen«, sagte Irsa, entschlossen, trotz des Tumults Ruhe zu bewahren. »Ich glaube, es hat keinen Zweck, den Pfeil hier zu entfernen. Die Wunde scheint nicht schrecklich tief zu sein, aber sie verliert eine Menge Blut, und Tarik benutzt …«

»Pfeilspitzen aus Obsidian.« Die Augen des Kalifen liefen über in einem Anflug abflauender Wut.

Irsa nickte. »Es ist wahrscheinlich, dass es schlimmer wird, wenn sie sich bewegt. Wir müssen etwas tun. Bald.«

»Shazi?« Der Kalif streckte die Hand nach Shahrzad aus, und seine plötzlich sanfte Stimmung hatte eine merkwürdig beunruhigende Wirkung auf Irsa. Es war, als hätte sich eine andere Person in seiner Haut niedergelassen. »Ich muss den Schaft von der Spitze trennen, bevor wir dich bewegen.«

Ihre Schwester nickte einmal in den Stoff von Irsas *Shahmina* und keuchte auf.

Der Kalif zögerte. »Es wird wehtun.«

Shahrzad leckte sich über die Lippen. »Mach es einfach und hör auf, darüber zu reden«, murmelte sie beinahe unhörbar.

Irsa war fast so erstaunt über die Furchtlosigkeit ihrer Schwester wie über den Anblick, wie der Mund des Kalifen sich in überschatteter Belustigung nach oben zog. Er zog Shahrzad näher zu sich, wieder mit äußerster Vorsicht. Mit einem kurzen Knacken brach der Kalif den Pfeilschaft so nahe an ihrer Haut wie möglich ab. Shahrzad dämpfte ihren Aufschrei, an ihn geklammert, und ihr Zittern setzte mit erneuter Stärke wieder ein.

»Sie wird wohl nicht mehr lange bei Bewusstsein bleiben«, sagte der Kalif mit leiser Stimme zu Irsa. »Gestandene Soldaten haben bekanntlich schon lange vorher vor Angst gezittert.«

»Hör auf, über mich zu reden, als wäre ich nicht da«, krächzte Shahrzad mit klappernden Zähnen.

»Wir sind nur einen kurzen Ritt von unserem Zeltlager entfernt«, sagte Irsa. »Wenn wir …«

»Nehmt eins von unseren Pferden«, sagte Rahim aus dem Hintergrund. »Dann reitet mit Tarik zurück zum Badawi-Lager. Keiner wird irgendwelche Fragen stellen, wenn ihr mit Tarik zurückkommt, solange dein Gesicht verhüllt ist. Ich reite mit Irsa zurück.«

Der Kalif sah Rahim über die Schulter an. Rahim hielt dem kühlen abschätzenden Blick stand. Nach einem Pulsschlag erhob sich der Kalif mit Shahrzad in den Armen. Er sagte kein Wort, als sie warteten, dass Tarik die Pferde holte. Als Tarik Anstalten machte, Shahrzad hinaufzuhelfen, wies ihn Rahim mit einer Hand auf der Brust zurück, bevor er selbst dem Kalifen zur Hand ging. Schnell saß der Kalif rittlings auf einem kastanienbraunen Hengst und hielt Shahrzads blasse Gestalt vor sich auf dem Sattel umfangen.

Immer noch in vollkommenem Schweigen zog der Kalif die Kapuze seines *Rida* tief ins Gesicht und trieb das Pferd an, als ob er vorhabe, ohne sie in das Lager zu reiten. Dann ließ er Tariks

Pferd in ihre Richtung umkehren. Seine Augen leuchteten wie ein glühendes Stück Kohle im Feuer.

»Tarik Imran al-Ziyad?«, begann der Kalif, sein kaum verhüllter Zorn verlieh dem Namen den Groll eines Fluches.

Irsa sah, wie Tarik die Fäuste ballte.

»Geh du voran …, bevor ich es mir anders überlege und dich auf der Stelle töte.«

Ein Bruder und ein Heim

Irsa wusste nicht, woran sie beim Ehemann ihrer Schwester war. Er war eine verwirrende Mischung der Extreme, verhüllt hinter einem schwarzen *Rida*.

Zu jedem anderen war er wie abgeplatztes Eis auf einem Berg. Bei ihrer Schwester war er wie eine Sommerbrise über dem Meer.

Allerdings änderte das wenig an der Tatsache, dass Irsa eine Heidenangst vor ihm hatte. Denn sie war sich ziemlich sicher, dass er Tarik nicht weniger als dreimal um ein Haar getötet hätte, seit sie zum Badawi-Lager zurückgekehrt waren.

Der erste Zwischenfall ereignete sich nicht lange, nachdem sie bei Tariks Zelt angekommen waren. Doch was das anging, war die Feindseligkeit des Kalifen nicht unbegründet.

Sobald sie sich innerhalb des Zeltes verborgen hatten, versuchte Irsa, Shahrzads blutgetränkten *Qamis* zu entfernen, um die Wunde besser sehen zu können. *Natürlich* war es nicht angebracht, dass Tarik ihr dabei zur Hand ging. Besonders in Anwesenheit von Shahrzads Ehemann. *Natürlich* hätte Tarik daran denken können. Irsa war sich nicht ganz sicher, warum er es versucht hatte.

Bestenfalls aus Dummheit. Todessehnsucht schlimmstenfalls.

Und angesichts eines mordenden Verrückten?

Ein Tod, den man sich wahrscheinlich in allen erdenklichen Farben ausmalen konnte.

Dann, als die Wunde erst gereinigt war, versuchten sie und der Kalif, die Pfeilspitze zu entfernen. Da keiner von beiden sich in dieser Sache auskannte, erwies es sich als schwierige Aufgabe, vor allem, da Shahrzads Widerspenstigkeit ins Spiel kam. Schließlich waren sie gezwungen, Tarik hinzuzuziehen, da er den fraglichen Pfeil angefertigt hatte.

Mit dem Ziel, einen möglichst schlimmen Schaden anzurichten.

Mit der Absicht, Haut zu zerfetzen und Knochen zu zerschmettern.

Irsa war sicher, der Kalif wollte bei diesem Eingeständnis Tarik am liebsten hier und jetzt umbringen. Unglücklicherweise half es Tarik in dieser Sache nicht, dass gerade er die Pfeilspitze herauszog. Immerhin war er derjenige mit der genauesten Kenntnis seines Entwurfs.

Nicht zu erwähnen die ruhige Hand des erfahrenen Bogenschützen. Er schaffte es, die Pfeilspitze trotz der Schwierigkeiten in einem Stück zu entfernen, was Irsa dankbar zur Kenntnis genommen hatte.

Shahrzad biss auf ein Stück ausgefranstes Leder, während sie behandelt wurde, und Tränen liefen ihr die ganze Zeit die Wangen hinunter. Obwohl sie alle Zeuge wurden, wie Shazi Tarik hinterher lauthals verfluchte – was bedeutete, sie war auf dem Weg der Besserung –, war sich Irsa sicher, dass der Kalif die Absicht hatte, Tarik in nicht allzu ferner Zukunft körperlich etwas anzutun.

Der letzte Zwischenfall, bei dem Tarik knapp einem frühen Tod entging, trug sich zu, bald nachdem Irsa Shahrzads Wunde mit einer Mischung aus altem Wein und warmem Wasser ein letztes Mal gereinigt hatte. Nicht lange, nachdem Irsa bemerkt hatte, dass die Wunde so bald nicht zu bluten aufhören würde.

Als sie wusste, dass sie mit einer heißen Klinge versiegelt werden müsste.

Shahrzad war nicht das Mädchen, das vor so etwas zurückschrecken würde. Oder das Mädchen, das über eine Narbe weinen würde.

Aber Irsa wusste, dies würde keine Kleinigkeit werden, die sie ertragen musste. Nichtsdestotrotz musste es gemacht werden. Shahrzad hatte schon eine Menge Blut verloren. Noch mehr, und sie würden es nicht mehr im Lager verbergen können. Als Irsa ihren Vorschlag äußerte, stimmte Shahrzad ein, und es wurde nicht länger darüber gesprochen.

Schließlich wurde es mit der schmalen Klinge von Rahims *Khandschar*-Dolch durchgeführt, um eine möglichst kleine Narbe zu gewährleisten. Der Kalif sollte es tun. Auf Geheiß ihrer Schwester.

Während des Eingriffs verlor Shahrzad das Bewusstsein. In Wahrheit war Irsa froh darüber. Denn der Geruch des verbrannten Fleisches allein reichte, dass ihr schlecht wurde.

Und wieder entkam Tarik knapp dem Tode. Darüber war sich Irsa sicher.

Denn nachdem die Wunde versiegelt worden war – als deutlich war, dass Shahrzad jedes Bewusstsein verloren hatte – ergriff der Kalif mit der linken Hand das Vorderteil von Tariks *Qamis*. Den Griff des rotglühenden Dolches umklammerte er immer noch mit seiner Rechten. Irsa fühlte, wie sich der Hass in dem Raum zwischen ihnen staute, so sicher, wie sie die Ermüdung ihre Knochen übermannen fühlte. Das Einzige, was den Kalifen davon abbrachte, seinen Wunsch erfüllt zu sehen, war Rahim.

Rahim zog Tarik weg. Zwang ihn zu gehen. Dann folgte er ihm und warf einen entschuldigenden Blick über eine Schulter.

Tarik war der Bitte ohne Weiteres nachgekommen, war in der Dunkelheit verschwunden, sein Gesicht ein Aufruhr des Bedauerns. Aber – dank Rahim – Tarik lebte immerhin noch.

Es blieben nur Irsa und der Kalif allein bei Shahrzad. Allein in Tariks Zelt.

Irsa, allein mit einem berüchtigten Mörder junger Mädchen.

Sie hörte auf, das blutgetränkte Leinen in einer Schüssel mit lauwarmem Wasser auszuwringen und stellte sich hin und kämpfte gegen die einsetzende Müdigkeit an. Der Kalif blieb dicht neben Shahrzad und betrachtete genauestens die Wunde in ihrem Rücken und die frische Binde darüber.

»Wenn sie aufwacht, bringe ich ihr etwas Gerstentee mit Baldrianwurzel. Das sollte helfen, das Fieber zu vertreiben und sorgt dafür, dass sie während der schlimmsten Schmerzen schläft.« Irsa biss sich auf die Lippe, kurz in Gedanken versunken.

Der Kalif antwortete nicht, ebenso wenig blickte er in ihre Richtung. Stattdessen starrte er weiter Shazi an, sein Gesichtsausdruck undurchdringlich.

Irsa konnte den Drang, das quälende Schweigen zu durchbrechen, nicht unterdrücken. »Obwohl es dumm klingen mag«, plapperte sie, »bin ich dankbar, dass sie der Pfeil in solch einem merkwürdigen Winkel getroffen hat, denn die Wunde ist nicht sehr tief. Sie wird ein paar Tage lang entzündet bleiben, und ich bin sicher, dass ihre Schulter eine Weile schmerzen wird, aber ... es hätte viel schlimmer kommen können.«

Der Kalif hob endlich seinen Blick von Shahrzad, um Irsa leidenschaftslos anzusehen. »Ja«, stimmte er zu. »Es hätte viel schlimmer kommen können.« Seine Augen verengten sich. »Wärst du nicht gewesen, hätte vieles schlimmer kommen können. Ich danke dir dafür, Irsa al-Haizuran.«

Ein unsicheres Erröten brachte ihr Gesicht zum Leuchten. Immerhin geschah es nicht jeden Tag, dass der Kalif von Chorasan sie so betrachtete, als wäre sie eine Frage, die er zu beantworten suchte. »Rahim … hat dir etwas zum Wechseln mitgebracht.« Irsa holte tief Luft, um sich zu beruhigen. »Hier in diesem Krug ist frisches Wasser. Und – wenn du mehr brauchen solltest – gibt es hier in der Nähe eine Tränke. Ich bin sicher, du möchtest all das … Blut wegwaschen. Ich kann solange nach draußen gehen, wenn du willst … *Sayyidi.*«

Daraufhin zögerte der Kalif mit seiner Antwort, als ob er zuerst seine Gedanken sammeln müsste. Es war für Irsa unmöglich zu sagen, was er dachte, denn er war unmöglich zu durchschauen.

Unmöglich in jeder Hinsicht.

»Es ist nicht nötig, dass du mich so nennst.«

Überraschung flackerte in Irsa auf, und ihre Hände spielten nicht mehr herum. »Aber …«

»Ich möchte, dass du mich Chalid nennst.« Der Kalif schlang seine Arme um die Knie. »Nachdem du mich schon auf typische al-Haizuran-Art beschimpft hast, sollte dir das nicht zu schwerfallen.« Eine merkwürdige Spur von Belustigung erschien kurz auf seinem Gesicht.

Irsas Erröten breitete sich vom Hals bis zum Haaransatz aus. »Ich … ich bitte dich dafür um Verzeihung. Ich war nicht recht bei Verstand.«

»Da bin ich anderer Meinung. Ich glaube – von uns allen – warst du die Einzige bei vollem Verstand.«

Die intensive Art, wie der Kalif sie ansah – als ob er durch ihre Augen direkt in ihr Innerstes sehen könnte – vertiefte Irsas Gefühl der Hilflosigkeit nur noch. Sie strich die Strähnen ihres feinen Haares zurück, die ihr ins Gesicht gefallen waren. »Ich denke, du warst ein wenig … heißblütig.«

Die Andeutung eines Lächelns umspielte seine Lippen. »Eine Schwäche, für die ich mit Sicherheit in naher Zukunft gemaßregelt werde.« Er blickte hinunter auf die schlafend daliegende Shahrzad. »Verdientermaßen.«

»Ja.« Irsa unterdrückte ein Grinsen, trotz ihrer Unsicherheit. »Das wirst du sicher – doch wie ausgerechnet Shahrzad es fertigbringt, jemanden wegen Jähzorns zu maßregeln, werde ich nie verstehen.«

Jetzt lächelte der Kalif wirklich. Seine Mimik schaffte es, alle scharfen Kanten seines Profils zu glätten, und ließ ihn beinahe jungenhaft aussehen. Beinahe wunderschön.

Auf jeden Fall viel weniger monsterhaft.

Die Erkenntnis traf Irsa unvorbereitet. Zum ersten Mal erkannte sie wirklich, dass der Kalif von Chorasan ja immer noch nur wenige Jahre älter war als sie.

Immer noch ein eigenständiger Knabe.

Und vielleicht ein Knabe mit ein wenig mehr an sich, als die Geschichten besagten.

Irsa nestelte mit den Fingern an ihrem Zopf und ließ sich diese Tatsache durch den Kopf gehen.

Und wieder verstummten sie beide.

»Ich verstehe dein Unbehagen in meiner Gegenwart«, sagte der Kalif leise. »Mein Verhalten eben war tadelnswert. Und ich würde mich gern dafür entschuldigen.«

Als Irsas Gesicht sich ein zweites Mal rötete, war es aus einem vollkommen anderen Grund.

»Ich hoffe, du wirst mir eines Tages verzeihen können«, fuhr er fort.

Sie nickte, immer noch um die richtigen Worte verlegen.

Der Kalif rieb sich über den Nacken, dann drehte er sich aus dem Licht. Fast zögerlich. »Darf ich dich fragen, wo das Buch deines Vaters ist?« Obwohl er in gedämpftem Ton gesprochen hatte, blickte Irsa zum Zelteingang, bevor sie antwortete. »Es ist hier«, flüsterte sie. »In meiner Tasche.«

Der Gesichtsausdruck des Kalifen verlor etwas von seiner Nüchternheit. Er blickte Irsa wieder intensiv an, sein Gesicht zog sich zusammen und entspannte sich wieder – voller unausgesprochener Gedanken. »Ich habe nicht …« Er atmete durch seine Nase ein.

»Ich habe nie eine Schwester gehabt.« Seine dichten Brauen glätteten sich und warfen einen dunkleren Schatten über seine Augen. »Und ich habe mir nie eine Meinung dazu gebildet. Hast du jemals darüber nachgedacht, wie es wäre, einen Bruder zu haben?«

»Nun, ich – ich habe keinen Bruder.«

Aber in Wahrheit hatte sich Irsa immer einen gewünscht. Seit sie ein kleines Mädchen gewesen war, hatte sie sich vorgestellt, wie es wohl wäre, jemanden zu haben, zu dem man aufsehen könnte wie eine Schwester zu ihrem Bruder. Jemand, der sie neckte, wie es nur ein Bruder konnte. Jemand, der auf sie aufpasste und sie piesacken würde, immer wenn es nötig oder unnötig war.

Viele Jahre lang hatte Irsa geglaubt, diesen Bruder in Tarik zu finden. Aber Tarik war immer zu beschäftigt gewesen mit anderen, größeren Dingen – Pfeil und Bogen und Wetten und Falken. Größere Dinge, die zu einem Jungen wie ihm passten. Ganz wie Shahrzad. Und Irsa hatte es ihm nie wirklich übelgenommen. Denn sie hatte immer gehofft, die Dinge würden sich ändern, wenn sie erst älter wären.

Dass Tarik Irsa als seine Schwester ansehen würde. Und ihr rechtzeitig ein wahrer Bruder werden würde.

Der Kalif neigte nachdenklich den Kopf. »Heute, als du mich angeschrien hast – war es das erste Mal, dass mir aufging, wie es wäre, eine Schwester zu haben.«

»Und was hältst du davon?«

»Ich habe es irgendwie gemocht.«

Ihr Mund öffnete sich »Und das, obwohl ich dich angeschrien habe?«

»In Wahrheit hat das wohl den Unterschied gemacht.«

»Wirklich?« Irsa blinzelte erstaunt. »Grundgütiger, wie sonderbar du bist. Hat dir das schon einmal jemand gesagt?«

Sein Lächeln erschien wieder, genauso rätselhaft wie vorher. Dann …

Der Kalif von Chorasan lachte.

Und das war überhaupt nicht so, wie sie erwartet hatte.

Es war entspannt. Sanft und melodisch. Obwohl es mit Sicherheit kein oft geübter Klang war, war es auch kein selbstbewusstes Lachen. Es war einfach ein Lachen, das bessere Zeiten verhieß. Eine Zeit, wenn ein kleiner Junge über bessere, heitere Dinge lachen würde.

Irsa hatte das bestimmte Gefühl, dass sie Zeugin eines ganz besonderen Ereignisses wurde.

»Es tut mir leid«, sagte sie und versuchte, respektvoll zu klingen, obwohl sie wusste, dass ihr Verhalten den Begriff schon hinter sich gelassen hatte. »Ich wollte nicht andeuten, dass du sonderbar bist.«

»Du hast viel mehr getan als es anzudeuten – du hast es geradeheraus gesagt.« Die Augen des Kalifen glänzten, aber Irsa konnte kein Anzeichen von Bedrohung darin erkennen.

»Ja.« Sie spielte an ihrem Ärmel. »Das habe ich wohl.«

»Jedenfalls bin ich alles andere als beleidigt. Alles in allem bin ich dir dankbar. So viel sollte ich wenigstens sagen.«

Sie riss die Augen auf. Würde sie denn immer wieder aufs Neue von ihm überrascht werden?

»Danke …« Seine Mundwinkel neigten sich, als ob er immer noch über etwas nachdenken würde. »Irsa.«

Irsa dachte ihrerseits eine Weile nach. Dann traf sie eine plötzliche, unwiderrufliche Entscheidung.

»Gern geschehen … Chalid.«

Sie schenkte ihm ein schiefes Lächeln, das sie sich selbst kaum erklären konnte. Bevor ihre Wangen wieder Farbe angenommen hatten, nahm sie die Kleidung zum Wechseln, die Rahim dagelassen hatte und reichte sie dem … reichte sie Chalid.

Er stand auf und zog den befleckten *Rida* von seinen Schultern. Dann trat er ohne ein Wort auf den Wasserkrug zu.

Verwirrt von dem aufkeimenden Verständnis, warum ihre Schwester sich wohl in dieses angebliche Monster verliebt hatte, nestelte Irsa in ihrer Tasche. Sie übergab Chalid nervös das leinengebundene Buch. Dann rannte sie aus dem Zelt, ihre Gedanken ein einziges Durcheinander.

Sie bog um die Ecke in die totale Finsternis hinein.

Und entdeckte Rahim, der draußen auf- und abging.

»Was machst du da?«, keuchte sie und wich zurück.

Bei ihrem Anblick kam er näher. »Ich … ich …« Er ließ seine Hand über die rauen Stoppeln um sein Kinn fahren und erzeugte damit ein raspelndes Geräusch. Seine Stimme war rau. Sogar mehr als sonst. Als ob er ewig lange gegen den Himmel gewütet hätte.

»Ich denke, ich warte auf dich«, sagte er und festigte dabei sowohl seine Stimme als auch seine Fassung. Als er blinzelte, fächelten seine tintenschwarzen Wimpern die weiche Haut seiner Augenlider in einer schwülen, sinnlichen Langsamkeit. »Ich wollte sehen, ob mit dir alles in Ordnung ist.«

»Oh.« Irsa versuchte, nicht zu eifrig zu klingen. Was ihr vollkommen misslang.

»Oh?«

Sie flocht ihren Zopf um die Finger. »Warum bist du nicht einfach hereingekommen?«

Darauf warf ihr Rahim ein missmutiges Lächeln zu. »Er mag mich nicht.«

»Ich glaube nicht, dass er viele Leute mag.«

»Dich mag er.« Sein Lächeln blieb.

»Glaubst du?«

Rahim nickte. »Ich bin ganz sicher. Er hat dich angehört. Und er scheint mir die Art König, der das nicht oft tut.« Er öffnete den Mund, als wollte er mehr sagen, dann schloss er ihn wieder, als ob er es sich anders überlegt hätte.

Irsa konnte es nicht mehr ertragen. Nicht zu wissen, was Rahim alles hatte sagen wollen. Alles, was er dachte, zu jeder Zeit. Sie wusste, es war jenseits der Grenze des Erlaubten, aber sie wollte alles wissen, was er je wollte oder sich wünschte, für alle Zeiten.

Wenigstens hatte der Grund solcher Wünsche einen Namen.

Liebe.

Irsa hatte noch nie ihre Gefühle, die in der Wüste aufgekommen waren, gebeichtet. Und sie dachte, Rahim werde zumindest einen Teil ihrer Gefühle erwidern. Oder sie wenigstens sehr mögen.

Aber noch hatte er kein einziges Wort in dieser Angelegenheit gesagt.

Irsa befeuchtete ihre Unterlippe mit der Zungenspitze, ihre Kehle war plötzlich trocken. »Gab es … irgendwas, das du mir sagen wolltest?«

Er atmete tief durch die Nase ein. »Es gab etwas, und auch … wieder nicht.«

»Was meinst du damit?«

»Das ist es eben.« Rahim seufzte. »Wenn ich mit dir zusammen bin, vergesse ich es.«

»Vergessen?« Verärgerung machte sich von ihrer Nasenwurzel aus sichtbar.

»Genauso wie du mich wieder erinnerst.«

»Du verwirrst mich, Rahim al-Din Walad.« Irsa verschränkte

die Arme, als ob sie so das plötzliche Trommeln ihres Herzens verbergen könnte.

Grinsend fuhr er sich durch die ordentlich gekämmten Locken und löste einen Regen aus Sand aus. »Ich würde dir gerne so einiges sagen, Irsa al-Haizuran. Ich würde dir gerne dafür danken, dass du mich heute gerettet hast. Und dir danken, dass du meinen besten Freund gerettet hast. Aber«, Rahim tat einen langsamen Schritt auf sie zu, »das ist nicht das, was ich tun möchte.«

»Was … möchtest du denn tun?«, hauchte sie.

Noch ein Schritt.

Zu nah und doch noch viel zu weit weg. »Ich will dich etwas fragen.«

»Dann frag.«

Der warme Duft von Leinsamenöl und Orangen erreichte Irsa und lockte sie näher. Lud sie ein zu bleiben.

Als Rahim schluckte, hob und senkte sich der schwere Knoten in seiner Kehle.

»Darf ich dich küssen?«

»Warum fragst du um Erlaubnis?«, murmelte Irsa. »Verdirbt das nicht den Augenblick?«

»Nein.« Er lächelte, aber das Lächeln verriet eine tiefere Bedeutung. »Weil es nicht nur ein Kuss ist.«

»Warum nicht?«

»Wenn ich dich küsse, will ich, dass deine Lippen die ersten und die letzten sind, die ich küsse.«

»Oh«, sagte sie zum zweiten Mal. Zum letzten Mal.

Es war ein Seufzen und eine Bestätigung, alles gleichzeitig.

»Also«, Rahim strich ihr das Haar aus dem Gesicht, »darf ich dich küssen, Irsa al-Haizuran?«

Ihr Herz setzte aus, dann begann es von vorn, schneller und leidenschaftlicher als je zuvor.

»Ja.«

Sein Gesicht feierlich, beugte sich Rahim zu ihr, tippte mit seiner Nase an ihre. Sie fühlte ihn zittern, als er einen zögernden Kuss auf ihre Lippen hauchte, zuerst so zart. Dann legte er seinen Mund fest über ihren, und Irsa verstand endlich.

Verstand, was es hieß, sich zu Hause zu fühlen, wo immer man gerade war. Zu spüren, dass man dazugehörte, jeden Augenblick, überall, jederzeit.

Denn in diesem Augenblick, mit dem Druck von Rahims Lippen auf ihren, mit der Berührung seiner Zunge, die einen Flächenbrand in ihren Adern entzündete, wusste sie, dass sie immer hier zu Hause sein würde.

Bei diesem Jungen. In diesem Augenblick. Jetzt.

Und dass ihr Herz nie mehr einsam sein würde.

Tarik war zweimal um das ganze Badawi-Zeltlager gelaufen. Beide Runden waren wie in Trance erfolgt. Die ganze Zeit waren seine Gefühle ein Durcheinander von Gewissensbissen und Groll gewesen, von Zorn und Kummer.

Er wusste nicht, was er tun sollte.

Das Letzte, das Tarik je hatte erleben wollen, war, dass das Mädchen, das er mehr als alles liebte, von seinem Pfeil gefällt würde. Seinem blinden Zorn zum Opfer fallen würde.

Und Tarik hatte zusehen müssen. Er hatte alles mitangesehen.

Er war nicht in der Lage gewesen, sich abzuwenden.

Denn es war seine eigene Schuld gewesen.

Tarik hatte es genau in dem Moment, als er den Pfeil losgelassen hatte, erkannt. In dem Augenblick, als er die Sehne losgelassen hatte.

Er hatte ihn zurücknehmen wollen.

Natürlich war Shahrzad losgesprungen, um den Knabenkönig zu retten. Sie war immer schon diejenige gewesen, die denen, die sie liebte, alles gab. Genau wie sie bereit gewesen war, alles zu riskieren, um Shiva zu rächen. Schließlich sollte niemand überrascht sein – am wenigsten Tarik –, dass Shahrzad ohne nachzudenken nach dem Kalifen von Chorasan gegriffen hatte.

Aber Tarik hatte nicht erwartet, dass der Knabenkönig in gleicher Weise handeln würde. Er hatte nicht damit gerechnet, dass er sein Leben für sie aufs Spiel setzen würde. Ohne im Geringsten zu zögern.

Und doch hatte Tarik zugesehen, wie er sie mit dem eigenen Körper zu schützen versucht hatte.

Genau wie Tarik selbst es auch getan hätte.

Und da wusste Tarik – genau wie er es gewusst hatte, als er den Brief gelesen hatte, den Shahrzad in ihrem Umhang verborgen hielt –, dass dies nicht eine normale Liebe, entstanden aus einer vergänglichen Schwärmerei, war.

In Wahrheit hatte Tarik damals schon gewusst, dass er nicht gewinnen konnte. Dass dies nicht eine Schlacht war, in der er noch eine Chance auf den Sieg hatte.

Nur ein Narr hätte dies nicht begriffen.

Doch Tarik hatte sich entschlossen, ein Narr zu sein.

Und er wusste es jetzt, mit einer kalten, unerschütterlichen Gewissheit. Mit derselben Gewissheit, die er empfunden hatte, als er unter dem großen Säulenvorbau zum ersten Mal erkannte, dass Shahrzad den Knabenkönig liebte. An diesem schicksalhaften Nachmittag hatte er die Wahrheit ignoriert. Aber jetzt, trotz Tariks unüberlegten Träumen, seiner verzweifelten Hoffnung, dass eines Tages, wenn Shahrzad und der Knabenkönig nur lange genug voneinander getrennt wären … Tarik wusste, dass seine Wünsche sich nie erfüllen würden.

Shahrzad würde nie mit ihm zusammen nach Taleqan zurückkehren.

Denn dort gehörte sie nicht mehr hin.

Sie gehörte in einen Palast aus Stein und Marmor. Eine Königin aus eigener Kraft. Mit einem Knabenkönig, der sie liebte, so wie sie ihn liebte. Der Knabenkönig, dem sie sich heute Nacht zugewandt hatte, für alle Zeiten. Zuerst, als der Pfeil sie getroffen hatte, dann als sie unermessliche Schmerzen erleiden musste, und selbst als die Frage nach einer heißen Klinge an ihrer Haut flüsternd aufgeworfen wurde …

Shahrzad hatte Trost bei nur einer einzigen Person gesucht.

Es schmerzte. Es zerrte an jedem einzelnen selbstsüchtigen Teil von Tariks Seele. Es riss jede Erinnerung an die Jahre, die sie zusammen verbracht hatten, in Fetzen. Jeden Tag hatte er auf ihre Rückkehr gewartet. Um zu sehen, dass sie füreinander bestimmt waren.

Zu erkennen, dass der Knabenkönig ihr nichts bedeutete.

Shahrzad und der Kalif von Chorasan waren erst seit wenigen Monaten zusammen. Getrennt seit kürzerer Zeit. Und dennoch war jeder von ihnen bereit, für den anderen zu sterben.

Während Tarik bereit gewesen war, den Knabenkönig zu töten, nach nur kurzem Augenschein.

Wie hatten ihre Leben sich so verändern können?

Liebe zu Hass, in einem einzigen Wimpernschlag.

Wieder drängte sich die Erinnerung, wie sie, von seinem Pfeil getroffen, zusammenbrach, in den Vordergrund seiner Gedanken. Tarik erschauderte und blieb stehen. In diesem Augenblick hatte er Tausenden von gesichtslosen Göttern Tausende sorglose Versprechen gegeben.

Unter diesen Versprechen erinnerte er sich an eines, das plötzlich mit leuchtender Inbrunst vor ihm auftauchte: *Wenn du sie leben lässt, tue ich alles, was du von mir willst.*

Ein achtloses Versprechen, das Tarik gemacht hatte, als er seinen Bogen beiseite warf und auf Shahrzad zuhastete, gleichgültig gegenüber allem hinter dem Mädchen, das vor ihm lag.

Gleichgültig allem gegenüber – selbst der anhaltenden Erinnerung an seinen eigenen Hass.

Tarik blieb vor seinem Zelt stehen. Er musste mit dem Knabenkönig sprechen – dem Kalifen. Er musste verstehen, was es war, das Shahrzad verstand. Er musste wissen, was sie in Chalid Ibn al-Rashid sah. Denn ein Monster konnte nicht lieben, wie der Kalif von Chorasan liebte. Konnte Shahrzad nie lieben mit der Zartheit, deren Zeuge Tarik heute geworden war.

Davon war er überzeugt.

Mit gefestigter Entschlossenheit duckte Tarik sich in die Zeltöffnung hinein.

Irsa war da. Sie saß neben Shahrzads bewegungsloser Gestalt, eine einzige Kerze warf einen goldenen Schein durch die gähnende Dunkelheit.

Der Kalif war nicht zu sehen.

»Tarik.« Irsa blickte sich nervös um.

»Wo ist er?«

»Er ist gerade eben gegangen, um sich zu waschen.« Irsa stand auf. »Ich habe Shahrzad gerade etwas Tee gegeben, damit sie schlafen kann.« Sie sah sich weiter mit deutlicher Unbehaglichkeit um und rieb sich die Schulter. »Ich glaube, es ist keine gute Idee, dass du hierbleibst. Chal… Der Kalif wird sicher bald wiederkommen …« Sie brach ab, die Bedeutung ihrer Worte so klar wie die Absicht dahinter.

Obwohl Tarik wusste, dass sie es nur gut meinte, wenn sie ihn warnte, ignorierte er es. »Sie schläft also?«

Irsa nickte.

Ein ermattetes Seufzen unterdrückend, kauerte sich Tarik neben seine erhöhte Bettstatt – die Bettstatt, die Shahrzad jetzt in

Beschlag genommen hatte, ihr Kinn in seine Kissen gedrückt, ihre Wunde mit Wickeln umhüllt. Irsa kniete ihm gegenüber, ihre Augen mit einer Mischung aus Mitleid und Enttäuschung.

Nach einer Weile begegnete Tariks Blick ihrem. »Es tut mir so leid, dass das passiert ist, Grashüpfer. Bitte glaube mir, wenn ich sage, dass ich nie gewollt habe, dass so etwas geschieht. Das war nie meine Absicht.«

»Ich weiß, dass du das nicht gewollt hast. Aber ich bin nicht diejenige, für die deine Entschuldigung bestimmt ist«, sagte Irsa leise.

»Ich weiß.«

»Wenn du das weißt, solltest du dir dieses Wissen zu Herzen nehmen und in Zukunft entsprechend handeln.« Wie um das Gespräch zu beenden, griff Irsa nach dem Päckchen mit Kräutern, die sie für Shahrzads Tee brauchte, und trat beiseite.

Tarik nahm Shahrzads Hand. Er verschränkte ihre Finger mit den seinen. Die Haut an ihrer Handfläche war zart, bis auf die Schwielen, die er wiedererkannte aus den Jahren, als sie mit Pfeil und Bogen trainiert hatte. Die Jahre, die er an ihrer Seite trainiert hatte. Sie ermutigt hatte, entgegen allen Erwartungen zu handeln. Mehr zu sein als die zukünftige Ehefrau, wie es jeder von ihr erwartete. Aufmerksamkeit zu verlangen, wohin sie auch immer ging, so wie nur sie es konnte. Wie nur sie es getan hatte, von dem Tag an, als Tarik erkannte, dass es für ihn nur ein einziges Mädchen auf der Welt gab – und geben würde.

Nur die eine. Immer.

Obwohl Tarik wusste, dass es falsch war, strich er mit einem Daumen über ihren Zeigefinger. Er wusste, er würde nie wieder die Gelegenheit haben, sie so zu berühren. Aber er wollte es.

Ein letztes Mal.

»Es tut mir so leid, Shazi-*jan«,* flüsterte er. »Gott, wenn ich nur diesen Augenblick ändern könnte – ich hätte es nicht getan, niemals. Ich würde lieber tausend Pfeile für dich auf mich nehmen.« Tarik beugte seinen Kopf näher an ihren. »Als ich dachte, du wärest tot, gab es nichts, was ich mehr gewollt hätte, als den Pfeil zurückzunehmen. Es tut mir so leid, meine Liebe. Ich kann meinen Hass nicht so herunterschlucken wie du. Ich bin nicht wie du. Aber ich schwöre dir, ich werde dir das nächste Mal gehorchen. Egal, wie zuwider mir deine Worte sein mögen. Ich werde zuhören, Shazi.«

Tarik stand auf, dann bückte er sich noch einmal und küsste ihre Schläfe. »Ich schwöre bei meinem Leben, du wirst durch mich nie wieder verletzt werden«, sagte er ihr ins Ohr und strich eine widerspenstige Locke beiseite.

Ein verhaltener Aufschrei in der Ecke riss ihn hoch. Tarik drehte sich um. Irsa al-Haizurans Gesicht war zu einer Maske aus Angst erstarrt. Ihre Blicke klebten am Zelteingang.

Wo der Kalif von Chorasan an der offenen Zeltklappe stand …

Und ihn beobachtete.

Tarik war nicht in der Lage, in seinem Ausdruck zu lesen. Kein Hinweis auf ein Gefühl. Nicht das kleinste Zeichen, dass er ein einziges Wort mitgehört hatte. Der Kalif wartete einen Pulsschlag lang, bevor er eintrat. Als er sicher war, dass sein Gesicht von seinem *Rida* verhüllt war, nahm er Tariks Reflexbogen und seinen Köcher mit den Pfeilen in gemächlicher Ruhe auf.

Dann wartete er am Eingang.

Wortlos folgte ihm Tarik hinaus in die Wüste. Der Kalif blieb stehen, um Tarik seinen Bogen und die Pfeile zu reichen, bevor er zwanzig Schritte wegtrat.

»Drei Pfeile«, begann er in einer Stimme, die sogar über die Entfernung trug, ohne dass Tarik irgendein Gefühl hinter den Worten ausmachen konnte. »Drei Schüsse, Tarik Imran-al Ziyad. Es ist niemand hier, der dich aufhalten könnte. Niemand, der mich verteidigen würde. Ich gebe dir drei Pfeile. Drei Chancen, das zu beenden, was du am Brunnen angefangen hast.«

»Warum drei?« Tarik imitierte den ungerührten Ton, als er sich den Köcher auf die Schulter schob.

»Einen für deine Cousine.« Der Kalif stieß eins seiner Schwerter in den Sand vor ihm, dessen juwelenbesetzter Griff im Mondlicht schwankte. Er schwenkte das andere in einem funkelnden Bogen. »Einen für deine Tante. Und einen für deine Liebe.«

Tarik erwiderte seinen starren Blick.

Selbst aus dieser Entfernung besaßen die eigenartigen Augen des Kalifen einen jenseitigen Glanz. »Aber wenn du scheiterst – und du wirst scheitern –, wirst du nie wiederholen, was ich gerade gesehen habe.«

»Dann bist du also eifersüchtig?«, rief Tarik aus, laut genug, dass seine Worte über den kühlen Sand hallten.

Ein schmaler Strom blasspurpurner Wolken schob sich am Himmel vorbei, zu schnell, um für Beruhigung zu sorgen, doch auch zu langsam, dass man irgendetwas Bedeutsames daraus lesen könnte.

Der Sturm des kommenden Tages würde ohne Warnung kommen. Wenn überhaupt.

»Eifersucht ist ein kindisches, kleinliches Gefühl.« Der Kalif warf den einzelnen *Shamshir* in einer einzigen, flüssigen Bewegung in seine linke Hand. »Ich fühle keine Eifersucht. Ich fühle Wut.«

Tarik wartete einen Herzschlag lang ab. Die Worte des Knabenkönigs standen in einem harten Widerspruch zu seinem Handeln. Bedeutete dies endlich eine Schwäche? Endlich etwas, das ihn weniger als ein Monster, sondern als ein Mann erscheinen ließ?

»Machst du dir wegen mir Sorgen, Chalid Ibn al-Rashid?«

Der Kalif zögerte, und das sagte mehr, als Worte es je vermochten. »Es gab eine Zeit, da traf das zu. Aber die Tatsache, dass du gewartet hast, bis Shahrzad schlief, bevor du sie berührt hast, beweist mir, dass du wusstest, sie würde es nicht schätzen. Du wirst sie nie mehr so respektlos behandeln. Genauso wenig wie du mich respektlos behandeln wirst.«

Tarik ließ seinen Reflexbogen zu seinen Füßen baumeln. »Ich habe es nicht aus Missachtung ihr gegenüber getan. Ich versuche nicht, sie zurückzugewinnen.« Er holte gemessen Luft. »Ich weiß, dass ich … verloren habe.«

Der einzelne *Shamshir* beschrieb noch einen Bogen durch die Luft. »Trotzdem willst du mich immer noch töten.« Es war keine Frage.

Aber Tarik beantwortete sie trotzdem. »Natürlich.«

»Dann ist jetzt deine Chance.«

»Es ist keine wirkliche Chance, wenn du sagst, dass ich verlieren werde.«

»Das wirst du.« Der Kalif riss den anderen *Shamshir* aus dem Sand und schwang beide Schwerter. »Denn du bist ein Narr, wenn du denkst, ich würde freiwillig eine Schlacht beginnen, die ich nicht gewinnen könnte.«

»Musst du mich deswegen erst noch auf dem Schlachtfeld treffen, du arroganter Bastard?«

Der Mund des Kalifen verzerrte sich zu einem ironischen Lächeln. »Teilweise.«

»Und was sind die anderen Gründe?« Tarik holte einen Pfeil aus seinem Köcher.

»Weil ich meinen Feind bis jetzt noch nicht kenne. Und, anders als du bekämpfe ich nicht freiwillig einen unbekannten Gegner.«

»Ich weiß, wer du bist«, stellte Tarik klar.

»Nein. Du denkst nur, du weißt, wer ich bin.«

»Vielleicht solltest du dich bemühen, meine Meinung zu ändern.«

»Vielleicht.« Wieder wirbelte er seine Schwerter in eleganten Bögen. »Du hast drei Pfeile. Ziele genau.«

Tarik holte Luft. Er legte den Pfeil an. Dann spannte er die Sehne.

Er sollte auf das Herz des Bastards zielen. Denn trotz der hochtrabenden Unverfrorenheit des Knabenkönigs, kein Mann konnte drei Pfeilen ausweichen, die rasch hintereinander abgeschossen wurden. Vielleicht konnte er einem ausweichen. Den zweiten mit einem gut geleiteten Schwung seines Schwertes zur Seite schlagen.

Aber keinen dritten. Solch ein begnadeter Schwertkämpfer konnte er nicht sein. So gut war niemand. Allein die Vorstellung war lächerlich. Er war voller verwegener Dreistigkeit, wie sie auch Shahrzad oft in Verlegenheit brachte.

In dieser Hinsicht waren sie sich gleich. Shahrzad und der Knabenkönig.

Arrogant. Verwegen.

Und doch merkwürdig unerschütterlich in ihren Überzeugungen. Merkwürdig ehrenhaft.

Tarik sollte auf sein Herz zielen. Und ihn niederstrecken. Für Shiva. Für seine Tante.

Für ihn selbst.

Die Wut fuhr ihm durchs Blut, und Tarik zog den Pfeil noch weiter zurück. Er hörte, wie sich die Sehne neben seinem Ohr spannte. Die weichen Gänsefedern in seinen Fingern fühlten sich so vertraut an, sie flüsterten geradezu ein Versprechen in den Wind.

Das Versprechen, dass dieses Leiden ein Ende hatte.

Er konnte es schaffen. Die Arroganz des Knabenkönigs war das, was ihn schwach machte. Ihn in dem Glauben ließ, dass Tarik zu solcher Gewalt unfähig sei. Oder unfähig, das notwendige Können einzusetzen.

Tarik starrte unnötigerweise das Ende des Pfeils an. Die Obsidianspitze leuchtete ihn an, bedrohlich schön im Licht des Mondes.

Die letzte Pfeilspitze, die Tarik gesehen hatte, war diejenige gewesen, die er aus Shahrzads Rücken entfernt hatte. Von ihrem Blut purpurn gefärbt.

Rot tropfend von dem Blut des einzigen Mädchens, das er je geliebt hatte.

Es schien, als sei nur ein Augenblick vergangen, seit Tarik versprochen hatte, dass er Shahrzad nie wieder wehtun würde.

Ein Augenblick und ein Leben lang.

Und dies hier? Was war Tarik gerade im Begriff zu tun? Dies würde ihr viel mehr als wehtun. Dies würde sie zerstören. Jenseits aller Worte. Jenseits von Zeit. Wie Shahrzad einmal über seinen eigenen Tod gesprochen hatte. Eines Nachts vor nicht allzu langer Zeit, als sie gefürchtet hatte, Tarik würde von der Hand des Kalifen von Chorasan gerichtet werden.

Dies würde nie aufhören.

Es sei denn, jemand beschloss, dem ein Ende zu setzen.

Tarik senkte seine Waffe. »Der Wind steht nicht richtig.«

»Der Wind sollte für einen Meisterbogenschützen wie dich keine Rolle spielen.«

»Sollte er nicht«, antwortete Tarik schlicht. »Tut er aber.«

Der Kalif ließ seine Schwerter zu seinen beiden Seiten fallen. »Vielleicht bist du ja nicht der Bogenschütze, für den ich dich gehalten habe.«

»Vielleicht.« Er senkte seinen Blick auf den Knabenkönig. »Oder vielleicht warte ich nur auf einen günstigeren Wind.«

Als Reaktion verdüsterte sich der Gesichtsausdruck des Knabenkönigs. An seinem Kinn zuckte ein Muskel. »Vergiss nicht, Tarik Imran al-Ziyad – ich habe dir diese Gelegenheit gegeben. Heute hast du es auf mich angelegt und stattdessen das getroffen, was mir mehr als das Leben selbst bedeutet. Das nächste Mal, wenn du so etwas in ihrer Anwesenheit versuchst, häute ich dich bei lebendigem Leib und überlasse die Reste den Hunden.«

Tariks Brauen schossen in die Höhe. »Und hier stand ich gerade an der Schwelle zu glauben, du wärst doch kein Monster.«

»Ich bin der Sohn meines Vaters – ein Monster von Geblüt und von Rechts wegen.«

Die Stimme des Kalifen blieb kühl, trotz der Hitze seiner Worte. »Ich mache keine leeren Drohungen. Daran solltest du besser jederzeit denken.«

»Und doch willst du, dass ich dir glaube, dass du Shahrzad verdienst. Dass du der Beste für sie bist.« Tarik verkniff sich zu schnauben.

»Solch eine Arroganz würde ich mir nie erlauben. Und sei versichert: An dem Tag, an dem ich mir Gedanken über dein Wohlwollen mache, wird der Mond anstelle der Sonne aufgehen. Du kannst dir sicher sein, dass ich für das, was mir wichtig ist, bis zum letzten Atemzug kämpfen werde.«

»Sie ist auch mir wichtig. Ich werde nie jemanden oder etwas so sehr lieben wie Shahrzad.«

Daraufhin kehrte das Lächeln des Kalifen zurück, spöttisch in den Mundwinkeln. »Da bin ich anderer Meinung. Du liebst dich selbst mehr.«

Feindseligkeit flackerte in Tariks Brust, angefacht zu einer kleinen Flamme. »Sei nicht …«

»Bis du gelernt hast, deinen Hass loszulassen, wirst du dich immer mehr lieben.«

Tarik brach in Gelächter aus, der Klang dunkel und verletzend. »Kannst du ernsthaft behaupten, du würdest mich nicht hassen?«

Der Kalif hielt inne. »Nein. Ich hasse dich nicht. Aber ich nehme dir deine Vergangenheit zutiefst übel, mehr, als ich in

Worte fassen kann.« Er steckte seine beiden Klingen wieder zu einem Schwert zusammen und tat ein paar Schritte auf ihn zu. »Weißt du, wie viele Male ich dich hätte töten können, Tarik Imran al-Ziyad? Wie viele Male ich mir gewünscht habe, in den schwärzesten Tiefen meiner Seele, dass es dich nicht mehr geben würde? Ich habe schon lange gewusst, wer du warst – wer deine Familie war. Mein Vater hätte dich getötet allein für die Art und Weise, wie du Shahrzad angesehen hast. Ich hätte dich schon meinetwegen getötet. Aber ihr zuliebe habe ich es nicht getan.« Er steckte sein Schwert mit einem kurzen Schnappen in die Scheide. »Und ich hätte es nie getan, außer wegen der Vorkommnisse heute Nacht«, sagte er, fast wie ein nachträglicher Einfall.

Tarik umklammerte den Griff seines Bogens mit einer Hand und dachte über die Bekenntnisse des Kalifen nach. So schwierig es für Tarik war es zuzugeben, er glaubte nicht, dass ihn der Kalif anlog. Denn er schien nicht zur Täuschung zu neigen. Was einige andere Verdächtigungen, die Tarik lange gegen ihn gehegt hatte, sehr infrage stellte. Verdächtigungen, die schon lange auf Antworten warteten.

Tariks Hass konnte nicht mehr wie eine schwärende Wunde im Verborgenen lauern.

»Warum hast du meine Cousine getötet?«, fragte er geradeheraus.

»Weil ich dachte, ich hätte keine Wahl«, antwortete der Kalif nachdrücklich. »Ich dachte, ein Mann, der mich so leiden sehen wollte, wie er gelitten hatte, hat sie mir abgenommen. Ein Mann, der es darauf anlegte«, er holte einmal tief Luft, »mich für meine Unachtsamkeit zu verfluchen. Die Familien von Ray zu verfluchen, mit dem Tod ihrer Töchter bei Sonnenaufgang. Und damit verfluchte dieser Mann ganz Chorasan.« Eine Spur seiner Qual flackerte im Blick des Kalifen auf – eine Qual, die von einem nicht in Worte zu fassenden Maß an Leid zeugte. Er antwortete, als ob er darauf gewartet hätte, auf Jahre hinaus zu antworten. Als ob er wüsste, dass keine Antwort je ausreichen würde.

»Ein … Fluch? Du hast meine Cousine wegen eines *Fluches* getötet?« Ungläubigkeit ergriff von Tarik Besitz. Seine Augen weiteten sich, seine Sicht war für einen Augenblick verschwommen.

»Ich habe mich geirrt, als ich glaubte, ich hätte keine Wahl«, sagte der Kalif leise und ging weiter auf Tarik zu. »So sehr geirrt. Und diesen Irrtum kann ich nie berichtigen. Auch nicht das, was ich deiner Familie angetan habe. Aber ich kann versprechen, es wiedergutzumachen, wenn du mir die Gelegenheit gewährst.«

Tarik biss die Zähne zusammen. Trotz dieser Enthüllung – trotz der Erkenntnis, dass es gewesen sein musste, was Shahrzad ihm die ganze Zeit zu erzählen versucht hatte – war die Antwort des Kalifen nicht wirklich eine Antwort. Es war nur eine Kette von hohlen Beschwichtigungen.

Nichts Wesentliches.

»Deine Versprechen sind nichts als leere Worte«, schoss Tarik zurück. »Alles viel zu spät gesagt.«

»Meine Versprechen sind keine leeren Worte.« Der Kalif blieb eine Körperlänge entfernt von ihm stehen. »Obwohl ein Versprechen natürlich nicht viel bedeutet ohne ein gewisses Maß an Vertrauen.«

Tariks Kiefer spannte sich an. »Der Scheich dieses Zeltlagers hat mir einmal gesagt, dass Vertrauen nichts ist, das man bekommt. Es ist etwas, das man sich verdienen muss. Bisher hast du dir meins noch nicht verdient.«

Der Mund des Kalifen verzog sich zu einem zurückhaltenden Lächeln. »Ich glaube, ich würde diesen Scheich gern kennenlernen.«

Eine Weile peinlichen Zögerns verstrich, bevor Tarik antwortete, seine Worte gleichfalls zurückhaltend. »Obwohl ich es ungern zugebe, glaube ich, er würde dich mögen.«

»Warum sagst du das?«

»Er hat etwas für gute Liebesgeschichten übrig.« Tarik seufzte resignierend.

»Ich bin nicht sicher, ob dies eine gute Liebesgeschichte ist.«

Bei dieser ruhigen Äußerung erblickte Tarik eine Verwundbarkeit, die tief unter der Arroganz des Kalifen verborgen lag. Er erkannte den Mann, nicht das Monster.

Tarik hielt inne, um sich über den Knabenkönig Gedanken zu machen, den er schon so lange hasste. Den er schon so lange am liebsten tausend Tode durch seine willige und gierige Hand hätte sterben sehen wollen.

Zum zweiten Mal sah Tarik ein Anzeichen von … mehr.

Nichts, was er gemocht hätte. Vielleicht nichts, das er je mögen könnte.

Aber vielleicht etwas, das er nicht mehr hasste.

»Um deinetwillen sollte es besser eine gute Liebesgeschichte sein«, flüsterte er.

Darauf verbeugte sich der Kalif von Chorasan kurz vor Tarik Imran al-Ziyad, eine Hand an seinen Brauen.

Nach einem Augenblick, mit einem leichten Stechen im Herzen – erwiderte Tarik die Geste.

Schief

Als Shahrzad am nächsten Morgen erwachte, schwindelte ihr der Kopf, und ihre Schultern fühlten sich bleischwer an. Ihre Zunge war geschwollen, jeder Muskel ihres Körpers schmerzte.

Aber ihr war warm. Wärmer, als sie sich je gefühlt hatte.

Zum ersten Mal in ihrem Leben erwachte sie umhüllt von den Armen einer anderen Person.

Chalid schlief neben ihr.

Sie lag auf dem Bauch, über ihm ausgestreckt, ihre Glieder in einem sperrigen Gewirr vereint.

Einen kurzen Augenblick lang erstarrte sie, weil sie dachte, sie träumte noch, verzaubert von Irsas merkwürdig schmeckendem Gebräu.

Wie kommt es, dass Chalid schläft?

Sie starrte ihn an, Verwirrung gesellte sich zu ihrer Schlaftrunkenheit. Dann bemerkte sie ein Stückchen Leder verbunden mit einem Stein von seinem Hals baumeln.

Er trug den Talisman, den Musa Zaragoza ihr geschenkt hatte.

Shahrzad hatte selten gesehen, dass Chalid anders als makellos ausgesehen hatte. Sein Anblick in einem Zustand jenseits seiner Kontrolle war … faszinierend, gelinde gesagt.

Er sah aus wie eine wunderschöne Katastrophe.

Seine dunklen Haare waren in kompletter Unordnung. Es gab Dreckspuren unter einem Auge. Sie hatten sich in den Falten der Narbe daneben gesammelt. Der *Qamis* passte ihm nicht, denn es war klar ersichtlich, dass er ihm nicht gehörte. Er war zu eng um die Brust, und die Ärmel waren zu lang.

Shahrzad betrachtete Chalids schlafende Gestalt aufmerksam, aber still. Das stetige Heben und Senken seiner Brust unter ihr hätte sie zurück in den Schlaf wiegen können, wenn sie es denn zugelassen hätte.

Stattdessen stützte sie ihr Kinn auf ihre übereinandergelegten Hände und beobachtete ihn weiterhin sorgfältig.

Chalid im Ruhezustand war ein faszinierender Anblick. Im Wachen schien jeder Schatten, jede Aushöhlung bestimmt zu sein von seiner kühlen Leidenschaftslosigkeit, die er allen Dingen gegenüber an den Tag legte – die stolze und launenhafte Maske, die er trug, um die Welt der Gefühle darunter zu verbergen. Im Schlaf war alles geglättet. Wie aus dem allerfeinsten Ton geformt. Seine Lippen waren leicht geöffnet. Wollten berührt werden. Seine Augenbrauen – normalerweise niedrig und streng – waren weich und ohne die lauernde Drohung seines Urteils. Seine Wimpern waren lang und stark, wellten sich dunkel über seinen Wangenknochen.

So wunderschön.

»Ein Gemälde wäre besser.«

Sie hielt den Atem an.

Chalids Lippen hatten sich bei seinen Worten kaum bewegt. Seine Augen waren geschlossen geblieben.

Sie räusperte sich. »Ich brauche kein Gemälde. Ich will auch gar keines.« Obwohl sie versuchte, gleichgültig zu klingen, verriet sie das heisere Krächzen in ihrer Stimme.

Vielleicht sollte sie es der nächtlichen Stunde zuschreiben. Oder dem gerade durchstandenen Martyrium.

Oder jeder Menge …

»Lügnerin.«

Das Blut schoss ihr in die Wangen, und sie drehte sich von ihm weg – und keuchte scharf auf.

Ein schneidender Schmerz schoss ihr von der Schulter den ganzen Rücken hinunter. Shahrzad biss sich fest auf die Unterlippe. Sofort riss Chalid die Augen auf. Er nahm ihr Kinn in eine Hand, sein Blick tastete über ihr Gesicht. Dann griff er nach einem Kelch, der neben dem Bettpodest stand, und reichte ihn ihr.

»Was ist das?«, fragte sie und musste sich räuspern.

»Etwas, das deine Schwester dir für den Fall von Beschwerden hiergelassen hat.«

Shahrzad schluckte die Flüssigkeit, ihr bitterer Geschmack erfüllte ihre Kehle. Sie verzog das Gesicht. Obwohl Irsa offensichtlich versucht hatte, den unangenehmen Geschmack des Gebräus mit Honig und frischer Minze zu überdecken, besaß es immer noch einen ziemlich schrecklichen Nebengeschmack.

Während sie trank, bewegte sich etwas in der schattigen Ecke auf der gegenüberliegenden Seite des Zeltes. Bald erschien Tarik, sein Haar zerwühlt und seine Augen noch schwer vom Schlaf. »Stimmt etwas nicht?«

»Nein«, erwiderte Chalid. »Nichts außer Morgenstarrsinn.«

Shahrzad runzelte die Stirn. »Dich hat keiner gefragt.«

»Tatsache ist, dass ich wirklich ihn gefragt habe«, Tarik gähnte beim Sprechen. »Denn es ist viel wahrscheinlicher, dass ich von ihm eine ehrliche Antwort bekomme als von dir.«

Shahrzad schloss ihre Augen, mehr als bereit, sich mit Tarik zu streiten, trotz ihres Zustands. »Jetzt sprichst du also mit ihm, anstatt zu versuchen, ihn zu töten?«

»Sei brav, Shazi«, gab Tarik gelassen zurück. »Schließlich habe ich ihn in meinem Zelt schlafen lassen.«

Wir sind in Tariks Zelt. Und wir haben es fertiggebracht, die Nacht hier zu überleben.

Shahrzad konnte es kaum glauben. Wieder fragte sie sich, ob sie vielleicht noch an den Nachwirkungen der Qualen der letzten Nacht litt. Denn es konnte doch nicht wirklich der Hauch von Belustigung in Tariks Stimme mitschwingen. Und sie hatte noch nicht den leisesten Hinweis auf Anspannung bei Chalid entdecken können.

Es ist ganz klar, dass etwas Bedeutsames zwischen den beiden passiert sein muss.

Abgesehen von ihren Versuchen, sich gegenseitig umzubringen.

Aber Shahrzad konnte sich nicht sicher sein, ob alles wirklich so war, wie es schien.

Skepsis machte sich in ihrem Inneren breit, und Shahrzad blickte von ihrem Ehemann zu ihrer ersten Liebe. Und wieder zurück.

Was hatte bewirkt, dass Tarik nicht mehr bis tief ins Herz verwundet war, allein durch Chalids Existenz? Und was hatte Chalids Entschluss geändert, Tarik schon bei seinem Anblick zu zerstören?

Ich werde Männer nie verstehen.

Aber sie würde das ihr wohlgesonnene Schicksal nicht infrage stellen. Jetzt jedenfalls nicht.

»Wie spät ist es?«, fragte Shahrzad, ihre Stimme immer noch belegter als gewöhnlich. Es schien, als beneble der Tee, den sie auf Irsas Geheiß zu sich genommen hatte, ihre Sinne. Oder vielleicht war es auch das Gebräu neben ihrer Bettstatt. Was es auch immer war, sie konnte jedem einzelnen Schluck nichts Böses zuschreiben. Was immer sie zu sich genommen hatte, hatte ihre Schmerzen gemildert, was bemerkenswert war.

Tarik blickte auf das schwache Licht, das durch den Zeltsaum hineindrang. »Ich glaube, es ist kurz vor Sonnenaufgang.«

Sie schloss die Augen. »Oh.«

»Er sollte nicht viel länger im Lager bleiben«, sagte Tarik in nachdenklichem Ton. Einen Augenblick lang schien er unsicher zu sein. Als ob er selbst über seinen Kurs unentschieden wäre. »Denn ich kann nicht weiter für seine Sicherheit garantieren, für den Fall, dass jemand seine Identität aufdeckt. Schließlich«, er wurde ernst, »ist dies keine Armee, die zu seiner Unterstützung zusammengezogen worden ist.«

Shahrzad wappnete sich in Gedanken vor einer von Chalids glühenden Erwiderungen. Etwas Leises und Schroffes, das Tarik mit Sicherheit provozieren würde.

Als Chalid nichts sagte, ergriff Shahrzad die Gelegenheit, mit einem raschen Nicken zu antworten. »Er hat recht. Wir sollten so schnell wie möglich nach Ray zurückkehren, Chalid.« Die Zähne zusammenbeißend, drehte sich Shahrzad auf eine Seite, bereit aufzustehen.

»Ich kann alleine dorthin reisen«, erwiderte Chalid.

»Nein«, sagte sie. »Niemand weiß dort, dass du überhaupt abgereist bist, und der *Shahrban* wird entsetzt sein, wenn er denkt, dass dir etwas passiert ist. Von Jalal ganz zu schweigen. Wir sollten schleunigst zurückkehren.«

Und der Zauberteppich ist das beste Mittel dazu.

»Mein Onkel wird sowieso wütend auf mich sein. Und Jalal – wird es wohl kaum bemerken.« Bei der Erwähnung seines Cousins spannte sich Chalids Körper unmerklich.

»Natürlich wird er das.«

»Da wäre ich nicht so sicher.«

Die plötzliche Spannung – zusammen mit dem Anflug von Niedergeschlagenheit in seiner Stimme – ließ Shahrzad den Kopf wenden, um ihn anzusehen. Selbst in den Schatten des frühen Morgens war der Wechsel seines Gesichtsausdrucks unübersehbar, vorausgesetzt man wusste, wonach man suchen musste.

Was ist zwischen Chalid und Jalal vorgefallen?

Als sie den warnenden Blick aufnahm, den Chalid ihr zuwarf, entschied Shahrzad, die Sache vorerst nicht weiter zu verfolgen. Jedenfalls nicht in Tariks Anwesenheit.

Stattdessen strengte sie sich an, aufrecht zu sitzen, und unterdrückte einen Aufschrei über den Schmerz, der ihren ganzen Arm hinunterschoss. Die ganze rechte Seite ihres Körpers war steif. Sie ballte die Faust und ließ sie wieder los, um ihre Finger wieder bewegungsfähig zu machen.

»Shazi …« Tarik ging auf sie zu, Sorge stand ihm ins Gesicht geschrieben. »Ich glaube nicht, dass du …«

»Komm gar nicht erst auf die Idee, dass es mich interessiert, was du denkst.« Sie blitzte ihn an und wies ihn mit dem nicht verletzten Arm zurück. »Besonders weil du an allem hier schuld bist.«

Tarik zuckte zusammen. »Was das angeht, widerspreche ich dir ja gar nicht. Und obwohl es abgedroschen klingen mag, es zu sagen, es *tut* mir leid. Mehr als ich in Worte fassen kann.«

»Ich weiß, dass es dir leidtut. Es tut uns allen leid, dass so etwas passieren musste«, sagte sie gereizt. »Aber jetzt ist nicht die Zeit, mir zu sagen, was ich tun soll, besonders angesichts all deiner Fehler.«

Mit einem schneidenden Blick nahm Shahrzad wieder ihre Bemühungen auf, die Bewegungsfähigkeit ihrer rechten Körperseite wiederherzustellen, trotz des sengenden Schmerzes bei jeder Bewegung.

»Willst du ihr nicht Einhalt gebieten?«, sagte Tarik zu Chalid, seine Verzweiflung mehr als sichtbar.

»Nein«, erwiderte Chalid unerschütterlich. Er lag immer noch auf dem Bett, in vorbildlicher Ruhe. »Will ich nicht.«

Shahrzad warf Tarik einen triumphierenden Blick zu.

»Aber leihst du mir ein Pferd und genug Proviant für eine Reise nach Ray?«, sagte Chalid zu Tarik und stand mit müheloser Grazie auf. Als ob er über Shahrzads Versuche, geradezustehen, spotten wollte.

»Chalid!«

Er drehte sich seitwärts, um sie anzublicken. »Ich werde dich nicht davon abhalten, das zu tun, was dir gefällt. Genauso wenig wie du mich abhalten kannst.«

Tarik grinste, mehr als nur ein bisschen amüsiert, Zeuge zu werden, wie Shahrzads Pläne vereitelt wurden. »Ich würde dir sehr gerne ein Pferd und Proviant zur Verfügung stellen. Aber ich erwarte die volle Erstattung. Mit Zinsen, denn du kannst es dir ohne Zweifel leisten. Und komm nicht auf die Idee, mein Pferd zu nehmen. Dieses Mal nicht.« Er hielt inne. »Noch jemals in Zukunft, was das angeht.«

»Ich stimme deinen Bedingungen zu.« Chalid stellte sich vor Tarik, letzterer eine halbe Hand kleiner als er, dennoch schienen die beiden auf seltsam gleicher Augenhöhe.

Ein König auf einer Höhe mit seinem Edelmann.

Mit einem fast freundlichen Nicken gegenüber Chalid blickte Tarik auf Shahrzad zurück. »Ich treffe die notwendigen Maßnahmen und warte draußen auf euch beide.« Dann, mit nichts weiter als einem strahlenden Lächeln, das eine schwelende Traurigkeit nicht verbarg, schlüpfte Tarik durch die Zeltklappen hinaus ins Freie.

Er hat uns allein gelassen.

Tarik ist gegangen, um uns Zeit allein zu verschaffen.

Entweder hatte sich Tarik mit der Situation abgefunden oder er führte ein Schauspiel auf, dem besten Straßenkünstler von Ray ebenbürtig.

Konnte es sein, dass er gerade seine stillschweigende Einwilligung erteilt hatte?

Tarik gab *Chalid* die Möglichkeit, ihm das Gegenteil zu beweisen?

Für eine Weile zum Schweigen erstarrt, saß Shahrzad still auf dem Rand des Bettpodests, während Chalid sich anschickte, sich in dem nebenstehenden Bassin zu waschen.

»Was ist zwischen dir und Tarik vorgefallen?«, fragte Shahrzad übergangslos. Sie senkte die Stimme. »Und wer hat das Buch meines Vaters?«

»Tarik hat einen Pfeil auf mich abgeschossen«, stimmte Chalid an, ohne seine Beschäftigung zu unterbrechen. »Und hat überlebt, um darüber berichten zu können.« Er sah sie an. »Was das Buch angeht, darüber brauchst du dir keine Sorgen mehr zu machen. Du hast dich schon um genug kümmern müssen.«

»Chalid.«

Chalid wischte sich mit feuchten Händen über das Gesicht und den Hals, blieb aber eine Weile still. »Tarik Imran al-Ziyad und ich sind zu einer Art Übereinkunft gekommen.« Er hob den Deckel eines kleinen Behälters neben dem Bassin und schüttete etwas gemahlene Minze und zerstoßenes Seesalz auf seine Handfläche, um seinen Mund vom Schlaf zu reinigen.

»Dann brauche ich mir keine Sorgen zu machen?«

Endlich drehte sich Chalid um, und sie maßen sich mit Blicken.

»Was Nasir al-Ziyads Sohn angeht, kann ich keine Versprechen machen. Aber wegen mir brauchst du dir keine Sorgen zu machen. Ich gelobe es.«

Die letzten Worte hingen in der Luft, mit greifbarer Bedeutung.

Shahrzad atmete tief und langsam ein.

Chalid würde also keine Vergeltung suchen für das, was letzte Nacht vorgefallen war. Was hoffentlich bedeutete, dass er keine versteckte Feindseligkeit gegen Tarik hegte, weil er versucht hatte, ihn umzubringen. Auch wollte er ihm kein Leid antun, weil er dabei Shahrzad verletzt hätte.

Die Versöhnung, von der sie beim Feuer geträumt hatte, begann auf einmal Form anzunehmen.

»Willst du nicht, dass ich dich nach Ray bringe?«, fragte Shahrzad und klammerte sich an das gerade gefundene Gefühl.

»Nein, das will ich nicht.« Er beendete seine Waschungen ohne ein weiteres Wort in dieser Angelegenheit.

Shahrzad kräuselte enttäuscht die Nase, während Chalid das übrige Wasser von seinem Kinn wischte. »Ich wünschte, du wärst nicht so dickköpfig.«

»Und ich wünschte, du wärst letzte Nacht nicht vor einen Pfeil gesprungen. Wünsche sind was für Geister und die Narren, die an so etwas glauben.«

Die Andeutung von Wut in seinen Worten brachte ihre Haut in Hitze.

Er kann nicht böse auf mich sein, weil ich so etwas tue.

»Glaubst du etwa, ich habe mich *absichtlich* von einem Pfeil treffen lassen?«, fragte sie vorwurfsvoll. »Du kannst deswegen unmöglich böse sein, Chalid Ibn al-Rashid. Ich habe sicher nicht absichtlich …«

»Ich weiß.« Chalid kniete sich vor sie und legte ihr seine Hände an die Seiten. »Ich wollte auch nichts anderes andeuten. Aber«, er unterbrach sich plötzlich, die scharfen Linien in seinem Gesicht wurden weicher, »mach das nicht noch mal. Ich … kann das nicht noch einmal mit ansehen, Shahrzad.«

Ihre Kehle zog sich zusammen aufgrund seines gepeinigten Gesichtsausdruckes. Und ihre Gedanken wanderten zu einem kleinen Jungen, der hatte zusehen müssen, wie seine Mutter vor seinen Augen gestorben war.

Chalid legte ihr eine Hand an den Hals und streichelte mit seinem Daumen über ihr Kinn. »Weißt du, wie nahe dieser Pfeil deinem Herzen gekommen ist?«, flüsterte er. »Um dich in einem einzigen Augenblick zu töten?«

»Wenn ich dich nicht gestoßen hätte, hätte Tarik dich umgebracht«, erwiderte sie und legte ihre Hand über seine. Und verstärkte so seine Berührung mit ihrer Haut.

»Besser ich als du.«

Ihr Blick wurde härter. »Wenn du mich fragst, ob ich es wieder tun würde: Ja, das würde ich. Ohne Frage.«

»Shahrzad, das darfst du nie wieder tun.« Seine Worte waren gedämpft und rau. »Versprich es mir.«

»Das kann ich nicht versprechen. Ich werde so etwas *nie* versprechen. Nicht, solange ich lebe. Wie du einmal gesagt hast, in dieser Sache gibt es keine Wahl. Nicht für mich.«

Chalids Brust hob und senkte sich mit einem tiefen Ein- und Ausatmen. »Ich wünschte, du wärst nicht so dickköpfig.« Er wiederholte ihre früheren Worte, während sein Daumen über ihre Wange streichelte. Während seine Augen von ungehinderten Gefühlen übergingen.

Shahrzad lächelte. »Bist du ein Geist oder ein Narr?«

»Ein Narr. Wie ich immer war, wenn es um dich ging.«

»Wenigstens gibst du es zu.«

»Wenigstens zweimal.« Eine Seite seines Mundes verzog sich nach oben. »Und nur dir gegenüber.«

Shahrzad legte beide Hände um Chalids Gesicht. Seine Bartstoppeln kitzelten ihre Haut, als ihre Finger seinen Kiefer streichelten. Seine Augen fielen für einen Moment zu.

Jetzt war nicht die richtige Zeit. Ach, es war nie die richtige Zeit.

Aber das spielte keine Rolle.

Selbst die Stärke ihres Mittels vermochte nicht, ihr rasendes Blut zu dämpfen. Sie zog ihn an sich und senkte ihre Lippen auf seine.

Er schmeckte nach Wasser und Minze und nach allem, nach dem sie jeden Augenblick, an den sie sich erinnern konnte, gehungert hatte. Er duftete wie die Wüste in der Sonne und nach einem Hauch von Sandelholz. Dem Palast von Ray und den wogenden Sanddünen von Badawi, alles zusammen zu einem perfekten Ganzen vereint.

Seine Berührung war Seide über Stahl. Ihr wurde gleichzeitig heiß und kalt. Seine Küsse waren die vollendete Mischung von hart und weich. Erfahren und ungehemmt.

Als sie versuchte, ihn näher zu ziehen, war Chalid vorsichtig. Zu vorsichtig.

Wie immer wollte Shahrzad mehr. Sie krallte ihre schlanken Finger vorn in seinen geborgten *Qamis* und gab es ihm so zu verstehen.

Er beschwichtigte sie, indem er ihr Gesicht mit seinen Händen umfing.

Shahrzad seufzte und verfluchte im Stillen ihre Wunden. »Ich hasse, dass ich nicht mit dir gehen kann.«

»Und ich hasse es, dass ich dich zurücklassen muss. Dich inmitten all dieses … Chaos lassen muss.« Chalids Gesichtszüge verfinsterten sich.

Die Erinnerung brachte ihr eine ebenso dringende Angelegenheit vor Augen, die sie beinahe aus dem Blick verloren hätte.

»Wo ist es, Chalid?«

Das Buch ihres Vaters. Die Ursache für so viel Tod und Chaos.

Chalid griff unter das Bettpodest und brachte das kleine Bündel zum Vorschein, das ihre Schwester am Brunnen umklammert hatte. »Irsa hat es mir gestern Abend gegeben«, sagte er leise. »Ich habe es immer in Griffweite gehabt, zusammen mit meinem Schwert und deinem Dolch.«

»Irsa?« Shahrzad lächelte fast aufgrund der Vertrautheit. »Hat sie dir erlaubt, sie so zu nennen?«

»So ungefähr«, murmelte er und strich ihr das Haar hinter ein Ohr.

»Du hast mal gesagt, du hättest nicht die Absicht, von deinem Volk geliebt zu werden, Chalid Ibn al-Rashid. Trotzdem hast du es fertiggebracht, einige deiner härtesten Kritiker an einem einzigen Abend zu gewinnen.« Shahrzad grinste vorbehaltlos.

»Irsa war einer meiner härtesten Kritiker?« Er hob eine Augenbraue.

»Sie ist meine Schwester. Natürlich war sie das.«

Der Hauch eines Lächelns überzog seine Lippen. Bei dem Anblick erwärmte sich Shahrzads Herz.

Hinter dem Zelt erklang das laute Blöken einer Ziege und brachte sie wieder in die Gegenwart zurück.

»Ich muss gehen.« Chalid schob die blutgetränkten Bandagen auf den Fußboden und griff ein zweites Mal unter das Bettpodest.

Er nahm sein Schwert und ihren Dolch und legte sie neben das Buch ihres Vaters, das immer noch in eine Bahn rauen braunen Leinens gewickelt war.

»Und der Schlüssel?«, hauchte Shahrzad.

Chalid zog an der Silberkette um seinen Hals. Der schwarze Schlüssel baumelte über seinem Herzen, zusammen mit dem Jade-Talisman. Allein der Anblick der beiden Gegenstände jagte Shahrzad einen Schauder über den Rücken.

Sie legte ihre Hand auf Chalids Brust und bedeckte das kalte Metall mit ihren Fingern. »Zerstöre es, sobald du kannst. Am besten heute Nacht, wenn irgendwie möglich. Verschwende keine Zeit.«

Er nickte einmal. »Ich werde den Tag über reiten und zerstöre es, sobald die Sonne untergeht.« Chalid lehnte seine Stirn gegen ihre. »Ich komme zu dir zurück, sobald ich kann.«

»Nein. Ich komme zu *dir.*«

Chalid lächelte, bevor er ihr noch einen überwältigenden

Kuss auf die Kehle drückte. Dann steckte er den Dolch in seine *Tikka*-Tasche und verschwand hinter der Zeltklappe.

Eine plötzliche Kälte brach im Zelt aus.

Und Shahrzad bemerkte, wie dunkel es noch war.

Es war die Kälte, die Jahandar weckte.

Er konnte sich nicht erinnern, wann er das letzte Mal so gefroren hatte.

Sein Geist war zerschmettert und wie mit Wasser durchtränkt, als ob er auf See durchgerüttelt worden wäre. Seine Kehle fühlte sich an, als ob sie mit kratzigen Fäden ausgestopft wäre. Mit trockenem Mund und orientierungslos tastete er nach dem Buch auf seiner Brust, nach dessen beruhigender Wärme ihn verlangte.

Aber es war nicht da.

In plötzlicher Panik riss er die Augen auf.

Er setzte sich auf, seine nutzlosen Decken fielen wie Zwiebelhäute von ihm ab. Sein Zelt war immer noch in das Gewand der Nacht gehüllt. Das Morgengrauen war kaum bis zu den Zeltsäumen gedrungen, es sickerte in gebrochenen Lichtstrahlen hindurch.

Jahandar strich mit den Händen über die Bettstatt. Dann über den Boden neben sich. Dann weiter in die Dunkelheit hinein.

Immer noch kein Buch.

Seine Panik wuchs, er griff nach dem Schlüssel um seinen Hals.

Auch er war nicht da.

Die Erkenntnis traf ihn wie ein Blitz.

Jemand hatte ihm das Buch und den Schlüssel gestohlen. Sein schwerfälliger Kopf und die angeschwollene Zunge waren der

Beweis, dass jemand ihn unter Drogen gesetzt hatte mit der festen Absicht, seine wertvollsten Besitztümer zu stehlen.

Jemand hatte ihn zum Narren gehalten und ausgenommen.

In einem Anfall von Wut sprang Jahandar auf die Füße, trat dabei die Messinglampe um, die neben seinem Schlaflager bereitgestellt war. Das Öl tropfte aus ihrem Inneren und erfüllte die Luft mit seinem stechenden Geruch.

Was ihn an die Kraft erinnerte, die in den harmlosesten Gegenständen lag.

In der Tat, mit einem einzigen Fingerschnipsen besaß Jahandar die Macht, das ganze Zeltlager in Brand zu setzen.

Oder vielmehr: hatte er die Macht besessen.

Denn er kannte noch nicht den Preis, den der Sturm seinen Fähigkeiten abverlangt hatte. Ebenso wenig kannte Jahandar den vollen Preis, den zu zahlen er gezwungen war, um überhaupt solch bemerkenswerte Fähigkeiten zu erlangen.

Er brauchte das Buch, um sich selbst zu seiner früheren Höhe aufzuschwingen.

Brauchte es, um Reza bei seinen Anstrengungen zu helfen.

Jahandar schritt von einem Ende seines winzigen Zeltes zum anderen, sein Geist ein beständiges Gedankenaufzucken, die Gedanken häuften sich an und entzündeten sich zu Flammen.

Es gab nur drei Menschen im Lager, die von dem Buch wussten.

Einer davon hatte ihm gestern Abend seinen Tee bereitet – den Tee, der höchstwahrscheinlich seinen ungewöhnlich festen Schlaf bewirkt hatte.

Ein anderer hatte ihn die letzten drei Tage mit Fragen über das Buch gelöchert. Hatte gebeten, das Buch sehen zu dürfen, seinen Inhalt kennenzulernen. Das Buch, das bis dahin für alle so wenig bedeutet hatte, mit Ausnahme von Jahandar.

Jahandar unterbrach sein Auf- und Abschreiten.

War er von seinem eigenen Fleisch und Blut bestohlen worden? Hatten ihn seine eigenen Kinder hereingelegt? Und ihm damit seine einzige wahre Möglichkeit genommen, ein Mann mit Macht und Einfluss zu werden?

Ein Mann, dessen Urteil etwas galt?

Jahandars Hände ballten sich zu Fäusten. Er griff nach seinem Umhang, sein Zorn wuchs weiter. Breitete sich in seine Arme und Brust aus.

Durch seinen Geist wirbelte ein Sturm heißester Wut.

Der letzte dieser drei Menschen würde Jahandar helfen, sein Buch zurückzubekommen.

Denn dieser Mann hatte durch dessen Verschwinden genauso viel zu verlieren.

Und durch seinen Gebrauch genauso viel zu gewinnen.

Jahandar mochte sich nicht mehr über vieles sicher sein, aber dessen war er gewiss.

Genauso wie er wusste, dass er alles tun würde, um das Buch zurückzubekommen.

Sogar betteln, handeln oder stehlen.

Sogar töten.

Shahrzad wusste, dass sie Tariks Zelt verlassen sollte.

Sie war schon den ganzen Nachmittag dort drinnen gewesen.

Obwohl ihre Schulter immer noch wund war und ihr Körper schwach von den Qualen der Nacht, war es Zeit, in ihr eigenes Zelt zurückzukehren. Weiterzumachen, als sei alles in Ordnung. Denn wenn sie eine weitere Nacht in Tariks Zelt verbrächte, würde das bestimmt jemandem auffallen.

Und so etwas konnte auf lange Sicht keinem von ihnen guttun. Trotz ihres vorgetäuschten Verhältnisses.

Sie stellte sich hin und jammerte bei dem plötzlich aufzuckenden Schmerz an ihrer Körperseite auf.

Ihr Mund und ihre Kehle waren staubtrocken. Stirnrunzelnd griff Shahrzad nach dem Kelch mit dem Stärkungsmittel auf ihrem Nachttisch und kippte ihn beinahe um. Leise fluchend richtete sie sich auf und nahm einen tiefen Schluck von der bitteren Flüssigkeit.

Es war noch zu früh, mit den Getränken voller Gerste oder Weidenrinde aufzuhören.

Ich darf nicht so schwach bleiben. Besonders weil ich bald nach Ray reisen muss.

Mit aller Kraft stellte sie sich aufrecht, richtete ihren *Qamis* und wickelte ihre *Shahmina* so, dass sie die dicken Bandagen um ihre Schulter verbarg. Einen Augenblick lang erwog sie zu warten, bis Irsa zurückkäme, um ihr zu helfen. Ihre Schwester war merkwürdigerweise verschwunden, nachdem sie ihr vor über einer Stunde das Stärkungsmittel ans Bett gebracht hatte, und Shahrzad hatte nicht die Absicht, weiter in nutzloser Einsamkeit herumzulungern.

»Shahrzad-*jan*?«

Sie hätte um ein Haar den Kelch fallen gelassen. Bemüht, die Haltung zu bewahren, zog Shahrzad die *Shahmina* noch fester um sich. »Onkel Reza.« Sie stellte den Kelch hin, ballte die Hände zu Fäusten, um ihr plötzliches Zittern zu verbergen.

Ich muss mich zusammenreißen.

»Ich wollte dich nicht erschrecken.« Er lächelte mit unverstellter Wärme, seine braunen Augen glänzten in der Nachmittagssonne, die durch die Zeltklappen schien wie Flüssigkeit.

»Ich habe mich nicht erschreckt.« Shahrzad schluckte. »Suchst du Tarik?«

»Nein.« Rezas Blick fiel auf die zerwühlte Bettstatt. »Ich habe dich gesucht. Kann ich dich einen Moment sprechen?«

»Eigentlich war ich auf dem Weg zurück in mein Zelt, um Irsa zu treffen. Ist es etwas Wichtiges?«

»Einigermaßen.« Er trat auf eine Seite. »Ich kann mit dir gehen, wenn es dir nichts ausmacht. Mein Zelt liegt auf dem Weg.«

Obwohl seine Hartnäckigkeit sie verwirrte, fand Shahrzad keinen Grund, einen Einwand zu äußern. »Natürlich.«

Reza hielt die Zeltklappe für sie auf. Eine Wache stand draußen, um ihnen dann mit einigem Abstand zu folgen. Shahrzad versuchte, ihr Unbehagen zu verbergen, sowohl das über die Nähe der Wache als auch das durch die anhaltenden quälenden Schmerzen.

Wie merkwürdig, dass Onkel Reza immer eine Wache braucht. Besonders in seinem eigenen Zeltlager.

Als ob er denen, die er um sich hat, nicht trauen könnte.

»Womit kann ich dir helfen?«, begann sie und versuchte, unbeschwert zu klingen. Versuchte herunterzuspielen, wie entnervt sie sich fühlte. Denn es war klar, dass Reza bin-Latief gewusst hatte, dass sie die vergangene Nacht nicht in ihrem Zelt verbracht hatte.

Weiß er sonst noch irgendetwas?

Das Herz hämmerte in ihrer Brust.

Reza lächelte geduldig. »Ich habe bemerkt, dass du mehr Zeit mit Tarik verbringst.«

»Ja.«

»Ist alles in Ordnung?«

»Ja.« Sie sah ihn von der Seite an, unsicher, was er meinte.

»Dann bist du also nicht mehr krank?«

Wieder schluckte Shahrzad. »Nein.«

»Ich habe mir in letzter Zeit Sorgen um dich gemacht. Es hieß, du seist während des Tages ungewöhnlich müde gewesen …« Er brach ab und beobachtete sie aufs Vorsichtigste.

Shahrzad grinste, dann biss sie sich auf die Lippe bei dem Versuch, einen dümmlichen Ausdruck anzunehmen. »Ich glaube, die letzten Monate haben ihren Tribut gefordert, Onkel Reza. Es war ein wenig … Anpassung nötig. Aber es geht mir jetzt viel besser.«

Eine einzelne Augenbraue hob sich. »Wahrhaftig? Deine Gesichtsfarbe lässt viel zu wünschen übrig. Hast du schon mit Aisha über deine Gesundheit gesprochen?«

Sie wedelte wegwerfend mit der Hand. »Ich möchte Aisha mit solchen Dingen nicht belästigen. Auf alle Fälle hat Irsa mir schon ein Stärkungsmittel gemacht, und es hat viel bewirkt.«

»Irsa?« Er hielt nachdenklich inne. »Irsa kennt sich also mit solchen Gebräuen aus?«

»Einigermaßen. Ich schlage vor, du versuchst zuerst und urteilst dann.« Shahrzad verbreiterte ihr Lächeln.

»Ich verstehe.« Er blieb neben seinem Zelt stehen, sein Ausdruck immer noch nicht zu deuten.

Reza griff nach ihrem Arm, sein Griff sanft, aber dennoch fest. »Shahrzad, ich will dir so gerne vertrauen, aber ich habe etwas sehr Beunruhigendes bemerkt … und ich kann in dieser Angelegenheit nicht länger schweigen.«

Shahrzad zog sich zurück. »Wie bitte?« Ihr Herz überschlug sich in ihrer Brust.

»Ich habe die blutbefleckten Leinenstücke neben der Bettstatt gesehen, Shahrzad-*jan*.« Er legte ihr vorsichtig eine Hand auf den Unterarm, als ob er sie trösten wollte. »Du bist eindeutig verwundet. Ich würde gern nach Aisha schicken lassen, damit sie einen Blick daraufwerfen kann.« Reza wandte sich um und gab dem Wächter hinter ihnen einen Wink mit der freien Hand.

»Onkel Reza … wirklich, mir fehlt nichts.« Sie versuchte wieder, ihren Arm wegzuziehen. Panik stieg in ihr auf.

»Ich bestehe darauf.« Er lächelte, sein Griff an ihrem Arm wurde fester. Wenn es sich um jemand anderes gehandelt hätte,

hätte sich Shahrzad mehr als bedroht gefühlt. Aber dies war der Vater ihrer besten Freundin. Ein Mann, den Shahrzad fast ihr ganzes Leben gekannt hatte. Ein Mann, den sie lange als eine Art zweiten Vater angesehen hatte.

»Ich könnte dich nicht guten Gewissens gehen lassen, ohne mich zuerst zu vergewissern, ob es dir gut geht oder nicht«, fuhr Reza fort. »Bitte erlaube Aisha, sich um deine Wunde zu kümmern. Wenn es dir nichts ausmacht, warte ich drinnen mit dir, bis sie kommt.«

»Onkel Reza …«

»Shahrzad-*jan.*« Sein Gesichtsausdruck wurde milder. »Ich habe dich viel zu lange vernachlässigt, und ich war ungerecht zu dir, als du gerade erst angekommen warst. Auch wenn es aus Schmerz geschah, ist dies noch lange keine Entschuldigung. Bitte erlaube, dass ich dies wiedergutmache. Dein Zustand gibt mir größten Anlass zur Sorge, und ich kann ihn nicht weiter ignorieren. Gewähre mir diese kleine Nachsicht. Bitte.« Er deutete ihr mit einem Kopfnicken an, sein Zelt zu betreten.

Widerwillig ging Shahrzad hinein. Denn sie sah keine Möglichkeit, sich weiter herauszuretten, ohne noch mehr Aufmerksamkeit auf sich zu ziehen.

Das Zelt war dunkel. So dunkel, dass ihre Augen eine Weile brauchten, um sich an die verschiedenen Schattierungen anzupassen. Plötzlich sah Shahrzad aus den Augenwinkeln eine massige Gestalt neben dem Eingang lauern.

Es war der Wachposten, auf den sie zum ersten Mal am Tag nach ihrer Ankunft im Badawi-Zeltlager gestoßen war. Derjenige mit dem Fedajin-Brandzeichen auf seinem Unterarm. Derjenige, der sie überaus überstürzt abgeurteilt hatte, um gleich darauf entsprechend bestraft zu werden.

Er stürzte sich aus dem Nichts auf sie wie ein unförmiger grauer Schatten. Shahrzad wirbelte zurück zum Eingang, einen

Schrei auf den Lippen. Sie sah Reza bin-Latief hilfesuchend an. Shivas Vater. Der zweite Vater, dem sie so lange vertraut hatte.

Er sah zu, untätig. Sein Blick ging ins Leere.

Während der Fedajin-Mörder sie bei der Kehle packte. Während eine ekelerregende Süße ihre Sinne vernebelte.

Und alles schwarz wurde.

Die größte aller lebenden Mächte

Omar al-Sadiq hatte Angst.

Es war so viele Jahre her, dass er wirklich Angst gehabt hatte. Er war viel zu alt für Angst. Viel zu sehr eins mit dem Leben. Viel zu bestimmt auf seine Art.

Aber er konnte die Kalifin von Chorasan nicht finden. Er hatte sie den ganzen Nachmittag gesucht. Und Irsa al-Haizuran war auch verschwunden.

Omar hatte schon vergangene Nacht gewusst, dass etwas im Gange war, als sein vertrauenswürdigster Wachposten gekommen war und berichtet hatte, dass Shahrzad nicht zu ihrem Zelt zurückgekehrt war. Ebenso wenig hatte besagter Wächter die Kalifin heute Morgen irgendwo gesehen. Was wirklich Grund zum Fürchten war. Vorher, als Shahrzad jede Nacht verschwunden war, war sie wenigstens immer im Morgengrauen zu ihrem Zelt zurückgekehrt.

Und nun war sich Omar sicher, dass seine schlimmsten Befürchtungen eingetreten waren.

In Wahrheit hatte er immer gewusst, dass es nur eine Frage der Zeit war.

Was Omar eine Entscheidung aufzwängte. Es war nicht mehr zu leugnen, dass Reza bin-Latief ihn bezüglich seiner Absichten angelogen hatte, so wie es Omar schon befürchtet hatte. Aber es brach ihm das Herz, die Wahrheit mit solch unmissverständlicher Sicherheit zu erfahren, denn Reza war ein Freund geworden. Er war mal ein guter Mann gewesen. Ein Mann, der seine Frau und seine Tochter geliebt hatte und ein Leben mit einfachen Bedürfnissen geführt hatte.

Aber das Leid hatte all das verändert. Denn es war einfach, in Zeiten der Fülle gut und freundlich zu sein. Die harten Zeiten waren die Zeiten, die einen Mann prägten.

Und die Liebe? Liebe war eine Macht, die viel dazu beitrug, eine Person zu verändern. Sie brachte Freude wie Leid, und sie brachte auch diese Momente, die einen Charakter prägten.

Liebe gab den Leblosen Leben. Sie war die größte aller lebenden Mächte.

Aber, wie bei allem auf der Welt, auch die Liebe hatte eine dunkle Seite.

Die Dunkelheit hatte Reza bin-Latief eingeholt, wie Omar es vorausgesehen hatte.

Omar hatte ihre Schatten über seinen Freund fallen sehen, genauso wie Omar vorhergesehen hatte, dass sein eigener Stamm dem Konflikt zweier Königreiche zum Opfer fallen würde. Dass es zerrieben würde zwischen den verfeindeten Reichen von Chorasan und Parthien. Eines ein unabhängiges Land der Fülle, in jüngerer Zeit befallen von Missgeschick. Das andere geringer in allen Belangen, außer was seinen Ehrgeiz betraf.

Das Land der Badawi lag an der Grenze zwischen Chorasan und Parthien, und Omar hatte gewusst, es würde für ihn unmöglich sein, bei einem Konflikt, der zwischen den beiden auftrat, unabhängig zu bleiben, so sehr er es auch gewünscht hätte. Sein Volk war zu nah, sein Land zu kostbar.

Aber Omar hatte nicht gewusst, wie er am besten vorgehen sollte.

Er hatte nicht gewusst, wer sein wahrer Feind sein würde und wen er sich zum Freund formen konnte. Und Omar war nicht derjenige, der die Seite auswählte, ohne sich zuerst über alles Mögliche zu informieren. Ohne beide Seiten der Medaille zu sehen.

Er hatte gehofft, dass Tarik – der junge Edelmann aus Chorasan, der solch ein reines Herz besaß – ihm eine Stütze sein würde. Der Weiße Falke von Chorasan, der sein Königreich aus der Dunkelheit zurück ins Licht führen würde.

Aber jetzt war sich Omar nicht mehr so sicher. Denn er hatte noch nicht die Gelegenheit gehabt, mit Tarik offen über diese Angelegenheit zu sprechen. Und der Junge schien nicht mit dem Herzen bei den jüngsten Angriffen auf die benachbarten Festungen gewesen zu sein. Omar war sich nicht sicher, ob Tarik darin gut beraten gewesen war, seinem Onkel zu folgen. Er war sich nicht sicher, ob Tarik ernsthaft zwischen Gut und Böse unterscheiden konnte.

Denn Tarik hatte bloß eine Seite der Medaille gesehen.

Es wurde Zeit, dass Omar Tarik alles mitteilte, was er wusste. Alles, was er durch seine stille Beobachtung erfahren hatte. Alles, was er schon längst vermutet hatte.

Es wurde Zeit, dass auch Tarik seine Entscheidung traf. Denn Tariks Onkel Reza hatte die seine bereits getroffen. Er hatte den Weg in die Dunkelheit gewählt.

Und jetzt waren die Kalifin von Chorasan und ihre jüngere Schwester verschwunden. Omar brauchte nicht lange nachzudenken, um zu wissen, wohin sie gebracht worden waren.

Was bedeutete, dass die beiden Königreiche wahrscheinlich am Rand eines Krieges standen.

Was bedeutete, dass der al-Sadiq-Stamm wieder ausschwärmen würde.

Aber mit wem?

Mit einem zweifelhaften Knabenkönig, der ohne sichtbaren Grund all seine Bräute ermordet hatte? Oder mit einem machthungrigen Tyrannen, der Söldner verdingt hatte, die unter Omars Leuten ihre Zeit abwarteten? Derselbe machthungrige Tyrann, von dem Omar vermutete, dass er sich vor langer Zeit schon mit Reza bin-Latief verbündet hatte.

Denn Omar hatte gesehen, wie Truhen voller Gold im Schutze der Nacht wie von Zauberhand verschwunden waren. Er hatte die Briganten mit dem Skarabäus-Brandzeichen gesehen. Deswegen hatte er Reza bin-Latiefs Truppen vor fast vierzehn Tagen gebeten, ihre Zelte an den Rand seiner Zeltstadt zu verlagern.

Aber welcher dieser beiden Könige war der wahre Schurke dieser Geschichte?

Denn eine Geschichte war nur so gut wie ihr Schurke.

In der Tat, es wurde Zeit, dass Omar eine Entscheidung traf. Die verschlissenen Schleier von den Augen der Wüste zu reißen.

Denn die Wüste hatte tatsächlich Augen. Augen, die Omar vor vielen Monaten platziert hatte. Omar hatte es schon immer verstanden zu beobachten und zu lauschen. Diese Wüste war seine Wüste. Eine Wüste, die sein Volk sechs Generationen regiert hatte.

Es wurde Zeit, dass Omar sah, ob Tarik aus mehr als Muskeln und Mut bestand. Zu sehen, ob Tarik mit der Wahrheit umgehen konnte. Wenn Omar ihm erst alles gebeichtet hätte, würde er hören, was der Junge zu sagen hatte. Und seine Entscheidung würde fallen.

Ob sie den Jungen zu seinem Feind oder Verbündeten machte, blieb dahingestellt.

Aber Omars Volk kam zuerst. Egal, wie sehr er den Jungen inzwischen mochte. Egal, wie gern Omar beobachten würde, wie der Junge erreichte, was zu erreichen Omar ausgesetzt hatte.

Wie sehr er ersehnte, Tariks Liebesgeschichte gewinnen zu sehen.

Omar hatte es schon viele Male zu Aisha gesagt. Obwohl sie immer missbilligend knurrte, wenn sie es hörte, wusste er, dass es sie immer zum Lächeln bringen würde.

»Man gebe mir eine bedeutsame Liebe oder einen wunderschönen Tod!«

Tatsächlich. Omar war gierig.

Er hatte immer gehofft, beides zu bekommen.

Leben und Tod auf den Seiten eines Buches

Chalid ritt durch die Wüste, bis die Sonne am Horizont unterging.

Er würde noch zwei weitere Tage strammen Reitens benötigen, bis er Ray erreichte. Zu diesem Zeitpunkt wüsste sein Onkel sicher längst keinen Rat mehr. Es würde keine Rolle spielen, dass Chalid der Kalif war und Anspruch auf seine persönliche Freiheit hatte. In solchen Angelegenheiten sah General Aref al-Churi in ihm nur einen wütenden Jungen, allein im Schatten. Denselben Jungen, um den er sich in all den Jahren in aller Stille gekümmert hatte.

Chalid konnte nur hoffen, der *Shahrban* wähnte ihn beschäftigt mit einem seiner vielen Ausflüge in die Stadt. Oder dass Jalal Chalids Abwesenheit für eine kurze Zeit geheim gehalten hatte.

Aber Chalid zweifelte, dass sein Cousin zu so etwas bereit war.

Denn ihr Umgang miteinander war während der vergangenen Wochen gekünstelt gewesen, wenn man es wohlwollend formulieren wollte.

Geradezu feindselig im schlimmsten Fall.

So wie die Dinge standen, wusste Chalid nicht, wie er diese spezielle Abwesenheit seinem Cousin erklären sollte.

Und Chalid hatte keine Spur von Despina oder dem Rajput gefunden. Nirgendwo.

In forschem Tempo ritt er weiter durch die umbrabraunen Sandhügel, bis nur noch ein Hauch Sonnenwärme am Himmel zurückblieb. Dann stieg er von dem geliehenen Ross ab und nahm das Päckchen mit Proviant vom Sattel.

Nachdem er sich nur einen Augenblick des Durchatmens gegönnt hatte, befreite Chalid das Buch aus dem abgenutzten Leder des Rucksacks. Das Buch war immer noch in einen Streifen rauen braunen Leinens verpackt. Chalid klemmte es sich unter den Arm und entfernte sich ein paar Schritte vom Pferd, seine Hand bewegte sich auf den Dolch an seiner Hüfte zu.

Er wusste nicht, was auf ihn zukam.

Obwohl die merkwürdige Hexe in den östlichen Bergen ihn gewarnt hatte, das Buch werde schreien – zurückschlagen –, wusste Chalid immer noch nicht, was das Buch zustande bringen würde.

Er vertraute ihr ebenso wenig. Er glaubte ihr nicht im Mindesten.

Weshalb er abgewartet hatte, irgendetwas mit dem Buch anzustellen, bis er weit genug von allem und jedem entfernt war.

Niemand sollte mehr wegen seines Fluches sterben.

Nicht, wenn er es irgendwie vermeiden konnte.

Chalid holte den juwelenbesetzten Dolch aus seiner Schärpe. Dann legte er das Buch vor sich auf einen Sandhügel.

Als er es erst ausgepackt hatte, betrachtete er es einen Augenblick lang.

Es war bemerkenswert unauffällig. Sogar hässlich. Gebunden in fleckiges Leder mit Wasserspuren. An den Ecken abgewetzt. An der Bindung verrostet. In der Mitte versiegelt mit einem angelaufenen Schloss, das Chalids Meinung nach auch der unerfahrenste Dieb mit einer einzigen Haarnadel öffnen könnte.

Merkwürdig, dass etwas so Alltägliches so viel bedeuten konnte. So viel unberechenbaren Schaden an so vielen Leben anrichten konnte. Ganze Städte zerstören konnte. Ganze Familien.

Nichts als ein Buch. Nur Gekritzel auf einer Seite.

Chalid lächelte bitter. *Die Macht hinter den Wörtern liegt bei dem Menschen.* So hatte einer der liebsten Leitsätze seiner Mutter gelautet. Eine von den beachtenswerteren Weisheiten, die Musa Zaragoza ihnen beiden seinerzeit preisgegeben hatte.

Er konzentrierte seinen Blick auf den abgenutzten Band zu seinen Füßen.

Die Wörter in diesem einzigartigen Buch würden nie wieder jemandem Macht verschaffen.

Und, falls sie die Zauberin an jenem Abend in der Bergfestung nicht belogen hatte, würde ihr Inhalt Chalid von einem Leben, das in der Vergangenheit verhaftet war, befreien.

Von einem Leben, damit vergeudet, für seine Sünden zu büßen.

Chalid nahm den schwarzen Schlüssel von der Kette um seinen Hals. Und schloss das Buch auf.

Die Seiten sprangen auf. Ein unheimliches weißes Licht ging von ihnen aus. Krank. Der aufscheinende Text war für ihn nicht zu entziffern.

Als Chalid seine Hand ausstreckte, um die Seiten zu berühren, schoss eine plötzliche Hitzewelle auf ihn zu und verbrannte seine Fingerspitzen. Er fluchte. Mit dem Brennen kam ein Lichtblitz, gewaltig und lebendig und leuchtend. Boshaft leuchtend.

Sonst nichts.

Chalid nahm den Dolch aus der Scheide.

Das Buch zuckte als Antwort. Wogte wie eine lebendige Gefahr.

Er zog die Klinge über seine Handfläche. Ließ sein Blut auf

das Metall tropfen. Es begann, feurigrot zu leuchten. Dann ließ er sein Blut über die Seiten des Buches sickern.

Das Buch begann zu schreien. Eine schrille, herzzerreißende Totenklage. Einen Augenblick lang schienen seine Seiten zu verschmoren. Der Geruch war aufdringlich, schwer und hing dick in der Luft. Die purpurnen Tropfen schwärzten sich, als sie auf der Oberfläche des Buches landeten. Blasse graue Luftwirbel erhoben sich über ihnen und kräuselten sich unheilverkündend.

Der Wind um Chalid bäumte sich auf und bedeckte ihn in einem Wirbel von Staub und Rauch. Bei den aufkommenden Böen begannen die Symbole, die die Zauberin in die Klinge eingearbeitet hatte, zu schimmern, als ob sie auf eine Drohung reagieren müssten.

Chalid hob den Dolch.

Aber der Rauch fing seine Bewegung ab. Er entwickelte eine Macht aus sich selbst und schlang sich wie ein eisiger Schraubstock um Chalids Handgelenk.

Was Chalid in diesem Moment fühlte, war mit nichts zu vergleichen, das er je in seinem Leben erlebt hatte. Es handelte sich nicht um eine Vision, nicht um eine Erinnerung. Es war kein Traum, es war auch kein Albtraum.

Es war einfach ein Gefühl. Das Gefühl, nackt und ausgeliefert zu sein. Das Gefühl ebbte von der Mitte ab, zog sich selbst an die Oberfläche, sichtbar für die ganze Welt. Das Gefühl, das er so oft in seinem Leben zu leugnen versucht hatte, aus Angst, er könnte sonst schwach erscheinen. Das es allen um ihn herum erlauben würde, durch sein Äußeres direkt in seine Seele zu blicken.

So war jeder Augenblick gewesen, in dem er sich allein gefühlt hatte. Jeder Augenblick, in dem er sich je machtlos gefühlt hatte. Jeder Augenblick, in dem er am liebsten unsichtbar gewesen wäre.

Jeder hässliche Gedanke und jedes hohle Gefühl, das durch ihn hindurchfuhr, als ob das Buch in sein Innerstes gegriffen hätte und jeden Zweifel – jede Unsicherheit – gepackt und an die Oberfläche befördert hätte.

Nur um Chalid zu vermitteln, dass er nichtswürdig war.

Unwürdig, egal wessen.

Nicht würdig, ein König zu sein. Nicht würdig des Vertrauens seines Onkels. Nicht würdig Jalals Loyalität. Nicht Vikrams Freundschaft würdig.

Nicht würdig der Liebe von Shahrzad.

Alles in allem: Was hatte er getan, um irgendetwas zu verdienen? Er war der unerwünschte zweite Sohn einer unerwünschten zweiten Ehefrau. Alles für eine Person, dann aber wieder nichts für niemanden.

Nichts.

Er war so lange nichts anderes gewesen als ein wütender Junge im Schatten. Ein Junge, der aus dem Schatten heraus seinen Bruder beneidet hatte. Ein Junge, der aus dem Schatten heraus seine Mutter hatte sterben sehen.

Ein Junge, der im Schatten gut gediehen war.

Jetzt musste er im Licht leben.

Unerbittlich.

Und für jeden Atemzug kämpfen.

Chalid packte den Dolch mit beiden Händen. Aber der Rauch schlug zurück. Der Jade-Talisman schlängelte sich um seinen Hals. Die Schreie ertönten nun lauter um ihn herum. Der Sand wirbelte in einem wütenden Strudel auf, sog ihn ein, immer enger, versuchte ihn zu verschlingen. Versuchte, ihn restlos verschwinden zu lassen.

Alles, was er sich schon so lange gewünscht hatte, war dabei zu verschwinden. Die ganze Hässlichkeit mit sich zu nehmen – all die teuflischen Erinnerungen daran, wie das Blut seiner Mutter auf blaugeädertem Achat vergossen wurde, die Erinnerungen an Seidenschnüre bei Sonnenaufgang …

Ohne eine Spur zu verschwinden.

»Nein.«

Er packte den Dolch fester.

»Nein!«

Jeden Brief, den Chalid je geschrieben hatte, hatte er zu einem bestimmten Zweck geschrieben. Jede Entschuldigung, die er je geäußert hatte, war aus einem bestimmten Grund gesagt. Jede Reise nach Ray hatte er voller Hoffnung unternommen.

Denn er wollte besser werden.

Hier war seine Chance, besser zu werden. Endlich.

Eine Chance, im Hellen zu leben – zu lieben.

Das Blut tropfte von seinen Händen, und Chalid rammte den Dolch in das Buch.

Als das Buch einen letzten, herzzerreißenden Schrei ausstieß, schloss sich der Sand um ihn. Drückte ihn nieder, biss in seine Haut.

Chalid konnte nicht atmen. Nicht sehen. Der Wind und der Sand wollten ihn ersticken. Ihm den letzten Rest seiner Bestimmung stehlen.

Um für den letzten Rest der Kraft des Buches zu kämpfen.

Seine Brust hob und senkte sich. Chalid riss einen Streifen des rauen braunen Leinens als Zunder ab, dann schlug er den Feuerstein, um eine Flamme zu entfachen. Der Wind löschte sie sofort.

Es brauchte fünf Versuche, um zu brennen. Fünf Versuche gegen den wogenden Sand. Fünf Versuche, die Flamme zusammenzuhalten und die Buchseiten Feuer fangen zu lassen.

Das Buch brannte stundenlang – blau und faulig.

Bis der Sand schließlich zu Boden zurückwirbelte. Bis Chalid schließlich mit ihm zusammensank, bis aufs Äußerste erschöpft. Er blickte in den Himmel, sein Körper geschunden. Jede Wunde auf seiner Haut schmerzte, die Narben hatten sich bei dem Kampf wieder geöffnet. Chalids Blut versickerte im Sand. Seine Augenlider wurden ihm schwer.

Er verlor das Bewusstsein. Verlor Blut. Er würde hier in der Wüste sterben.

Aber das spielte keine Rolle. Wenn er nur den Fluch mit sich nahm. Wenn er sein Volk in Sicherheit wüsste.

Wenn er Shahrzad in Sicherheit wüsste.

Nichts anderes spielte eine Rolle.

Eine seltsam friedliche Brise zerzauste sein Haar. Sie brachte ein Gefühl der Ruhe, wie Chalid es sonst nur in Shahrzads Nähe erlebte. Dieses bisschen Frieden, für dessen Erhalt er immer schon gekämpft hatte. Wie Wasser, das er mit den Händen schöpfte.

Wenn Shahrzad in Sicherheit war, konnte er seinen Frieden finden.

Seine Augen fielen zu. Dann schlief Chalid.

Mit dem Jade-Talisman zerschmettert neben sich.

Der Sandsteinpalast

Als Shahrzad zu sich kam, hörte sie den Gesang von Vögeln und fühlte Seide auf ihrer Haut.

Selbst die schwach parfümierte Brise um sie herum vermittelte nichts anderes als Licht und Schönheit.

Trotzdem hatte sie unbewusst das Gefühl, kontrolliert zu werden. Das Gefühl, eine Gefangene zu sein.

Sie war in einem Frauengemach.

Sie trug zwar immer noch denselben zerknitterten *Qamis* und die schmutzige *Sirwal*-Hose, aber die Kammer, in der sie geschlafen hatte, glich den elegantesten Räumen des Palastes von Ray.

Man könnte sogar sagen, sie übertraf sie.

Die geöffneten Wandschirme zu ihrer Rechten waren weit aufwendiger geschnitzt. Vielleicht sogar eine Spur protzig. Das reich geätzte Holz hatte Intarsien aus Elfenbein und Tüpfel aus dunkelgrünem Jaspis. Hinter den Wandschirmen konnte Shahrzad ein Gitter erkennen, das einen marmornen Balkon beschattete. Zweige von blühenden Bäumen hingen über der Terrasse, fädelten sich durch das weiße Gitterwerk wie Draperien, ihre hellrosa Blüten hingen schwer an den Ästen.

Die Wände ihres Gemachs waren aus Sandstein – soviel sie von ihnen sehen konnte. Dicke Wandteppiche hingen an jeder zugänglichen Oberfläche. In der Ecke stand ein Tisch, angefertigt aus vielen Stücken farbenprächtiger Kacheln. Es sah aus, als wäre ein verrückter Kunsthandwerker mit einem Hammer auf einen Regenbogen losgegangen, um etwas Wunderschönes zu zerstören, nur um etwas anzufertigen, das weitaus geringer zu bewerten war. Die großzügig verteilten Kissen waren aufwendig gesäumt mit winzigen Spiegeln, die mit Fäden aus Gold und Silber angestickt waren. Auf dem knallbunten Tisch standen ein Korb mit Fladenbrot und ein Kupferkelch, dazu eine Platte mit frischen Kräutern, Laibe von Ziegenkäse, kleine Gurken und eine Mischung süßer Chutneys.

Als Shahrzad das Tablett mit dem Essen genauer untersuchte, fiel ihr auf, dass ihr Gastgeber sie nicht mit einem Messer ausgestattet hatte. Ebenso wenig gab es irgendein scharfes Utensil oder einen ähnlichen Gegenstand.

Ihre Befürchtung über ihren Aufenthaltsort wuchs, und Shahrzad erhob sich aus den Seidenkissen und machte eine Runde durch den Raum. Sie konnte nicht hinter die Wandschirme am Rand des Balkons sehen. Sie konnte tatsächlich sehr wenig außerhalb dieses Gefängnisses aus Sandstein und Elfenbein sehen. Als sie versuchte, die Griffe an den Doppeltüren zu drehen – welche wohl die Eingangstüren des Gemachs darstellten –, waren sie fest verschlossen, genau wie Shahrzad angenommen hatte.

Ihre Schulter schmerzte noch, aber sie schwächte sie wenigstens nicht mehr. Jedenfalls würde sie sie nicht hindern zu fliehen, sollte sich die Gelegenheit dazu bieten.

Es ist klar, dass ich eine ganze Weile »geschlafen« habe.

Shahrzads Gedanken wurden düsterer.

Seit wann hat Shivas Vater schon geplant, mich gegen meinen Willen aus dem Badawi-Zeltlager zu bringen?

Denn jetzt lag es offen auf der Hand, dass Reza bin-Latief

schon seit geraumer Zeit mit den Fedajin-Mördern im Bunde gewesen war. Und wahrscheinlich die Söldner nach Ray geschickt hatte, um entweder Chalid zu ermorden oder Shahrzad zu kidnappen und dann als Druckmittel zu benutzen.

Und nun war Shahrzad erfolgreich überrumpelt worden.

Sie war an einen Ort verschleppt worden, von dem sie sicher war, dass er eine beabsichtigte Wendung erbringen würde. Besonders da Shahrzad ahnte, wohin man sie gebracht hatte.

Bei dem Versuch, ihre Tränen zu unterdrücken, ging Shahrzad zu dem Tablett mit Speisen auf dem kitschig bunten Tisch in der Ecke. Sie tropfte etwas Wasser aus dem Kelch auf den Silberrand des Tabletts und wartete, ob es die Oberfläche des Tabletts schwärzen würde. Als es die Farbe nicht wechselte, tropfte Shahrzad etwas von der Flüssigkeit auf ihre Haut, um zu sehen, ob sie irgendeinen Schaden anrichtete. Dann nahm sie einen vorsichtigen Schluck. Ihre Kehle war furchtbar trocken. Sie traute den Speisen noch nicht ganz, aber sie wusste, sie müsste wenigstens etwas trinken, wenn sie noch eine Zeit lang überleben wollte.

Als Shahrzad das Geräusch von kratzendem Metall hinter den Doppeltüren hörte, schob sie die Kräuter beiseite und schleuderte die Platte gegen die Kante des Mosaiktisches. Dann packte sie eine größere Porzellanscherbe und wickelte eine Leinenserviette um ein Ende, um eine primitive Waffe herzustellen.

Zumindest würde sie ihrem Feind nicht kampflos entgegentreten.

Eine der Doppeltüren schwang auf. Shahrzad verbarg ihre Waffe an einer Seite ihrer sonnengebleichten Hose.

Nur, um ihren Vater schnaufend über die Schwelle kommen zu sehen.

Elegant gewandet lächelte er durch die Strähnen seines perfekt getrimmten Bartes.

Baba?

Als Jahandar Shahrzad sah – bewaffnet und auf dem Sprung in einer geradezu animalischen Haltung auf dem Marmorfußboden – hob er seine vernarbte Hand in einer beschwichtigenden Geste.

»Shahrzad-*jan*! Hab keine Angst.« Er ging auf sie zu in einer Leichtfüßigkeit, die sie bei ihm schon lange nicht mehr gesehen hatte.

»Baba?« Sie blinzelte, überaus verwirrt, ihn in solch einem selbstsicheren und herausgeputzten Zustand zu sehen. »Wo sind wir?«

»Liebstes, sei so gut und lege die Waffe hin. Es gibt keinen Grund, sich zu fürchten!« Er lächelte wieder, diesmal sogar noch breiter. »Die Wachen draußen sagten mir, du hast gerade eben die Türen ausprobiert, also kam ich sofort herbei.«

»Wo sind wir?«, wiederholte Shahrzad ihre Frage.

»Ich weiß, dass du Angst haben musst, aber er hat nicht vor, dir etwas Böses anzutun. Niemand will das. Im Gegenteil, du bist hier sicherer, als du es im Zeltlager warst. Und du wirst viel besser versorgt. Deinem Stand gemäß.« Bei den letzten Worten nahm er die Schultern zurück, beladen mit einer besonderen Art Stolz. Ein Stolz, der ihrer Situation nicht im Geringsten entsprach.

»Baba!«, warnte sie, deutlich enttäuscht, denn sie hatte immer noch keine Antwort auf die Frage bekommen, die sie bereits zweimal gestellt hatte.

Sein Lächeln kam ins Schwanken. Aber nur leicht. »Reza dachte, es wäre am besten, dich nach Amardha zu bringen.«

Genau wie sie vermutet hatte. Dennoch, Shahrzads Herz geriet ins Schlingern. Eine Weile konnte sie kaum atmen. »Du hast mich zu Salim Ali el-Sharif gebracht?«

»Natürlich!« Jahandar zuckte nicht einmal vor ihrem drohenden Ton zurück. »Er ist der Onkel deines Ehemanns, das stimmt doch?« Er sprach in schlichten Worten, sein Gesichtsausdruck hingegen verriet tieferes Wissen.

»Wie konntest du mir das antun?«, flüsterte sie.

Bei ihrer leisen Anklage flackerten die wässrigen Augen ihres Vaters, dann verhärteten sie sich wieder an den Augenrändern. In diesem Augenblick erkannte Shahrzad, dass ihr Flehen ihn nicht erreichen würde.

Dieses Mal nicht.

Er riss sich zusammen. »Vielleicht bin ich derjenige, der dich das fragen sollte, Tochter.«

Sofort schreckte Shahrzad zurück, sowohl vor seiner Anklage als auch vor dem kalten Licht, das Besitz von seinen Augen ergriffen hatte. Seine Augen, die doch immer ein warmer Spiegel ihrer eigenen gewesen waren.

»Was hast du mit meinem Buch angestellt?«, fragte ihr Vater schneidend.

»Ich weiß nicht, wovon du sprichst.« Sie reckte das Kinn hoch und versuchte, ihre Besorgnis zu verbergen.

»Shahrzad. Ich habe schon mit Irsa gesprochen. Ich weiß, dass sie diejenige war, die mich unter Drogen gesetzt hat.«

Shahrzads Gesichtsausdruck blieb versteinert, obwohl ihr Herz bei der Erwähnung ihrer Schwester einen Schlag aussetzte.

»Sie weigert sich, mehr zu der Angelegenheit zu sagen, aber du weißt so gut wie ich, dass Irsa nicht in der Lage ist zu lügen. Und ihre Versuche, die Wahrheit zu umgehen, straften ihre Worte Lügen.« Sein Gesicht verzog sich frustriert. »Deshalb verlange ich von dir, dass du …« Obwohl es Überwindung kostete, versuchte ihr Vater, seine Reaktion zu mäßigen. »Ich bin nicht wütend, Liebste. Ich weiß, dass jemand dich gezwungen haben muss. Vielleicht der Kalif oder jemand mit dem Begehren zu untergraben …«

»Nein. Niemand hat mich zu irgendetwas gezwungen. Denn es ist nichts geschehen.«

Und wieder ein kaltes Aufblitzen im Blick ihres Vaters. »Lüg mich nicht an, Tochter.«

Shahrzad stählte sich weiter. »Wo ist Irsa, Baba?«

Keine Antwort außer einem flachen Atemholen. Ein winziges Zögern.

»Baba?«

Er öffnete den Mund zu einer Antwort, hielt dann genau einen Pulsschlag lang inne. Ein Schlag, der Shahrzads Kehle vor Beklemmung zuschwellen ließ. Ihr Vater zeigte ein freundliches Grinsen. »Du bist immer noch schwach von der Reise und deinen Wunden. Erlaube, dass sich die Diener des Sultans um dich kümmern. Danach solltest du zum Abendessen zu uns stoßen. Die Tochter des Sultans hat sich große Sorgen um dich gemacht. Ich verspreche, über alles kann heute Abend geredet werden.«

Shahrzad griff nach ihm, nicht länger in der Lage, ihre Angst zu verbergen. »Baba, bitte nicht …«

»Ich habe dir jede Menge Freiheit gewährt, Tochter. Vielleicht habe ich dir zu viel erlaubt.« Der Ton ihres Vaters war fest. Er stand aufrecht. Aufrechter, als Shahrzad ihn früher hatte stehen sehen. Zuletzt hatte er mit solchem Elan gehandelt, bevor ihre Mutter gestorben war. »Du hast mich lange genug herausgefordert, Shahrzad. Ich werde nicht zulassen, dass du mich weiter anlügst. Du spielst mit etwas zu Gefährlichem und Wichtigem. Ruhe dich jetzt aus. Und wir sprechen später über die Angelegenheit.« Jahandar wandte sich ab.

»Bitte sage mir, ob Irsa …«

»Schweig. Und wir werden heute Abend darüber sprechen. Wenn du bereit bist, mir die Wahrheit zu sagen.« Mit diesen Worten schritt Jahandar al-Haizuran in einem Wirbel aus feiner Seide aus dem Gemach.

Shahrzad sank neben den Scherben des zerbrochenen Porzellans zu Boden, ihre Behelfswaffe noch immer mit der Hand umklammernd.

Die Panik, gegen die sie ankämpfte, seit ihr Vater das Gemach betreten hatte – nein, seit der ersten Ahnung, wo sie war, war angewachsen und raubte ihr den Verstand.

Der Krieg, den sie hatte verhindern wollen, drohte auszubrechen. Die Grenzen ihrer schlimmsten Befürchtungen wurden überschritten.

Denn sobald die Nachricht, dass Shahrzad in Amardha gefangen gehalten wurde – jetzt ein »Gast« des Onkels war, der mit Sicherheit plante, sie als Pfand zu benutzen –, Ray erreichte, würde Chalid mit einer Heerschar im Rücken in die Stadt einfallen.

Dessen war Shahrzad gewiss.

Und obwohl es Shahrzad zweifellos das Vertrauen ihres Vaters und noch mehr kosten würde, war sie sich auch einer anderen Sache gewiss: Chalid hatte das Buch bereits zerstört. Was bedeutete, dass ihnen nichts zum Handeln blieb. Nichts, das sie als Druckmittel hätten benutzen können.

Außer ihr.

Aber Shahrzad war keine Närrin.

Sie würde sich vom Sultan von Parthien nicht entmutigen lassen. Sie würde ihn, ihren Feind, nicht um ein einziges freundliches Wort anbetteln. Sie würde auch nicht darauf warten, gerettet zu werden, wie ein Kind, das in den Kulissen auf seinen Auftritt wartet.

Sie würde tun, was getan werden musste.

Sie würde Irsa finden. Und einen Weg heraus aus dieser verfluchten Stadt finden.

Oder bei dem Versuch sterben.

Ihre Angst um Irsa ließ Shahrzad nachgeben.

Obwohl sie nicht glaubte, dass ihr Vater zulassen würde, dass ihrer Schwester Leid angetan würde, war sich Shahrzad langsam unsicher, welche Gedanken überhaupt hinter seinen machthungrigen Augen herumwirbelten.

Also widersprach sie nicht, als die Diener den Raum betraten, um ihr beim Baden und Ankleiden zu helfen.

Seltsamerweise glich das ganze Unternehmen auf schaurige Art genau dem Tag, als Shahrzad gerade eben im Palast von Ray angekommen war und die beiden Kammerzofen sie auf ihre Hochzeit mit einem Monster vorbereitet hatten. Als sie Sandelholzpaste auf ihre Arme gerieben und ihre Haut mit Goldstaub gepudert hatten, bevor sie ihr den schweren Mantel um die Schultern legten.

Dieses Mal waren Shahrzads Gewänder fast so erlesen, wie sie an diesem schicksalsträchtigen Nachmittag gewesen waren.

Zinnoberrot. Ein sattes Rot, das sie an einen Sonnenuntergang im Sommer erinnerte.

Oder frisches Blut, das aus einer offenen Wunde tropft.

Der *Sirwal* war aus der feinsten Seide hergestellt, mit goldenen Fäden bestickt. Das maßgeschneiderte Oberteil war tief ausgeschnitten. Viel tiefer, als Shahrzad es gewöhnlich trug. Der Umhang bestand aus einem goldenen Stoff. Nicht aus dem eher typischen Damast. Dieser Stoff glich einem Gespinst aus Spinnfäden. Im Licht ließ er alles darunter erahnen.

Shahrzad fühlte sich entblößt. Verwundbar. Was, wie sie wusste, nicht aus Zufall geschah.

Die Dienerinnen flochten ihr schwarzes Haar zu einem dicken Zopf und woben Ketten mit Zuchtperlen um die schimmernden Flechten. Die Reifen an Shahrzads linkem Arm und die Kreolen in ihren Ohren waren gehämmertes Edelmetall mit passenden Perlen und rundum eingebetteten winzigen Diamanten.

Wie ihr Vater versichert hatte, fehlte es Shahrzad an nichts. Standesgemäße Kleidung.

Aber sie fühlte sich nicht wie eine Königin.

Denn eine Gefangene kann nie Kalifin sein.

Aber eine Kalifin ist nur eine Gefangene, wenn sie es will!

Bei diesen Gedanken zog Shahrzad ihre Schultern zurück und zog die Zehen in ihren Spitzenpantöffelchen zusammen. Den Kopf hoch erhoben, folgte sie den Dienern in den Korridor, wo eine Ansammlung von bewaffneten Wachen bereitstand und darauf wartete, sie zu ihrem nächsten Bestimmungsort zu geleiten.

Und wieder war Shahrzad überwältigt von dem bombastischen Überfluss des Sandsteingebäudes um sie herum. Es stimmte, der Palast von Ray war voller Marmor gewesen und bis jenseits des Vorstellbaren poliert, aber ihm hatte immer eine gewisse Kälte angehaftet. Ein innerer Widerwille dem eigenen Luxus gegenüber. Und jetzt, da Shahrzad sah, was ein Palast alles sein konnte, war sie merkwürdig zufrieden, dass Chalid nicht jede Ecke mit einer goldenen Statue oder jedes Zimmer bis zur Deckenhöhe mit schimmernden Wandteppichen ausgestattet hatte. Es schien tatsächlich, als sei jede Nische in Amardha mit Gold-oder Silberfolie verziert, jeder Winkel mit Schnitzereien umrahmt und von Juwelen jenseits von Sinn und Verstand umrundet. Allein bei dem Anblick fühlte Shahrzad sich denkbar unbehaglich.

Der einzige Aspekt, in dem der Palast von Ray den Sandsteinprachtbau von Amardha überflügelte, war seine Kalligrafie. Denn Ray wies tatsächlich eine übermäßige Anzahl eleganten künstlerischen Schaffens auf. Von gewagten Schnörkeln und anmutigen Wirbeln im Dienste des geschriebenen Wortes. Und Shahrzad wusste, dass dem Chalids Vorliebe für Poesie zugrunde lag.

Wohingegen es offensichtlich war, dass Salim Ali el-Sharifs Vorliebe bei Opulenz lag.

Gib mir jeden Tag Poesie.

Trotz allem musste sie bei dem Gedanken beinahe lächeln.

Die Wachen führten Shahrzad durch weitere verschwenderisch ausgestattete Gänge zu einem Paar wunderschön geschnitzter Türen, so breit und hoch, wie Shahrzad es noch nie gesehen hatte. Natürlich, wie sie nach weniger als einem einzigen Tag nicht anders erwartet hatte, waren die Türen mit einer Schicht aus Blattgold bedeckt, die Griffe aus purem Saphir, faustgroß. Zwei Wachen stießen sie auf, und sie folgte dem Trupp Soldaten einige glänzende Sandsteinstufen hinunter in einen höhlenartigen Raum aus blassrosa Granit, durchzogen von tiefen burgunderroten Adern. Ein einzelner langer Tisch erstreckte sich über dessen Mitte, erleuchtet von länglichen Wachskerzen, die nach Rosenwasser und Myrrhe dufteten. Das Tischtuch schien aus der feinsten Spinnenseide gesponnen und schimmerte in dem warmen Lichtschein, den die Kerzen ausstrahlten.

Denn der Raum konnte ohne Zweifel noch ein wenig Gold vertragen.

So weit ihr Blick reichte, nahm Shahrzad eine insgesamt völlig überflüssige Zurschaustellung von Opulenz wahr. Selbst der Duft der Kerzen hinterließ in ihrer Kehle ein Gefühl der Übersättigung, denn er war zu aufdringlich. Übertrieben.

Allzu viel.

Shahrzad war die Erste, die eintraf.

Und wieder war sie überzeugt, dass dies nicht aus Zufall geschah.

Eine Wache führte sie zu einem reich verzierten Kissen in dunkelstem Blau nahe der Mitte. Während keiner der Wachposten offen unhöflich zu ihr war, bemerkte sie dennoch eine gewisse Belustigung in der Gruppe, als der Posten, der ihr am nächsten war – ein junger Mann mit einer Narbe quer über seiner Nase – anzüglich auf ihre Brust schielte, als sie sich vorbeugte, um Platz zu nehmen.

Shahrzad blickte zu ihm auf, ein Feuer loderte in ihren Augen. »Gibt es einen Grund, warum du mich so anstarrst?«, sagte sie, und ihre schnippische Frage hallte durch den höhlenartigen Raum. »Bist du lebensmüde, oder bist du nur so dumm, wie du aussiehst?«

Er senkte den Kopf in einer knappen Verbeugung, die Zähne zusammengebissen.

»Das ist keine Antwort, du unverschämter Narr. Und dies ist nie und nimmer eine Verbeugung«, fuhr sie fort, entschlossen, dieses Wechselspiel bis zum Ende durchzufechten.

Shahrzad konnte keinem einzigen Mann in dieser verfluchten Stadt erlauben, sie schlecht zu behandeln. Nicht einmal für einen kurzen Augenblick. Denn wenn sie auch nur die winzigste Spur von Schwäche bei ihr entdeckten, wäre das ihr Verderben.

Lautes Gelächter erfüllte den Raum hinter ihr.

Shahrzads Körper erstarrte bei dem Klang.

Salim.

»Genauso redegewandt wie immer, Herrin.« Er klatschte in die Hände, als wolle er ihr applaudieren. Der Klang rauschte ihr in den Ohren, scharf und prasselnd.

Shahrzad wandte sich nicht um. Wollte ihm diese Befriedigung nicht verschaffen. Stattdessen blickte sie nach vorn und bemühte sich um einen unbeschwerten Gesichtsausdruck.

»Deine Soldaten könnten eine Lektion in Respekt vertragen, Herr.« Shahrzad verzog die Lippen, als der Sultan von Parthien in ihr Blickfeld trat.

Salim erwiderte ihre schneidende Begrüßung mit einer überschwänglichen Verbeugung. »Und ich nehme an, du hast die Absicht, sie ihnen zu erteilen?« Er legte eine Hand auf das schimmernde Heft seines Krummsäbels.

Eine Hand, die Shahrzad an ihre Position erinnern sollte.

»Nun, irgendjemand sollte es tun.« Sie rieb ihre Fingerspitzen über ihre Stirn, als sie seine höhnische Verbeugung nachahmte.

Jahandar al-Haizuran folgte dem Sultan, gewandet in seine seidene Pracht, die Hände vor sich gefaltet, sein Gesichtsausdruck kämpfte zwischen nachdenklich und verstört.

Entweder wusste ihr Vater nicht, dass sie und Salim bereits ein gestörtes Verhältnis aufgebaut hatten, oder er war bemüht, diese Kenntnis zu verbergen. Shahrzad mied absichtlich den Blick ihres Vaters. Der Verrat war noch zu frisch, und sie wollte nicht, dass Salim erfuhr, wie sehr sie mit ihm haderte.

Wie verletzt sie von dem Verrat ihres Vaters war.

Salim trat herbei und setzte sich Shahrzad gegenüber, jede seiner Bewegungen aufs Äußerste elegant. Sein reich bestickter Umhang und seine wunderschön gefertigten Gewänder waren genauso überladen wie sein ganzer Palast. Wie eine alberne Katze, die gerade an der fettesten Sahne geschleckt hatte, lächelte Salim Shahrzad an, sein perfekter Oberlippenbart hing über sein wölfisch weißes Gebiss.

»Ich freue mich so sehr, dass du uns hier in Amardha besuchen gekommen bist, Shahrzad-*jan*. Es war lange überfällig.«

»Besuchen?« Shahrzad hob eine Augenbraue. »Das ist ein interessanter Ausdruck.«

Salim ließ sich in seinen Sessel fallen, einen Ellbogen gegen das Kissen zu seiner Linken gestützt. »Sicher behagt es dir hier mehr als an diesem Stammesaußenposten, an dem du in den letzten Wochen deine Zeit verbringen musstest.«

»Das würde ich nicht sagen. Meine Türen waren nie verschlossen an diesem *Stammesaußenposten*.«

»In der Tat.« Er sandte noch ein falsches Lächeln in ihre Richtung. »Haben Zelte Türen?«

»Haben sie tatsächlich nicht. Aber wenigstens hatte ich das Vergnügen, dort meine Schwester um mich zu haben. Ich nehme nicht an, du würdest vielleicht …?«

»Natürlich! Wie unaufmerksam von mir. Du musst sehr hungrig sein!« Salim lachte und deutete auf die Doppeltüren hinter ihr. Ihr Vater machte sich nicht einmal die Mühe, sich umzudrehen, sondern spielte mit dem ausgekehlten Löffel neben seinem Teller herum.

Shahrzad hörte, wie die Türen aufschwangen, und der Duft von Butter und Gewürzen erreichte sie. Trotz ihres Entschlusses, nicht einen Brocken zu essen, bevor sie etwas über Irsas Verbleib erfahren hatte, machte der betörende Duft es sehr schwer, zu diesem Entschluss zu stehen. Als die Diener eine Silberplatte mit gewürzten Kartoffeln vor sie stellten, zusammen mit einem gehäuften Teller voll Pistazien- und Granatapfel-Reis, dazu Spießchen mit Safranhähnchen, noch brennenden Lamm-Kebabs und dampfenden Tomaten, alles auf verzierten Vorlegeplatten, grummelte Shahrzads Magen vor Hunger.

Sie konnte sich nicht erinnern, wann ihr das letzte Mal so etwas Gutes vorgesetzt worden war.

Ihr Mund tropfte vor Speichel bei dem Duft des siedenden Eintopfs, der dazugestellt wurde – er war mit aromatischen Linsen und karamellisierten Zwiebeln gekocht. Der süße Duft von Zimt und Nelken reizte sie, die Datteln und Auberginen waren noch verführerischer.

Der Gipfel war der Anblick des Quitten-Chutneys.

Shahrzad setzte sich auf ihre Hände.

»Hast du keinen Appetit?«, fragte Salim, ein boshaftes Glühen in den Augen. »Ich habe Speisen ausgewählt, die angeblich deine Leibspeisen sind.«

Ihr Vater runzelte die Stirn über sie. »Shahrzad-*jan,* die Tochter des Sultans hat dem Koch befohlen, ein besonderes Mahl zu deinen Ehren zu bereiten.«

»Ich bin sicher, das hat sie«, murmelte Shahrzad und biss sich auf die Lippen.

»Vielleicht kann dich meine Tochter überreden zu essen.« Das Licht in Salims Augen brannte hell, als er an ihr vorbei über ihre Schulter blickte.

Shahrzad sah nicht hinter sich, denn das Letzte, was sie gerade sehen wollte, war das Lächeln von Yasmin el-Sharif.

Wenn sie heute Abend versucht, mir eine Falle zu stellen, wird es nicht Ruß sein, den ich ihr auf die Zähne schmiere.

Nein.

Es wird meine Faust sein.

»Komm nur, Tochter«, rief Salim aus. »Unser Gast ist sehr aufgeregt, dich zu sehen.«

Tatsächlich. Vollkommen begeistert.

Shahrzad presste die Lippen aufeinander und klammerte sich mit den Fingern an das Seidenkissen, auf dem sie saß, als ob es sie mit der Kraft, ruhig zu bleiben, erfüllen könnte.

Das weiche Schlurfen von Füßen in Pantöffelchen erklang in der Nähe.

Mit offensichtlichem Widerwillen hob Shahrzad den Kopf und sah auf.

Ein Blick aus Augen in der Farbe eines türkisblauen Himmels blitzte auf sie herab.

Shahrzad schnappte nach Luft und ihr Kinn sank voller Entsetzen auf ihr Schlüsselbein.

»Hallo, Dreckskalifin.«

Despina.

Viele Dinge passierten gleichzeitig.

Zuerst sprang Shahrzad auf die Füße, in der Absicht, ihre

frühere Magd anzugreifen. Die unterschiedlichsten Bewegungen liefen in Hektik bei ihnen zusammen.

Bevor die Wachen sie erreichen konnten, schreckte Shahrzad plötzlich zurück.

Ihre Reaktion war nicht das Ergebnis der unausgesprochenen Bedrohung durch die Soldaten.

Ebenso wenig war sie das Ergebnis eines missverstandenen Gefühls von Eigentum. Denn so etwas gab es bei Shahrzad nicht. Es war etwas ganz anderes.

Es war Sorge. Sorge um eine frühere Freundin. Sorge um ein ungeborenes Kind.

Gerade als die Sorge Shahrzad durchflutete, wurde sie durch eine andere Gefühlswelle verdüstert.

Verbitterung. Schwarze und beißende Verbitterung.

Ihr Blick glitt über die ausladenden Kurven des Mädchens vor ihr – immer noch hübsch – und jetzt sogar noch strahlender, in einem Kleid aus amethystfarbener Seide, an beiden Schultern mit kupferfarbenen Bündchen zusammengerafft, die schimmernde Falten warfen. Diese seidenen Falten fielen in Bahnen in Lila und Mauve bis zu Despinas Füßen. Der tiefe Schnitt des Gewandes betonte ihre wunderschöne Figur nur noch, genau wie die hohe Taille und die kupferfarbene Schärpe, verziert mit schimmernden Edelsteinen in Purpurrot und Tiefrosa, eingefasst in Rotgold. Ihr walnussfarbenes Haar war auf ihrem Kopf in einem kunstvollen Arrangement aufgetürmt und mit einem Band glitzernder Juwelen durchdrungen.

Eine Krone.

Shahrzads Verbitterung schwoll an.

Despina war einmal so viel für Shahrzad gewesen. Sie war eine Freundin gewesen, als Shahrzad am nötigsten eine gebraucht hatte. Eine Vertraute, als Shahrzad keine hatte. Aber jetzt war es klar, dass alles, was Shahrzad je über Despina gewusst hatte, in Lügen gehüllt gewesen war. Die heimliche Tochter von Salim Ali el-Sharif. Eine Prinzessin von Parthien. Eine Spionin und Täuscherin.

Und vor allem war klar, dass Despina niemals Shahrzads Freundin gewesen war.

»Hast du mir auch nur ein einziges Mal die Wahrheit gesagt?«, fragte Shahrzad mit einem heiseren Flüstern.

Despinas Lippen zogen sich zu ihrem typischen Schmollmund zusammen. Allzu vertraut. »Willst du mir nicht gratulieren? Ich bin jetzt verheiratet. Oder hast du es noch gar nicht gehört?« Ihr Schmollmund verbreiterte sich zum Grinsen.

Über Despinas Schulter war Yasmin zu sehen, die näher trat, mit einem unbehaglichen Lachen und einem verhaltenen Gang. In all der jüngsten Verwirrung hatte Shahrzad noch nicht einmal die Tochter gesehen, von der sie wusste – die Tochter, die sie erwartet hatte.

Wenigstens hat Yasmin die Würde, sich zu genieren.

Denn Yasmin el-Sharif schien merkwürdig fehl am Platz zu sein. Obwohl sie im Ganzen wieder so atemberaubend aussah, wie Shahrzad sie in Erinnerung hatte – ihr mahagonibraunes Haar fiel in verschwenderischen Wellen ihren Rücken hinab, und der sanfte Schwung, mit dem sie ihren smaragdfarbenen Rock bewegte, zeugte von der Art Anmut, die kein noch so hartes Üben je hervorbringen könnte – schien die Prinzessin nicht geneigt, Teil dieser entsetzlichen Enthüllung zu sein. Sie blickte weiterhin über ihre Schulter, als habe sie die Absicht zu fliehen.

Das Mädchen schien überall sonst sein zu wollen, nur nicht hier.

Shahrzads Blick kehrte zu Despina zurück. »Verheiratet? Welchen armen Narren hast du hereingelegt, dass er dich heiratet?«

Despina blinzelte. »Das würdest du wohl gerne wissen.« Sie glitt in den Sitz neben ihrem Vater. »Aber Glückwünsche sind dennoch angebracht. Denn es trifft sich, dass mein Ehemann ein guter Freund von dir ist.«

Immer noch unerklärlich schweigsam besetzte Yasmin den Platz neben Shahrzad. Sie warf ihr einen nervösen, warnenden Blick zu, den Shahrzad völlig ignorierte.

Das Festmahl auf dem Tisch vor lauter Wut vergessend, blickte Shahrzad ihre verschlagene frühere Magd finster an, während Augenblicke, die sie in der Vergangenheit geteilt hatten, vor ihrem inneren Auge auftauchten.

»Eine gute Spionin würde verbergen, was sie ist.«

»Die besten Spione brauchen das nicht.«

So viele gemeinsame Unterhaltungen bei so vielen Tassen Tee.

So viel vermeintliches Vertrauen.

Despinas Mutter sei eine der berühmtesten Schönheiten in Böotien gewesen. Ihr Vater sei ein reicher Mann gewesen, der sie beide zurückgelassen hatte auf der Suche nach einer vielversprechenden Zukunft.

Hatte er das wirklich? Was konnte Shahrzad von den Geschichten, die ihr erzählt worden waren, überhaupt glauben?

Natürlich hatte Despina nicht Jalal geheiratet! Natürlich hatte sie nicht in die Familie eingeheiratet, die sie so lange Jahre ausspioniert hatte. Natürlich war sie geflohen! Nur um in die wartenden Arme ihres Vaters zurückzukehren … und zu allzu aufnahmebereiten Ohren.

Nur um Shahrzad zu verraten. Und alle, die sie liebte.

Wie konnte ich nur so dumm sein?

»Wie konntest du uns das antun?«, flüsterte Shahrzad. »Ich habe dich wie eine Freundin behandelt. Und du hast mir gesagt, dass Chalid gut zu dir war.«

»Der Kalif von Chorasan ist zu niemandem gut«, erwiderte Despina leichthin. »Oder hast du vielleicht den Tag vergessen, als du zum ersten Mal in den Palast kamst?« Sie schnaubte. »Ich wage zu sagen, du machst es dir zu einfach.«

Der Sultan lachte, fett und frech. Despina hatte die Unverfrorenheit, affektiert in seine Richtung zu lächeln. Jetzt da sie nebeneinandersaßen, konnte Shahrzad es erkennen. Obwohl es keine auf den ersten Blick auffallende Ähnlichkeit war, wenn sie getrennt waren. Despina musste den Teint von ihrer Mutter haben, aber ihre Haltung war der des Sultans sehr ähnlich. Überheblich. Stolz. Ihr Knochenbau war dem seinen ebenfalls ähnlich. Scharf umrissene Augenbrauen und hohe Wangenknochen. Tatsächlich konnte Shahrzad sogar Ähnlichkeiten zwischen Despina und Yasmin feststellen. Eine Art ätherische Schönheit. Königlich in ihrer Art.

Kein Wunder, dass Despina jeden so mühelos hatte täuschen können. Sie war dazu bestimmt, in einem Palast zu leben. Sich ihren Weg in den inneren Kreis zu schlängeln, nach bester Vipernart.

In nur sechs Jahren hatte sie sich das Vertrauen des Kalifen von Chorasan erschlichen.

Und das Herz des Hauptmanns der Wache.

»Wie konntest du Jalal das antun?«, fragte Shahrzad, während sie sich die Fingernägel in die Handflächen grub und vergeblich versuchte, ihre kochende Wut zu unterdrücken.

Mit enervierend teilnahmslosem Ausdruck schöpfte sich Despina etwas Reis auf ihren Teller. »Ach! Leider sind Jalal al-Churis Gefühle jetzt nicht mehr meine Sache.« Dann grinste sie Shahrzad an, und bei diesem geheuchelten Mitgefühl hätte Shahrzad ihr am liebsten das Band mit den schimmernden Edelsteinen aus der Haarkrone gerissen. »Aber sei gewiss. Der Hauptmann der Wache wird keine Mühe haben, ein Mädchen zu finden, das bereit ist, seinen verletzten Stolz zu trösten. Davon bin ich überzeugt.« Die letzten Worte troffen auffällig vor Verbitterung.

Shahrzad biss die Zähne zusammen und zwang sich, still und stumm zu sein. Sie bemerkte, wie Yasmin sie mit halb geschlossenen Lidern beobachtete.

Es war untypisch für die Prinzessin, so still zu sein. Es überraschte Shahrzad, aber dann wiederum hatte Yasmin sie schon bei mehr als einer Gelegenheit überrascht. Wieder glaubte Shahrzad zu spüren, dass Yasmin sprechen wollte, sich aber noch keine Gelegenheit dazu ergeben hatte. Oder vielleicht fehlte ihr auch der Mut hier vor ihrem Vater.

Dennoch sah Yasmin ganz offensichtlich ungehalten aus. Einen Augenblick lang überlegte Shahrzad, ihre Aufmerksamkeit auf sich zu ziehen. Aber das wunderschöne Mädchen wollte und wollte ihr nicht in die Augen sehen. Sie sah in ihr immer noch nichts anderes als eine Feindin.

Keine Gleichgestellte.

Shahrzad starrte weiter Despina an, während die frühere Kammerzofe mit dem Sultan von Parthien lachte und scherzte – mit ihrem *Vater* – als ob sie nicht Jahre in einer Welt voller Täuschung verbracht hätte.

Unter all ihren nach oben dringenden Gedanken tauchte plötzlich eine Erkenntnis auf.

Despina konnte nicht gelogen haben, dass sie schwanger war.

Denn Shahrzad erinnerte sich, dass sich Despina direkt vor ihren Augen unwohl gefühlt hatte. Shahrzad lockerte die verspannten Schultern. Sie griff nach ihrem juwelenbesetzten Weinkelch. »Onkel Sali«, begann sie in kühlem Ton, »weißt du von der Schwangerschaft deiner Tochter? Oder hat sie es tatsächlich versäumt, dir zu erzählen, dass sie ein Kind erwartet?«

»Natürlich weiß er es«, erwiderte Despina, ohne auch nur einen Wimpernschlag zu zögern. »Ich habe dir ja gesagt, dass ich verheiratet bin. Es leuchtet doch nur ein, dass ich schwanger sein könnte.«

Und noch mehr Lügen.

»Ist das so?« Shahrzad biss die Zähne zusammen, dann nahm sie einen Schluck Wein und versuchte, sich zu beruhigen. »Und was hast du mit deinem angeblichen Ehemann gemacht? Ihn ins Meer gestoßen, als du fertig mit ihm warst?«

»Oh, nein.« Despinas Augen strahlten hell. »Er ist sicher verwahrt, und er wird mir keinen Ärger bereiten.«

»Dann hast du den armen Kerl mitgebracht?«, konnte Shahrzad nur spotten.

»Natürlich.«

»Was für ein Narr ist dieser Ehemann?«

»Von der besten Art. Die Art, die wenig spricht.«

»Hörst du nie auf zu lügen?«, sagte Shahrzad mit zusammengebissenen Zähnen. Sie beugte sich betont zu Salim. »Mein Herr, wusstest du, dass der Vater des Kindes …«

»Der Lieblingsleibwächter des Kalifen ist«, beendete Despina den Satz mit einem müden Lächeln.

Shahrzad blinzelte einmal. Zweimal. *»Was?«,* schrie sie und knallte den Weinkelch auf den Tisch.

Wieder tauchten ein paar Soldaten unvermittelt aus dem Schatten auf.

Despina grinste sie mörderisch an. »Vikram Singh ist der Vater. Wusstest du das nicht? Und da dachte ich doch, ihr beide ständet euch nahe.«

Der – Rajput? Vikram ist hier? Ich dachte, er sei in der Nacht des Unwetters verschwunden.

Zum zweiten Mal an diesem Abend so fassungslos, dass ihr die Worte fehlten, starrte Shahrzad weiter ihre frühere Magd an und versuchte, all das, was sie gesehen hatte, mit dem, was schon lange gedacht und gesagt worden war, zu vereinbaren.

Nein. Das ist nicht möglich. Wo steckt die Wahrheit hinter all diesen Lügen?

»Mach dir keine Sorgen, Shahrzad«, sagte Despina. »Vikram ist in Sicherheit. Oder besser, er ist so sicher wie unter den gegebenen Umständen möglich.«

Sofort gerieten Shahrzads drängendste Fragen in den Hintergrund. »Was hast du mit Vikram angestellt?«

Zu ihrer Rechten hörte sie Jahandar ein beunruhigtes Seufzen ersticken. Ein Seufzen, das ihre Frage beschwichtigen sollte.

»Vater?« Despina blickte in das überaus selbstgefällige Gesicht von Salim Ali el-Sharif.

Salim holte tief Luft, als ob er Zeit brauchte, um zu bedenken, wie seine Antwort lauten sollte. »Der hochgeschätzte Leibwächter meines Neffen ist genau da, wo er sein sollte – an einem Ort, denen vorbehalten, die nicht in der Lage sind, ihre Zunge im Zaum zu halten über Dinge, die sie nichts mehr angehen.«

»Und was für Dinge könnten das sein?«, fragte Shahrzad wütend flüsternd.

»Nun, als der Ehemann meiner Tochter sollte er sich mehr um seine Familie kümmern als um deine, findest du nicht?«

»Vergib mir, *Onkel* Salim. Ich dachte, wir wären alle *eine* Familie.«

Eine bedeutsame Pause. »Nein, Shahrzad al-Haizuran. Das sind wir nicht.«

Jahandar keuchte leise neben seiner Tochter.

Wieder krallte sich Shahrzad mit den Fingern in ihr Seidenkissen. »So, sind wir also zur Sache gekommen. Schluss mit den Höflichkeiten. Was hast du mit mir vor?«

Salim lehnte sich vor, stützte seine Ellbogen auf die goldene Kante des Tisches. »Was vermutest du, was ich tun soll?«

»Das hängt davon ab, was du von Chalid erwartest«, versetzte Shahrzad.

»Ich erwarte, dass er dich holen kommt.«

»Und was, glaubst du, passiert, wenn er das tut? Außer deiner völligen Vernichtung.«

Yasmins Blick traf endlich Shahrzads. »Vater …«

Salim würdigte seine Tochter nicht einmal eines Blickes. »Ich erwarte, dass er tut, wozu er seit Jahren zu feige gewesen ist – mich in der Wüste mit einer angemessenen Armee treffen. Und feststellen, wer verdient, diese Länder zu regieren.«

Trotz der Furcht, die in ihr aufschoss – da sie wusste, dass Chalid noch eine angemessene Armee fehlte – glitt Shahrzad eine verächtliche Bemerkung über die Lippen, die vor Hohn nur so troff. »Chalid ist noch nie ein Feigling gewesen – keinen einzigen Tag seines Lebens. Egal, wie laut du in den Wind heulst, wird dieser sich nie deinem Willen beugen. Und du bist ein Narr, wenn du glaubst, alles wäre so einfach, wie du es dir vorstellst.«

Daraufhin krümmte sich Jahandar zusammen, als ob er sich gegen den nächsten Schlag wappnete.

Yasmin verschluckte sich fast beim Atmen, und Shahrzad konnte nicht anders, als in ihre Richtung zu blicken. Die Prinzessin von Parthien sah sie warnend an.

In ihrem Blick blitzte ein Hauch von Mitgefühl auf.

»Einfach?«, begann Salim, das Wort begleitet von sarkastischem Gelächter. »Glaubst du, das war *einfach?* Nichts davon war einfach. Es hat eines jahrelangen Entstehens bedurft. Jahre, in denen ich beobachtet habe, wie mich dieser missmutige Junge auf Schritt und Tritt missachtet hat. Jahre, die ich damit verbracht habe zuzusehen, wie er meine Tochter abgelehnt hat!« Eine Faust krachte neben seinen Teller. »Das Einzige, das ihn davor gerettet hat, Bastard genannt zu werden, war seine frappierende Ähnlichkeit mit seinem Vater.«

Obwohl Shahrzad einen zweiten warnenden Blick von Yasmin empfing, ignorierte sie ihn. »Das und die Tatsache, dass du Angst vor ihm hattest.«

Jahandar packte unter dem Tisch ihr Handgelenk.

Eine Welle von Wut schoss über Salims Gesicht. »Ich habe nie Angst vor ihm gehabt.«

»Du lügst genauso, wie deine boshafte Tochter lügt.« Shahrzad lächelte. »Du hast immer Angst vor ihm gehabt.«

»Shahrzad!«, schrie Jahandar, der endlich geneigt war, seine Stimme zu erheben. Aber nur, um sich auf die Seite von Shahrzads Feind zu schlagen.

»Baba, kein weiteres Wort!«

»Tochter, du hast dich mir widersetzt.«

Da wand Shahrzad ihren Arm aus seinem Griff und starrte ihren Vater wutentbrannt an. »Und du hast mich gegen meinen Willen hierhergebracht, um von diesen abscheulichen Lügner als Pfand missbraucht zu werden.«

»Ich wollte dich herbringen, um einen Waffenstillstand auszuhandeln. Um zu helfen, diese Wunden heilen!«

»*Wem* zu helfen?«, klagte Shahrzad ihn an. »Denn es scheint, die einzige Person, der du helfen wolltest, bist du selbst!«

Farbe stieg in Jahandars Gesicht, zuerst ein Schwall von Rot. Dann war er plötzlich kreideweiß.

Er sah weg.

Aber er leugnete nicht.

»Wie fühlt sich das an, Shahrzad al-Haizuran?«, sagte Despina in ihrem melodischen Singsang. »Wie eine Sklavin behandelt zu werden? Die Sklavin von Leuten zu sein, die sich dir überlegen fühlen, obwohl du weißt, du stehst im Grunde deines Herzens mit ihnen auf derselben Stufe?«

»Frag deinen Vater«, gab Shahrzad zurück.

»Ich würde lieber deinen Ehemann fragen. Wenn ich ihn das nächste Mal sehe … zu meinen Füßen kniend.«

Ohne zu zögern schüttete Shahrzad den Rest ihres Weins Despina ins Gesicht.

Die Wachen eilten herbei, rissen sie auf die Füße und zogen sie vom Tisch weg.

»Wo ist meine Schwester?«, rief Shahrzad. »Wo ist Vikram? Was habt ihr mit ihnen gemacht?«

Despina wischte sich das Kinn mit einer Leinenserviette ab, absolut ruhig. »Wenn sie ihren früheren Leibwächter so dringend zu sehen wünscht, dann bringt sie zu ihm. Soll sie doch dort verfaulen.«

Jahandar saß stocksteif am Tisch und begrub das Gesicht in zitternden Händen. Er sah nicht einmal in ihre Richtung, als Shahrzad weiter Schimpfwörter hinausschleuderte.

Die Wachen zerrten sie durch die mit Leuchtern erhellten Flure. Nach einer Weile leistete Shahrzad geringe Gegenwehr. Denn sie wollten sie beleidigen, indem sie sie wie das Gerippe eines sterbenden Tieres abschleppten. Und diese Befriedigung wollte sie ihnen nicht verschaffen. Die gewölbten Korridore nahmen einen immer protzigeren Anschein an, je weiter sie an den juwelenbesetzten Alkoven vorbeikamen und immer tiefer in den Sandsteinpalast eindrangen. Der Geruch vom Rauch der Fackeln, die die Soldaten hielten, setzte sich Shahrzad in der Kehle fest und trieb ihr Tränen in die Augen.

Sie zerrten sie ein gewundenes Steintreppenhaus hinab, bis sie in die Eingeweide des Palastes vorgedrungen waren, wo die feuchte Kälte und der Gestank von Verfall ein eigenes Leben führten. Wo Schimmel auf den Wänden lag und Fäulnis durch die Ritzen sickerte.

Die Zellen des Palastgefängnisses wurden durch dicke Eisengitter versperrt, die die Form von gebogenen Halbmonden hatten. Die Decken waren niedrig und die Böden mit schmuddeligem Stroh bedeckt. Schimmel überzog die Räume, moderig und pelzig. In jeder zweiten Zelle erleuchtete eine einzelne Fackel die Wände, bot aber kaum Helligkeit.

Der narbengesichtige, anzüglich grinsende Wächter von vorher stieß Shahrzad gegen eine Steinwand. Ihr schmaler Rücken traf auf ihre unebene Oberfläche, der Schmerz an ihrer verletzten Schulter ließ sie laut aufkeuchen.

»Heute gar nicht so redegewandt?«, fragte er, sein saurer Atem stieß heiß gegen ihre Haut.

Shahrzad boxte ihm in den Magen.

»Hure!«

Ein anderer Wächter hob sie vom Boden hoch, als ob er sie vor drohenden Schlägen bewahren wollte. Ihre Augen trafen seine, und kurz glaubte Shahrzad einen Anflug von Panik zu sehen. Der erste Wächter krümmte sich zusammen, hielt sich die Mitte und stieß wüste Flüche in ihre Richtung aus. Dann richtete er sich auf und stürzte sich auf sie, sein Gesicht wutverzerrt. Der zweite Wächter legte ihm eine Hand auf den Arm. Sorgenfalten furchten seine Stirn. »Sei vorsichtig. Ich will nicht in Stücken an die Krähen verfüttert werden. Wenn der Bastard-König erfährt, dass wir ihr etwas angetan haben …«

»Der Bastard-König wird es nie erfahren. Besonders wenn wir erst seine Armee vernichtet haben und sein Gerippe zum Verrotten im Sand liegengelassen haben.« Er warf dem kleineren Wächter einen verächtlichen Blick zu. »Oder siehst du uns etwa auf der Verliererseite?«

Der kleinere Wächter schüttelte den Kopf. Und blickte beiseite.

»Außerdem«, fuhr der erste Wächter fort, »tue ich ihr ja gar nichts an.« Mit einem verschlagenen Grinsen wandte er sich wieder an Shahrzad. »Ich meine, jedenfalls jetzt nicht.«

»Fass mich noch einmal an, und die Krähen werden deine geringste Sorge sein«, sagte sie.

Er packte sie an den Haaren. »Das bezweifle ich sehr.« Der Wächter zog sie näher. Er riss einen Krummsäbel aus seiner

Schärpe. »Keine Sorge. Ich spare mir den dauernden Schaden für einen anderen Abend.«

Mit diesen Worten schnitt der Wächter auf Höhe der Schulter Shahrzads Zopf durch.

Ein Schauer von Perlen krachte auf den kalten Steinboden.

Der Tiger und der Falke

Chalid war erschöpft. Er hatte sich seit seiner Rückkehr aus der Wüste gestern Abend nicht richtig ausgeruht.

Als Chalid zurück im Palast war, hatte der *Shahrban* ihn eine ganze Weile beschimpft. Er hatte es zugelassen, bis er sich gezwungen sah, seinen Onkel daran zu erinnern, dass er nicht verpflichtet war, jemandem Rechenschaft über seinen Aufenthaltsort abzulegen.

Schließlich war er der *Kalif* von Chorasan.

Nachdem er dies betont hatte, war Chalid sofort weggegangen.

Nur um in seinem Vorzimmer von Jalal überrascht zu werden.

Auch sein Cousin war wütend gewesen.

»Ich dachte, du wärest tot«, sagte Jalal ohne den geringsten Willkommensgruß.

»Hätte dir das nicht gefallen, gewissermaßen?«, hatte Chalid geantwortet. »Es ist viel einfacher, eine Erinnerung zu hassen. Ich sollte das wissen.«

Das war gehässig, ohne Zweifel. Aber Chalid hatte immer ein gewisses Talent für Gehässigkeit gehabt. Das war eine von seinen vielen dunkleren Gaben. Eine der zahlreichen ererbten Gaben, weitergegeben vom Vater an den Sohn.

Jalal hatte ihm ein Schimpfwort zugerufen, bevor er hinter ihm in der Dunkelheit verschwunden war.

Chalid hatte überlegt, hinter ihm herzugehen. Er hatte überlegt, sich zu entschuldigen.

Aber es war zwecklos.

Er hatte schon seit Wochen versucht, den Schaden zu beheben. Hatte versucht zu reparieren, was zwischen ihnen an dem Nachmittag bei den Stufen zur Bibliothek zerbrochen war. Leider war Jalals Herz an dem Tag verlorengegangen, als Despina in die Wüste hinter den Stadttoren verschwunden war. Und ein verlorenes Herz war furchtbar. Besonders weil sein Cousin nie zuvor wahren Liebeskummer erlebt hatte. Jalal al-Churi hatte ein Leben gehabt, das ihm nicht viel versagt hatte. Ein Junge, dessen Mutter ihn von Kindheit an bis ins Erwachsenenleben mit Liebe überschüttet hatte. Ein Vater, der ihm immer unterstützend zur Seite gestanden hatte. Denn obwohl es stimmte, dass Aref al-Churi ein wenig distanziert war, hatte er seinen Sohn immer geliebt und es im Stillen, aber großzügig, gezeigt.

In der Tat hatte Jalal im Laufe seiner zwanzig Jahre auf kaum etwas verzichten müssen. Der größte Verlust in seinem Leben war der seines besten Freundes gewesen.

Der Verlust von Chalids Bruder, Hassan.

Letzte Nacht, nachdem Jalal in die kalten Korridore des Palastes stolziert war, hatte Chalid sich kurz an den Augenblick erinnert, als Jalal zu ihm gekommen war, nachdem Hassan im Kampf gefallen war. Als Jalal versucht hatte, in dem geteilten Leid eine Gemeinsamkeit zwischen beiden zustande zu bringen.

Doch wieder einmal hatte sich Chalid in den Schatten zurückgezogen, weit weg von allem und jedem, selbst schon als Junge.

Er hatte so lange Zeit alles selbst vor denjenigen verborgen, die ihm am Nächsten waren, dass er – selbst jetzt noch – nicht wusste, wie er aus dem Schatten heraus ans Licht finden sollte.

Wie er die Angelegenheit mit Jalal ins Reine bringen sollte. Denn Chalid hatte gerade erst damit angefangen zu spüren, was es bedeutete, außerhalb der Dunkelheit zu leben.

Heute Morgen hatte Chalid seinem Onkel, dem *Shahrban*, von den Ereignissen der letzten paar Tage erzählt. Aber er war immer noch unsicher, ob der Fluch tatsächlich gebrochen war. Denn er vertraute nicht gern einer Sache, ohne einen Beweis in der Hand zu halten.

Nein. Nur die Zeit würde Chalid diesen Trost spenden.

Er hatte auch in der letzten Nacht wieder geschlafen. Ein unruhiger, rastloser Schlaf, der sich nicht an Träume verliert. Aber Chalid wollte fest daran glauben, dass die Träume mit der Zeit wiederkommen würden.

Er wollte sich an die Hoffnung auf Träume klammern.

Leider holte die Wirklichkeit Chalid zurück in seinem bedeckten Alkoven. Sie holte ihn an seinem Ebenholzschreibtisch ein. Angesichts eines einstürzenden Stapels von Schriftrollen, die Anfragen enthielten, die sich während seiner Abwesenheit angesammelt hatten. Er musste sich zuerst durch einige durcharbeiten, bevor er zu Shahrzad in die Wüste zurückkehren konnte.

Als Chalid gerade entschieden hatte, er könne unmöglich noch eine einzige weitere Seite durcharbeiten, klopfte es dröhnend an seinen Türen.

»Ja?« Chalid sah auf.

Sein Onkel trat in großen Schritten ein. Wie gewöhnlich war sein Gesichtsausdruck undurchdringlich. Ein Familienmerkmal. Bei fast allen Männern. Außer Jalal. Und Hassan. Hassan hatte sehr viel gelächelt. Besonders seinem jüngeren Bruder gegenüber.

Chalid hob fragend die Augenbrauen.

»*Sayyidi?*«, begann sein Onkel, ohne seine Schritte zu unterbrechen. »Der Hauptmann der Wache hat eine ziemlich … interessante Gesellschaft im Palasthof festgehalten.«

»Interessant?« Chalid stützte sich auf eine Lehne seines Sessels. »Inwiefern?«

»Ein Badawi-Scheich begehrt dich zu sprechen. Er reitet mit einer kleinen Heerschar hinter sich …« Der *Shahrban* zögerte. »Und er ist in Begleitung von jemandem, den zu sprechen ich dir um jeden Preis abrate.«

Chalid stand von seinem Schreibtisch auf, und eine Flut von Papierrollen ergoss sich auf den Boden. »Wer ist es?«

»Der Sohn des Emir Nasir al-Ziyad reitet an seiner Seite.«

Bei diesen Worten stellte sich Chalid ohne zu zögern neben seinen Onkel.

»Bring sie sofort in den königlichen Audienzsaal.«

»Hast du je einen so riesigen Raum gesehen?«, flüsterte Rahim, als er bewundernd den mit schwarzen und weißen Fliesen diagonal gekachelten Raum anstarrte.

»Heb deine Kinnlade wieder vom Boden auf«, sagte Tarik und lächelte gezwungen.

Omar lachte lauthals, und der Klang erscholl bis hoch unter die Decke, um von den Marmorwänden widerzuhallen. Komplizierte Reliefs von Menschen mit Stierleibern, die in die Schlacht stürmten, und geflügelten Frauen mit langen, im Wind flatternden Haaren schmückten die hoch aufragenden Wände. Am Sockel jeder einzelnen Säule waren zweiköpfige Löwen aus dem Stein gehauen, denen eiserne Fackelhalter aus den zum Brüllen aufgerissenen Mäulern ragten.

Obwohl der ganze Raum auf den ersten Blick hochherrschaftlich erschien, konnte Tarik Brüche in seiner eleganten Erscheinung erkennen – ein Spalt in einer Wand, viele kleine Risse in einer anderen …

Die letzten verbliebenen Spuren des großen Unwetters.

Es war ein eleganter Raum, so viel stand fest. Aber es war ein Raum, der eine Geschichte hatte.

An einem Ende dieses gewaltigen Saales befand sich ein dreiseitiges erhöhtes Podium mit einem niedrigen Sofa mitten darauf. Dahinter öffneten sich riesige Treppenaufgänge, geformt wie weit geöffnete Arme.

Tarik ging auf das Podest zu, Rahim und Omar im Schlepptau.

Er hatte diesen Raum schon einmal gesehen. Das letzte Mal, als Tarik hier gewesen war, war es der Schauplatz einer großartigen Festivität gewesen, mit feinen Speisen und Getränken, mit Musik und Tanz. An dem Abend hatte der Kalif von Chorasan seine neue Kalifin jedem Edelmann des Königreiches vorgestellt.

Tarik erinnerte sich an den Augenblick, als sie am Fuß der großzügigen Treppe erschienen waren, Hand in Hand. Als ob jeder die Verlängerung des anderen gewesen wäre.

Er hätte es damals schon wissen müssen. Er hätte es mit dem Herzen sehen müssen, nicht bloß mit den Augen.

Tarik schreckte aus seinen Erinnerungen auf, als der Kalif plötzlich auftauchte und die offenarmige Treppe herunterkam. Dieses Mal machte er kein Aufheben von seiner Ankunft. Er bewegte sich eilig und ungezwungen. Hinter ihm folgte der *Shahrban* von Ray zusammen mit dem Hauptmann der königlichen Garde.

»Warum seid ihr hier?« Der Knabenkönig hielt sich nicht einmal mit einem Anschein von Förmlichkeit auf.

Ein Teil von Tarik mochte ihn dafür sogar noch etwas mehr. Aber nur etwas.

Der *Shahrban* warf Omar einen Blick zu, dann Rahim und wieder Tarik. »*Sayyidi*, vielleicht sollten wir …«

»Shahrzad ist verschwunden«, sagte Tarik in demselben unverblümten Ton.

Der Hauptmann der Wache griff sofort nach Tariks *Rida.* »Ich wusste doch, ich hätte dir nicht anvertrauen sollen, auf sie aufzupassen, du nichtsnutziger …«

Ohne Warnung flog Rahims Krummsäbel aus seiner Scheide und legte sich dem Hauptmann der Wache an die Kehle. Der *Shahrban* rief ein scharfes Kommando in den Schatten und zog seine eigene Waffe.

Omar blieb unbewegt, nahm das entstehende Chaos mit einem unverschämt wohligen Ausdruck auf seinem Gesicht wahr.

»Genug!«, sagte der Kalif scharf. Das Kommando hallte in dem riesigen Raum wider.

Die Wachen zogen sich wie ein einziger Mann zurück.

Tarik nickte Rahim zu, der sein Schwert fallen ließ in dem Augenblick, als der Hauptmann der Wache Tariks *Rida* losließ.

»Wir beginnen nicht gerade vielversprechend, mein Freund«, sagte Omar zu Tarik mit einem langsamen Kopfschütteln. »Aber ich sehe trotzdem, was du über den jungen Kalifen sagst. Er ist kein Mann großer Worte.«

Seine Augen glommen im Lichte der Löwenfackel zu seiner Rechten. »Aber er scheint mir einer der Ehrlichen zu sein.«

Der Kalif ließ seinen Blick über Omar gleiten. Obwohl er nichts sagte, war sein durchdringender Blick voller unausgesprochener Fragen.

»Ich bin Omar al-Sadiq.« Omar trat hervor. »Und man sagte mir, du seist ein Mann, der mein Vertrauen wert ist.«

»Wer hat das gesagt?«, fragte der Kalif.

»Tarik, natürlich.« Omars Lächeln war breit und entblößte eine Zahnlücke.

Der Kalif hob eine Augenbraue. »Hat er diese Worte benutzt?«

»Nein. Aber es war unausgesprochen in unserer Unterhaltung enthalten. In seiner Wahl.« Er hielt einen Augenblick inne. »Und ich glaube, er hat schlussendlich richtig entschieden.«

Der Blick des Kalifen wandte sich Tarik zu.

»Du siehst, trotz aller Verschiedenheiten hat sich der Weiße Falke für dich entschieden«, erklärte Omar. »Also sind wir hier, um an deiner Seite zu kämpfen. Es wäre eine große Ehre für dich, mein Vertrauen zu gewinnen, denn ich mag deine Ehefrau sehr und will nicht zulassen, dass ihr etwas angetan wird.«

Die Züge des Kalifen verhärteten sich. Tarik beobachtete, wie er die Fäuste ballte.

»Shahrzad ist auf den Herrschersitz von Parthien entführt worden«, fuhr Omar fort. »Zum Sultan von Amardha.« Sowohl der *Shahrban* als auch der Hauptmann der Wache erstarrten bei diesen Worten, obwohl der Kalif ungerührt blieb, sein Gesichtsausdruck wie aus Stein gemeißelt. »Ich glaube, sie wurde von gedungenen Söldnern entführt. Von Männern, die bei Tariks Onkel Reza-bin-Latief unter Vertrag sind und von einem Sultan bezahlt werden, der dich vom Thron stürzen sehen möchte.« Omar neigte seinen Kopf zu einer Seite. »Ich frage dich also noch einmal – kann ich dir vertrauen?«

Ein winziger Augenblick verging, in dem Schweigen den Raum umfasste. »Was erhoffst du dir von meinem Vertrauen, Omar al-Sadiq?« erwiderte der Kalif sanft. Seine Knöchel hatten sich weiß gefärbt.

Tarik wusste, dass auch der Kalif seinerseits nach Vertrauen suchte. Denn Chalid Ibn al-Rashid wusste noch nicht, wie er den Badawi-Scheich einschätzen sollte.

»Das kleinere Übel«, antwortete Omar umgehend.

»Das ist kein sehr schmeichelhafter Antrag.«

»Ich wünschte, ich könnte etwas Besseres bieten«, grinste Omar. »Ich habe Zeit in der Gesellschaft deiner Ehefrau verbracht, und sie ist entzückend. Darüber hinaus scheint sie ihr Vertrauen in dich zu setzen. Jetzt erscheint es, dass auch Tarik dir vertraut. Also möchte ich mich gern anschließen. Wenn du mein Volk in Frieden lässt – und das Land, auf dem wir gedeihen –, werde ich an deiner Seite reiten.«

Der Kalif überlegte kurz, bevor er Tarik ansah. »Du würdest dich von deinem Onkel abwenden?«

Tarik biss die Zähne zusammen. »Mein Onkel hat aus den Augen verloren, für was ich eigentlich kämpfe. Und ich …« Seine Lippen betonten jedes einzelne Wort. »Ich bin nicht sicher, ob ich je gewusst habe, für was ich eigentlich kämpfen soll. Aber Omar spricht die Wahrheit: Wenn Onkel Reza Shahrzad gegen ihren Willen entführt hat, dann bist du wirklich das kleinere Übel.«

Der Kalif nickte. »Ich kann nicht alle meine Fahnenträger rechtzeitig zusammenziehen. Aber ich kann diejenigen in der Nähe benachrichtigen, und …« Er hielt kurz inne und sah Tarik wieder an. »Kennst du den Feuertempel in den Bergen am Meer?«

»Nein.«

Rahim trat vor. »Ich kenne ihn.«

Wieder nickte der Kalif, dieses Mal in Rahims Richtung. »Würdest du deinen Falken mit einer Nachricht von mir dorthin schicken?« Er sah Tarik an.

Obwohl er verwirrt war, stimmte Tarik dem Vorschlag zu. »Ja. Darf ich fragen, warum?«

»Ich kenne jemanden, der vielleicht gerne dabei wäre.«

Der brennende Banyanbaum

Shahrzad lehnte sich gegen die kalte Steinwand. Ein stetiges Rinnsal aus trübem Wasser lief ihr über den Fuß. Die schweren Ketten um ihre Handgelenke und Fußknöchel klirrten bei der geringsten Bewegung.

Sie hatte keine Ahnung, wie viel Zeit verstrichen war, seit sie hier unten festsaß.

Vielleicht Tage.

Es war unmöglich zu sagen. Nicht der kleinste Schimmer Tageslicht drang zu ihr durch.

Das Wasser in dem verdreckten Becher, den man am Gitter stehen gelassen hatte, war brackig. Schon von seinem Geruch drehte sich ihr der Magen um. Das Brot, das daneben lag, war altbacken und trocken. Sie aß gerade eben genug, um bei Kräften zu bleiben.

Ihr Vater hatte sie zweimal besucht. Um sie um Entschuldigung zu bitten.

Um sie zu bitten, Vernunft anzunehmen. Mit dem Sultan zusammenzuarbeiten, um einen dauerhaften Frieden zu erreichen.

Aufzugeben.

Beide Male hatte Shahrzad ihm den Rücken zugekehrt. Hatte sich kleiner gemacht, hatte gewünscht, sie könnte – wenigstens für einen Augenblick – unsichtbar werden, sodass sie ihm nicht ins Gesicht sehen musste.

Damit sie nicht zugeben musste, dass er all das verraten hatte, was ihr lieb und teuer gewesen war.

Shahrzad wusste, dass sie ihren Vater betrogen hatte, indem sie sein Buch gestohlen hatte, aber ein Buch war nicht dasselbe wie ein Leben. Nicht so viel wert wie eine Zukunft.

Und mit diesem Buch hatte ihr Vater in dieser Nacht in Ray so viele Leben zerstört. So viel Zukunft.

Jetzt befand sich Shahrzad in nahezu völliger Dunkelheit. Zwei Zellen weiter flackerte eine einzelne Fackel und sandte kaum etwas Licht in ihre Richtung.

Zuerst hatten die Wachen sie regelmäßig kontrolliert. Um mit ihr ihre Spielchen zu treiben. Um sie zu bedrohen. Um ihr unverzeihliche Taten anzudrohen.

Sie hatten sie gestoßen. Sie mit dem Gesicht voran in den Dreck geworfen. Ihr die Arme auf dem Rücken verdreht. Ihr Schimpfworte zugerufen, die Shahrzad bisher nur im Zusammenhang mit ungezähmten Tieren gehört hatte.

Zuerst hatte sie ihre Drohungen für bare Münze genommen. Hatte sich gegen ihre Misshandlung gewappnet. Hatte in der feuchten Finsternis gewartet, zitternd und wachsam … und sich gelobt, sie würde nicht weinen.

Sie würde es nicht zulassen, ihnen diese Befriedigung zu schenken.

Aber außer dass der erste Wächter ihr Haar abgeschnitten hatte und ihre Wange hin und wieder in den Dreck gestoßen worden war, setzten sie ihr nicht weiter zu. Fügten ihr keinen bleibenden Schaden zu.

Irgendetwas band ihnen die Hände.

Shahrzad war nicht so naiv zu glauben, es handelte sich um Respekt. Nein, bei Männern wie diesen war es nie Respekt.

Irgendetwas ging hinter diesen Wänden vor. Und es war klar, dass die Wächter Angst hatten.

Diese Gedanken verschafften ihr ein gewisses Maß an Trost. Ausnahmsweise einmal erkannte sie den Nutzen eines schlechten Rufs.

Ein Ruf, geschmiedet in Blut und Zorn.

Lass sie fürchten, was da kommen wird. Lass sie lernen, wie es ist, im Dunkeln zu kauern, mit ungewisser Zukunft.

Lass sie Angst haben vor Chorasan und seinem König.

Denn Chalid würde ihnen jeden einzelnen Knochen brechen, wenn er erst die Stadtmauern durchbrochen hätte.

Wenn er erst erfahren würde, dass Shahrzad hier war.

Aber wann würde das sein?

Wieder musste sie über die Gefahren nachdenken, wenn man zu viel auf einmal wollte. Aber es nutzte nichts, sich zu wünschen, worauf sie keinen Einfluss hatte. Die vergangenen Wochen hatten sie das gelehrt.

Shahrzad schluckte trocken und zog die Knie an die Brust. Jede Stunde, die verging, nahm ihr mehr von ihrer Entschlossenheit, und sie konnte nicht zulassen, dass ihr starker Wille mit ihren Kräften schwand. Sie weigerte sich, das zuzulassen.

Sie war ein Baum, der von einem Sturm hin- und hergepeitscht wurde. Aber sie würde nicht brechen.

Sie musste Irsa finden. Und aus diesem Palast entkommen.

Wenigstens ließen die Soldaten sie jetzt in Ruhe. Sie waren schon eine ganze Weile nicht gekommen, um sie zu schikanieren.

Wenigstens war sie jetzt allein.

Shahrzad legte die Arme um ihre Beine. Das Geräusch ihres Schniefens schien sich von Wand zu Wand fortzusetzen. Die Fackel hinter ihrer Zelle erlosch.

Und so befand sie sich plötzlich in absoluter Dunkelheit.

»Du hast die Hoffnung wohl noch nicht aufgegeben?« Eine ruppige Stimme erklang direkt hinter den Gitterstäben.

Shahrzad sagte kein Wort. Sie war sich nicht sicher, ob es sich um einen anderen Gefangenen handelte oder einen Wächter, der immer noch versuchte, mit ihr zu spielen. Immer noch ihren Willen brechen wollte.

»Du. Mädchen. Lebst du noch?«, wiederholte die Stimme trocken und kratzig. Es klang, als wehte ein Haufen trockener Blätter über Granitgrabsteine.

Wieder sagte sie kein Wort.

Ich lass mich nicht brechen. Nie.

»Mädchen? Bist du am Leben?«

Sie seufzte, laut und tief. »Bin ich, du störrischer Bastard. Na und?«

»Gut.« Die Stimme hustete. Wer immer es war, er war alt, wenn nicht krank. »Ich habe dich diese letzten vier Tage beobachtet. Du hast Mut.«

»Ich nehme an, ich sollte mich jetzt geschmeichelt fühlen?«

Noch einmal Husten. »Nein.«

»Was willst du also?«

Eine Pause. »Das weiß ich noch nicht.«

»Dann lass mich in Ruhe.«

»Hast du etwas Besseres vor?«

»Nein.«

»Ich auch nicht.« Der merkwürdige alte Mann wartete eine Weile. »Du erinnerst mich an etwas.«

Shahrzad verlagerte ihr Gewicht und warf den Blick an die Decke ihrer Zelle, ihre Ketten klirrten. »Und an was?«

»Den Banyanbaum, in dem ich mich als Kind versteckt habe.«

Trotz allem war Shahrzads Interesse geweckt, denn er klang anders als all die Soldaten, die bisher gekommen waren, um sie zu quälen. »Banyanbaum?«

Der rasselnde Klang aus der Dunkelheit ließ Shahrzad annehmen, dass ihr Besucher sich für eine Weile eingerichtet hatten.

Er räusperte sich. »Wenn ich als Kind etwas Böses angestellt hatte, rannte ich zum Loch in einem sehr alten Banyanbaum am Rande des Dschungels und habe mich darin versteckt, bevor mein Vater kommen und mich bestrafen konnte.«

»Und wieso erinnere ich dich an diesen Baum?«

»Weil diese Bäume früher oder später alles um sich herum zerstören.«

Shahrzad stieß ein leises Schnauben aus. »Danke für die nette Geschichte, alter Mann.«

Er hustete glucksend. »Es war als Kompliment gemeint.«

»Sei mir nicht böse, wenn ich es nicht gleich als solches erkannt habe.«

»Da, wo ich herkomme, lernen wir, die Dinge in einem unendlichen Kreislauf zu sehen. Ich sah diesen Kreislauf im Leben des Banyanbaumes. Er wird groß, hoch und breit und bietet denjenigen Schutz, die ihn suchen. Im Laufe der Zeit kann er zu groß für sich selbst werden und alles um sich herum zerstören. Aber ich habe auch schon gesehen, wie er Futter für neues Leben bietet. Wurzel für die neuen Bäume liefert. Samen für neue Bäume. Du bist ein Banyanbaum, weil ich in dir diese Geschichte sehe. Den Anfang und das Ende aller Dinge. Die Hoffnung, dass etwas wächst, sogar im Schatten.«

Shahrzads Herz schlug schneller.

Die Stimme des Mannes war während seiner Worte tiefer geworden. Sie hatte etwas von ihrer Rauheit verloren. Hatte angefangen zu grollen wie sich in der Ferne verlierender Donner.

»Sei der Anfang und das Ende, Shahrzad al-Haizuran.« Eine Lichtfackel erwachte jenseits des Gitters zu Leben. »Sei stärker als alles um dich herum.«

Das Gesicht des Rajput erschien hell in der flackernden Flamme.

»Sorge dafür, dass all unsere Opfer es wert waren.«

Der Kopf der fliegenden Schlange

Die Armee, die sich zu den Toren von Amardha begab, war ganz eigenwilliger Art.

So etwas hatte man seit Menschengedenken nicht gesehen.

An ihrer Spitze ritt ein Knabenkönig unter einem Banner mit zwei gekreuzten Schwertern. Sein Brustpanzer war aus Gold und Silber, und sein *Rida* in tiefstem Schwarz. Zu seiner Seite ritten sein Onkel und sein Cousin. Einer trug einen Umhang mit aufgesticktem Greif, der andere trug ein Medaillon, das ihn als Hauptmann der Königlichen Garde auswies.

Zur Flanke des jungen Königs ritt ein Junge ganz in Weiß, unter dem Banner eines Falken. Ein Junge, der noch wenige Tage zuvor sein Feind gewesen war.

An der Seite dieses Jungen ritt eine Heerschar der edelsten Reiter diesseits von Alamein. Reiter, die eine ganze Generation lang nicht in einen Krieg gezogen waren.

Über ihnen flog ein junger Mann mit einem kahlen Kopf und einem goldenen Ring in jedem Ohr. Ein junger Mann auf einer fliegenden Schlange mit pechschwarzen Schuppen, die mit jedem Schlag ihrer ledrigen Flügel leicht wogten.

Eine Schlange, die in der Hitze schrie, ein Klang wie Nagel auf Stein.

Die Heerschar bewegte sich im Gleichschritt vorwärts, angeführt von dem Knabenkönig und dem Kopf einer fliegenden Schlange.

Noch einmal, es war ein ziemlich eigenwilliger Anblick. Aber dennoch furchterregend anzuschauen. Ein Anblick befeuert durch ein Durcheinander von Gefühlen.

Aber seltsamerweise nicht durch Wut.

Denn der Knabenkönig an der Spitze hatte seine Wut gemeistert, noch bevor er den Marsch von Ray nach Amardha begonnen hatte. Hatte sie unter Kontrolle gebracht.

Und seine Kontrolle war in solch einem Zustand noch tödlicher. Eine Wut von ihrer schlechtesten Seite in solch einem Fall. Wenn sie schlau von einem Moment auf den anderen von der Leine gelassen wurde.

Genau wie der Kopf der Schlange.

Der Anblick der grauen Tore von Amardha vor sich ließ die Augen des Knabenkönigs aufleuchten. Einmal.

Nein. Er war nicht hier, um Rache zu nehmen.

Denn Rache war nichtswürdig und hohl.

Nein. Er war nicht hier, um seine Ehefrau zurückzuholen.

Denn seine Ehefrau war kein Gegenstand, den man zurückholen konnte.

Nein. Er war nicht hier, um einen Waffenstillstand auszuhandeln.

Denn ein Waffenstillstand würde bedeuten, er wollte einen Kompromiss.

Der Knabenkönig trieb seinen schwarzen *al-Khamsa* an, dessen Hufe einen Sturm aus Sand und Schmutz aufwirbelten.

Er war hier, um etwas niederzubrennen.

Übertroffen

Der Klang von klirrendem Metall und wiehernden Pferden erfüllte die Wüstenluft mit einer seltsamen Vorahnung. Obwohl Irsa noch nicht entschieden hatte, ob es sich um eine gute Vorahnung handelte.

Jedenfalls schritt sie am Rand des neu aufgebauten Zeltlagers auf und ab und versuchte, zuversichtlich zu bleiben.

»Das ist aufregend, findest du nicht?«, begann sie und sah Rahim von der Seite an.

Er lächelte, aber das Lächeln erreichte seine Augen nicht. »*Aufregend* ist vielleicht nicht der richtige Ausdruck.«

Ihr Lächeln brach ab. Daraufhin griff Rahim nach ihrer Hand. Irsa verschränkte ihre Finger mit seinen, als ob sie dafür geschaffen wären, und nur dafür und für nichts anderes.

Sie spazierten durch das umtriebige Zeltlager. Angehörige der Königlichen Garde hatten die Arbeit an Chalids Zelt bereits abgeschlossen und wandten sich jetzt ihren eigenen Zelten zu. Badawi-Soldaten waren geschäftig dabei, Omars Flickwerk-Bau wieder hochzuziehen.

Ihre Hände immer noch verflochten, beobachteten Rahim und Irsa gemeinsam schweigend ihre Arbeit.

»Hast du Angst?«, fragte Irsa.

Er antwortete nicht sofort. »Ein wenig. In den meisten Schlachten, bei denen ich bisher mitgekämpft habe, hatten wir einen Vorteil durch den Überraschungsmoment. Aber es gibt kaum eine Überraschung, wenn man durch die Stadttore einmarschiert und gleich dort sein Lager aufschlägt.« Rahim lachte leise. »Aber der Kalif scheint ein vernünftiger Stratege zu sein. Und er scheint nicht geneigt, unnötig Leben zu opfern.«

»Du magst ihn.« Irsa grinste. »Gib's zu.«

»Nicht wirklich.« Rahim schnaubte.

Aber Irsa wusste es besser. Sie wusste, dass er Chalid zumindest mehr respektierte, als er zu zeigen bereit war. »Mach dir nichts draus. Ich werde es Tarik schon nicht verraten.«

»Du kannst es ihm ruhig sagen, wenn du unbedingt willst.« Sie gingen um die schattige Seite einer Düne am Rand des Zeltlagers. »Es wird nichts ändern. Tarik und ich werden die meiste Zeit aus dem inneren Kreis herausgehalten.« Rahim trat einen Stein aus dem Weg. »Tarik ist immer noch wütend, dass er nicht mit dem Kalifen nach Amardha einziehen darf, wenn er verlangt, dass der Sultan sich ergibt.«

Irsa runzelte die Stirn. »Ich verstehe nicht, warum er unbedingt mitgehen möchte. Um ehrlich zu sein, verstehe ich nicht einmal, warum Chalid gehen will. Dieser entsetzliche Mann wird Shahrzad wohl kaum freilassen, nur weil man ihn darum bittet.«

»Trotzdem, ich verstehe sehr wohl, warum beide nach Amardha gehen und es versuchen wollen.« Rahim blieb stehen, dann drehte er sich um, weil er Irsa vor einem Windstoß schützen wollte, der in ihre Richtung blies.

Irsa legte schützend eine Hand über die Augen. »Aber du bist trotzdem nicht mit Chalid einer Meinung.«

»Ich finde, der Kalif sollte uns beide mitnehmen«, sagte Rahim ausdrücklich. »Es gibt keinen besseren Bogenschützen im Lager als Tarik. Der Kalif nimmt den jungen Magus vom Feuertempel zu seinem Schutz mit, genauso wie den Hauptmann der Wache. Sie werden bestimmt den Kalifen schützen, aber ich weiß nicht, ob sie seine Sicherheit zu Shazis Gunsten riskieren würden. Ich hätte es lieber, wenn andere beteiligt wären. Andere, denen ich vertraue.«

»Glaubst du, der Sultan wird sich Chalid tatsächlich ergeben?« Irsa blickte auf, ihr Ausdruck zweifelnd.

»Es geht weniger um Ergeben als darum herauszufinden, ob Shazi tatsächlich noch in der Stadt ist.«

»Du hast Angst, der Sultan hat ihr etwas angetan.« Es war keine Frage.

Rahim seufzte. »Er wäre ein Narr, wenn er Shahrzad etwas antäte. Seit Jahren ist er in allen Bereichen übertroffen worden. Obwohl Parthien ein wohlhabendes Königreich ist, hat es Chorasan nie das Wasser reichen können. Unsere Armeen, unsere Kassen, unsere Führer waren immer stärker.«

»Bis zu dem Unwetter«, sagte Irsa leise.

Rahim nickte.

Irsa wandte den Blick auf das Meer aus Sand. »Rahim … meinst du, er würde Shazi verletzen?«

Seine Hände legten sich um ihr Gesicht. »Du weißt so gut wie ich, dass Shahrzad auf sich selbst aufpassen kann.«

Rahim streichelte ihre Wange mit seinen Daumen.

Irsa wollte Rahim so gerne glauben. Aber sie konnte die Ereignisse mit Spinne an diesem schrecklichen Nachmittag in der Wüste nicht vergessen. Dieser schreckliche Nachmittag, als sie und Rahim Zeuge geworden waren, wie Shahrzad dem Hass zum Opfer gefallen war.

Wären sie nicht da gewesen, um Shazi zu helfen, hätte an jenem Tag etwas Unaussprechliches geschehen können. Wäre Rahim nicht da gewesen, hätte ihre Schwester sterben können. Rahim war Irsas Stimme der Vernunft in dem ganzen Chaos gewesen. Er war nicht vor der Gefahr zurückgewichen. Er war in jeder Beziehung schnell und zuverlässig gewesen.

Irsa konnte es nicht vergessen. Und sie konnte nicht vergessen, dass Spinne am nächsten Tag aus dem Lager verschwunden war.

Nein. Sie würde nie vergessen, dass überall heimtückische Insekten lauerten, wo sie sie am wenigsten erwartete.

Irsa hob das Kinn. »Ich werde Chalid bitten.«

»Was?« Rahim blinzelte.

»Ich werde ihn bitten, dich und Tarik mitzunehmen, wenn er nach Amardha reitet. Mir zuliebe.«

Eine Mischung aus Überraschung und Dankbarkeit zog über Rahims Gesichtszüge. »Danke, Irsa-*jan.*« Er lächelte. »Obwohl ich nicht geplant hatte, dass du für uns sprechen solltest, danke ich dir.«

»Bitte«, flüsterte Irsa. »Bitte bringt sie heil zurück.« Und wieder erinnerte sich Irsa daran, wie Rahim ihr geholfen hatte, Shahrzad mit nur wenig Blutvergießen zu retten. »Ich weiß, dir wird eine Möglichkeit einfallen.«

Er küsste ihr die Hand. Dann gingen sie weiter am Rand des Zeltlagers entlang.

Nach einer Weile blieb Irsa stehen. »Wir sollten nicht zu weit von Omars Zelt weggehen.«

»Nein.« Rahim lachte mürrisch. »Ich habe nämlich wenig Lust auf einen von seinen berüchtigten Vorträgen.«

»Du kannst ihm wohl keine Vorwürfe machen. Sie haben uns stundenlang gesucht an dem Tag, als Shahrzad verschwand. Und wir haben ihnen furchtbare Sorgen bereitet.« Irsa fühlte wieder ihr schlechtes Gewissen auf den Schultern lasten. Obwohl jeder ihr versichert hatte, es hätte nichts gegeben, das sie hätte tun können, um ihre Schwester zu retten – dass sie vielleicht auch entführt worden wäre –, fühlte sich Irsa immer noch schuldig, dass sie mit Rahim weggegangen war.

Sie gingen die ganze Strecke zu Omars Zelt nachdenklich schweigend zurück. Aisha stand draußen vor dem Zelt, ihr Gesichtsausdruck schwankte zwischen Lächeln und Stirnrunzeln.

Bevor ein tadelndes Wort fallen konnte, stellte sich Irsa auf die Zehenspitzen und flüsterte Rahim ins Ohr: »Mach dir keine Gedanken. Ich spreche mit Chalid.« Sie fühlte die vertraute Wärme in ihrem Inneren, als Rahim mit seiner Stirn näher kam. »Ich sorge dafür, dass er mir zuhört.«

»Das weiß ich.« Er sah sie mit unschuldigem Blick an. »Deswegen liebe ich dich so.«

Tarik hatte nicht erwartet, dass der Sultan von Parthien sie in seinen Palast einladen würde. Er hatte erwartet, dass der Führer des gegnerischen Königreichs in der Wüste auf sie stoßen würde.

Mit einer eigenen Heerschar.

Stattdessen hatte der Sultan einen Boten geschickt, der begehrte, mit dem Kalifen persönlich zu sprechen.

Der Kalif traf also die Entscheidung, nach Amardha zu reiten, unter einer weißen Flagge.

Der *Shahrban* war standhaft dagegen gewesen. Aber der Kalif war hartnäckig geblieben und führte an, dass er die Absicht seines Gegners durchschaute. Dass er verstand, was für ein Spiel Salim Ali el-Sharif spielen wollte. Der Kalif hatte nicht den leisesten Hauch von Furcht gezeigt.

Tarik ging davon aus, dass der Kalif vor allen anderen wissen wollte, wo Shahrzad sich aufhielt. Und so ging es ihm auch.

Ob das unklug oder leichtsinnig war, würde sich erst noch zeigen. Aber es wäre sinnlos, die Stadt zu belagern, ohne zuerst herauszufinden, ob sich Shahrzad überhaupt hinter ihren Mauern befand. Ohne zuerst herauszufinden, ob sie zu retten war.

Ohne zuerst herauszufinden, ob sie in Sicherheit war.

Also geleiteten an diesem Nachmittag Tarik, Rahim, der Hauptmann der Königlichen Garde, ein kahler Junge aus den östlichen Bergen und ein kleines Kontingent an Wachen den Kalifen nach Amardha. In einen Palast, den Tarik nur als weit über opulent hinaus beschreiben konnte. Die Marmorbrunnen um den Innenhof waren mit Juwelen besetzt. Das Wasser selbst schien zu funkeln, als ob es übersät wäre mit dem Staub von achtlos weggeworfenen Diamanten.

Der Kalif stieß im Hauptinnenhof auf den Sultan. Denn er weigerte sich, den Palast selbst zu betreten. Er sprach kein Wort, als der Sultan auf ihn zukam, ein breites Lächeln auf seinem eleganten, geschmeidigen Gesicht.

»Chalid-*jan!*«, begann der Sultan. »Du hast eine größere Gruppe mitgebracht, als wir vereinbart hatten. Ich dachte, du würdest allein mit dem Hauptmann der Garde kommen.«

Der Kalif antwortete nicht. Er stand nur da, kalt und kompromisslos.

Ein Schatten fiel auf die Selbstbeherrschung des Sultans. »Solch ein Verhalten könnte als Bedrohung verstanden werden, Neffe – zu den Toren meiner Stadt zu kommen mit einer Heerschar im Schlepptau und dann meine einfachsten Bitten zu missachten.«

»Ich mache mir nichts daraus, wie du meine Handlungen interpretierst«, erwiderte der Kalif, seine Worte ein geflüsterter Stachel. »Du sollst nur eines wissen: Du wirst dafür bezahlen, was du getan hast.«

»Bezahlen?« Der Sultan verschränkte die Arme vor der Brust, die Ärmel seines verschwenderisch verbrämten Umhangs schimmerten in der Nachmittagssonne.

»Ich werde keine Spielchen mit dir spielen, Salim. Wo ist sie?«

Noch ein selbstgefälliges Lächeln. »Hast du etwas Bedeutendes verloren, Neffe?«

Bei diesen Worten trat Tarik einen Schritt vor. Der Hauptmann der Wache hob eine Hand, um ihn aufzuhalten.

»Ich habe nicht *etwas* verloren, Salim Ali el-Sharif. Du wirst mir jetzt sagen, wo Shahrzad ist. Bevor ich dir die Worte von der Zunge schneide.« Ein Muskel am Kinn des Kalifen zuckte. »Bevor deine Stadt in Schutt und Asche gelegt wird.«

Die Leibwächter des Sultans rotteten sich an seiner Seite zusammen, die Hände an den Griffen ihrer Schwerter.

»Frech«, murmelte der Sultan, äußerlich unbeweglich. »Besonders in *meinem* Palast. Auf *meinem* Grund und Boden.«

»Dies ist dein Palast – dies ist dein Grund und Boden – nach *meinem* Ermessen. So wie es immer war.«

»Was für eine Arroganz«, schnaubte der Sultan. »Wenn du das glaubst, warum hast du es dir nie genommen?«

»Aus Respekt. Und weil ich keinen Krieg über uns bringen wollte.«

»Respekt?« Unglaube spiegelte sich auf dem Gesicht des Sultans. »Respekt wem gegenüber?«

»Der Familie meines Bruders.«

»Fehlgeleitet. Wenn du wirklich glaubtest, dass Parthien so leicht zu gewinnen ist, hättest du es längst genommen.«

»Ich bin bei Weitem nicht so habsüchtig, wie du vielleicht denkst«, sagte der Kalif verächtlich. »Ich besitze doppelt so viele Fahnenträger, und an Soldaten und Waffen übertreffe ich dich um mehr als die Hälfte. Was die erbärmlichen Kräfte angeht, die du in der Wüste zusammengezogen hast, glaubst du nicht, ich hätte sie an einem einzigen Nachmittag durchreiten können, wenn nötig?«

»Ich glaube, du bist nichts als ein eingebildetes Kind, das lächerlichen Unsinn redet, genau wie deine Mutter.«

Der Kalif blieb gelassen, selbst bei der Beleidigung seiner Mutter. »Dann riskiere es. Aber ich werde diesen Palast niederreißen, Stein um Stein, wenn du die Chance vergeudest. Und wenn du immer noch darin bist, während ich es mache? Dann soll es so sein.« Er machte auf dem Absatz kehrt und ging, ohne dem Sultan die Gelegenheit zu einer Antwort zu geben.

»Ich bezweifle, dass du das tust, du Hurensohn. Ich bezweifele das sehr.« Mit diesen Worten warf der Sultan etwas in ihre Richtung.

Es glitt an den Füßen des Kalifen vorbei.

Tarik brauchte eine Weile, um es wiederzuerkennen.

Im selben Augenblick, als er es tat, wünschte er sich, er hätte nichts gesehen. Er wünschte sich, er wüsste nicht genug, um zu erkennen, was da verstreut auf dem Pflaster des herrschaftlichen Hofes lag. Er wollte dieses Gefühl gar nicht kennenlernen.

Was es war, das ihn vor Hass und Angst gleichzeitig brennen ließ.

Es war ein schwarzer Haarzopf, umwickelt mit einer gerissenen Perlenkette.

Die Gruppe blieb auf der Stelle stehen.

»Meine Soldaten haben mir gesagt, sie duftete wie ein Garten im Frühling«, sagte der Sultan leise, ohne den geringsten Anflug von Gefühlen. Dann lächelte er. Breit. Grausam.

Tarik zog sein Schwert.

Vor seinem inneren Auge sah er nur Blut.

Chalid hatte gewusst, dass sein Onkel Salim versuchen würde, ihn zu provozieren.

Aber er hatte nicht gewusst, wie tief der Sultan von Parthien sinken würde.

Als Chalid erkannte, was sein Onkel über die Steine geworfen hatte, hatte es einen Augenblick gegeben – weniger als einen Augenblick –, in dem die Welt um Chalid zu Asche zerfallen war. Und er hatte nichts so sehr gewollt wie etwas mit seinen Händen zu packen und in Stücke zu zerreißen.

Aber schon beim nächsten Herzschlag hatte er erkannt, was Salim getan hatte. Was er von Chalid erwartete. Und obwohl Chalid nichts mehr wollte, als ihm diesen Wunsch zu erfüllen, würde blinde Wut nicht über diesen einen Augenblick hinaushelfen.

Blinde Wut war die Reaktion eines Jungen, der im Schatten existierte.

Nicht eines Königs würdig, wie Chalid einer sein wollte.

Salim suchte nach einem Vorwand, Chalid kaltblütig anzugreifen. Ihn hier in diesem Innenhof zu töten, vor jeder Menge Zeugen. Er wollte Chalid in Notwehr massakrieren.

Denn das wäre die beste Möglichkeit, legitim den Thron zu besteigen. Eine, der nicht der Beigeschmack von Verrat anhaftete.

Also blieb Chalid gelassen, die Wut brodelte in seinem Blut, versengte ihm inwendig die Kehle.

Er tat nichts. Sagte nichts. Gab vor, sich von der Herausforderung abzuwenden. Wieder zurück in die Wüste zu gehen, mit dem Plan, später den Himmel anzuklagen, wenn er allein wäre.

Chalid würde den Sultan von Parthien dafür bezahlen lassen, was er getan hatte.

Es gab einhundert Möglichkeiten, ihn zahlen zu lassen. Eintausend.

Aber nicht jetzt. Nicht genau jetzt in diesem Augenblick.

Nur, dass Tarik Imran al-Ziyad nicht wusste, was Chalid wusste.

Als also der Junge sein Schwert zog und den Sultan von Parthien angriff, wusste Chalid, was geschehen würde, bevor es irgendjemand sonst wusste.

Eine Legion von Soldaten tauchte aus dem Schatten des Innenhofs auf, bereit, den Sultan zu verteidigen. Bereit, jeden niederzuschlagen, der es wagte, ihren König zu bedrohen.

Chalid zog seinen *Shamshir* aus der Scheide, ohne eine Sekunde zu zögern.

»Zurück!«, schrie er Tarik zu und packte den Jungen an der Schulter.

Chalid schwang sein Schwert, um den Jungen vor dem ersten Schlag zu verteidigen. Tarik gelang es, den nächsten Angriff mit einer geschickten eigenen Parade abzuwehren. Er stand in Chalids Rücken, als ein Schwarm von Soldaten sie umkreiste und ihre Schwerter Blitze aus bedrohlichem Silber zucken ließen. Bald ertönte der Klang von Waffen, die aus ihren Scheiden gezogen wurden, von allen Seiten.

Obwohl das Blut durch seinen Körper tobte, fühlte Chalid, wie ihm sein Herz wie ein Stein in den Magen fiel. Das war keine Schlacht, die sie gewinnen konnten. Sie waren zahlenmäßig dramatisch unterlegen. In jeder Beziehung übertroffen.

Trotzdem spaltete Chalid seinen *Shamshir* in ein Paar, als eine Handvoll Soldaten sich auf ihn stürzte. Als das Chaos ausbrach. Er blickte zu seiner Rechten und erwartete, Jalal dort zu sehen. Wie es immer gewesen war. Schon seit Chalid ein kleiner Junge gewesen war. Seit Hassan gestorben war. Aber als Chalid sich suchend umschaute, erkannte er, dass er allein kämpfte. Sein Cousin bekämpfte mehrere Soldaten weiter vorne.

Jalal hielt nicht einmal inne, um nach Chalid zu suchen. Genau wie er an jenem Nachmittag vor den Stufen der Bibliothek von Ray gedroht hatte, wachte Jalal nicht mehr über Chalids Schatten. Machte sich nicht mehr übermäßig Sorgen um seinen Cousin.

Um den König, der sein Vertrauen missbraucht hatte.

Chalid packte die Griffe seiner Schwerter fester.

Die Soldaten umzingelten sie jetzt. Chalid sah einen seiner Männer unter dem hinterhältigen Schnitt einer Klinge fallen. Er wusste, sie mussten es zu der höheren Ebene um den eingesunkenen Hof schaffen, wenn sie je eine Chance haben wollten, die Tore zu erreichen.

»Jalal!«, rief Chalid und versuchte, ihm seine Absicht mit Blicken mitzuteilen.

Aber sein Cousin konnte ihn in dem Gefecht nicht hören. Chalid wirbelte um einen von Salims Soldaten herum, dann schlug er ihm mit beiden Schwertern über das Gesicht und die Brust. Purpurnes Rot floss in Strömen und färbte den Sandstein zu ihren Füßen.

»Jalal!« Jetzt drehten sich sowohl sein Cousin als auch Artan Temujin, der sich seinen Weg durch die niedergemetzelten Körper auf Salim zu erkämpfte, in seine Richtung.

Chalid sah, wie sein Cousin die Augen aufriss und Artan gleichzeitig eine Warnung ausstieß. Denn Chalid sah den Soldaten hinter sich nicht, bis es zu spät war. In dem Versuch, den Schlag abzuwenden, wirbelte er herum …

Dann tauchte von rechts eine Gestalt auf, die den Angriff zurückschlug.

Um ihn zu retten.

Es war der Junge, den Chalid in jener Nacht in der Wüste bekämpft hatte.

Rahim.

Tarik Imran al-Ziyads Freund. Irsa al-Haizurans große Liebe.

Chalid sah es mit der niederschmetternden Erkenntnis, als zwei weitere Soldaten sich in ihre Richtung stürzten, als Chalids Schwerter ausholten, um den Wachposten vor ihm zu entwaffnen.

Dass Rahim es nicht schaffen würde, die nächste Angriffswelle abzuwehren.

Ein Schwert drang von hinten in Rahims Bauch.

Chalid mähte seinen Angreifer um und stieß ihn beiseite. Dann konzentrierte er sich darauf, Rahim zu verteidigen. Er zog ihn an sich und schrie um Hilfe. Niemand konnte Chalid über das Klirren von Metall auf Metall und die Schreie der verwundeten Männer hören.

Dann kam plötzlich alles zum Stillstand.

Auf Salims Befehl.

Denn als Chalid aufblickte, sah er Artan Temujin einen Steinwurf von dem Sultan von Parthien entfernt, die Handfläche des Magus weit geöffnet in Schulterhöhe –

Und einen Heiligenschein aus Feuer, der um Salim Ali el-Sharifs Kopf wirbelte.

Salim stand reglos da, seine Augen vor Angst geweitet.

»Du wirst uns gehen lassen«, sagte Artan laut. »Du wirst uns nicht folgen.« Er begann sich zurückzuziehen, seine Hand öffnete sich weiter, so wie der Feuerring um den Kopf des Sultans wuchs. »Und in Zukunft wirst du dir die Bedeutung zivilen Miteinanders gründlich zu Herzen nehmen.«

Shahrzad sagte nichts, als Vikram beide Hände an das Metallgitter ihrer Zelle legte. Er pustete behutsam auf das Eisen, und das Metall begann, rot zu glühen.

Sie hatte schon lange nicht mehr an die Demonstration auf dem Übungsplatz vor ein paar Monaten gedacht. Aber in diesem Augenblick kehrte die Erinnerung wieder: Die Geisel aus Hindustan war ein Feuerspucker gewesen. Hatte sein Talwar-Schwert sekundenschnell in Brand gesetzt. Hatte die Übung beendet, indem er den kreischenden Drachen von einer Waffe nach unten gewirbelt hatte.

Jetzt sah sie zu, wie er das geschmolzene Metall ohne auch nur die kleinste Brandblase auf seiner Haut beugte. Als er eine Öffnung geschaffen hatte, die groß genug war, schlüpfte er in ihre Zelle.

»Wir haben nicht viel Zeit«, murmelte Vikram, als er zu ihr kam. »Die Soldaten werden vielleicht schon bald wieder nach dir sehen.« Ein rauer Fluch drang über seine Lippen, als er die Ketten an ihren Handgelenken und Knöcheln sah.

»Wie …«

»Jetzt ist nicht die Zeit für solche Fragen, du kleine Nervensäge.« Er knurrte verdrossen, als er ihre Handfesseln betrachtete. »Ich kann die Glieder neben den Handfesseln schmelzen, aber dann wirst du immer noch genug Lärm machen, um die Toten zu wecken, wenn wir umherlaufen. Womit niemandem gedient wäre. Und diese Handfesseln sind schwer. Was uns auch nicht weiterhilft.«

Shahrzad nickte. Ihr fehlten immer noch die Worte. Sie hatte den Rajput noch nie so viele Worte in einem Atemzug reden hören.

Im Rückblick erklärte seine Geschichte von dem Banyanbaum so einiges.

Vikram hob ein Stück Kette neben ihrem Fuß hoch. Der Klang von Metall auf Metall war ein donnerndes Scheppern. »Wenn ich diese Kette schmelze, werden die Handfesseln heiß. Sie könnten dich verbrennen.«

»Ich würde lieber verbrennen als hier in dieser Zelle angekettet bleiben.«

»Genau wie ich erwartet hatte.« Er hustete amüsiert. »Vor nicht allzu langer Zeit hätte ich dich mit Vergnügen in dieser Zelle verfaulen lassen.«

Sie brauchte nicht lange, um sich daran zu erinnern. In der Nacht des Unwetters hatte Shahrzad Chalid verraten, jedenfalls in Vikrams Augen. Hatte *ihn* verraten. »Ich kann es dir erklären …«

»Die Zeit ist vorbei.« Vikram legte beide Hände um die Kettenglieder an ihren Knöcheln und stieß einen langsamen Luftstrom durch seine Lippen aus.

Als das Metall an ihrer Haut heiß wurde, erwachte das vertraute Kribbeln um Shahrzads Herz zum Leben. Von diesem Gefühl überrascht, holte sie einmal tief Luft.

Das Gefühl loderte durch ihren Körper und wuchs mit der Hitze an. Als die Ketten feurig aufglühten.

In diesem Augenblick fühlte Shahrzad, wie sich ein Faden in ihr festmachte. Ein plötzlicher, deutlich spürbarer Funke. Denn obwohl sie wusste, dass die Ketten heiß wurden, spürte sie kaum Schmerzen. Nur eine erwachende Wahrnehmung. Dieser Faden sprach zu ihr, als sie weiter das Metall betrachtete. Als sie weiter zusah, wie Vikram arbeitete, um das Metall zum Schmelzen zu bringen.

Ist es möglich …

Shahrzad schlug alle Vorsicht in den Wind und legte beide Hände um die Fesseln an ihrem Knöchel. Wie bei dem fliegenden Teppich.

»Was tust du da?«, fragte der Rajput kehlig flüsternd, sein Blick, der schwarz war wie die Nacht, traf ihren.

Sie antwortete nicht.

Genau wie sie erwartet hatte, spürte Shahrzad weiterhin nur wenig Schmerzen, obwohl sie wusste, dass das Eisen sengend heiß war. Auf ihre Berührung hin breitete sich die Magie, die Vikram in das Metall geblasen hatte, in ihrem Körper aus wie eine Flamme, in die Öl gegossen wird.

Erst als sie eine Verbindung spürte – spürte, dass der Faden in ihr straffgezogen wurde, sobald er sich mit der Magie in ihr verband – zwang Shahrzad die Manschetten, durch ihren Willen abzufallen. Zwang die Magie, ihren unausgesprochenen Befehlen zu folgen.

Die glühenden Ketten fielen zu Boden.

Da sie nicht wusste, was sie daraufhin tun sollte, brach Shahrzad in Gelächter aus.

Artan hatte sich geirrt. Und trotzdem hatte er so recht gehabt. Es stimmte, sie hätte nicht vor seinen Versuchen, sie in jenen Nächten am Strand zu provozieren, davonlaufen sollen. Ja, sie hätte sich ihren Ängsten entschieden stellen sollen. Aber nicht auf die Weise, die sich Artan vorgestellt hatte. Denn die Magie in ihr funktionierte *auf Berührung.* Nur wenn sie den Dingen um sie herum ihren Willen aufzwang, den Dingen, die mit denselben merkwürdigen Kräften wie sie erfüllt waren –, dann konnte Shahrzad ihre Macht manipulieren.

Genau wie sie vermutet hatte. Shahrzad übernahm die Magie aus ihrer Umgebung.

Vikram taumelte bei dem Anblick zur Seite, seine massive Gestalt kam um Haaresbreite neben dem dreckigen Wasserrinnsal zu ihren rutschigen Füßen zum Halt. »Wie …«

»Jetzt ist nicht die Zeit für Fragen«, begann sie fast neckisch.

Er grummelte widerwillig, dann richtete er sich auf. »Eine einzige Nervensäge.«

»Das ist vielleicht das Netteste, das du je zu mir gesagt hast.« Shahrzad grinste. »Jetzt hilf mir mit den Handfesseln, damit wir meine Schwester finden und aus diesem gottverlassenen Palast fliehen können.«

Die weiße Muschel

Sie ritten in Eile aus der Stadt. Hufgeklapper. Windstöße. Schweißperlen.

Aber kein einziges Wort.

Diese kleine Gruppe geschlagener Männer.

Chalid ließ sich von dem Gefühl der Schuld an allem, das ihnen widerfahren war, nicht niederdrücken. Er wollte sich durch seinen Kummer nicht von seinem Kurs abbringen lassen. Sie hatten aus der Stadt fliehen müssen. Weit außer Reichweite von Salims verletztem Stolz.

Also ritten sie weiter. Schneller und schneller durch die Gassen und Straßen und Durchgänge. In ihrer Hast stießen sie einen Obststand um. Wütende Flüche wurden ihnen auf ihrem Rückzug nachgerufen. Frauen rissen ihre Kinder aus Chalids Weg, schreiend und gleichzeitig weiterhastend.

Wieder kroch das Schuldgefühl in sein Herz. Umklammerte sein Inneres.

Es spielte keine Rolle. Wie er sich im Augenblick fühlte, spielte keine Rolle.

Er spielte keine Rolle.

Es stand weit Wichtigeres an.

Chalid hielt Rahim auf dem Sattel vor sich. In Augenblicken der Schwäche blickte Chalid hinunter, um zu sehen, wie das Blut des Jungen auf seine Hände lief. Auf seinen Sattel. Auf seine Zügel.

Bald sank er nach vorn.

»Schneller!«, rief Chalid über seine Schulter. Er spornte Ardeshir weiter an, die Muskeln des Hengstes glänzten von Schweiß. Sobald sie die Stadttore erreicht hatten, um in die Wüste zu gelangen, hielt Chalid Ardeshir an und stieg aus dem Sattel.

Tarik zog Rahim zu Boden.

Selbst aus der Entfernung – selbst mit einer nur flüchtigen Kenntnis dieser Dinge, konnte Chalid sehen, dass nicht mehr viel zu retten war. Die Wunde war zu tief. Der Blutverlust war einfach zu hoch. Trotzdem sah er sich nach Artan um. Als Chalid ein kleiner Junge gewesen war, hatte Musa Zaragoza seiner Erinnerung nach oft Magie angewendet, um seine Wunden zu heilen.

Aber das waren die Schrammen eines Kindes gewesen. Keine Kriegsverletzungen.

Artan beugte sich über den Jungen. Er zog an einem Ohrring, dann hob er die Hände über die blutende Wunde. Ein Licht flackerte zweimal auf und erlosch dann. Mit einem einzigen Blick und seinem ernsten Gesichtsausdruck bestätigte Artan, was Chalid schon vermutet hatte. Tarik Imran al-Ziyad fuhr sich mit einer Hand durchs Haar, benetzte dabei seine Stirn mit dem Blut seines Freundes. Ein Purpurfaden lief aus einem von Rahims Mundwinkeln. Er hustete, und das Blut schoss heraus.

Nasir al-Ziyads Sohn beugte sich über ihn und umklammerte eine blutige Hand mit seiner eigenen. »Rahim …«

Rahim schüttelte einmal seinen Kopf. »Ich auch.« Er hatte kaum noch Stimme, deshalb waren seine Worte nur noch ein Flüstern. Fast ein gebrochener Seufzer.

Chalid kniete sich an seine Seite. Legte ihm eine Hand auf die Schulter.

»Ich danke dir, Rahim«, sagte Chalid und erwiderte den Blick aus den dunkelblauen Augen fest entschlossen.

Rahim schluckte. Er brachte ein schwaches Nicken zustande. Eine Verbeugung.

»*Sayyidi.*«

Chalids Kehle zog sich zusammen. »Gibt es irgendetwas, das ich für dich tun kann?« Rahims Augen trübten sich, dann wurden sie wieder klar. »Irsa.«

»Ja?«

»Sorge dafür …« Er hustete, und die Blutspuren auf seinen Lippen wurden breiter. »… dass sie sich nie einsam fühlt. Dass sie sich immer geliebt fühlt.«

Der Knoten in Chalids Hals wuchs. »Ich verspreche es.«

»Tarik?« Rahim packte ihre verschränkten Hände fester.

»Ja.« Es war ein würgender Laut.

»Manchmal«, keuchte er, »ist die Familie, die du dir auswählst … stärker als Blut.«

Seine Brust hob und senkte sich noch zweimal.

Chalid blickte weg, als stille Tränen Tarik Imran al-Ziyads Gesicht hinunterrannen.

Er bewegte sich nicht, bis sie versiegt waren.

Die anderen auch nicht.

Irsa hatte mit Aisha den ganzen Nachmittag im Zelt gewartet. Immer mal wieder war Omar gegangen, um zu sehen, ob Tarik und die anderen zurückgekehrt waren. Als er das letzte Mal aufgebrochen war, hatte Irsa ihn begleiten wollen, hatte dann aber beschlossen, dass es klüger wäre, im Zelt zu bleiben.

Klüger, Schwierigkeiten zu vermeiden.

Schließlich war sie der Anlass zu genug Sorge gewesen. Bei der ganzen Suche an dem Tag, als Shazi verschwunden war. Und dann bei dem Marsch auf Amardha.

Auf dem Weg in einen möglichen Krieg.

Während Irsa all das anfangs ziemlich aufregend gefunden hatte, war sie der Sache jetzt schon überdrüssig.

Sie wollte wieder zurück an einem festen Platz sein. Wollte wissen, was der kommende Tag bringen würde.

Sie wollte die, die sie liebte, wieder um sich haben. In Sicherheit.

Eine Zeit lang hatte sich Irsa überlegt, ob sie sich wegen dem, was heute in der Stadt passierte, Sorgen machen musste. Schließlich waren die Männer schon eine ganze Weile weg, aber Aisha hatte ihr vergewissert, dass sie unter einer weißen Friedensflagge abgezogen waren. Diese Verhandlungen waren ganz normal. Ein Austausch von Worten, auf die vielleicht bedeutsame Handlungen folgen würden.

Trotz allem hoffte Irsa, sie würden bald zurückkehren.

Während sie am Vortag durch die Wüste geritten war, hatte sie eine weiße Muschel gefunden, in die eine Blume geätzt war. Sie hatte sie an eine Geschichte erinnert, die sie Rahim erzählt hatte – zugegebenermaßen nicht sonderlich gut – in der Nacht, als sie den Weg zu seinem Zelt gefunden hatte.

Die Geschichte des kleinen Fisches mit seinen weißen Blütenblättern.

In Wahrheit glaubte Irsa, dass das die Nacht gewesen war, in der sie sich in Rahim verliebt hatte.

Als sie also die weiße Muschel gefunden hatte, fand es Irsa nur normal, sie in die Falten ihres Umhangs zu stecken. Sie wusste, es war kindisch, aber sie wollte sie ihm später geben. Vielleicht wenn alles vorbei sein würde. Doch die Muschel war lächerlich zerbrechlich. In Gefahr, bei der leisesten falschen Bewegung zu zerbrechen. Aber wenigstens konnte sie sie ihm zeigen. Vielleicht würde sie ihn zum Lächeln bringen.

Sie liebte sein Lächeln so sehr.

Als Irsa sich so in ihren Gedanken verlor – und daran dachte, wie Rahims Augen sich in den Winkeln kräuselten –, öffnete sich der Zelteingang, und eine Bö von staubigem Wüstensand traf sie.

»Aisha.«

Irsa drehte sich bei dem Ruf um, obwohl Omar nicht sie angesprochen hatte.

Sein Gesicht war kreidebleich.

Der Anblick brachte ihr Blut in Wallung. Als ob es besonders schnell raste, obwohl die Welt um sie herum plötzlich aufgehört hatte sich zu drehen.

Shahrzad. Etwas war ihrer Schwester zugestoßen.

Irsa schnappte verzweifelt nach Luft. Versuchte, klar zu denken.

Aisha ging zu Omar, zügig und bestimmt.

Noch hatte er nichts gesagt, nur Aishas Namen ausgesprochen. Trotzdem schien sie zu verstehen. Sie waren immer schon auf diese besondere Art verbunden gewesen. Omars Blick suchte Irsa, dann wieder seine Frau. Er sprach ohne Worte.

»Irsa-*jan«,* sagte Aisha leise und legte eine Hand auf Omars Brust über sein Herz. »Kommst du mit mir?«

Irsa stand auf, ihre Knie weich. Ihre *Schwester.* »Was … was ist geschehen?«

»Nein.« Omar holte tief Luft. Er legte eine knorrige Hand über Aishas. »Ich bringe sie hin.«

Irsa trat einen Schritt vorwärts. »Ist etwas passiert?« Ihr Körper schien ihr nicht zu gehorchen. Ihre Stimme klang, als käme sie von hinter ihr – ein gedämpftes Echo von jenseits des Wassers.

Omar trat neben sie. Seine Augenlider schlossen sich, als er tief einatmete. Er nahm ihre beiden Hände in seine.

»Ja, meine Liebe. Es ist etwas passiert.«

»Ist … Shahrzad …« Irsa wagte es nicht einmal, den Gedanken zu beenden.

Er schüttelte den Kopf. »Nein. Im Palast hat ein Kampf stattgefunden.« Wieder hielt Omar inne, um Kraft zu schöpfen. »Und Rahim wurde getötet.«

Rahim? Der Boden begann, unter Irsa zu schwanken. »Nein.« Sie schüttelte den Kopf, ihre Stimme klang ganz fremd. Als ob sie wirklich schiffbrüchig wäre. »Das ist nicht möglich.«

»Es tut mir so leid, Irsa-*jan*.«

Sie konnte es nicht glauben. Wollte es nicht glauben.

Rahim war nicht tot. Die Männer waren aufgebrochen, um einen Waffenstillstand auszuhandeln. Aisha hatte es selber gesagt. Nichts Schlimmes würde passieren.

Das konnte einfach nicht wahr sein.

»Wo ist er?«, fragte Irsa, ihre Stimme klang plötzlich unnatürlich laut.

Omars Züge verzerrten sich. »Ich glaube nicht …«

»Nein. Ich will ihn sehen.«

»Bring sie hin, Omar«, sagte Aisha ernst. »Sie ist kein Kind mehr.«

Der Badawi-Scheich seufzte, dann legte er Irsa einen Arm um die Schultern. Irsa konzentrierte sich zu blinzeln, einen Fuß vor den anderen zu setzen, als sie das Zelt verließen und in einen wunderschönen Sonnenuntergang in der Wüste gingen. Der Himmel erstrahlte in Orangefarben und Rosa. Strahlende Farben, die sie hätten wärmen sollen. Ein Lächeln auf ihr Gesicht hätten zaubern sollen.

Sie hatte die Abenddämmerung immer geliebt. Es war, als hätte eine Hand am Himmel die Sonne von ihrem Platz heruntergezogen, nur, damit sie sich wehrt und eine Spur von sich selbst zwischen den Sternen zurücklässt.

Irsa starrte den Wüstenhimmel an, als sie weitergingen.

Die Sicht verschwamm, und sie fuhr sich mit einer Hand über die Augen.

Nein. Sie wollte es nicht glauben.

Erst heute Morgen war Irsa mit ihm hier entlanggegangen. Hatte hier seine Hand gehalten.

Hatte ihn lächeln sehen.

Wachen standen vor Chalids Zelt. Als sie den Scheich sahen, traten sie beiseite, um sie vorbeigehen zu lassen.

Irsa trat ein, und sofort sprangen alle, die sich im Zelt befanden, auf.

Der Hauptmann der Garde trat vor sie. »Ich glaube nicht, dass es so klug ist …«

»Lass sie«, sagte Chalid leise.

Der Hauptmann blickte einen Augenblick auf sie herab. Er legte ihr eine Hand auf den Arm. Drückte sanft. Dann trat er beiseite.

Irsa blieb bei dem Anblick, der sich ihr bot, abrupt stehen. Das Herz in ihrer Brust kam ins Taumeln.

Tarik und Chalid standen um ein erhöhtes Bettgestell. Tariks silberner Brustpanzer war trüb, sein Ausdruck verloren. Sein Gesicht war über und über mit Schweiß und Schmutz bedeckt. Chalids Hände waren befleckt, sein silber-goldener Brustpanzer verdreckt mit dunklen Schlieren. Beider Umhänge waren blutig. Rot auf Weiß. Purpur auf Schwarz. Farben, die nicht zu übersehen waren.

Irsa wusste, dass es keine Lüge war. Blut log nicht.

Aber trotzdem ging sie wie in Trance auf die beiden zu, jegliche Wärme wich aus ihrem Körper.

Rahim lag auf der Bettstatt. So furchtbar still. Wenn Irsa nicht genau hingesehen hätte, hätte er schlafen können.

Sie blieb auf Armeslänge entfernt stehen.

»Wie …« Irsa musste sich räuspern. Sie wollte nicht wie eine Maus klingen. Sie war keine Maus mehr. Wegen Rahim. Ihr Kinn hob sich. »Wie ist das passiert?«

»Es war meine Schuld«, erwiderte Tarik, seine Stimme ein einziges Elend. Selbstvorwürfe, die er nicht entkräften konnte.

»Nein«, sagte Chalid. »Wenn es die Schuld von irgendjemandem war, dann war es jedermanns Schuld. Und meine vor der aller anderen.« Er trat zu ihr. »Aber er hat mir das Leben gerettet, Irsa-*jan*. Und er hat im allerletzten Augenblick noch an dich gedacht.«

Irsa nickte, ihre Augen weit aufgerissen und ohne zu blinzeln. »Das ist typisch Rahim. Er denkt immer zuerst an andere.«

Bei diesen Worten löste sich der Hauptmann der Garde von der Stelle, an der er gestanden hatte, ein unterdrückter, unverständlicher Ton entwich seinen Lippen.

»Möchtest du, dass wir dich mit ihm allein lassen?«, fragte Chalid, sein Blick fest auf sie gerichtet.

Irsa sah zu ihm auf. Erst vor ein paar Tagen hatte er ihr solche Furcht eingeflößt, wenn er sie so anschaute. Als ob er durch ihre Seele hindurchsehen könnte. Jetzt war alles, was Irsa sah, ein fragender Blick. Ein Blick, der so gern verstehen wollte.

Helfen wollte.

»Ja, bitte«, flüsterte sie.

Chalid sah die anderen an. Sie räumten unverzüglich das Zelt, außer ihm und Tarik.

Tarik stellte sich vor sie, groß und eingehüllt in Weiß und Rot. Er zog sie in einer sanften Umarmung an sich.

»Es tut mir so leid, Grashüpfer«, murmelte Tarik in ihr Haar.

Er schien … weniger geworden zu sein. Früher hatte Irsa immer gedacht, er sei größer als das Leben. So voller Kraft und Elan. So voller Eigenschaften, die Irsa sich für sich selbst gewünscht hätte. So unfähig, gegen jemanden oder etwas verlieren zu können.

Jetzt war er nur noch ein Junge, der seinen besten Freund verloren hatte.

Ein Junge, der verlieren konnte.

Irsa fand keine Worte, ihm zu antworten, also nickte sie nur.

Als er und Chalid gegangen waren, setzte sich Irsa neben die erhöhte Bettstatt. Merkwürdigerweise fühlte sie keinen Schmerz. Wieder war es, als ob sie sich außerhalb ihrer selbst befände. Rahim sah immer noch aus, als schlafe er. Jemand hatte versucht, ihn zu säubern, aber sie hatten eine Blutspur an seinem Nacken übersehen. Wenn diese Spur nicht wäre, hätte Irsa glauben können, dass sie ihn nur durch eine Berührung wieder aufwecken könnte.

Stattdessen betrachtete sie eine Weile schweigend die Blutspur.

Dann griff Irsa in die Falten ihres Umhangs und zog die weiße Muschel mit der eingeätzten Blume hervor. »Das wollte ich dir schenken.«

Sie wartete. Als ob sie mit einer Antwort rechnete.

»*Oh.*« Es war ein leises Schluchzen. Etwas riss an ihrem Herzen. Obwohl Irsa das plötzliche Brennen bekämpfen wollte, ließ sie sich von ihm durchdringen. Sie wollte nicht schwach sein. Es war nicht die Zeit, schwach zu sein. Und gegen sich selbst anzukämpfen – dagegen anzukämpfen, wie sie sich gerade jetzt fühlte – wäre eine Schwäche.

Würde verleugnen, wer sie in Wahrheit war.

»Ich …« Irsa holte sorgfältig Luft, um ihren Worten Kraft zu verleihen. »Ich habe mich fast mein ganzes Leben allein gefühlt. Bis du kamst.« Sie drückte die Muschel an ihre Brust. »Aber ich verspreche, ich fühle mich nicht mehr allein. Ich werde nie vergessen.« Sie stand unsicher. »Ich werde mich immer erinnern. Ich liebe dich, Rahim al-Din Walad. Danke, dass du mich auch geliebt hast.«

Mit diesen Worten drehte sich Irsa um und ging ruhig zurück durch den Zelteingang, obwohl ihr ganzer Körper angefangen hatte zu zittern.

Chalid und der junge Magus aus dem Feuertempel warteten draußen, neben sich ein paar Fackeln. Der Magus betrachtete sie, sein Gesicht wurde weicher. Sie ging ein paar Schritte an ihnen vorbei. Dann blieb sie stehen.

Der Magus holte tief Luft. Er lächelte sie traurig an und legte beruhigend eine Hand auf Chalids Schulter. Dann ging er ohne ein Wort fort.

»Hat er …« Irsa biss sich auf die Unterlippe, Tränen drangen ihr in die Augen und drohten jede Sekunde überzulaufen. »Hat Rahim gelitten?«

»Nicht lange.«

»Dann bin ich froh.«

»Genau wie ich.« Chalid sah ihr direkt ins Gesicht. Sah, wie ihre Gefühle gegeneinander ankämpften. »Irsa …«

»Wie konntest du das geschehen lassen?«, fragte sie, und Tränen liefen ihr die Wangen hinunter. »Warum hast du ihn nicht beschützt? Warum hast du …«

Der Kalif von Chorasan zog sie an seine Brust.

Und Irsa weinte, bis auch die letzte Spur der Sonne hinter dem Horizont versunken war.

Tauschhandel, Lügen und Betrug

Vikram führte Shahrzad durch die Eingeweide des Sandsteinpalastes, in seiner hoch erhobenen rechten Hand eine einzelne Fackel.

Obwohl Shahrzad nicht eine Spur von einem Weg vor sich ausmachen konnte, bewegte sich der Mammutleibwächter mit einem Geschick, das von seiner Kenntnis der Räumlichkeiten zeugte.

Zumindest kannte er dieses Labyrinth von Wegen und Gängen ein bisschen zu gut, um sie zu beruhigen.

Ein Misstrauen erwachte in Shahrzads Innerem. »Wo genau warst du die ganze Zeit?«

»In einer Gefängniszelle«, knurrte er zurück. So barsch wie immer.

Sie betraten eine Wendeltreppe, bevor sie in einen anderen kleinen Korridor abbogen. Mit jeder Windung verengten sich die Gänge auf allen Seiten.

Shahrzad wollte nicht ignoriert werden. »Weißt du, wo meine Schwester ist?«

»Nein.«

»Warum kennst du dich dann in diesem Palast so gut aus?«, drängte sie weiter.

»Ich habe dir doch gesagt: Jetzt ist nicht die Zeit für solche Fragen.«

Daraufhin blieb Shahrzad auf der Stelle wie angewurzelt stehen. Sie war in letzter Zeit einmal zu oft verraten worden. Sie wollte nicht noch ein weiteres Mal verraten werden.

»Da stimme ich dir nicht zu. Genau jetzt ist die Zeit für solche Fragen. Besonders wenn du willst, dass ich dir auch nur noch einen einzigen Schritt folge.«

Vikram drehte sich um. Die Fackel in seiner Hand flackerte hell, als er ihr einen Blick zuwarf, bei dem eine schwächere Person heulend bei ihrer Mutter Trost gesucht hätte.

Shahrzad wippte ungeduldig mit ihrem Fuß, der immer noch in Pantöffelchen steckte.

Er runzelte die Stirn. Dann seufzte er mit einem Schnauben. »Man hat mir einen Lageplan gegeben.«

»Wer?«

Sein Stirnrunzeln wurde tiefer, obwohl seine Augenbrauen kurz belustigt aufzuckten. »Was glaubst du denn?«

»Eine Palastratte«, murmelte Shahrzad. »Wie soll ich das wissen?«

»Despina.«

»Despina?«, stieß sie hervor. »Und du warst dumm genug, dieser Verräterin zu vertrauen?«

Vikram starrte von oben auf sie herab, die Fackel fast nah genug, um das zu versengen, was noch von ihren Haaren übrig war. »Schweig still. Despina ist der einzige Grund, warum du überhaupt so viel wie die Chance einer Palastratte hast zu entkommen.«

»Das glaube ich kaum. Eher ist sie der Grund, warum ich überhaupt hier bin.«

Er schüttelte seinen kahlen Kopf und grummelte unverständlich vor sich hin. »Es gab keine Möglichkeit, das zu verhindern, denn sie kannte den Plan des Sultans nicht. Sie wusste nur, was wahrscheinlich passieren würde. Sie hat alles Menschenmögliche getan, um dir zu helfen.«

»Ha!« Shahrzad schloss ungläubig ihre Augen. »Du erwartest, dass ich glaube, dass ausgerechnet das Mädchen, das lächelte, als mich die Palastwachen abführten, den Plan hatte, mir zu *helfen*? Es gab eintausend Dinge, die sie hätte tun können!«

»Zum Beispiel?«

Sie wedelte verzweifelt mit einer Hand. »Sie hätte Chalid sagen können, wer sie ist. Was sie glaubte, was passieren würde!«

»Und beichten, dass sie all die Jahre für den Sultan von Parthien spioniert hatte? Dass sie die Tochter des Sultans ist?«, spottete Vikram. »Wenn du glaubst, dein Ehemann hätte ihr danach noch irgendetwas geglaubt, dann kennst du ihn nicht so gut, wie ich denke, dass du ihn kennst. Chalid Ibn al-Rashid ist ein sehr misstrauischer Mann. Obwohl ich ihm das nicht verübeln kann.«

So spricht ein Freund.

Shahrzad stützte die Hände auf die Hüften. »Vikram, was plant Despina mit diesem ganzen Schauspiel?«

»Es ist nicht meine Aufgabe, die Geheimnisse von jemand anderem zu enthüllen.« Seine Stimme klang endgültig, und Vikram wandte sich um und nahm wieder seinen Weg vorwärts auf, jetzt noch tiefer hinein in den Untergrund des Sandsteinpalastes. Shahrzad musste ihre Schritte beschleunigen, um mit seinen Riesenschritten mithalten zu können. Eine Zeit lang fühlte sie sich wie ein Floh, der einen Elefanten jagt.

Die Wände um sie herum schlossen sie eng ein, die Decken waren jetzt gerundet, weniger Stein, mehr Erde. Während ihr Schweigen anhielt, dachte Shahrzad über Vikrams Worte nach.

Und bedachte Despinas Verrat.

»Sie hätte Chalid alles sagen können«, wiederholte Shahrzad, allerdings deutlich weniger ungestüm. »Er hätte ihr im Laufe der Zeit geglaubt. Immerhin hast du ihr ja auch geglaubt.«

»Er hätte ihr nie geglaubt.« Seine Worte dröhnten im Halbdunkel. »Und er hätte ihr nie vertraut. Selbst ich brauchte etwas … Überzeugung.« Vikram blickte über seine Schulter. »Und ich habe geschworen, wenn ich sie beim Lügen erwischte, hätte ich ihr den Hals durchgeschnitten.«

»Was ich vielleicht erst noch tue«, gab Shahrzad flüsternd zurück, bevor sie fast auf seinen Rücken gelaufen wäre.

»Dann biete ich dir die Chance dazu.« Mit diesen Worten öffnete er die alte, knarzende Tür vor sich, die in einen Durchgang zu Kanalisationsröhren führte. Der warme Gestank verstopfte Shahrzad die Nase und brachte sie zum Würgen.

Genau wie der Anblick von Despina, die in der Dunkelheit wartete.

Und wieder war Shahrzad besessen von dem dringenden Bedürfnis, auf sie loszugehen.

Die frühere Magd – jetzt Prinzessin – stand in einen dunklen Umhang gehüllt vor Shahrzad und lächelte sie schief an. »Du siehst furchtbar aus«, sagte sie und lehnte sich vor. »Und riechen tust du noch schlimmer.«

»Und du kannst geradewegs zur Hölle gehen.«

Ihr Lächeln wurde breiter. »Solange du auch da bist, könnte es mir gefallen, glaube ich.«

Shahrzad widerstand dem Drang zu schreien. »Mit dir gehe ich nirgendwohin, Despina *el-Sharif*. Erst bist du die eine, dann eine andere. Und jetzt tut mir der Nacken weh, weil er sich so schnell wenden muss. Erzähle mir nur eins: Warum hast du mich die ganze Zeit angelogen?«

Despina zuckte mit den Schultern. »Ich wurde zum Lügen geboren, Shahrzad. Ich frage dich, wie erholt man sich von solch einer angeborenen Vorliebe?«

»Auf dieselbe Art, wie man sich entscheidet, einem so verachtenswerten Vater zu dienen«, sagte Shahrzad sarkastisch.

»Ich glaube, du kennst dich damit aus.« Despina warf ihr ein schmallippiges Lächeln zu. »Hättest du Lust, etwas zu laufen, während wir uns unterhalten?«

Shahrzad verschränkte die Arme und schwieg.

Ich werde nirgendwo mit ihr hingehen.

Nicht bis sie mich eines Besseren belehrt.

»Ich kann sehen, dass die Zeit, die wir getrennt waren, nicht geholfen hat, deine Sturheit zu überwinden. Schade.« Despina schmunzelte. »Also gut, ich wusste, dass dies eines Tages passieren würde.« Sie lehnte sich auf einem Fuß zurück, ihre Hände wie zu erwarten in die Hüften gestemmt. »Auf ihrem Totenbett hat mir meine Mutter die Identität meines Vaters gebeichtet. Sie gab mir eine Schriftrolle als Beweis und bat mich, zu ihm zu gehen, denn sie hoffte, er würde sich um mich kümmern, jetzt da ich niemanden mehr hatte.«

Obwohl Despina leichtfertig sprach, erschien in ihren Augen ein Hauch von Schmerz – ein Schimmer der Wahrheit. Trotz des widerwärtigen Gestanks und des Widerhalls von tropfendem Abwasserschlamm um sie herum schaffte es Shahrzad, nach außen hin eine Pose von unbewegtem Schweigen einzunehmen.

Despina redete weiter. »Nach dem Tod meiner Mutter reiste ich von Böothien nach Amardha, bettelte, tauschte und stahl mir meinen Weg hierher. Als ich an den Palasttoren ankam, versuchten die Wachen, mich in die Gosse zu stoßen. Ich war ein mageres, dürres Mädchen von elf Jahren. Endlich fand ich einen mitfühlenden Soldaten, der bereit war, meine Bitten zu erhören. Ich präsentierte ihm die Schriftrolle mit dem Siegel meines Vaters. Er verschwand im Palast und kam Stunden später zurück.«

»Verzeih die Beleidigung«, unterbrach Shahrzad stirnrunzelnd, »aber ich kann mir nicht vorstellen, dass Salim Ali el-Sharif dich mit offenen Armen willkommen geheißen hat. Vor allem, nachdem er dich den größten Teil deines Lebens vernachlässigt hat.«

Vikram räusperte sich und hustete.

Obwohl sie nachdenklich geworden war, hielt Despina an ihrem Lächeln fest. »Du musst das verstehen. Wenn du den größten Teil deiner Kindheit verbracht hast, ohne deinen Vater zu kennen, und dann einen charmanten, gut aussehenden König kennenlernst mit einem Reichtum jenseits deiner wildesten Träume, dann möchte ich das kleine Mädchen sehen, das *nicht* alles tut, um seine Zuneigung zu gewinnen.«

Sie verweilte in Erinnerungen, die teilweise von Wut gefärbt waren. »Er versprach mir, mich als sein Kind anzunehmen, wenn ich ihm helfen würde, die Geheimnisse des Hofes von Ray auszukundschaften. Zuerst ging es darum, Yasmin einen Ehemann zu sichern. Dann ging es darum, sich Chalid Ibn al-Rashids Thron zu bemächtigen. Er fand einen Sklavenhändler, der mich kaufen und zum Palast von Ray bringen würde, wo ich zuerst damit anfing, die Gemächer der Königin zu säubern. Nachdem Chalid Ibn al-Rashid der Kalif geworden war, befreite er mich und bot mir die Stelle einer Magd an. Ich stieg schon bald im Rang auf. Den Rest kannst du dir ausmalen.«

Das konnte Shahrzad nur zu gut. Despina hatte ihre Pflicht gut erfüllt.

Sie hatte die Zwecke ihres Vaters überzeugend erfüllt.

»Das ist eine abenteuerliche Geschichte«, sagte Shahrzad und trat einem neuen Rinnsal einer fragwürdigen Flüssigkeit aus dem Weg. »Aber ich traue dir immer noch nicht.«

»Fein.« Despina seufzte lauthals, ihre Frustration trat offen zutage. »Dann glaube mir das eine, Shahrzad al-Haizuran: Ich wäre lieber eine Magd in Ray als eine Prinzessin von Parthien. Als Magd in Ray wusste ich immer, wer ich war. Ich hatte meinen Stolz. In Parthien wurde mir mein Platz immer wieder verweigert. Ich wurde verleugnet und bloßgestellt von meinem eigenen Vater. Wenn es nach mir ginge, wüsste niemand von meiner Herkunft. Alles, was ich vom Leben will, ist, mein Kind in der Stadt großzuziehen, die ich wie meine eigene lieben gelernt habe. Mit den Leuten, die ich wie meine eigenen lieben gelernt habe. Mit der *Familie*, die ich wie meine eigene lieben gelernt habe.« Ihre Augen blitzten vor wahrer Inbrunst.

Shahrzad schluckte. Dann blickte sie beiseite.

Mit einem verzweifelten Schnauben trat Despina näher. Sie zögerte nur einen kurzen Augenblick, dann griff sie nach Shahrzads Hand. »Die einzige Familie, die ich kenne, ist die, die ich in Ray habe. Die Freunde, die ich habe. Die große Liebe, die ich habe.« Ihre Stimme wurde weich. »Sie sind ohnegleichen.«

Wie gut Shahrzad das kannte. Wie genau sie es gesehen hatte. Der wilde Blick in Jalals Augen in der Nacht des Unwetters. Die Wärme in Despinas Augen jetzt.

»Warum bist du dann überhaupt zurückgekommen?«

»Um unsere Familie zu schützen.« Despina drückte ihre Hand. »Egal, um welchen Preis.«

Obwohl Shahrzad eigentlich Despinas Berührung abschütteln wollte – die Berührung eines Mädchens abwehren, das in irgendeiner Art und Weise mit Salim Ali el-Sharif verbunden war –, tat sie es nicht.

Denn es war die Berührung einer Freundin. Darunter die Stärke von Familie.

»Du hast mich mit Absicht beim Essen provoziert, habe ich recht?«, fragte Shahrzad leise.

Despina neigte ihren Kopf reumütig. »Nun, ich musste dich irgendwie hinab in das Palastgefängnis bekommen.«

»Irgendwie«, schnaubte Shahrzad.

»Ich wusste ja, dass du eine elende Wut und eine zutiefst loyale Haltung hattest. Der Rest war eine Frage der Zeit.«

Shahrzad hielt nachdenklich inne. »Was du getan hast, war gefährlich.«

»Glaube mir, dass ich den Soldaten den Schrecken ihres Lebens versetzt habe, wenn es um deinen Ehemann ging.« Despina kicherte. »Zwar haben nicht alle alles geglaubt, aber das hat mich nicht aufgehalten. Oh, die Geschichten, die ich erzählt habe ...«

»Ich meinte, gefährlich für dich.«

Despina blinzelte. Ihre Züge wurden weicher. »Natürlich hast du das so gemeint.«

»Was ist mit Salim?«, fragte Shahrzad noch leiser. »Er wird erfahren, was du getan hast.«

»Er wird es die nächsten paar Tage nicht merken. Er hat Yasmin und mich schon früher heute Nachmittag von Amardha weggeschickt, in Erwartung dessen, was passieren könnte.«

»Was meinst du damit?«

Despina lächelte breit. »Ah, das habe ich beinahe vergessen! Der Kalif von Chorasan ist mit einer ganz schönen Armee an den Stadttoren erschienen.«

Shahrzad packte Despina fest an der Hand. »Chalid ist hier?«

»Das wollte ich dir doch schon die ganze Zeit sagen.« Sie verdrehte die Augen. »Ich hatte geplant, dich zu ihm zu bringen, Dreckskalifin. Das heißt, wenn du es mir gestattest. *Endlich.*«

Noch ein Grunzen von Vikram. Eines, von dem Shahrzad wusste, dass es Zustimmung bedeuten sollte.

»Gut.« Shahrzad ließ Despinas Hand los. »Wie ist der Plan?«

»Wir laufen durch die entzückenden Abwassertunnel. Genau diese Tunnel führen zu einem Teil der Stadt in der Nähe des Basars. Ich habe einigen Männern sehr viel bezahlt, damit sie dort mit Pferden auf uns warten.«

Shahrzad nickte. »Das Einzige, das wir noch erledigen müssen, ist, meine Schwester zu finden.«

»Deine Schwester?« Despinas perfekte Augenbrauen zogen sich über ihrer Nasenwurzel zusammen.

»Meine jüngere Schwester, Irsa, wurde auch in den Palast verschleppt.«

Despinas Verwirrung nahm zu. »Nein, das hätte ich gehört. Niemand wurde nach Amardha gebracht, nur du und dein Vater.«

Shahrzad dachte nach. Sie hielt inne, um sich zu erinnern, wie ihr Vater ihrem Blick ausgewichen war, wann immer sie nach ihrer Schwester gefragt hatte. Hielt inne, um sich wieder seine Schuldgefühle vor Augen zu führen.

Hat mir deshalb niemand etwas über Irsa gesagt?

»Bist du dir da ganz sicher?«, fragte sie.

»Ja, ganz sicher.« Despina nickte. »Denn sonst hätte sie am Essen teilgenommen. Mein Vater hätte dafür gesorgt. Er liebt es, mit seiner Beute zu spielen.«

Shahrzad verbrachte einen weiteren Augenblick damit, Despinas Gesicht auf Zeichen einer Kriegslist zu untersuchen. Obwohl sie keine fand, wollte sie sich selbst nicht gestatten, sich mit dieser Entdeckung zufriedenzugeben. Nicht nach so vielen Lügen.

Nach all diesem Verrat.

Sie blickte von Despina zu Vikram und wieder zurück.

Chalid hatte ihnen vertraut. Und Chalid traute niemandem.

Wenn ich entkommen will, muss ich mich jemandem anvertrauen.

»Wenn du mich wegen Irsas Aufenthaltsort anlügst, werde ich mich persönlich um deinen Untergang kümmern«, sagte Shahrzad in gefährlich leisem Ton.

»Ich erwarte nichts weniger, Dreckskalifin«, grinste Despina.

Shahrzad entspannte die Schultern. »Geh du voran, Prinzessin von Parthien.«

»Wenn du mich noch einmal so nennst, wirst du meinen Zorn

am eigenen Leib zu spüren bekommen.« Despina warf Shahrzad einen Umhang zu.

Als Shahrzad sich damit bedeckt hatte, bewegte sich das Trio tiefer in die Kanalisation, Vikram an der Spitze. Er schlich durch die tropfenden Steinkanälen weiter, sein Körper vorgebeugt, seine Hände gegen die Wände gestemmt. Sosehr sie sich auch bemühte, wurde es für Shahrzad irgendwann unmöglich, all die vielbeinigen Kreaturen, die in der Dunkelheit dahintrippelten, zu ignorieren. Ein Schauer rann ihr das Rückgrat hinunter, als eines davon über ihre Finger schoss.

Sie liefen den verdreckten Kanal weiter, am Rand des strömenden Abwasserschlammes entlang. Shahrzad stolperte über Steine und falsch ausgerichtete Gitter. Mehrmals hörte sie das typische Kreischen von Ratten. Die Kakophonie des tropfenden Wassers und der widerhallenden Schritte – dazu die nachlassende Fackelflamme in Vikrams Hand – steigerte Shahrzads Qual nur noch.

Als sie das Ende des Durchgangs erreichten, fanden sie ein rostiges Metallgitter, das den Eingang versperrte. Vikram streckte seine Fackel aus und drückte das krächzende Tor auf, seine enormen Muskeln traten unter seinem befleckten *Qamis* hervor.

Das Trio landete auf einer verlassenen Gasse im Zentrum von Amardha. Einige Straßen weiter erhob sich der Lärm einer Festlichkeit in die schwere Sommerluft. Ein Chor trunkener Stimmen, ausgelassene Missklänge. Despina ignorierte die Festivität und bewegte sich mit selbstsicheren Schritten durch den Schatten.

Sie gingen durch mehrere Gassen nahe dem Basar. Shahrzad folgte Vikram und Despina zu einem Gehölz aus Zitronenbäumchen, deren Duft ihnen entgegenwehte.

Als sie näher kamen, wurde Despina langsamer. Dann blieb sie stehen.

»Was ist los?«, flüsterte Shahrzad.

»Sie sind nicht hier«, antwortete sie.

Vikram blieb auf der Stelle stehen.

»Was?«, sagte Shahrzad.

»Die Männer. Und die Pferde.« Despina zog sie nahe zu sich heran, dann drehte sie sich um und zog sich zurück. Sie legte einen Arm um Shahrzad.

So nah konnte Shahrzad das rasende Schlagen von Despinas Herz fühlen. Ihren stockenden Atem. Obwohl die Angst ihrer früheren Magd spürbar wurde, beschloss Shahrzad, ruhig zu bleiben, weil sie wusste, dass Worte zurzeit nicht helfen konnten.

Vikram blieb im Schatten, einen Dolch unter dem Unterarm versteckt.

Nachdem sie solcherart im Schritt innegehalten hatte, betrachtete Despina nun die Festlichkeit im Basar.

Bei dem plötzlichen Richtungswechsel wurde Shahrzad unsicher. »Despina, warum gehen wir jetzt auf die Leute *zu*?«

»Diese Narren feiern schon den Sieg von morgen«, sagte Despina flüsternd. »Wenn jemand unsere Pläne aufgedeckt hat und auf der Suche nach uns ist, können wir in einer Menge leichter untertauchen.«

Das Jubeln vor ihnen wurde lauter, als sie einen weiteren dreckigen Durchgang kreuzten. Nachzügler, die in die Hauptstrecke des Basars wollten, drängten von hinten, während andere, die schon längst genug hatten, vorbeitaumelten. Der Geruch von verbranntem Öl erfüllte die Luft, dick und langanhaltend.

»Du! Du da!«, rief eine betrunkene Stimme rechts von Despina.

Despina packte Shahrzad fester. »Geh weiter.«

»Du!« Eine Gruppe derber junger Männer torkelte auf den Weg. Ein grinsender Junge schlang seinen Arm um Despina und schlug dabei ihre Kapuze weg. »Komm, trink einen mit uns!«

Shahrzad sah sich in Panik um. Vikram schien verschwunden.

Wenn wir unfreiwillig Aufmerksamkeit auf uns ziehen …

Die Stimme des Jungen wurde lauter. »Ich habe gesagt …«

»Da seid ihr!« Weibliches Gelächter erfüllte plötzlich die Luft hinter ihnen. »Ich warte schon die ganze Nacht auf euch.«

Eine sanfte Hand griff an Shahrzad vorbei, um Despina von der Umarmung des Jungen zu befreien. Gegen seine Proteste. Obwohl das Mädchen in einen Umhang aus feinster Seide gehüllt war, hätte Shahrzad diese Haare überall erkannt.

Yasmin.

Unerwünschte Ankömmlinge

Yasmin zeigte auf das Wäldchen aus Zitronenbäumen hinter ihnen, ihre Hand fest um Despinas Handgelenk geklammert.

Als Erwiderung packte Shahrzad Yasmins Arm, eine offen drohende Geste.

»Bleib ruhig, Herrin«, sagte Yasmin sanft. Ihr Blick glitt an ihnen vorbei.

Zu den bewaffneten Männern. Die dastanden und sie beobachteten.

»Du üble Hexe.« Despina stieß ihr Flüstern durch lächelnde Lippen aus.

Yasmin ihrerseits grinste. »Vorsicht. Nicht dass ich noch auf deine Lügen hereinfalle.«

Shahrzad betrachtete das wunderschöne Mädchen, das eine Haaresbreite von ihr entfernt stand. Es wäre Sache eines Augenblicks, sie niederzustrecken. Wenn sie eine Waffe hätte, würde sie nicht zögern, sie zu gebrauchen. Jedoch war alles, was Shahrzad hatte, siedende Wut.

Eine Wut, die sie zum Zittern brachte und verstummen ließ.

»Kommt mit mir.« Yasmin zeigte wieder mit dem Kinn.

»Den Teufel werden wir tun«, schäumte Shahrzad zurück.

»Ich hatte mich schon gefragt, wann du dein wahres Gesicht

zeigen würdest, Dreckskalifin«, sagte Yasmin. »Denn es ist so gar nicht typisch für dich, so besonnen und vorsichtig zu sein.«

Shahrzad knirschte mit den Zähnen. Dieser Spitzname war Despina vorbehalten.

»Zum letzten Mal. Folgt mir, ihr lächerlichen Narren«, wiederholte Yasmin mit silbern perlendem Lachen.

Daraufhin kam Vikram von der tintenschwarzen Dunkelheit zurückgeschlichen, trat hinter Yasmin el-Sharif und setzte ihr in einer stummen Bedrohung seinen Dolch an die Kehle. Sie erstarrte für einen Augenblick, dann begann sie sich zu wehren. Die Soldaten schossen an ihre Seite und zückten ihre Schwerter.

»Ein Schritt näher, und ihr werdet in ihrem Blut baden.« Vikrams Augen blitzten wie Obsidiane.

Die Soldaten blieben wie angewurzelt stehen.

»Lasst eure Waffen fallen«, befahl Yasmin den Männern.

Als Yasmin in ihre Richtung nickte, ließen die Soldaten ihre Schwerter in den Dreck fallen.

Shahrzad bückte sich, um eine der Waffen aufzuheben. »So schnell wendet sich das Schicksal.« Sie nahm eine Kampfposition ein, wie Chalid und Vikram sie ihr beigebracht hatten.

Despina kreuzte die Arme vor der Brust und lächelte. »Was sollen wir deiner Meinung nach mit Parthiens Lieblingsprinzessin machen?«

»Ich bin nicht ganz sicher.« Shahrzad betrachtete die Spitze ihres Schwertes und hielt dabei die Soldaten im Auge. »Was würdest du tun?«

»Ich würde sagen, sie ist ein vorzügliches Druckmittel bei Verhandlungen.«

Yasmin schlug auf Vikram ein. »Ihr Idioten. Das ist genau, warum ich hergekommen bin.«

»Vorsichtig.« Shahrzad trat näher. »Nicht dass wir noch anfangen, dir deine Lügen abzunehmen.«

Yasmin jammerte entsetzt auf. »Despina, befiehl deinem Ehemann, mich sofort loszulassen!« Sie kämpfte weiter gegen das sie überragende Tier von einem Mann an. »Er stinkt!«

»Vikram Singh ist nicht mein Ehemann. Er ist mir zu nichts verpflichtet«, erwiderte Despina. »Und ich würde achtgeben, wen du gerade beleidigst, kleine Schwester.« Sie zog einen kleinen Dolch aus ihrem Ärmel.

Shahrzad unterdrückte einen Seufzer.

Es wäre nicht schlecht gewesen, schon früher über diese Waffe Bescheid gewusst zu haben, Despina.

Shahrzads Stirnrunzeln ignorierend, hob Despina die zweite Klinge vor das wunderschöne Gesicht ihrer Halbschwester. »Was tust du hier, du lästige Teufelin?«

»Ich … ich bin gekommen, um zu helfen«, stotterte Yasmin.

»Mit der Palastwache im Schlepptau?«, spottete Shahrzad. »Wer's glaubt …«

»Es ist die Wahrheit!« Yasmin boxte Vikram ihren Ellbogen fest gegen den Körper. Er grunzte, rührte sich aber nicht. »Und sie gehören nicht zur Palastwache. Es sind Söldner, von meinem eigenen Geld bezahlt. Glaubst du, die Palastwache würde für meine Freilassung kämpfen? Außerdem sind sie nicht einmal wie die Palastwachen gekleidet. Frag Despina.«

Shahrzad wechselte einen Blick mit ihrer früheren Magd und sah, dass Yasmin die Wahrheit sagte.

Dennoch hob Despina ihren Dolch noch etwas höher. »Wie konntest du wissen, wo wir sein würden?«

Yasmins perfektes Gesicht zog sich verdrossen zusammen. »Ich wusste, dass du etwas vorhattest, als du dich geweigert hast, vorhin mit mir die Stadt zu verlassen. Diese Schau, die du beim Abendessen veranstaltet hast, war einfach zu gut, selbst für dich.«

»Also hast du mich verfolgen lassen?«, drängte Despina.

»Nein, ich habe deine Magd für Auskünfte über dein Kommen und Gehen bezahlt. Geld ist Handelsware in dieser Stadt, wie du sehr wohl weißt.«

»Hast du es dem Sultan gesagt?«

»Natürlich nicht.« Eine Falte bildete sich an der Wurzel von Yasmins perfekter Nase. »Glaubst du, du wärst noch am Leben, wenn Vater wüsste, was du getan hast?«

Shahrzad hatte lange genug danebengestanden und diesen Austausch beobachtet. »Warum bist du hier, Yasmin? Sag die Wahrheit, wenn dir dein Leben lieb ist.«

Yasmins Blick musterte Shahrzads dreckige Gestalt von oben bis unten. Sie kämpfte um Zeit. »Ich bin hergekommen, weil ich nicht mitansehen möchte, dass unsere beiden Königreiche gegeneinander in den Krieg ziehen.«

»Das ist die Begründung, die du uns freiwillig gibst. Was ist die Wahrheit?«

Die Prinzessin von Parthien holte vorsichtig Luft. »Ich will nicht mitansehen, dass mein Vater stirbt. Ich will auch Chalid nicht verletzen. Ich liebe sie beide, und wenn wir in den Krieg ziehen, wird einer von beiden umkommen.«

Shahrzads Blick glitt über Yasmins Gesicht. »Und was denkst du also, was wir tun können, um das zu verhindern?«

»Ich will, dass ihr mich mit euch nehmt.« Die Prinzessin zögerte nicht mit ihrer Antwort.

»Was?«, sagten Shahrzad und Despina unisono.

Yasmin reckte das Kinn hoch. »Ich will mit Chalid sprechen.«

»Warum?«, fragte Shahrzad und senkte die Augen. »Weil ich eine Idee habe, die vielleicht den Krieg beendet, und zwar ohne unnötiges Blutvergießen.«

Es war eine schmutzige kleine Truppe, die durch den Sand auf das Feldlager des Kalifen von Chorasan zutrottete.

Drei junge Frauen – alle gekleidet in zerfetzte Pracht, zwei davon rochen nach Jauche – kamen bei den Wachen an, deren Aufgabe es war, den Zelteingang bei Nacht zu bewachen. Als ein muskelbepackter Krieger mit einer Haut wie poliertes Kupfer auftauchte, zogen die Soldaten ihre Schwerter. Zwei stellten sich ihm in den Weg.

Das kleinste der drei Mädchen sprach als Erstes.

»Ich würde gern den Kalifen sprechen.« Sie stopfte eine kümmerlich geschorene Locke hinter ein Ohr und schmierte dabei sogar noch mehr Schmutz in ihr Gesicht.

Da fing der Anführer der Nachtwache an zu lachen. »Und ich hätte gern einen Harem und eine Flasche Wein, wo wir gerade dabei sind.«

Die Augen des Mädchens blitzten in einer Myriade von Farben auf, bevor sie sich auf Grün festlegten. »Sei kein Narr.«

»Versuch nicht, mich für dumm zu verkaufen, du dreckige kleine …«

Das Tier von Mann machte eine Bewegung, als wollte er zuschlagen. Aber bevor er zur Tat schreiten konnte, schritt das kleine Mädchen ein.

»Pass auf, was du sagst, Soldat«, sagte das mollige Mädchen mit der zerzausten Krone aus Locken mit gebieterischem Ton. »Das ist die Kalifin von Chorasan.«

Der Humor des Soldaten wurde auf eine harte Probe gestellt. »Und ich bin der *Shahrban* von Ray.«

»Ich fürchte, das bist du nicht«, erwiderte das gebieterische Mädchen. »Er ist älter. Und nicht annähernd so dumm.«

Die anderen Soldaten konnten ein Lachen über ihre Erwiderung nicht unterdrücken.

»Genug!« Das letzte Mädchen – das beeindruckendste – trat endlich vor. »Mein Name ist Yasmin el-Sharif, und ich begehre, mit dem …«

»Und ich begehre einen Augenblick allein mit dir.« Der zuständige Soldat grinste, dann zog er sie zu einem Kuss an sich.

Bevor der massige Krieger sie davon abhalten konnte, sprang ihn das winzige Mädchen mit dem schlimm gestutzten Haar wie ein wild gewordener Affe an. Sie begann, ihn mit beiden Fäusten auf Kopf und Hals zu schlagen.

Seine Soldaten lachten brüllend.

»Es war nur ein Kuss!«, protestierte der Soldat. Als er es nicht schaffte, sie sofort abzuschütteln, kamen ein paar andere Soldaten ihm zu Hilfe.

Mit einer einzigen unsichtbaren Bewegung entwaffnete der fassbäuchige Mann, der die Mädchen begleitete, sämtliche Soldaten. Er blies auf eines ihrer Schwerter und setzte es in Flammen. Dann hielt er die brennende Waffe dem Anführer vors Gesicht.

»Warte …« Einer der Soldaten taumelte rückwärts.

Ein anderer stolperte bei seinem Versuch zu fliehen in den Sand. »Das … das ist der Rajput!«

»Holt den Hauptmann der Garde«, sagte der Mann mit der Macht über Flammen. »Sofort.«

Im Laufe der Jahre hatten viele interessante Dinge Jalal al-Churi mitten in der Nacht aufgeweckt.

Viele hatten ihm gefallen. Einige nicht.

Mitten in einem Krieg plötzlich geweckt zu werden, erschien ihm keinesfalls besonders erfreulich.

Er dachte schon daran, den Narren zu entlassen, der in der Nacht Lagerdienst hatte. Es war ganz klar, dass dieser Idiot seiner Aufgabe nicht gewachsen war, denn die Lippe des Kerls blutete, und er hatte eindeutig gerade eine Schlägerei hinter sich.

Jalal zog sich seine Rüstung an, dann trottete er hinter dem irre redenden Idioten her durch den Sand. Der Narr murmelte unaufhörlich etwas von Feuerschwertern und wunderschönen Frauen, die nach Jauche stanken.

Wenn er im Dienst getrunken hatte, würde Jalal sicher eine Möglichkeit finden, ihn zu bestrafen. Eine Möglichkeit, die eine Nacht in einem dornigen Gestrüpp einschloss. Ohne seine Hose.

Als sie sich dem Eingang des Zeltlagers näherten, hörte Jalal in der Ferne den beschwingten Klang weiblicher Stimmen.

In dieser Sache hatte sich der Idiot wenigstens nicht geirrt. Obwohl der Gedanke an wunderschöne Frauen mit Jauchegeruch Jalal nicht unbedingt zur Eile anspornte.

Ein vertrautes, melodisches Lachen ließ ihn alledings auf der Stelle wie angewurzelt stehenbleiben.

Dann begann Jalal ohne nachzudenken zu rennen. Es war ihm egal, dass er den Narren im Staub hinter sich zurückließ. In diesem Augenblick wäre es ihm egal gewesen, den Rest der Welt im Staub zurückzulassen.

Es war nicht möglich. Sein Geist musste ihm einen Streich spielen. Wie schon so manches Mal in letzter Zeit.

Jalal bog um eine Ecke. Und kam rutschend zu einem Halt, beinahe wäre er in den Sand gefallen.

Einfach so. Sie war da.

Er sah niemand anderen außer ihr.

Und alle anderen konnten zum Teufel gehen, nur sie nicht.

Despina.

Sie lächelte. Wie eine Katze, die Tatzen in ihre Hüften gestemmt.

»Jalal«, sagte sie. »Deine Familie hat dich vermisst. Schrecklich.«

»Wo …« Jalal hielt die Luft an, immer noch ungläubig. »Wo bist du gewesen?«

Despina zuckte mit den Schultern. »Ich bin jetzt hier. Bist du mir böse?«

»Du«, seine Stimme klang erstickt, »du hast mir das Herz ausgequetscht.«

»Ich weiß.« Sie ging auf ihn zu. »Und ich werde den Rest meines Lebens damit verbringen, es wieder anzufüllen.«

Er ging ihr entgegen. Langsam. Wie eine Katze. Die Tatzen in die Seiten gestützt.

»Ja«, flüsterte Jalal und kam ihr ganz nahe, sein Puls ein lautloser Amoklauf. »Das wirst du.«

Ihr Lächeln wurde breiter. »Dann willst du mich also?«

Jalal nahm ihr Kinn in die Hand. Despina schlang beide Hände um sein Handgelenk.

»Ja, ich will.«

Das Gelöbnis wurde mit einem Kuss besiegelt.

Ein raschelndes Geräusch weckte Chalid aus einem ruhelosen Schlaf.

Seine Zeltklappe war aufgeschlagen worden. Ein Schatten füllte den Eingang aus. Ohne zu zögern griff er nach seinem Schwert.

»Ich bin unbewaffnet, *Sayyidi.* Dieses Mal.«

Chalid konnte das Lächeln hinter ihren Worten spüren. Er bewegte sich nicht, sicher, dass er endlich in das Land der Träume hinübergeglitten war.

Und dies war der Traum, aus dem er nicht erwachen wollte.

Shahrzad bewegte sich durch die Dunkelheit zu seinem Bettpodest.

Sie kniete sich neben ihn.

»Willst du mich nicht fragen, wie ich hierhergekommen bin?«, fragte sie. Er konnte einen Hauch von jüngster Traurigkeit – Ermüdung – in ihrer Stimme ausmachen.

»Ich brauche es nicht zu wissen.« Chalid griff nach ihren Händen. »Jetzt nicht. Außer du willst es mir erzählen.«

»Wollen und müssen sind zwei verschiedene Dinge. Ich habe es immer gedacht, aber es ist nicht dasselbe, es zu wissen.« Shahrzad lehnte sich auf seine Brust und atmete tief ein und aus. »Das Buch meines Vaters?«

»Zerstört.«

Sie nickte einmal, die Anspannung wich aus ihren Gliedern. Der Duft von *Nabulsi*-Seife drang an ihre Nase. Bald fühlte Chalid, wie heiße Tränen seinen *Qamis* durchweichten.

Und er verstand.

»Du hast mit Irsa gesprochen?«, fragte Chalid.

Shahrzad nickte. »Rahim …«

»Wird immer in unserer Erinnerung sein«, beendete Chalid den Satz sanft.

»Ich war nicht für sie da.« Die Zerknirschung in ihrer Stimme tat ihm im Herzen weh. »Ich war nicht da für Irsa, als sie mich gebraucht hat. Ich war zu sehr damit beschäftigt, Dinge zu wollen, die ich nicht kontrollieren konnte.« Sie presste sich an Chalid. »Ich hätte es besser wissen müssen.«

»Wie du gesagt hast, wollen und müssen sind verschiedene Dinge. Jetzt, da du es weißt, wirst du sicher besser handeln.« Chalid legte eine Hand auf ihr nasses Haar. Wut quoll in seiner Brust auf, als er die struppigen Enden berührte. Enden, die kaum ihre Schulter berührten.

Enden, die von Gewalt in jüngster Zeit sprachen. Gewalt durch die Hände von Salim Ali el-Sharif.

»Bist du wütend?«, flüsterte Shahrzad.

Chalid versuchte, seine Wut zu zügeln. »Ja.«

Sie schaute zu ihm auf, ihre Augen immer noch voller Tränen.

»Willst du ihn bezahlen lassen?«

»Mehr als einmal.«

Shahrzad holte vorsichtig Luft. »Ich habe eine Idee.« Ihre Lippen bogen sich zu einer Seite. »Nun, es ist nicht nur meine. Und wir werden deine Hilfe benötigen.«

»Die hast du, *joonam,* mein Alles. Immer.«

Die Tore von Amardha

Es begann bei Tagesanbruch.

Chalid sandte seine Bogenschützen aus, um einen Hagel von Pfeilen auf die Wachen der Stadtzinnen abzufeuern.

Als Reaktion ließen die Soldaten von Amardha – diejenigen, die Dienst an den Toren und auf den Zinnen hatten – einen Regen von Pfeilen auf die Bogenschützen unten niederprasseln.

Eine Warnung. Bis hierhin und nicht weiter.

Chalids Bogenschützen stürzten zurück in die Wüste auf Pferden, schneller als der Wind. Badawi-Pferde, geliehen von Omar al-Sadiq.

Später kehrten sie zurück.

Dieses Mal mit wesentlich mehr Reitern. Und wesentlich mehr Pfeilen.

Chalid hatte sich schon seit Langem das Gefühl vorstellen können, das zweifellos gerade in der Stadt Amardha vorherrschte.

Chorasan hatte mehr Soldaten. Viel mehr. Viel mehr Waffen.

Auf Parthiens Seite stand nur seine Arroganz. Eine Arroganz, aus der Chalid seinen Vorteil zu ziehen gedachte.

Die Vormittagssonne im Rücken feuerten seine Bogenschützen gen Himmel. Doch diejenigen, die oben auf der Mauer Wache hatten, konnten schlecht sehen, weil ihnen die Sonne zu hell in die Augen schien. Sie konnten nicht rechtzeitig Befehle erteilen, dass ihre Soldaten auf die Angreifer hinunterfeuern sollten. Ihre Pfeile trafen nicht, trafen nur Dreck und Sand und Felsen und Schutt. Gelegentlich einen Schutzschild. Aber nie das Ziel.

Dann …

Chalids Soldaten zielten sorgfältig.

Kein Tropfen Blut sollte unnötig vergossen werden.

Die Soldaten, die Befehlsgewalt hatten, wurden mit einer einzigen Salve niedergestreckt. Einige fielen über die Zinnen. Andere fielen schreiend in den Tod.

Die Pfeile, die auf sie abgeschossen wurden, waren mit der Standarte der Zwillingsschwerter gekennzeichnet. Der al-Rashid-Standarte.

Die Warnung lautete: Chorasan würde gegenüber denen, die weiterkämpften, keine Gnade walten lassen.

Chalid blieb außer Sicht, und seine Soldaten beantworteten die unorganisierte Verteidigung Amardhas mit wohldurchdachter Offensive. Immer noch kein Zeichen des Sultans. Kein Wort der Inspiration. Keine Vorreiterrolle.

Der gewissenlose Feigling.

Ein Hagelsturm von Pfeilen traf die Männer des Sultans. Pfeile, die weiter ihre Ziele verpassten.

Pfeile, die sofort eingesammelt wurden. Und verbrannt.

Chalid gab seine Befehle bestimmt. Nur diejenigen, die in Macht und Verantwortung waren, sollten Ziel des Angriffs werden. Nach einer Weile stießen seine Soldaten ihre Pfeile in Öl und setzten sie in Brand. Er sah, wie der Funke des Chaos zündete. Alles in Brand setzte.

Immer noch blieben die Tore von Amardha geschlossen.

Dennoch wusste Chalid, dass sich diese Ereignisse unter allen Rängen der Soldaten von Amardha herumsprechen würden.

Der Sultan von Parthien beobachtete alles vom Inneren seines juwelenbesetzten Palastes aus, während die Stadt in Brand gesetzt wurde. Und schlug nicht zurück.

Salim Ali el-Sharif hatte Angst vor Chalid Ibn al-Rashid.

An diesem Nachmittag ließ Chalid die Wurfgeschütze voranbringen.

Zehn riesige Armbrüste, bestückt mit metallgespickten Pfeilen, die die Kraft hatten, zwei Talente Stahl zu durchschlagen. Mit solch schweren Eisengeschützen wollte man eine gesamte Stadtmauer zum Einstürzen bringen. Jedes Wurfgeschütz wurde in einem bestimmten Abstand zu der Stadtmauer von Amardha aufgestellt. An einer Stelle, die dazu geeignet war, erheblichen Schaden anzurichten.

An einer Stelle, die von dem Auge eines hoch gebildeten Ballistikers ausgesucht worden war.

Bei den Soldaten auf den Zinnen begann sich Panik auszubreiten, Warnschreie hallten durch alle Ränge wider.

Blanke Angst griff um sich.

Chalid wartete, ob Salim handeln würde. Als der Sultan nichts unternahm – wie Chalid erwartet hatte –, machte Chalid sich bereit, eine weitere wortlose Nachricht abzusenden.

Gebäude, gefüllt mit Getreide und anderen Lebensmitteln, wurden ins Visier genommen. Chalid hoffte, sie beherbergten nur sehr wenige Menschen, wenn überhaupt welche. Denn er wollte nicht dafür verantwortlich sein, dass noch mehr Leben verschwendet wurden. Der Verlust jedes einzelnen Lebens in diesem Krieg würde ganz den Absichten der Belagerer widersprechen. Und Chalid wollte kein Blut Unschuldiger vergießen.

Die Wurfgeschütze wurden abgefeuert. Sie flogen mit einem lauten Zischen. Der Lärm des Aufpralls setzte sich in hörbaren Wellen fort.

Schreie hallten durch Amardha.

Mehrere Körper fielen von einem zusammenstürzenden Mauerturm, einer wurde auf einer Zinne aufgespießt.

Chalid verengte sich die Brust. So viele waren schon so unnötig gestorben. Einen Augenblick lang musste er um Luft ringen. Dann wappnete sich Chalid.

So war der Krieg.

Lass die Gefühle erst zu, wenn alles getan ist. Lass die Gefühle zu, wenn du gewonnen hast.

Er wusste, Salim Ali el-Sharif hatte nicht damit gerechnet, dass Chalid Amardha wirklich angreifen würde. Immerhin hatte Chalid es noch nie getan. Nicht all diese Jahre lang. Nicht nach unzähligen Provokationen.

Aber Salim musste einsehen, dass er es tat.

Er sollte glauben, dass Chalid die ganze Stadt auslöschen würde, ohne zurückzuzucken.

Der Boden hinter ihm begann zu beben, als die Sonne zu sinken begann. Chalid sah sich nicht um. Er wusste, was am Horizont war. Selbst Salim würde es bemerken müssen.

In der Ferne rückte ein Meer von arabischen Hengsten in einer glitzernden Sandwolke auf die Tore von Amardha vor. Die Reiter waren in Umhängen und vermummt, schwenkten wild ihre Krummsäbel und trugen dicke Leder-*Mankalahs* an ihren Handgelenken. Es waren Menschen der Wüste. Geboren und aufgewachsen im Licht der sengenden Sonne. Furchtlos und stolz. Bekannt dafür, nur wenige Gefangene zu nehmen.

Bekannt dafür, erst recht kein Mitleid zu haben.

Sie wurden angeführt von einem Jungen mit einem blaugrauen Falken und einem alten Mann mit einem langen Bart.

Dem Sohn von Emir Nasir al-Ziyad. Und dem Scheich des al-Sadiq-Stammes.

Sie hielten eine Viertel Wegstunde vor den Stadttoren an. Tarik Imran al-Ziyad hob seinen Krummsäbel hoch. Ein ohrenbetäubendes Geheul fuhr durch die Massen. Die Männer hoben ihre Schwerter, als die Anfeuerungsrufe eine fiebrige Tonlage erreichten. Als der Sand um die Hufe ihrer Hengste in einem dämmrigen Nebel aufstieg und sich mit den Stahlblitzen vermischte.

Chalid konnte die Angst über der Stadt anwachsen fühlen. Nicht mehr nur ein Funke, der droht, Flammen zu entfachen. Sie breitete sich wie ein Lauffeuer aus, bis tief in die dunkelsten Gassen von Amardha.

Denn genau wie Artan gestern gesagt hatte: Kriege werden gewonnen, bevor sie überhaupt ausgefochten werden.

Dann, als die Sonne am Horizont unterging, erschien die geflügelte Schlange, mit einem Bündel unter ihren Flügeln. Artan saß rittlings auf, auf seinem Gesicht ein unverschämtes Grinsen und ein düsterer Blick.

Die geflügelte Schlange schrie, als sie auf die Stadttore hinabschoss. Die Männer entlang der Mauer begannen, verzweifelt Pfeile auf sie abzuschießen. Pfeile, die von den panzergleichen Schuppen der Schlange abprallten. In Erwiderung auf den Beschuss mit Pfeilen schrie die Schlange immer lauter, und Chalid beobachtete, wie die Männer sich mit den Händen die Ohren bedeckten und sich gegenseitig in Angst und Schrecken etwas zuschrien.

Dann ließ die geflügelte Schlange ihr Bündel über den Stadttoren fallen. Etwas Dickflüssiges spritzte auf die graue Mauer und bedeckte sie mit einer glänzenden teuflischen Flüssigkeit.

Öl.

Die Schlange kreischte noch einmal und verschwand am Nachthimmel.

Mit einem Zungenschnalzen spornte Chalid Ardeshir aus dem Schatten heraus an. Sein Schlachtornat war mit Silber und Gold überkrustet, und sein *Rida* bauschte sich hinter ihm. Ein komplettes Bataillon der königlichen Garde ritt hinter ihm.

Einige Wachposten auf den Zinnen über ihnen riefen einander Warnungen zu. Die Soldaten dort begannen wieder, hektisch durcheinanderzulaufen.

Eine Viertelstunde Fußweg entfernt tunkte Tarik einen Obsidianpfeil in Öl. Omar zündete ihn an. Dann schoss ihn der Sohn von Nasir al-Ziyad direkt auf die Stadttore.

Als sie Feuer fingen, begann das Geheul von Neuem.

Chalid saß auf dem Rücken seines schwarzen Arabers und sah die Tore von Amardha brennen. Beobachtete das dunkle Holz in Blitzen von Blau und Weiß aufglühen. Tanzende Flammen in Umbra und Orange.

Hinter den Mauern verfiel die Stadt in einen schrecklichen Tumult.

Als Chalid die Schreie und Rufe und den Klang der zunehmenden Panik hörte, blickte er hinab auf den wartenden Boten neben sich.

»Überbringe den Brief.«

Der Mond stand hoch am Himmel, als der Sultan von Parthien in Chalids Zeltlager einritt. Er stieg schweigend vor dem größten Zelt ab, die Wut auf seinem Gesicht klar wie der Tag. Hinter ihm ritten Jahandar al-Haizuran und die ranghöchsten Generäle der Armee von Parthien.

Als Salim auf das Vordach zutrat, das ins Zeltinnere führte, hielt der Hauptmann der Königlichen Garde die Gruppe an und forderte sie auf, sämtliche Waffen abzulegen.

Wogegen sich Salim in offenem Protest weigerte.

Jalal lächelte mit deutlich zur Schau getragener Gelassenheit. »Du kannst jederzeit zu deinem Palast zurückkehren.« Er verbeugte sich schwungvoll. »So oder so, wir sehen uns bald.«

Mit einem verächtlichen Hohngelächter warf der Sultan von Parthien sein Schwert ab und den Krummsäbel von seiner Hüfte. Seine Gefolgsleute taten es ihm nach, bevor sie in das Zelt des Kalifen von Chorasan vorgelassen wurden.

Als sie eingetreten waren, warteten Chalid und seine Leute schon auf sie. Sie saßen an einem langen, niedrigen Tisch. Lampen hingen von eisernen Pfosten an jedem Ende, und hinter dem Tisch stand ein kunstvoll geschnitzter Wandschirm, der das Zelt in zwei Hälften teilte.

Chalid saß in der Mitte des Tisches. Zu seiner Linken saß der *Shahrban* von Ray. Neben dem Shahrban war Tarik Imran al-Ziyads Platz. An Tariks Seite saß Omar al-Sadiq. Der Hauptmann der Wache nahm zu Chalids Rechten Platz.

»Setzt euch.« Chalid deutete auf die seidenen Kissen ihm gegenüber.

Nur mit Mühe seinen Zorn unterdrückend, sank Salim in die Kissen, seine Generäle zu beiden Seiten. Jahandar schlurfte an eine Ecke des Tisches, von Tarik genauestens beobachtet.

Chalid sah Salim einen Augenblick schweigend an. »Jetzt, da ich deine Aufmerksamkeit habe …«

»Wo ist meine Tochter, du Bastardsohn einer Hure?«, sagte Salim.

»Tochter?« Chalid hielt inne, seine Geringschätzung mehr als deutlich. »Du solltest mindestens den Anstand haben, inzwischen *Töchter* zu sagen.«

Darauf fiel Salim für einen winzigen Augenblick die Kinnlade herunter. Dann verengte sich sein Blick mit plötzlicher Skepsis.

»Denn du zählst doch Despina zu deinen Kindern«, fuhr Chalid mit unbewegtem Gesicht fort. »Besonders nach allem, was sie für dich getan hat?«

Das Schweigen hing im Raum wie ein Gespenst. Jalals Fäuste waren geballt, sein Körper gespannt, als ob er bereit wäre, jeden Augenblick aufzuspringen.

Bereit, ein Urteil zu verkünden.

»Das tue ich.« Salims Antwort war scharf.

»Gut«, sagte Chalid. »Immerhin hast du dich in einer Hinsicht ihr gegenüber anständig verhalten.«

»Tu nicht so, als würdest du dich um Despina sorgen«, erwiderte Salim. »Nicht nachdem sie in deinem Palast all die Jahre als Sklavin gelebt hat.« Er rührte sich in seinem Sitz. »Auf alle Fälle wusste ich, dass du sie nicht schlecht behandeln würdest.« Sein Lächeln war sarkastisch. »Immerhin, dieses Verhalten behältst du dir für deine Ehefrauen vor, nicht für deine Bediensteten.«

Obwohl Jalal einen Fluch unterdrückte, reagierte Chalid nicht auf diese Worte. Er machte sich auch nicht die Mühe, sich zu verteidigen. »Du tust das, was du immer getan hast – du schreibst jemand anderem die Schuld für deine Verfehlungen zu. Und indem du das machst, erntest du denselben Lohn – nichts.«

Salim schnaubte. »Ich bin nicht hergekommen, um mich von einem Jungen maßregeln zu lassen. Lass uns zur Sache kommen – in deinem Brief schreibst du, du hättest Yasmin.«

Chalid nickte, dann lehnte er sich zurück und legte die Hände auf den Tisch. Er wartete einen Augenblick. »Hast du Shahrzad mitgebracht?«

Salims Gesichtsausdruck versteinerte sich. »Ich werde dir das geben, was du liebst, als Austausch für das, was ich liebe.«

Wieder eine Pause. »Noch einmal: Es ist gut zu wissen, dass du dich um etwas sorgst. Außer um dich selbst.«

»Spiel nicht mit mir, du arroganter …«

»Und lüge mich nicht an, du trügerischer Feigling.« Chalids Augen loderten hell.

»Wie kannst du es wagen …«

»Er wagt es, Onkel Salim«, erklang eine Stimme hinter dem Wandschirm. »Er wagt es recht oft.«

Daraufhin verzogen sich Chalids Lippen zu einem düsteren Lächeln, als Shahrzad hervorglitt. Sie war einfach gekleidet. Ein cremefarbener *Qamis* und ein blassgrauer *Sirwal*. Ihr welliges Haar fiel auf ihre Schultern, und sie war schmucklos, mit Ausnahme des juwelenbesetzten Dolches an ihrer Hüfte.

Aber sie war, wie immer, ganz eine Königin.

Chalid sah zu, wie Salim vergeblich versuchte, seinen Schock zu verbergen.

»Bist du überrascht?«, fragte Shahrzad, ihre haselnussfarbenen Augen funkelten. »Ich nehme an, du hast viele Soldaten damit beauftragt, mich zu suchen. Oder vielleicht hast du gedacht, ich würde nicht den Weg aus deiner Stadt hinausfinden?« Sie nahm neben Chalid Platz.

Der Sultan von Parthien wurde mit bewundernswerter Geschwindigkeit Herr seines Schocks. Er versuchte, Shahrzad anzulächeln, aber seinem Lächeln fehlte die widerliche Selbstsicherheit von zuvor. »Ich bin weiterhin von dir beeindruckt, Shahrzad al-Haizuran. Aber es liegt auf der Hand, dass du Hilfe bei deiner Flucht hattest. Vielleicht machst du mir die Geschichte eines Tages zum Geschenk, sodass ich dafür sorgen kann, die Fehler in meiner Sicherheit auszumerzen.«

»Oh, es ist durchaus eine Geschichte«, grinste Shahrzad. »Und ich hatte tatsächlich jede Menge Hilfe. Aber wenn es dir nichts ausmacht, finde ich, deine Töchter sollten die Geschichte erzählen.«

Die Rose

Shahrzad beobachtete mit bitterer Befriedigung, wie Salim Ali el-Sharif von seinen Töchtern bloßgestellt wurde. Erst von der einen, dann von der anderen.

Und seine Pläne wurden ganz und gar durchkreuzt.

Obwohl es wenig half, die Lücke in ihrer Brust nach Rahims Tod zu füllen, fühlte Shahrzad doch eine düstere Form von Genugtuung zu sehen, wie Salim von der Hand von Frauen gefällt wurde. Besonders von der Hand jener, die er so gerne beiseitegeschoben und als Unterpfand geopfert hatte.

Es war Zeit für Salim zu lernen, dass seine Töchter weit mehr waren als Objekte, die er nach Belieben benutzen und wegwerfen konnte.

Aber die wahre Schwierigkeit war aufgetreten, als Salim Yasmin gegenübergestellt wurde.

Es war einfach für ihn, Despina zu vernachlässigen. Das hatte er die meiste Zeit seines Lebens getan. Aber Yasmin? Yasmin war die Tochter, die Salim geliebt hatte. Die Tochter, die er hochgeschätzt hatte.

Sie war seine Zukunft gewesen.

»Was soll ich für dich tun, Yasmin?«, fragte Salim, als er den vollen Umfang ihres Verrats erkannt hatte.

Yasmins schöne Augen füllten sich mit Tränen. Aber sie weinte nicht. Wie Shahrzad schon lange vermutet hatte, lag in ihr eine wundersame Stärke, selbst unter den härtesten Umständen. »Ich wünsche mir, dass du damit aufhörst, Vater. Beende diesen unendlichen Kampf. Diese unendlichen Unruhen.«

»Ich habe dies alles für dich getan. Um deine Zukunft zu sichern.«

»Nein.« Yasmin schüttelte den Kopf. »Du hast es aus verschiedenen Gründen getan, aber wenn du jemals innegehalten und meine Gedanken dazu angehört hättest, hättest du gewusst, dass das nicht war, was ich wollte. Du weißt genau, was ich will.«

Salims Gesichtszüge wurden härter. »Was willst du also?«

»Ich will durchs Leben gehen und alles bereuen, was ich bin.«

»Ich habe nie …«

»Doch.« Sie setzte sich aufrecht hin. »Wenn du nicht so gewesen wärst, wie du bist, hätte ich vielleicht nicht diejenigen zurückgestoßen, an denen mir wirklich liegt. Vielleicht hätte ich das Glück gefunden, das ich gesucht habe.«

Shahrzad sah, wie Yasmins Blick für einen winzigen Augenblick zu Chalid huschte. Es geschah ohne Absicht. Und Shahrzad verübelte es ihr nicht, denn sie verstand. Yasmin hatte schon die ganze Zeit gewusst, dass das erbärmliche Verhalten ihres Vaters ein Hinderungsgrund für ihre Vereinigung mit Chalid gewesen war.

Yasmin holte tief Luft. »Vielleicht hättest du dann nicht zu solch niederträchtigen Mitteln greifen müssen, um deine Ziele zu erreichen.«

Und wieder leuchtete Wut in Salims Blick auf. »Und jetzt, da wir hier sind, was soll aus uns werden, Tochter? Denn mit dem, was du getan hast, hast du unsere Familie entwürdigt. Willst du, dass ich aufgebe? Willst du, dass wir wegen deiner kindischen Hoffnungen alles verlieren?«

Sie antwortete nicht.

»Du kannst tun, was du willst, Salim«, antwortete Chalid an ihrer Stelle. »Du kannst dich umdrehen und jetzt von diesem Tisch aufstehen, wenn du das willst«, fuhr er fort. »Aber die Tore zu deiner Stadt werden bis zum Morgengrauen brennen. Und wenn du erst gegangen bist, gibt es nichts, das uns davon abhält, Amardha zu belagern.« Chalid lehnte sich vor. »Aber ich würde es dir nicht raten. Ich würde lieber nicht so viele Menschen wegen meines Stolzes und deiner Arroganz töten.«

»Dann willst du, dass ich aufgebe?«, spie Salim zornentbrannt, aber kaum hörbar.

»Du hast in dem Augenblick aufgegeben, als du vor meinem Zelt erschienen bist.«

Eine Welle von Wut lief über das Gesicht des Sultans. »Und was ist mit den anderen, die darin verwickelt sind? Viele deiner Fahnenträger haben Waffen und Geldmittel zu diesem Zweck beigesteuert. Was ist mit ihnen?« Seine Stimme wurde lauter. »Was ist mit Reza bin-Latief?«

Es war Tarik, der zu diesem Vorwurf die Stimme erhob. »Zweifle nicht daran: Mit meinem verschwörerischen Onkel wird noch abgerechnet werden. Genauso wie mit den anderen, die mit ihm unter einer Decke stecken. Es gibt noch viel zu besprechen.« Er wechselte einen wissenden Blick mit Shahrzad. Ein Blick, den sie gern mit ihm teilte. Sie war froh zu verstehen. Endlich.

»Was willst du, Chalid Ibn al-Rashid?«, wollte Salim wissen. »Meinen Tod?«

Chalid ließ seinen Blick betont abschätzend über den Sultan von Parthien gleiten. »Ich sollte dich für all das, was du getan hast, töten. Für all den Schmerz und den Tod und die Vernichtung, die du über die gebracht hast, die mir nahestehen.«

»Du hast den Mut nicht.« Obwohl Salims Erwiderung scharf

und schroff war, konnte Shahrzad einen Hauch von Angst dahinter spüren.

»Es erfordert keinen Mut zu töten. Es erfordert Mut zu leben.«

»Was willst du also von mir?«

»Ich will, dass du auf deinen Thron verzichtest«, erwiderte Chalid. »Ich stelle dir ein Heim außerhalb von Ray zur Verfügung, in dem du residieren kannst, mit Wachen, die allzeit im Dienst sind. Wachen, die *ich* anstellen werde.«

Wut verzerrte aufs Neue Salims Züge. »Und ich nehme an, du willst Herrscher über Parthien werden? Herrscher all dessen, was meine Familie seit über fünf Generationen innegehabt hat?«

»Ich habe es dir bereits gesagt. Ich habe kein Interesse, die Kontrolle in deinem Land zu übernehmen.«

»Wer soll es dann regieren?«

Chalid blickte Shahrzad an. Sie schaute ihn an und genoss es, dass er es ihr überließ, das beste Geheimnis von allen zu lüften. Die Vereinbarung, zu der sie vergangene Nacht gekommen waren. Zusammen.

Shahrzad hielt Chalids Blick stand. »Ich finde, Yasmin el-Sharif würde eine großartige Sultanin von Parthien abgeben, mein König.«

»Das sehe ich genauso, meine Königin.«

Jahandar saß an seiner Ecke des Tisches im Zelt des Kalifen und beobachtete, wie sich seine Welt auflöste wie aufgewickelte Seide, die vom Strang rutscht.

Er hatte die falsche Wahl getroffen. Er hatte gedacht, Reza bin-Latief wäre der Richtige, mit ihm den Weg zurück zum Heil seines Buches zu finden.

Zurück zu Macht. Zurück zu Einfluss.

Er hatte gedacht, der Sultan von Parthien würde ihm helfen, einen Weg zu finden.

Jahandar hatte sich schrecklich, schrecklich geirrt.

Er hatte nicht erkannt, welch große Feindschaft zwischen Shahrzad und Salim Ali el-Sharif herrschte. Er war dumm genug gewesen zu glauben, dass Shahrzad helfen würde, den Sultan auf seine Seite zu ziehen. Immerhin war seine Tochter mit dem Neffen des Sultans verheiratet. Obwohl Jahandar wusste, dass der Sultan die Absicht hatte, den Kalifen zu entthronen, hatte ihm Salim versichert, dass Shahrzad nichts geschehen würde. Deswegen war Jahandar so bereitwillig auf Rezas Plan eingegangen, Shahrzad nach Amardha zu entführen.

Aber alles war an jenem schrecklichen Abend beim Abendessen auseinandergefallen.

Jahandar hatte bemerkt, dass der Knabenkönig – der Kalif von Chorasan – tatsächlich diesen Krieg gewonnen hatte. Er hatte schon nach der Macht gegriffen, die Jahandar benötigte, um Erfolg zu haben. Denn der Kalif hatte bereits über alles die Kontrolle gewonnen, das für Jahandar von Wert war.

Als Jahandar versucht hatte, Irsa in der Wüste zu finden, hatte er es nicht fertiggebracht. Jetzt hatte er vom Hauptmann der Garde erfahren, dass sie unter den Soldaten des Kalifen gewesen war. Sicher versteckt in seinem Zeltlager. Jenseits von Jahandars Zugriff.

Als Jahandar versucht hatte, sich Shahrzads Hilfe zu sichern, sein Buch wiederzubeschaffen, war ihm klargeworden, dass sie schon mit dem Kalifen vereinbart hatte, es ihm zu nehmen. Der Kalif, der das Buch gestohlen hatte, während Jahandar schlief.

Der Kalif, der Jahandars eigene Kinder gegen ihn eingesetzt hatte.

Wo war sein Buch?

Er hatte seine Ehefrau verloren. Er hatte sein Ansehen in Ray verloren.

Und jetzt hatte er seine Töchter verloren.

Irsa war nirgends zu sehen. Shahrzad sah ihn nicht einmal an. Sie hatte nicht ein einziges Mal in seine Richtung geblickt.

Seine ältere Tochter hatte nur Augen für den Knabenkönig.

Als jedermann vom Tisch aufstand, um zu gehen, stand auch Jahandar auf. Er sah, wie die Wachen des Kalifen dem Sultan und seinen Generälen aus dem Zelt folgten. Dann begannen alle, die zurückgeblieben waren, umherzugehen, ohne Jahandars Anwesenheit zu beachten.

Genau wie vorher. Genau wie immer.

Dann, als Shahrzad und der Kalif sich näherten, ergriff Jahandar die Gelegenheit zu sprechen. Die Gelegenheit zu handeln. Und bemerkt zu werden.

»Wo«, begann er mit bebender Stimme, »wo ist das Buch?«

»Ist das wirklich alles, was dir wichtig ist, Baba?«, fragte Shahrzad sanft.

»N-nein.«

Ihr Gesicht straffte sich. »Warum hast du dich noch gar nicht nach Irsa erkundigt?«

»Braucht Irsa mich?«

Shahrzad blickte weg. Aber vorher hatte Jahandar noch kurz den Ausdruck von Schmerz in ihrem Gesicht gesehen. Der Kalif trat näher. Er betrachtete Jahandar aus ruhigen, durchdringenden Augen. Der Blick ließ ihn sich jämmerlich fühlen.

Jahandar hasste ihn dafür. Denn obwohl dieser Junge sein König war, war er doch immer noch ein Junge.

Ein Junge, der ihm so viel genommen hatte. Ihm alles genommen hatte.

»Dein Buch existiert nicht mehr«, sagte der Kalif kalt.

»Was?«, flüsterte Jahandar.

»Es ist weg. Zerstört.«

Die Welt um Jahandar blieb stehen. Ihm wurde heiß. »Wie?«

»Ich habe es selbst zerstört.«

Jahandar faltete die Hände vor sich, das Blut stieg ihm in den Nacken. »Warum?«

Der Kalif schaute ihn noch einmal schweigend und missbilligend an.

Dann drehte er sich weg.

Er richtete über ihn. Lehnte ihn ab. Wie so viele andere vor ihm.

Und wie weitere es tun würden. Wegen dieses Jungen. Der Junge, der kein Recht hatte, so etwas zu tun. Der Junge, der Jahandar so viel genommen hatte.

Seine Tochter. Sein Buch.

Seinen Respekt.

Jahandar spie vor Zorn. In einer heißen Flut aus Wut. Ohne nachzudenken, griff er nach dem Dolch an Shahrzads Hüfte. Sofort trat der Kalif zwischen sie, um sie beiseite zu stoßen, aber Jahandar wollte gar nicht seine Tochter verletzen. *Nie* seine Tochter.

Jahandar hob den Dolch hoch.

Der Kalif hob einen Arm, um den Schlag abzuwehren. Warnrufe der Wachen wurden laut.

Selbstvergessen stieß Jahandar mit teuflischer Präzision nach unten. Die Klinge schnitt durch das Gesicht des Kalifen, als er versuchte, Jahandar wegzustoßen.

Aber der Dolch hatte sein endgültiges Ziel gefunden.

Im Herzen des Kalifen von Chorasan.

Der Dolch

Chalid hatte oft darüber nachgedacht, wie er sein Ende finden würde. Er hatte sich lange gewünscht, er hätte die Wahl, vor Avas Vater zu sterben. Zu sterben anstatt seinen Fluch auf sein Volk abzuwälzen.

Aber so?

Das hatte er nicht vorhergesehen. Nicht von der Hand von Jahandar al-Haizuran.

Einen Augenblick lang blieb sein Blick an Shahrzads Vater hängen.

Seinem Mörder.

Aber Chalid hatte keine Zeit für Hass. Er hatte keine Zeit für Vergeltung.

Sein Blick traf Shahrzads.

Nein. Am Ende blieb nur Zeit für Liebe.

Chalid taumelte zu Boden, der Schock lief in heißen und kalten Wellen durch seinen Körper.

Im Raum wurde es totenstill.

Schmerz durchfuhr Chalids Brust. Ein Schmerz ohne Ende. Er wusste, dass die Wunde tödlich war. Sein Sehvermögen wurde getrübt, wurde dann wieder klarer, als heißes Blut an ihm hinablief.

Er hörte, dass Jalal Shazis Vater zu Boden schlug und den Dolch aus dessen Zugriff wegtrat.

Das Zelt war still. Nicht ein Ton war zu hören.

Chalid fasste Shazis Hände, sein Griff stark.

Wurde schwächer.

»Nein.« Shahrzad fing an zu schreien. Sie umklammerte seinen schwächer werdenden Körper auf dem Boden vor sich. Sah das Blut aus seiner Brust fließen.

Sah, wie Chalid nach Luft rang und sich sein Mund mit Blut füllte.

Das Letzte, das er sah, war ihr Gesicht.

Am Ende blieb nur die Liebe.

So viel mehr, als er verdient hatte.

Die Macht der Liebe

Die Schreie seiner älteren Tochter gingen in Schluchzen über. Niemand um sie herum bewegte sich. Die Prinzessin von Parthien hatte die Hände vor den Mund geschlagen, ihre Augen flackerten von unvergossenen Tränen. Ihre jüngere Schwester hatte das Gesicht an ihrer Schulter vergraben, um ihr Weinen zu ersticken.

Trotzdem sah niemand in Jahandars Richtung. Niemand äußerte auch nur ein Wort in seine Richtung. Nicht seine Tochter. Nicht einmal der *Shahrban*. Nicht ein einziges Wort von Hass oder Wut oder Vergeltung.

Alle waren in den Anblick vor ihnen verloren.

Und Jahandar fühlte sich nicht anders. Er fühlte sich kein bisschen besser, nachdem er das getan hatte, was er hatte tun wollen.

Stattdessen verlor Jahandar langsam die Selbstkontrolle beim Anblick seiner stolzen Tochter, die vor ihm zusammenbrach. Sie war noch nie zusammengebrochen. Nicht, als ihre Mutter gestorben war. Nicht, als sie die Kontrolle über den Haushalt übernehmen musste, weil Jahandar sich vor Kummer verzehrte. Nicht einmal, als Shiva zum Palast geführt worden war.

Nicht ein einziges Mal war Shahrzad auch nur gestrauchelt.

Aber jetzt zerbrach sie. Jahandar konnte es sehen. Sah ihre

schimmernden Augen. Hörte ihr verzweifeltes Schluchzen, das immer lauter wurde.

Sein Herz setzte einen Schlag aus. Dann brach es durch seine Brust wie eine Explosion.

Jahandar konnte den Anblick seiner zusammenbrechenden Tochter nicht ertragen.

Denn er hatte sie nicht verletzen wollen.

Nicht Shahrzad. Nicht sie.

Das Blut des Kalifen floss auf ihn zu. Auf Jahandars Hände zu, die zusammengeballt am Boden lagen.

Und Jahandar wusste, was er tun musste. Er hatte jeden Zauberspruch aus seinem wertvollen Buch auswendig gelernt. Jede Zeile Text, die er übersetzt hatte, war in seinem Geist eingeätzt.

Und dieser Zauberspruch?

Es würde sein letzter sein. Sein bester.

Das Blut, das seine Fingerspitzen berührte, war noch warm.

In diesem Augenblick erinnerte sich Jahandar an den Tag im Palast, als er Shahrzad die letzte Rose aus seinem Garten geschenkt hatte. Eine knospende Blume in Cremeweiß und rot anlaufender Malvefarbe. Er wollte ihr eine andauernde Erinnerung an Zuhause schenken.

Er hatte die Rose getötet, um ihr einen letzten Augenblick der Schönheit zu schenken.

Mit dem Blut des Kalifen an seiner Hand begann Jahandar den Zauberspruch zu murmeln. Er drehte sein Handgelenk auf die denkbar langsamste Weise.

Seine Sehkraft trübte sich. Aus seinen Fingerspitzen erstrahlte ein unsicheres Leuchten. Eine Kältewelle begann in seiner Mitte und setzte sich an seinem Rückgrat fort. Seine Sicht erhellte sich, verdüsterte sich dann, als ob ein Tropfen Tinte zwischen seine Augen gespritzt worden wäre, nur um sich dann in Nichts aufzulösen.

Schmerz begann, sich um sein Herz zu sammeln. Begann, in eine offene Wunde zu wachsen.

Aber es tat nicht weh. Nicht wirklich. Nicht im Mindesten. Jahandar begann zu lächeln.

Denn hier … hier war die wahre Macht. Die Macht, die Jahandar die ganze Zeit gewollt hatte.

Die Macht, ohne Worte zu sprechen.

Die Macht der Liebe.

Reza beobachtete, wie langsam die Morgendämmerung kam. Wie sie langsam eine Nacht verwischte, die noch voller Sterne war. Er war lange ein Mann von unbegrenzter Geduld gewesen. Es benötigte Geduld, Beziehungen aufzubauen. Geduld, um Vertrauen zu bestärken.

Geduld, um einen König zu stürzen.

Reza wartete in der Wüste und sah die Tore von Amardha brennen. Es beunruhigte ihn, dass die Armee des Sultans noch nicht zurückgeschlagen hatte, aber er wusste, das würde sie beizeiten tun. Und Reza weigerte sich, den Söldnern um ihn herum etwas anderes zu zeigen als außerstes Vertrauen in seine Sache.

Männern mit einer Loyalität, die man kaufen und verkaufen konnte, war in Fragen eines zweifelnden Herzens nicht zu trauen. Denn Fragen konnten bei Auktionen an den Höchstbietenden verkauft werden.

Als Reza den Wirbel aus aufsteigendem Staub von einem sich nähernden Reiter sah, setzte er sich aufrechter auf sein Ross. Die Pferde der Männer um ihn wieherten, als seine Männer zu ihm aufschlossen.

Der Fedajin-Bote sagte nichts, als er seinen Hengst vor Reza zügelte. Das Tier war nass vor Schweiß, die Augen des Boten düster.

»Der Sultan hat sich dem Kalifen unterworfen«, sagte der Bote, ohne Atem zu holen.

Reza verschwieg seine Überraschung. Aber nicht seine Wut. »Wie ist das möglich? Es wurde nicht einmal eine Schlacht geschlagen. Hast du mit dem Sultan gesprochen?«

Der Bote antwortete nicht. Er wechselte rasche Blicke mit den anderen Männern um Reza.

Schon bevor er den ersten Schlag verspürte, ahnte Reza, was passierte.

Es kam von hinten. Der Hieb eines Schwertes.

Reza fiel vorwärts vom Pferd. Der Hengst scheute beim zweiten Schlag in Rezas Seite.

Keuchend brach Reza im Sand zusammen, seine Wunden umklammernd.

Er rollte sich auf den Rücken und rang nach Luft.

Der Bote ritt näher heran, seine blutbefleckte Klinge glitzerte gegen den Himmel. »Ich habe eine Botschaft vom Sohn von Nasir al-Ziyad. Er sagt, das nächste Mal, wenn du Söldner schickst, um jemanden zu töten, den er liebt, sorge dafür, dass sie nicht lange genug leben, um davon zu erzählen.«

Das Letzte, was Reza bin-Latief sah, war das Aufblitzen eines Schwertes.

Epilog

Der Junge sprang durch die Doppeltür in die ausgebreiteten Arme seines Vaters.

»Baba!«, rief er. »Onkel Artan will mir beibringen, auf seiner geflügelten Schlange zu fliegen.«

Der Kalif von Chorasan sah mit kaum verhülltem Vergnügen auf seinen Sohn hinab. »Ich denke, deine Mutter wird da ein Wörtchen mitzureden haben.«

»Nein!« Der kleine Junge schüttelte den Kopf. »Du darfst es Mama nicht verraten. Ich musste es Onkel Artan versprechen.«

»Noch einmal, deine Mutter wird dazu ein Wörtchen mitzureden haben.«

Der Junge sah sich mit seinen großen, bernsteingesprenkelten Augen in seinem Zimmer um. »Wo ist sie?«

»Ich glaube, sie ist im Wintergarten, zusammen mit deiner Tante.«

»Aber sie kommt bald?«

»Natürlich.«

Ungeduld leuchtete im Blick des Jungen auf. »Sie hat gesagt, heute Abend gibt es eine neue Geschichte.«

»Das habe ich gehört.« Chalid lächelte.

Daraufhin sprang der Junge mitten auf sein Bettpodest und

packte sich sein liebstes grünes Kissen. Chalid legte sich neben ihn.

Vorsichtig legte der Junge eine Hand auf die Narbe, die das Gesicht seines Vaters verunstaltete. »Tut das manchmal weh?«

»Manchmal.«

»Onkel Artan hat gestern mein Knie wieder heilgemacht, als ich gefallen bin. Vielleicht solltest du ihn mal fragen, ob er das auch heilmachen kann.«

»Das ist nicht nötig.«

»Warum nicht?«

»Es macht mir nichts aus.«

»Warum nicht?«

Chalid lächelte wieder. »Weil es mich daran erinnert, dass alles seinen Preis hat. Dass jede Entscheidung, die wir treffen, Folgen hat.«

Der Junge nickte langsam, als ob er mit seinen fünf Jahren schon sehr weise wäre. »Ich mag nur nicht, dass dir was wehtut.« Seine kleinen Finger blieben auf dem Gesicht seines Vaters liegen, und er streichelte den Rand der Narbe, so behutsam er konnte.

»Genau wie ich auch nicht will, dass man dir wehtut. Deshalb die Sorge wegen der fliegenden Schlange.«

Der Junge grinste, seine freche Nase runzelte sich. »Ich hab dich lieb, Baba.«

»Und vergiss nie, mein Herz ist immer in deinen Händen, Harun.«

Die Türen zu dem Zimmer öffneten sich, und Shahrzad trat herein in einer Flut von wildem Haar und juwelenbesetzter Seide.

Harun lief zum Rand des Podests, um sie zu begrüßen.

»Mama, sag Onkel Artan nicht, dass ich es dir erzählt habe, aber er hat gesagt, wenn ich diese Woche meine Lektionen lerne, dann will er mir beibringen zu fliegen.«

Chalids Blick verengte sich. »Harun, du hast mir erzählt, du hättest Onkel Artan versprochen, deiner Mutter nichts zu sagen.«

Der Junge warf seinem Vater einen schrägen Seitenblick zu und blickte verlegen. »Hab ich vergessen.«

Shahrzad lachte. »Du musst lernen, deine Versprechen zu halten, mein Stern. Denn ein Mann, der seine Versprechen nicht hält, ist nichts wert.« Sie strich seine verwuschelten welligen schwarzen Haare nach hinten. »Und was höre ich da, du willst fliegen?«

Shahrzad griff nach einer der verwelkten Rosen neben dem Bett ihres Sohnes. »Wenn du unbedingt mit Onkel Artan fliegen willst, dann sollte ich dir vielleicht nicht die Geschichte erzählen, die ich für heute Abend vorgesehen hatte. Sie könnte dich auch noch ermutigen.« Mit einem einzigen Handumdrehen brachte Shahrzad die Blume wieder zum Blühen.

»Nein!« Harun sprang zurück auf seinen Platz inmitten der Kissen. »Ich werde nicht fliegen lernen.« Er lächelte, und sein Lächeln war so breit und strahlend und perfekt, dass es jeden einzelnen Zug seines perfekten Gesichts nach oben zog. »Obwohl Amira al-Churi gesagt hat, es wäre gar nicht gruselig, und …«

»Manchmal schmückt Amira al-Churi die Wirklichkeit gern ein bisschen aus. Genau wie ihre Mutter.« Shahrzad unterdrückte einen Seufzer.

»Ich weiß. Aber ich vertraue ihr, weil sie meine beste Freundin ist.« Haruns Lächeln wurde noch breiter. »Mach dir keine Sorgen, Mama. Ich werde nicht fliegen … noch nicht.«

Mit einem breiten Lächeln ihrerseits machte es sich Shahrzad gemütlich, neben den beiden schönsten Menschen auf der Welt. Ihrem Mann und ihrem Sohn. Der kleine Junge, der neben ihr lag, war Chalids Ebenbild, außer dass er ihre Nase hatte und ihre wilden Locken.

Außer der weißen Narbe über Chalids Gesicht.

Eins von den Zeichen aus der Nacht, als ihr Vater sein Leben ihrer Liebe geopfert hatte. Ein Zeichen auf seinem Gesicht. Eines an seinem Herzen. Diese Zeichen hatten sie dankbar gemacht, dankbar an jedem Tag wieder, dass sie leben durfte. Und dieses Leben mit denen teilen durfte, die sie liebte.

Sie dachte für einen Augenblick an Shiva, und Wärme erfüllte sie. Alles, was Shahrzad wollte, hatte sie bei sich. Alles, was sie brauchte, war in ihr.

Sie erwachte bei jedem Morgengrauen mit einem dankbaren Herzen.

»Ist alles gut gegangen mit Irsa?«, fragte Chalid, als Shahrzad sich in ein Kissen lehnte.

»Ja«, antwortete Shahrzad und hob die Rose hoch, um ihren Duft zu genießen. »Sie ist immer noch sehr beschäftigt, im Wintergarten mit Artan alles über medizinische Kräuter zu lernen. Aber sie begleitet vielleicht Tarik, wenn er das nächste Mal Amardha besucht.«

Chalid hob eine Augenbraue. »Immer noch auf der Suche nach dem idealen Paar? Du und Irsa, ihr seid schlimmer als die Klatschbasen an den Straßenecken des Souk. Immer dabei, Ränke zu schmieden.« Ein warmes Licht leuchtete in seinen Augen.

»Ich mache gar nichts!« Shahrzad warf ihre Hände hoch. »Tarik reist aus eigenem Antrieb nach Amardha. Wenn er es schafft, übermäßig viel Zeit mit Yasmin zu verbringen, während er da ist, dann …«

Ein Winkel von Chalids Mund zog sich nach oben. »Ja, dann.«

»Mama?« Harun räusperte sich und blickte zwischen seinen Eltern hin und her. »Die Geschichte?«

»Ach, ja. Natürlich!« Sie zog ihn an sich. »Weil mein absolut geschätzter *Effendi* so vom Fliegen gefesselt ist, würde ich diese Geschichte gern in einem Land nicht weit von hier anfangen lassen. Unser Held beginnt seine Reise in einer dunklen Nacht, in der er von seinem Schlafzimmerfenster in einen Garten schlüpft, mit nichts als einem kleinen Teppich unter dem Arm. Ein hässlicher, verunstalteter Teppich, mit einem Medaillon in der Mitte und Brandflecken an den Seiten.«

»Ein Teppich?«, fragte Harun und runzelte die Stirn.

»Ja. Ein Teppich.« Shahrzads Augen funkelten. »Aber dies ist kein normaler Teppich! Es ist einer, der unseren Helden bringen kann, wohin er will. In jede Zeit und an jeden Ort. Seine Fantasie ist das Einzige, das ihn bindet. Sollte er die Zauberwesen sehen wollen, die in einem blauen See tausend Meilen entfernt schwimmen, kann er das, wenn er es will. Wenn er wissen will, wie der Schnee oben auf den höchsten Bergen schmeckt, wenn man ihn mit dem feinsten Honig der Märkte von Damaskus vermischt, braucht er nur zu fragen. Aber das ist nicht sein Hauptanliegen. Denn er hat einen Traum, nur diesen einen.«

Shahrzad hielt inne und blickte auf den kleinen Jungen neben sich hinunter. Dann blickte sie auf zu dem Mann gegenüber in den seidenen Kissen.

Ihr Herz war uferlos wie der Ozean. So weit wie der Himmel.

»Möchtest du mehr über unseren Helden hören?«, fragte sie.

Haruns Augen tanzten. »Ja!«

»Dann fangen wir mit der ersten Geschichte an: *Harun und der Zauberteppich*.«

Danksagungen

Mir ist, als ob ich erst gestern die Danksagungen für *Zorn und Morgenröte* niedergeschrieben hätte, und jetzt stehe ich hier mit einer abgeschlossenen Serie vor meinen Augen.

So trivial es auch klingen mag, die Zeit vergeht wirklich wie im Flug.

Wie immer hätte ich diesen meinen Traum nicht wahrmachen können ohne die unermüdliche Unterstützung meiner glänzenden Agentin, Barbara Poelle. B, nur Cookie könnte einem Vergleich standhalten, also – viel Glück, Dummchen.

An meine Lektorin, Stacey Barney: Danke, dass du mich immer, immer infrage gestellt hast und mir nie erlaubt hast, mich mit weniger als allererster Güte zufriedenzugeben. Mit dir zu arbeiten ist eines der größten Geschenke, das meine Karriere mir gewährt hat. Danke, dass du diese Bücher und diese Charaktere liebst wie ich – von Anfang bis Ende.

An all die fantastischen Leute bei Penguin: Es gibt keine Worte, um auszudrücken, wie viel eure Unterstützung und euer Enthusiasmus mir bedeuten. Besonderer Dank gilt der unerschütterlichen Kate Meltzer und meiner wundervollen Pressesprecherin Marisa Russell – ich danke euch, dass ihr vor meinen endlosen Fragen nie zurückschreckt und mir immer den Rücken freihaltet. Auch ein riesiges Dankeschön an Carmela Iaria, Alexis Watts, Doni Kay, Anna Jarzab, Chandra Wohleber, Theresa Evangelista, Marikka Tamura, Jen Besser, Catherine Hayden, Lisa Kelly, Lindsay Boggs, Sheila Hennessey, Shanta Newlin, Mia Garcia, Erin Berger, Amanda Mstafic, Colleen Conway, Judy Parks Samuels, Tara Shanahan und Bri Lockhart.

An die »2015-er Bat Cavers«: Auf viele, viele weitere gemeinsame Kritiken und noch mehr gemeinsames Lachen in nächster Zeit. Dank an Alan und Wendy Gratz, die diesen Zauber erst ermöglicht haben.

Gwenda Bond, deine Stimme erzählt mein Leben.

An all die wunderbaren Blogger, BibliothekarInnen und Buchliebhaber, die sich egal wo auf der Welt für Bücher einsetzen – ich danke euch aus tiefstem Herzen.

An meine Schreibschwestern – Joy Callaway, JJ, Traci Chee, Sarah Lemon, Ricki Schultz und Sarah Henning – danke, dass ihr bei jedem Schritt des Weges da wart.

An Marie Lu: Es gibt nicht genug Dankeschöns auf der Welt. Ich bin so dankbar, dich meine Freundin nennen zu dürfen. Es wird demnächst noch viele Becher Tee geben, und ich freue mich auf jeden einzelnen.

An Beth Revis und Lauren DeStefano: Hört bitte nie, nie auf, solche bewunderungswürdigen Seelen zu sein. Es ist wunderbar, dabei zu sein, und ich bin mehr als dankbar, jede von euch in meinem Leben zu haben. Lauren, es sind keine Emoji mehr da. Wir haben sie alle aufgebraucht. Eva sagt auch ›Hi‹. Revis, dieser Dampfer ist voll auf Kurs.

An Carrie Ryan: Danke für jedes Essen, jeden Text, jedes Lachen, jede Träne. Ich weiß nicht, wer es zuerst gesagt hat, aber wenn du jemanden findest, der dieselben Dinge hasst wie du, halt ihn fest; deshalb halte ich mich an dir fest. Immer.

An Marie Rutkoski: Für die wunderschöne Kritik an *Zorn*

und Morgenröte, für den Rat, für die E-Mails, für alles. Aber hauptsächlich dafür, dass du so bist, wie du bist, so wunderbar.

An all die erstaunlichen Freunde, die ich in meinem ersten Jahr gefunden habe – an Sona Charaipotra, an Dhonielle Clayton, an Victoria Aveyard, an Adam Silvera, an David Arnold, an Becky Albertalli, an Valerie Tejeda, an Nicki Yoon, an Melissa Grey, an Virginia Boecker – es war solch eine Ehre, mit euch gemeinsam durch diesen Mahlstrom zu gehen.

An Brendan Reichs, weil ich es versprochen habe. Und auch weil er einen orangefarbenen Anzug rockt wie kein anderer.

An Sabaa Tahir: Du bist mein Fels, und ich habe keine Ahnung, wie ich dieses Buch ohne dich geschrieben hätte. *Keine.* Ich danke allen sieben, dass sie uns zusammengebracht haben.

An Heather Baror-Shapiro und das ganze Team bei IGLA: Jedes Mal, wenn ich ein ausländisches Cover sehe, muss ich mich kneifen. Danke, tausend Dank.

An Elaine, dafür, dass sie mich versteht wie sonst niemand.

Und dafür, dass sie es mit mir aushält, nachträglich. Danke, danke, danke. Bis zur Unendlichkeit.

An Erica: Deine Schwester zu sein, ist eines der schönsten Dinge daran, ich zu sein. Außerdem hast du ein Loch in deiner Jeans. Wir sollten uns vielleicht darum kümmern. An meine Brüder, Ian und Chris – ich bin sicher, ihr werdet dieses Buch beide lesen. Es gibt Charaktere darin, zu denen ihr mich inspiriert habt. Hahaha. An Izzy: Ich danke dir, dass du so eine phantastische Stütze bist. An meinen Dad: Danke, dass du mir die Liebe zum geschriebenen Wort eingeflößt hast. An meine Umma – danke, dass du den Leuten im Lebensmittelladen sagst, dass sie mein Buch kaufen sollen. Hör bloß nie, nie damit auf. Und danke, dass du so stolz bist. An Mama Joon und Baba Joon: Ich hoffe, dass ihr, wenn ihr dieses Buch lest, dasselbe fühlt, was ich fühle, wenn ich bei euch bin – tiefe und dauernde Liebe. An

Omid, Julie, Navid, Jinda, Evelyn, Isabelle, Andrew, Lily und Ella: Danke für dieses reiche Geschenk, das unsere Familie für mich ist. Und dafür, dass ihr immer für mich da seid, egal, was passiert.

Und an Vic – dafür, dass man nicht jemandem gehört. Sondern zusammengehört.